Der indische Baum

Das Buch

Thannhäuser kehrt desillusioniert vom Kreuzzug Kaiser Friedrichs zurück. Er ist überzeugt: Die Welt der Ritter ist nicht die seine. Aus ihm wird kein Held. Doch kaum in Deutschland angekommen, wird er in die Pläne seines Herrn, König Heinrichs, verwickelt, der gegen den kaiserlichen Vater rebellieren will. Denn dieser hat gewettet, dass sein Waffenmeister Gunther aus dem widerspenstigen Sänger binnen Jahresfrist doch noch einen Helden schmieden kann. Und dann gerät Thannhäuser selbst in die Bredouille, als ihm der päpstliche Inquisitor Konrad Dors vorwirft, widernatürlichen Umgang mit Wesen aus einer anderen Welt gepflegt zu haben. Verleumdung? Thannhäuser weiß, dass seine Geburt von Rätseln umgeben ist. Und sind seine Lieder nicht voller Magie? Wecken sie nicht über jedes vernünftige Maß hinaus Gefühle von Liebe, Hass und Traurigkeit? Ist Thannhäuser letztendlich doch, wie Dors behauptet, ein Häuflein Dreck aus jener anderen Welt? Oder drängt Dors ihn nur deshalb in die Ecke, um etwas über den Verbleib des magischen Steins aus dem indischen Baum zu erfahren?
Der indische Baum ist der erste Band der *Thannhäuser*-Trilogie.

Die Autorin

Helga Glaesener, 1955 geboren, hat Mathematik studiert, ist Mutter von fünf Kindern und lebt heute in Aurich, Ostfriesland. Sie avancierte mit ihrem Roman *Die Safranhändlerin* zur deutschen Bestsellerautorin.

In unserem Hause sind von Helga Glaesener bereits erschienen:

Die Rechenkünstlerin
Im Kreis des Mael Duin
Der singende Stein
Der schwarze Skarabäus

Helga Glaesener

Der indische Baum

Roman

List Taschenbuch Verlag

List Taschenbuch Verlag 2000
Der List Taschenbuch Verlag ist ein Unternehmen der
Econ Ullstein List Verlag GmbH & Co. KG, München
Originalausgabe

Lektorat: Julia Riesz
Umschlagkonzept: HildenDesign, München – Stefan Hilden
Umschlaggestaltung: Bezaubernde Gini, München
Titelabbildung: AKG, Berlin
Gesetzt aus der Berkely
Satz: Dörlemann Satz, Lemförde
Druck und Bindearbeiten: Clausen & Bosse, Leck
Printed in Germany
ISBN 3-548-60010-7

In magnis et voluisse sat est.
Für Nils, mit Liebe

Ein boum stet in Indian,
groz, den will si von mir han.
Minen willen tuot si gar,
seht, ob ich irz alles her gewinne.
Ich muoz bringen ihr den gral,
des da pflac her Parzival,
und den apfel, den Paris
gap durch minne
Venus der gütinne.

Thannhäuser

Prolog

Nell hielt das Frettchen und hoffte sehnlichst, das Feuer im Kamin würde erlöschen. Die Flammen selbst konnte sie nicht sehen, denn sie kauerte unter einem Tisch in der Ecke des Zimmers und vor ihr stand eines der stämmigen Tischbeine, aber die hellen Schatten tanzten und zitterten an der gegenüberliegenden Zimmerwand.

Nell schluckte an ihren Tränen. Sie saß auf ihren Füßen und ihre Beine waren eingeschlafen. Ihr war kalt und sie konnte sich kaum besinnen, wie lange sie schon unter dem Tisch hockte, aber es kam ihr vor wie ... fast wie eine ganze Nacht. Und es gab keine Hoffnung auf ein Ende.

Das Frettchen zuckte im Schlaf mit den Schnurrbarthaaren und gab ein behagliches Geräusch von sich. Ja, dem Frettchen ging es gut. Dabei war es schuld an dem Unglück. Der Diener hatte die Schragen für das Abendbrot in den Saal getragen, Amma war fortgegangen, um den Hirsebrei für den kleinen Eberhard zu besorgen, und weil niemand sich um Nell gekümmert hatte, hatte sie begonnen mit dem Tier zu spielen. Zuerst hatte es sich streicheln lassen, aber dann war es plötzlich die Treppe hochgejagt und durch die Tür ins Zimmer der Tante und in die Ecke neben der Truhe geschlüpft. Und als Nell, die hinter ihm hergerannt war, es hatte aufheben wollen, war die dürre Mathilde mit einem Wasserbottich hereingekommen, und Nell hatte sich wie der Blitz unter dem Tisch verkrochen.

Die Schlafkammer war nicht verboten, aber Nell mochte die Tante nicht. Sie wurde schnell wütend und wenn sie schlug, benutzte sie dazu einen biegsamen Zweig, der nicht nur ziepte, sondern richtig weh tat. Also hatte Nell sich so nah wie möglich an die Wand verkrochen und gehofft unentdeckt zu bleiben, bis Mathilde wieder gegangen war.

Sie war aber nicht gegangen, sondern sie hatte die spinatgrünen Vorhänge zurückgezogen, die das Bett der Herrin wie ein Zelt umgaben. Dann war aus den Kissen ein Fiepen wie beim Ferkelschlachten gedrungen, und anschließend Schreie, die das kleine Mädchen zutiefst entsetzt hatten. Es hatte sich an das Frettchen geklammert und jeden Gedanken an Flucht vergessen.

Irgendwann hatte die Tante aufgehört zu schreien.

Nell gähnte und überlegte, dass sie geschlafen haben musste, denn neben dem Bett stand jetzt eine Wiege, die aus dem gleichen dunklen Holz war wie die Beine des Tischs und sie konnte sich nicht entsinnen, wann man sie dorthingetragen hatte. Sie fror entsetzlich. Die Bodendielen waren eiskalt und nur das weiche Fell des Frettchens auf ihren Oberschenkeln wärmte sie ein wenig.

Wo war Mathilde? Nell vernahm kein Geräusch. Vielleicht war die alte Frau auf einem Stuhl eingeschlafen oder fortgegangen. Nell sehnte sich danach, aus der Kammer zu schlüpfen und hinauf in ihr Zimmerchen zu laufen, wo der kleine Eberhard wahrscheinlich längst bei Amma auf der Strohmatratze schlief. Ein Teil von ihr empörte sich, weil offenbar niemand sie vermisste – und sie war wirklich noch *sehr* klein. Drei oder zehn Jahre, ganz genau wusste sie es nicht. Aber die Amma hätte sich um sie sorgen müssen.

Vorsichtig versuchte Nell am Tischbein vorbeizuschielen, ohne das Frettchen zu wecken. Sie sah, dass die Bettvorhänge noch immer zurückgeschlagen waren. Die Tante lag in den Kissen und starrte mit ihren kalten Augen zur Decke. Verwundert betrachtete Nell ihr bleiches Gesicht. Ihr wurde beklommen zumute, denn sie kannte die Tante nur mit herrischen Befehlen. Außerdem musste sie an ihre Mutter denken, die ebenso weiß im Bett gelegen hatte, und auch dort hatte eine Wiege gestanden. Nell hatte die stille Mutter küssen müssen, dann hatte Amma mit viel Geheule ihre Kleider und die Bauchwehkräuter in eine Truhe gepackt und sie waren auf einem Wagen fortgeholpert, in ihr neues Zuhause. In einem Körbchen, das Amma in den dicken Armen gehalten hatte, hatte der kleine Eberhard gelegen, der wie durch ein Wunder in ihr Leben getreten war.

Nell spürte einen nassen Tropfen über ihre Wange rollen. Wenn nicht die Angst vor der Gerte gewesen wäre, hätte sie wahrscheinlich angefangen lauthals nach Amma zu schreien. Doch der Gedanke an Schläge und der Anblick der Wiege, die Böses verhieß, ließen sie die Tränen hinunterschlucken.

Sie schlief erneut ein und als sie das nächste Mal erwachte, war es von einem Wutschrei.

Das Frettchen zuckte zusammen und flitzte von ihrem Schoß in eine andere finstere Ecke. Ängstlich stopfte sich Nell die Finger in den Mund.

Mathilde war zurückgekehrt. Sie trug ihren filzigen, wadenlangen Mantel, beugte sich über die Herrin und zeigte ihr etwas, das in ein graues Wolltuch gehüllt war. Nell verbiss sich den Schmerz der eingeschlafenen Füße und richtete sich ein wenig auf.

Die Tante war zornig. Als Nell den Ausdruck in ihrem weißen Gesicht sah, zog sie rasch den Kopf ein und wollte sich in der Ecke verkriechen, aber die Neugier siegte über ihre Angst.

»Es ist hässlich«, keuchte die Frau in den Kissen mit fahlen Lippen und betrachtete voller Ekel, was Mathilde ihr zeigte. »Es … sieht fast aus wie tot. Du hast mir … Dreck besorgt.«

»Ich habe geholt, was es gab«, antwortete Mathilde gleichmütig. Sie fürchtete sich nicht.

»Es ist dunkel. Es … es ist Dreck.«

»Es hat, was das Herz des Herrn höher schlagen lässt.« Mathilde schlug den Wolllappen auseinander und gemeinsam starrten sie auf die Beule im Tuch.

»Wo ist es her?«

»Das wollt Ihr nicht wissen, Herrin.«

»Die Mutter?«

»Die wirds nicht suchen.«

»Sieh dir die Augen an. Sie sind … dahinter leuchtet was.«

Mathilde schlug den Lappen wieder zusammen und legte oder vielmehr warf das Bündel achtlos ans Fußende des Bettes.

»Ich hab nie einen Säugling mit solchen Augen gesehen. Grün wie die Linsen in den Waldtümpeln. Das ist nicht geheuer, Mathilde. Was hast du mir da angeschleppt?«

Nell sah ein winziges Kind aus der Wolle rollen. Es war nackt, braun, mit Schleim und Blut beschmiert und hatte einen hässlichen Stumpf am Bauch. Es weinte nicht, was Nell sonderbar vorkam, denn Mathilde hatte es so grob geworfen, dass es mit dem Kopf an die Bettkante geschlagen war. Seine Augen waren weit geöffnet und es begann ihr Leid zu tun, weil es in der Kälte fror und weil die Herrin es so heftig verabscheute.

»Es hat, was der Herr haben will«, wiederholte Mathilde. Sie ging um das Bett herum und beugte sich über die Wiege.

Die Tante hatte die Füße eingezogen und ihre Knie bilderten unter der Decke einen Berg – eine Barriere, als wolle sie mit dem hässlichen Kind nicht in Berührung kommen. »Du warst nicht im Dorf. Du hattest gar keine Zeit für den Weg hin und zurück.«

»Fragt nicht. Was ich gefunden hab, taugt ebenso viel und mehr, weils nicht vermisst wird.« Mathilde hatte plötzlich ein neues Kind auf dem Arm. Im ersten Moment dachte Nell, es wäre Eberhard, aber der Säugling war viel kleiner und auf seinem Kopf wuchs helles, fast silbernes Haar. Die Magd legte das Kind mitsamt seiner Decke in die Armbeuge der Tante und das Gesicht der Frau im Bett wurde weich. Sie küsste es mit einer Zärtlichkeit, die Nell staunen ließ.

Dann nahm sie eines der bestickten weißen Kissen und drückte es dem Kind aufs Gesicht.

1. Kapitel

Sie kehrten zurück.

Nell sprang von dem gemauerten Sitzplatz in der Fensternische auf und ließ das Hemd, an dem sie gerade einen dieser unangenehm ausgefransten Risse gestopft hatte, zu Boden fallen. Die Kammer, die sie bewohnte, befand sich in einem der oberen Stockwerke der Burg und so hatte sie freien Ausblick auf das Dorf, die honiggelben Felder und den dahinter liegenden schwarzen Wald.

Vier Reiter kamen aus dem Wald, Männer in bunten Kleidern, die in der Sommersonne leuchteten. Sie schienen gesund und wohlbehalten zu sein, denn sie saßen alle tadellos im Sattel. Ihre Schwerter reflektierten das Licht. Dem vordersten wippte eine Feder am Hut. Sie sahen aus wie eine Jagdgesellschaft. Auf dieses Bild hatte Nell drei Jahre lang gewartet und ihr Herz schlug im Galopp.

Und doch – als sie die Männer jetzt sah, schien etwas nicht zu stimmen.

Nell runzelte die Stirn. Sie brauchte einen Moment, um zu erkennen, was sie störte. Es war der Staub. Die Männer kehrten nach unendlich langer Zeit in der Fremde heim und ließen ihre Pferde so langsam gehen, dass kein Körnchen Staub vom ausgedörrten Boden aufgewirbelt wurde. Sie zuckelten dahin, als wäre ihnen nichts gleichgültiger als ihre Heimkehr.

Nervös klemmte Nell eine Haarsträhne unter das Gebände zurück. Sie versuchte die einzelnen Personen zu unterscheiden, aber auf die Entfernung war das unmöglich. Alle trugen bunte, überwiegend rote Röcke, das schwarze Kreuz auf den flatternden Umhängen, die Decken und das andere Gepäck hinter den hohen Zwieseln.

Damals, als der Kaiser zum Kreuzzug aufgerufen hatte, war ihr Onkel mit mehr Pracht losgezogen. Vierzehn Mann hatten ihn begleitet. Ihre Pferde hatten Überwürfe aus grünem Samt getragen, die mit dem schwarzgoldenen Thannhäuser Wappen bestickt waren. Das Gesinde hatte wilde Nelken und Klatschmohnblüten geworfen, die Glocken der Burgkapelle hatten geläutet und der Kaplan war mit dem eisernen Kreuz, das er eigens zu diesem Zweck vom Altar genommen hatte, dem Zug vorangeschritten. Der Onkel war im Heiligen Land einer Darmkrankheit erlegen und nun kehrte der Rest seiner Truppe heim – ganze vier Mann. Und sie quälten sich durch die Felder, als wäre es die Wüste von Aleppo. Nell kniff die Augen zusammen. Einer der Männer musste ihr Cousin sein, aber sie konnte an keinem etwas Herrschaftliches entdecken. Niemand sah aus wie der künftige Gebieter von Thannhausen.

Sie fragte sich, wie die Leute im Dorf die armselige Ankunft ihres Herrn wohl aufnehmen würden. Doch passte diese Rückkehr nicht zu dem wunderlichsten aller Kreuzzüge, in dem die Heilige Stadt, wie es hieß, durch Feilschen befreit worden war, als hätte ein Krämer die Heere geführt? Keine Schlacht war geschlagen, kein Ruhm gewonnen worden. Der Kaiser hatte mit den Ungläubigen Gelage gefeiert, ihre Botschafter zu Rittern erhoben und ihre Frauen geschwängert. Und auf ihm und all seinen Mitstreitern lag nun der Zorn des Heiligen Vaters.

Im Dorf war man mittlerweile auf die Reiter aufmerksam geworden. Die Männer und Frauen, die mit ihren Sicheln auf den Feldern am Fluss Gerste schnitten, drehten auf einen Zuruf die Köpfe und ihre Kinder rannten los und scheuchten die Hühner auseinander. Nell sah, wie die Bauern die Röcke aus den Gürteln zogen und hinter der kreischenden Schar dreinliefen. Die Ankunft des Thannhäuser Herrn wurde dadurch zwar nicht glanzvoller, aber zumindest kamen die Willkommensrufe von Herzen. Seit Macks Vater ins Heilige Land gezogen war, hatte es zwei Hungerwinter mit vielen Toten gegeben und nun freuten sich die Leute, weil sein Sohn heimkehrte und hoffentlich alles wieder in Ordnung brachte. Der alte Thannhäuser war hart gewesen, aber er hatte sie am Leben gehalten.

»Komm in den Hof.«

»Was?« Nell drehte sich um. Ralph, ihr Vater, stand in der Tür. In den Falten und Dellen seines feisten Gesichts glitzerte der Schweiß. Ralph schwitzte immer, aber an einem heißen Tag wie diesem dunstete er das Wasser aus wie eine Schwarte ihr Fett in der Pfanne.

»Dein Bruder und dein Cousin. Sie sind zurück. Ich will, dass sie gebührend empfangen werden.«

Nell merkte, dass Ralph sich ärgerte, weil sie ihn anstarrte. Verlegen senkte sie den Blick. Ihr Vater hatte einen dicken, festen Leib, aber spindeldürre Arme und Beine und hervorquellende Augen. Wenn er auftauchte, musste sie unwillkürlich an die blauschillernden Fliegen denken, die auf dem Fleisch in der Küche saßen. Er war jedoch cholerisch und es empfahl sich nicht, ihn zu verärgern.

»Ich weiß nicht, welche Kammer ich vorbereiten soll«, sagte sie.

Außer der Küche und dem Herrenraum gab es nur ein einziges Zimmer in der Burg, das beheizbar war, und dort stand auch das einzige komfortable Bett mit Baldachin und Vorhängen. Seit dem Tod der Tante vor zwei Jahren, dem Tag, an dem Nell in die Thannhäuser Burg zurückgekehrt war, schlief dort ihr Vater. Er genoss den Luxus, für den er selbst immer zu arm gewesen war, und zweifellos traf ihn die Heimkehr seines Neffen hart. So viele waren im Heiligen Land gestorben, da hätte es gern auch Mack treffen können.

Ralph trat zu Nell in den Sonnenstreifen, den das Mittagslicht durchs Fenster warf. Sie dachte, er wolle ihr Anweisungen geben. Stattdessen schlug er ihr unvermittelt mit der flachen Hand ins Gesicht.

Hilflos sah sie ihm nach, als er den Raum verließ. Er sagte kein Wort. Er sagte nie etwas, wenn er sich über sie ärgerte, und auch sonst sprach er kaum mit ihr, obwohl er sich mit Gästen und sogar mit dem Gesinde gern und über jedes Thema ausgiebig unterhielt. Sie spürte, wie ihre Lippe anschwoll. Das und die Tränen, die ihr in die Augen stiegen, würden sie wie eine Hexe aussehen lassen, wenn Mack in der Burg ankam. Nicht, dass es viel verderben würde. Sie war sowieso keine Schönheit. Nicht mit den buschigen Augenbrauen und dem ausgeprägten Kinn.

Sie würde, während die Männer aßen, das Zimmerchen hinter dem Saal ausfegen und mit Stroh bestreuen. Es war ein zugiges Durchgangszimmer, in dem die Katze ihre Jungen großzog, aber zumindest lag es schattig. Sie würde eine Strohmatratze und Decken auslegen und damit musste es gut sein.

Und wenn Mack sich wehrt?, dachte Nell, während sie langsam die Wendeltreppe in die unteren Räume hinabstieg. Ein atemberaubender Gedanke. Was, wenn er die lästige Verwandtschaft, die sich in seinem Haus eingenistet hatte, einfach davonjagte? Wenn er als *Mann* heimkehrte, gestählt durch die Abenteuer, die auch dieser sonderbare Kreuzzug zweifellos bereitgehalten hatte?

Sie versuchte sich den linkischen sechzehnjährigen Jungen, der die Burg vor drei Jahren verlassen hatte, als selbstbewussten, kraftstrotzenden Riesen vorzustellen. Doch es gelang ihr nicht. Mack glich den Schmetterlingen, die über die Wiesen taumeln, verspielt, von jeder Blüte bezaubert und von jedem Sonnenstrahl geküsst. Er war ein Träumer. Einer, der sich nicht merken konnte, dass man für versäumte Pflichten Prügel bezog. Er hat so viel Prügel erhalten, dachte Nell, dass sein

Hintern wie gegerbtes Leder aussehen muss. Sie verzog die Lippen zu einem Lächeln, ließ es aber gleich wieder sein, weil ihr Mund schmerzte.

Mack machte sich nichts aus Strafen. Er schüttelte sich, sagte etwas, das zum Lachen reizte, und verschwand im Wald oder in einer der Hütten im Dorf, die ihm eigentlich verboten waren. Sogar vor der eigenen Schwertleite war er davongelaufen. Direkt aus dem Turnier, in dem er seine Fähigkeiten hätte unter Beweis stellen sollen. Keine Erklärung, keine Entschuldigung – einfach auf und davon. Erst zwei Tage später war er wie ein begossener Pudel heimgekehrt.

Über diese Erinnerung konnte Nell jedoch nicht lächeln. Die Prügel, die Mack für diese Büberei kassiert hatte, hatten die Wände beben lassen und danach war er eine Woche lang für niemanden zu sprechen gewesen. Nell argwöhnte, dass sein Vater ihm den Arm gebrochen hatte, denn Mack hatte ihn anschließend längere Zeit unter dem Rock getragen. Die Wut des Vaters konnte Nell verstehen. Schaudern machte sie dagegen das Lachen seiner Mutter, das die Schmerzensschreie während der Züchtigung begleitet hatte. Das war eine von Nells grausigsten Erinnerungen. Dieses Lachen, das bei jedem Schrei neu hochperlte und in dem nicht ein Hauch von Kummer lag.

Doch die Tante war tot, der Onkel ebenfalls und Mack war erwachsen. Sollte er sehen, wie er zurechtkam.

Unten, im Innenhof der Burg, hatte sich, von Ralph angetrieben, das Gesinde versammelt, eine armselige Meute in schäbigen Kleidern. Scheu drückte sie sich an die Wände. Die beiden Hungerjahre hatten auch unter den Knechten und Dienstmägden ihren Tribut gefordert. Viele waren an Krankheiten gestorben, andere davongelaufen. Ihr Vater hatte sich erst gar nicht bemüht sie wieder einzufangen. Nell argwöhnte, dass es ihm sogar gefiel, wie die Burg sich von den alten Bewohnern leerte. Ralphs Turm mit den wenigen Wirtschaftshäusern war kaum mehr als eine Ruine gewesen, und der Tod seiner Schwester … nun ja, übermäßig betrauert hatte er sie nicht. Er hatte eine neue Heimstatt bekommen, und mit Nell hatte er jemanden, der sie sauber hielt.

»Er ist also zurückgekehrt, der Bastard.« Die dahingezischten Worte kamen von der alten Mathilde, der Amme der verstorbenen Burgherrin. Sie stand abseits in einer Nische, als wäre sie aussätzig, und der Blick ihrer fast erblindeten Augen war undeutbar. Die meisten hatten die Bemerkung gar nicht beachtet, aber Nell zuckte schmerzlich zusammen. Sie hatte jedoch keine Zeit zu reagieren. Die Hufe der Pferde klapperten bereits auf der Holzbrücke und im nächsten Moment waren die Männer im Hof.

Nells Vater setzte seinen Fliegenleib in Bewegung. »Eberhard! Du bist gesund, du bist heim, mein Sohn, welch eine Freude. Und Mack … Was für ein Tag des Stolzes. Matthäus, Alwin, die Pferde – Teufel, helft ihnen aus dem Sattel! Sollen die Eroberer des Heiligen Landes auf ihren Pferden verfaulen? Ein Tag der Freude, wahrhaftig!«

Und Summ und Sirr und alles Heuchelei, dachte Nell verächtlich, während sie zusah, wie Eberhard umständlich vom Pferd stieg und sich von seinem Vater umarmen ließ. Das schlechte Gewissen packte sie, als ihr einfiel, dass sie ihrem jüngeren Bruder bisher noch keinen einzigen Gedanken gewidmet hatte. Dabei flog ihm auf der Stelle ihr Herz zu, als sie ihn mit seinen zwinkernden, kurzsichtigen Augen die Umgebung mustern sah. Sein Gesicht leuchtete. Der Brunnen mit der hölzernen Überdachung, das Backhaus in der Ecke des Hofes, der hölzerne Verbindungsgang zwischen Turm und Wohnhaus … er bestaunte alles, als wäre es aus Gold gegossen, als ginge ihm erst jetzt auf, dass seine Reise zu Ende war.

Ralph winkte das Küchenmädchen zu sich und nahm ihm einen Becher ab. Er ließ seinen Sohn trinken und legte ihm dabei den Arm um die Schulter. Als kröche eine Spinne mit ihren Fadenbeinen über die nächste Mahlzeit, dachte Nell. Doch da tat sie Ralph Unrecht. Wenn er auch niemanden liebte – an seinem Erben und einzigen Sohn hing er.

Der Herr der Burg saß derweil immer noch im Sattel. Widerstrebend, mit klopfendem Herzen nahm Nell ihn in Augenschein. Mack war … nicht mehr der Junge von früher, aber er hatte sich nicht zum Guten verändert. Seine weichen, brauen Locken waren ungepflegt, die Schultern hingen nach vorn. Er hatte sein Lächeln verloren und hielt den Kopf sonderbar schief, wie ein Vogel, der einen Wurm beäugt und sich nicht entschließen kann die Flügel auszubreiten.

Ein … Versager, dachte Nell. Indem er auf seinem Pferd blieb, während alle durcheinander liefen, sonderte er sich ab. Er erhob nicht den leisesten Anspruch auf sein Recht. Und das bedeutete, dass er immer noch derselbe dumme Junge wie früher war, der nicht begriff, was vor seinen Augen ablief. Nell glaubte nicht, dass Ralph Eberhard aus Versehen zuerst den Becher gereicht hatte. Und sie ärgerte sich, dass Mack es wie ein Tropf hinnahm.

Brüsk drehte sie sich um und stieg in die Küche hinab, wo der kleine Jörg, der das Kochen übernommen hatte, nachdem die Köchin sich einen Kessel Brühe über die Beine gegossen hatte, einen Spieß mit Hasen drehte.

»Fertig?«

»Fast.« Jörg nickte fahrig. Seine Kochkünste waren bescheiden. Und die Zeiten, in denen eine spendable Hausherrin für Pfeffer und andere Gewürze gesorgt hatte, die den Geschmack fauligen oder verbrannten Fleisches überdeckten, vorbei.

»Sind die Ritter gesund und munter, Herrin?«

»Was? Oh – ja, ich denke schon. Etwas Rosmarin in die Suppe! Besseres als diese knorpelige Zeug hatten wir nicht? Nein, reib die Blätter klein. So … zwischen den Fingern.«

Mack war also heimgekehrt. Sein Körper war sehniger geworden, sein Haar länger, sein Gesicht magerer – mehr hatte die Kreuzfahrt nicht bewirkt. Die Jahre würden ihm Falten bescheren, aber er würde als Kind sterben.

Nell nahm den Besen, ging in den kleinen Raum, den sie als Schlafzimmer für Mack vorgesehen hatte, und bearbeitete wütend den Bretterboden. Sie hörte, wie ihr Vater mit den Heimkehrern sprach. Gelegentlich antwortete einer der beiden Bewaffneten, die Mack und Eberhard begleitet hatten. Sie lachten miteinander. Eberhard machte eine holprige Bemerkung. Von Mack hörte man gar nichts.

Nell schob den Schmutz die Stufen hinab, holte ein Bündel Stroh aus dem Stall und warf es in die Ecke zwischen den beiden Türen. Zum Zudecken mochte Mack seinen Mantel benutzen, und wenn ihm nach Blumen zumute war, konnte er sich in den Wald verkriechen wie früher. Immer noch wütend kehrte Nell in ihre Kammer oben im Turm zurück. Sie setzte sich auf ihre Strohmatratze und brach in Tränen aus.

»Nell?«

Die Stimme drängte sich in ihren Traum.

»Nellie? Bist du wach?«

Sie regte sich und versuchte sich zu besinnen, wo sie war, denn in ihrem Traum hatte sie Körbe voller Erbsen gepult, in denen blaue Maden krochen. Ihre Tür stand offen und ein eisiger Schreck packte sie. Doch dann sah sie, dass es nur Mack war, der ratlos mit einem Kienspan unter dem Türbalken stand und wartete.

»Bin ich, ja. Und alles andere wäre ein Wunder, so wie du rumbrüllst. Verschwinde, Mack! Du hast hier nichts zu suchen.« Nell richtete sich auf, wobei sie ihre nackten Brüste bis zum Hals mit dem Laken bedeckte.

»Ich dachte … ich hatte noch gar keine Gelegenheit dich zu begrüßen.«

»Und du meinst, jetzt wäre ein guter Zeitpunkt?«

»Na ja …« Er trat näher, steckte den Kienspan in die Wandhalterung und wollte zum Bett gehen. Blitzschnell griff Nell unter ihr Laken und riss einen Knüppel hervor.

»Du bist der Herr dieser Burg, das ja. Aber mehr nicht. Wenn dir die Hose juckt, Mack Thannhäuser, sieh dich woanders um.«

Er starrte sie an. »Du schläfst … mit einem Stock im Bett?«

»Es gibt Merkwürdigeres.«

»Tja …«, meinte er hilflos.

»Was willst du?«

»Ich … nichts. Eine freundliche Seele sehen. Ehrlich, Nell.«

»Eine freundliche Seele ohne Kleider und Haube. Du bist ein Schmutzfink. Scher dich davon.«

Er nickte und kehrte sich gehorsam wieder zur Tür.

»Du solltest dich schämen!« Sie sah, wie er nach dem Kienspan griff. »Warte.«

»Was denn nun? Davonscheren oder warten?« Er lächelte sie über die Schulter an. Es war sein erstes Lächeln, seit er heimgekommen war, und nur ein Schatten seiner früheren Fröhlichkeit, aber Nells Herz machte einen Hüpfer. Betont ruppig schob sie ihren Knüppel unter die Decke zurück.

»Erzähl, hat Ralph dich mit Respekt behandelt?«

»Mit dem ehrlichen Respekt eines Fuchses für das Hühnchen. Er hat mir Pfeffer vorgesetzt, den er mit etwas Saubraten würzte, bis mir das Feuer aus dem Mund schlug.«

»Es gibt keinen Pfeffer in der Küche.«

»Für das Hühnchen schon.« Das Lächeln wurde breiter. »So geht es unter Füchsen zu, Nell. Erst Pfeffer und dann Wein. Und der Wein kam auch nicht aus der Küche.«

Sie starrte ihn mit offenem Mund an.

»Das hat aber nichts geschadet«, fuhr Mack fort, »weil ich einen Krug Wasser aus der Küche geholt habe. Nur bin ich heute Abend … Ich bin müde.«

»Aber warum …?«

»Ganz scheußlich müde sogar. Ich bin so müde, dass mich mit Sicherheit nichts aufwecken würde, wenn ich erst einmal die Augen zu habe. Und das macht mir Sorgen und darum bin ich raufgekommen … weil ich dachte …«

Ja, er hatte einen daumenbreiten, schwarzen Rand um die Augen, der sich von seinem Gesicht wie eine Eulenmarkierung abhob. Nell starrte immer noch und Mack wurde plötzlich verlegen.

»Jedenfalls freue ich mich, dass ich dir gute Nacht sagen konnte.« Er zog den Kienspan aus dem Eisenring.

»Du kannst dich da in die Ecke legen«, platzte Nell heraus. Sie griff hinter sich und zog eines der mit zahllosen Flicken besetzten Kissen vor, auf denen sie schlief. Mack fing es mit der freien Hand auf, bedankte sich und drückte die Fackel am Stein aus. Er musste wirklich müde wie der Tod sein, denn nur einen Moment nachdem er sich ausgestreckt hatte, hörte sie seinen gleichmäßigen Atem.

Als Nells Augen sich an die Dunkelheit gewöhnt hatten, sah sie sein weißes Gesicht unter dem Fenster. Er schlief mit dem Arm im Nacken, die braunen, viel zu langen Locken flossen ihm über den Ellbogen. Sein Mund war so sorgfältig geschlossen, als müsse er sich selbst im Traum in Acht nehmen.

Er tat ihr Leid, wie er ihr schon immer Leid getan hatte.

2. *Kapitel*

Die Königin stand in der Mitte der sonnigen Kemenate vor einem Tisch, auf dem Stickereien und um Holzstäbchen gewickelte Garne ausgebreitet waren. Ihr Zimmer war bescheiden eingerichtet: ein Bett, zwei wuchtige Reisetruhen mit dunkel angelaufenen Beschlägen, Stühle, die ordentlich um den Tisch gruppiert waren, und, als einziger Luxus, ein großer Wandteppich mit fremdländischen Bauten in strahlenden Blau- und Silbertönen, der die Wand neben dem Bett bedeckte. Die stupsnasige blonde Frau, mit der sie sich unterhalten und die gerade eine Bemerkung zu einem der Stickbilder gemacht hatte, knickste und zog sich diskret in eine Fensternische zurück, als der Waffenmeister den Raum betrat.

Gunther bückte sich unter dem Querbalken der Tür hindurch. Er war für die meisten Türen einige Zoll zu groß und zog aus Gewohnheit den Kopf ein, genau wie er aus Gewohnheit versuchte sich mit dem ersten Blick einen Eindruck des Raums zu verschaffen, den er betrat. Als er niemanden außer den beiden Frauen entdecken konnte, hielt er entgeistert in der Bewegung inne. Er schaute sich um, als könne ein gründlicherer Blick zutage fördern, was er mit Sicherheit hier vermutet hatte. Warum befand sich kein Mann im Raum? Der König, den er eigentlich erwartet hatte, oder wenigstens einer der Grafen oder Ritter – irgendjemand, dessen Kreise sich mit denen eines Waffenmeisters berührten.

Die Königin winkte ihn heran und bat den Diener, die Tür zu schließen. Sie schien also tatsächlich mit ihm sprechen zu wollen, und zwar allein. Gunther trat näher und verneigte sich steif. Er wusste, wie er auf Frauen wirkte. Hölzern wie ein Besen und einschüchternd, was in diesem besonderen Falle allerdings nur seine eigene Verwirrung vermehrte.

Spröde bedeutete Margarete ihm sich zu erheben und murmelte in die Luft zwischen Fenster und Vorhang: »Ich danke Euch, dass Ihr gekommen seid, Waffenmeister. Ich … sicher habt Ihr viele wichtige Pflichten.«

Was kann es Wichtigeres geben als meiner Königin zu dienen – so oder ähnlich hätte ein galanter Ritter geantwortet, aber Gunther brachte diese Worte nicht über die Lippen. Der König und die Königin waren der Grund, warum er die Waffenkammer pflegte wie die Schätze Salomos und warum er seine Knappen bei Wind und Wetter auf den Turnierplatz jagte, um das Letzte aus ihnen herauszuholen. Sein König – und natürlich auch seine Königin – waren sein Heiligtum, das Zentrum seines Lebens und seiner Sorge. Aber er ahnte, dass diese oder eine ähnliche Erklärung in Margaretes Ohren wahrscheinlich wie Hohn klängen. Sie war etwas jünger als er selbst, aber sieben bedauerliche Jahre älter als ihr Gemahl. Und dass sie vom König nicht geliebt wurde, war kein Geheimnis. Heinrich ging ihr soweit als möglich aus dem Weg und bei den unausweichlichen gemeinsamen Pflichten strafte er sie mit Verachtung – nein, schlimmer, mit *Miss*achtung. Der gesamte Hof machte sich darüber lustig.

Margaretes ängstlicher Blick schien zu bedeuten, dass sie von ihm Ähnliches erwartete oder es zumindest nicht ausschloss. Sie wirkte noch verkrampfter als er selbst, und so antwortete er rasch: »Ihr seid meine Königin. Ich komme, wann immer Ihr mich ruft.«

Mit einem Nicken tippelte Margarete zum Fenster, aber nach wenigen Schritten drehte sie sich wieder zu ihm um. Ein Vöglein, misstrauisch, verängstigt, bereit, beim ersten Anzeichen von Gefahr aufzufliegen. Ihr Haar war streng zurückgekämmt und unter einer Haube verschwunden. Sie war mit einer niedrigen Stirn und einem fliehenden Kinn geschlagen und hatte das spitze Gesicht eines Igels. Keine Frau, die das Herz eines jungen Mannes bezaubern konnte. Sie tat ihm Leid – oder sie hätte ihm Leid getan, wenn sie ihn nicht mit dieser ungewöhnlichen Audienz behelligt hätte, deren Sinn er sich bei aller Liebe nicht vorstellen konnte.

»Ihr wundert Euch, warum ich Euch von Euren Aufgaben abhalte.«

Gunther murmelte etwas, während Margarete auf ihre Hände blickte. Sie sah aus, als hätte sie etwas auf dem Herzen, von dem sie nicht wusste, wie sie es herausbringen sollte. Ein Geheimnis? Gunther seufzte still. Er verabscheute Heimlichtuerei.

»Der Herzog von Bayern hasst meinen Gatten.«

»Nun ja«, erwiderte er verblüfft. »Ludwig hat sich einen Welfen auf dem Thron gewünscht. Aber glücklicherweise ist er mit seinen Intrigen gescheitert. Der König hat ihn besiegt und zur Loyalität gezwungen und jetzt ist die Sache ausgestanden.«

»Das hoffen wir alle, ja.«

Und was wollte sie nun? Bei Hof nannte man Margarete einen Klippfisch, aber Gunther bildete sich ein, in ihren hellen Augen eine seltsame Leidenschaft flackern zu sehen. Als ihm bewusst wurde, dass er sie anstarrte und sie damit in Verlegenheit brachte, wandte er den Blick zum Fenster. Das Mädchen, das der Königin Gesellschaft leistete, nähte einen Flicken auf ein Leinenunterhemd, somit schien zumindest das Gerücht, dass die Königin äußerst sparsam lebte, auf Wahrheit zu beruhen. Vielleicht hätte ihr ein bisschen Leichtsinn gut getan. Auf einen jungen Mann von neunzehn Jahren übte Sparsamkeit nicht gerade Reiz aus.

»Es gibt eine Kapelle hier in der Nähe«, unterbrach Margarete sein Grübeln. »Ein Gotteshaus aus Lehm, das die Bauern zum Dank für ... für irgendetwas errichtet haben, für des Herrn Gnade. In der Nähe eines Sees. Vielleicht habt Ihr davon gehört. Es heißt, dass der König dorthin manchmal reitet, um seine Gebete zu verrichten.«

Sie sah ihn, um Zustimmung heischend, an, aber Gunther hatte keine Ahnung, was der König tat, wenn er ausritt. Er schulte die Knappen und gelegentlich die Ritter, wenn sie irgendwelche Kniffe bei ihm lernen wollten und einsichtsvoll genug waren, seine Meisterschaft in der Waffenführung anzuerkennen. Aber er gehörte nicht zum engen Kreis des Königs.

»Heinrich glaubt, dass in der Demut eines ärmlichen Kirchleins der reine Geist des Glaubens stärker zum Tragen kommt als in den Kathedralen, daher liebt er diese Kirche.«

Gunther nickte. Er wünschte, die Königin würde endlich damit herausrücken, was sie von ihm wollte.

»Nun ist mir zugetragen worden …« Margaretes Gesicht lief in einem Kreis, der genau den Saum ihrer Haube nachzog, rot an.

»Herrin?«

»Ich glaube, dass man meinen Gatten ermorden will.« Der rote Kreis breitete sich aus, bis das Gesicht der Königin leuchtete wie eine Tomate. »In dieser Kirche. Man hat mir berichtet, dass es möglicherweise Pläne gibt, Heinrich dort …«

»*Wer* will das?«

»Ich weiß nicht. Ein gedungener Mörder. Ich nehme an, ein Mann des Baiernkönigs. Ich … kenne nur Gerüchte. Aber da es um die Person des Königs geht …«

»Habt Ihr ihm davon berichtet?« Die Frage war dumm. Wenn Margarete ihren Gatten informiert hätte, dann hätte sie kaum seinen Waffenmeister zu sich rufen lassen.

»Das kann ich nicht. Der König ist sehr beschäftigt. Und er glaubt auch nicht … Ich meine, er hält es für unmöglich …«

Er ist leichtsinnig. Das wollte die Königin sagen. Und er hörte ihr nicht zu, weil er sie langweilig und anstrengend fand. Obwohl sie steif wie ein Stock dastand, hatte Gunther das Gefühl, dass Margarete sich innerlich krümmte.

»Warum erzählt Ihr *mir* davon und nicht … Anselm … Robert von Bolanden … Er hat zahllose Ritter um sich, die Einfluss auf ihn haben.«

»Weil ich niemanden sonst kenne, der den König ohne Vorbehalt liebt.«

Das Mädchen im Fenster ließ bei diesen schlichten Worten das Leinenhemd sinken und sah zu ihnen hinüber.

»Jeder hier am Hof …«

»… geht seinen eigenen Interessen nach«, erklärte die Königin ruhig.

»Und Ihr wollt …«

»Ich will, dass Ihr meinen Gatten beschützt, ja.«

Margarete hatte noch ein zweites Geheimnis – und sie litt Höllenqualen, weil es plötzlich so offen im Raum lag, als hätte man es in der Mitte des sonnenbeschienenen Tisches zur allgemeinen Begutachtung ausgelegt. Die Königin liebte ihren Gatten. Sie liebte den Mann, der ihr so schnöde die kalte Schulter wies, als hätte sie ihn mit der vom Heiligen Vater eingefädelten Heirat persönlich kränken wollen, und der sie mit der Unüberlegtheit der Jugend ohne Unterlass demütigte. »Ich gehe davon aus, dass Ihr niemanden über das Gesprochene ins Vertrauen zieht.« Das Sticktuch rutschte ihr aus den Fingern und blieb an der Tischkante hängen.

»Aber wie soll ich ihn dann schützen, Herrin?«

Es schien, als hätte die Kraft, die die Königin erfüllte, sie mit dem Tüchlein verlassen. Sie tastete nach einem Stuhl, sank darauf nieder und wirkte plötzlich doppelt so alt. Ja, genau das war die Frage: Wie schützte man einen Vogel, der am Himmel segelte?

»Wie soll ich ihn schützen, Herrin?«, wiederholte Gunther seine Frage.

»Ich … ich weiß es nicht. Gebt einfach auf ihn … Acht.«

Einfach Acht geben, dachte Gunther und schlug gereizt nach einer Bremse, die ihn mit der Penetranz ihrer Gattung attakkierte. Der Tag war heiß und die Luft so schwül wie im Badehaus. Nach seiner Ansicht war es Unfug, um die Mittagszeit eine Beizjagd anzusetzen. Aber der König wollte hinaus und Gunther fühlte sich in der Pflicht, wenn er auch nicht genau wusste, in welcher. Margarete hatte ihm einen Auftrag gegeben, der nicht zu erfüllen war: Er sollte zu jedermann schweigen und gleichzeitig den König vor einer Gefahr schützen, die so greifbar wie der Nebel an einem Herbstmorgen war. Sie verlangte Unmögliches und wäre sie nicht die Königin gewesen, ihm wäre mehr als ein Fluch entfahren.

Die Sonne knallte in den Hof der Nürnberger Kaiserpfalz. Es war Hochsommer. Schwärme von Fliegen und Bremsen belagerten den Misthaufen, den die Stallknechte neben dem Stalltor aufgehäuft hatten, und stürzten sich angriffslustig auf die Reiter. Beruhigend tätschelte Gunther seinem Rappen den Hals. Es war kein Problem gewesen, vom König eingeladen zu werden. Da Heinrich die Jagd – und besonders die Falkenjagd – über alles liebte, lebte er in dem Glauben, dass jeder danach lechzen müsse ihn zu begleiten. Gut gelaunt hatte er Gunthers Bitte entsprochen. Nun schwang er sich in den Sattel seines weißen Hengstes, lachte und philosophierte über die Jagdkunst.

»… Es ist der Triumph des Geistes, keine Gewalt. Die Macht einer starken Seele über eine ebenso starke Seele. Begreift Ihr, was ich meine, Gunther? Beizjagd bedeutet, die Natur des Vogels zu ändern, sein Wesen. Ich lehre ihn zu tun, was er niemals von sich aus getan hätte. Darin liegt die Herausforderung. Und das Glück. Der Triumph. Himmel, was seid Ihr für ein Stein, Mann! Habt Ihr kein Herz in der Brust? Warum freut Ihr Euch nicht?«

Heinrich war ein hervorragender Reiter. Sein Hengst trabte an, als könne er die Gedanken seines Herrn lesen. Wenn mein König so viel Feingefühl für Tiere aufbringt, wird er auch lernen Menschen einzuschätzen. Das wird ihn vorsichtig machen und ihn schützen, dachte Gunther, während er dem ungestümen jungen Mann zum Tor folgte, wo der Rest der Jagdgesellschaft bereits wartete. Einen Moment erwog er, Heinrich von seiner Unterredung mit der Königin zu berichten. Doch der König vibrierte vor Ungeduld und ein Blick in die übermütigen Gesichter der anderen Männer verschloss Gunther den Mund. Seine Hingabe galt dem König, aber er würde auch die Königin keinem Spott ausliefern.

Heinrich ließ sich vom Falkner seinen Lieblingsvogel reichen, einen jungen, ausgehungerten Sakerfalken, ein Geschenk seines Vaters, des sizilianischen Kaisers. Er schnürte sich die Fessel um die Faust und trabte an. Sein malvenroter Mantel flatterte im Wind, seine rotblonden Locken, das Erbe des Vaters, leuchteten in der Sonne, während er sich vorbeugte und den Burgpfad herabdonnerte und anschließend zwischen den Zelten mit den bunten Dächern und Fahnen hindurchjagte, in denen der niedere Teil seines Gefolges wohnte, um das offene Gelände zu erreichen.

Die meisten der Ritter, die ihm nachsetzten, waren jung. Robert von Bolanden, Emmerich von Thann, Heinrich von Sayn, der Graf von Döhrenbach – keiner von ihnen war mehr als ein paar Jahre älter als der König. Nur Anselm von Justingen trug an der Last der Jahre. Und der Nürnberger Burggraf, der seinen König pflichtgetreu auf jeden Ausritt begleitete, obwohl ihm die Gicht zu schaffen machte und er wahrscheinlich den Tag herbeisehnte, an dem Heinrich zu seiner nächsten Pfalz aufbrechen würde. Zwei Knappen gehörten ebenfalls zur Jagdtruppe, Noah und Prosper. Zusammen bildeten sie einen Trupp von knapp zwanzig Mann – genug, den König zu schützen, wenn man sie nicht gerade mit einer Armee überfiel.

Die Zeltstadt und die Wiesen lagen schon bald hinter ihnen. Sie erreichten einen Wald, wo sie ihr Tempo zügelten und kurze Zeit den Schatten unter dem Laubhimmel genossen. Dann lichteten sich die Bäume wieder und vor ihnen lag, inmitten der Felder, ein Leibeigenendorf hinter einem Zaun aus krummen Ästen. Gunther hörte den König einen Jubelschrei ausstoßen, während er seinem Hengst die Hacken in die Weichen stieß und mit ihm über einen Bach setzte. Er beugte sich so elegant über den Kamm des Pferdes, dass Noah, der das Federspiel trug und ihm auf den Fersen war, wie ein besonders plumper Affe wirkte.

Noah ist ein guter Kämpfer, aber im Sattel taugt er nicht viel, dachte Gunther, während er den Knappen beobachtete, der den Vorsprung des Königs wieder aufholen wollte. Ihm fehlte das Gleichgewichtsgefühl. Sein Körper befand sich niemals völlig mit den Bewegungen des Pferdes im Einklang und das machte das Tier nervös. Schade, denn Noah war kräftig und ein guter Kämpfer, vor allem mit der Axt und der Lanze, und es war Zeit, ihn für den Ritterschlag zu empfehlen.

Der König zügelte das Pferd. Er hatte einen mit Schilf und Sumpfschachtelhalmen bewachsenen See erreicht, über dem ein Purpurreiher schwebte – ein seltener Anblick in dieser Gegend. Vielleicht ein diskretes Geschenk des Burggrafen, mutmaßte Gunther. Das Tier auf Heinrichs Faust schien zu spüren, dass die Jagd beginnen sollte. Es schlug mit den Flügeln, als Heinrich nach der Haube griff. Die Glöckchen am Geschüh seiner Fessel klingelten.

»Er ist ein König – wenigstens so sehr, wie ich einer bin«, rief Heinrich begeistert aus, als sein Falke in die Luft stieß und in einem majestätischen Bogen an Höhe gewann.

»Und mit dem gleichen tödlichen Schnabelhieb«, stimmte der Burggraf in plumper Lobhudelei zu. Sein graues Haar klebte im Nacken und seine Lippen zitterten. Er konnte kaum verbergen, welche Anstrengung es ihn kostete, das Tempo der jungen Männer mitzuhalten. Gunther sah, wie er unauffällig im Sattel rutschte und sein Gewicht verlagerte.

Der Falke ließ sich Zeit. Sein Opfer kreiste weit unter ihm. Das blaugraue Gefieder des Reihers und sein überlanger, schlanker, rotvioletter Hals schimmerten im Sonnenlicht – die Verheißung eines Glücks, das den Falken gierig, nein, halb verrückt machen musste, das er aber trotz seines Hungers noch hinauszögerte. Der Falke bewegte kaum die Flügel. Es war ein wundervoller Anblick.

Nur dass Gunther ihn nicht genießen konnte. In einem ehrenvollen Kampf war es möglich, den König zu schützen. Was aber, wenn der bayrische Herzog sich eines Meuchelmörders bediente, der ebenso lautlos kreiste und zustieß wie der Falke? Unauffällig begann Gunther das Gebüsch und den Waldrand jenseits des Sees abzusuchen. Er trug seinen Bogen bei sich, genau wie Robert von Bolanden und einige der anderen jungen Leute. Pfeile waren eine gute Abwehrwaffe, aber auch das ideale Gerät für einen Mordversuch aus dem Hinterhalt.

»Jetzt. Er stößt herab.« Der König sprach leise, in ungespielter Verzückung. So wie er mit seinem Pferd verbunden war, schien er auch zu spüren, was in dem Falken vor sich ging.

Der See, über dem der Vogel kreiste, hatte eine flache, nasenförmige Ausbuchtung, die vom Schilf überwuchert war. Hinter dem Schilf standen Mandelweiden und hüfthohes Unkraut. Gab es dort eine Bewegung? Einen Moment lang meinte Gunther, etwas Braunes durch die Blätter schleichen zu sehen. Ein Reh? Zwei Blässhühner flogen auf und brachten sich auf dem Wasser in Sicherheit. Etwas strich dort entlang, das sie als Gefahr …

Der König brüllte auf und Gunther blieb das Herz stehen. Aber es war nur ein Jubelschrei – ein Begeisterungsruf, dem ein dutzendfaches Echo folgte. Der Reiher schien in der Zeit, als Gunther abgelenkt gewesen war, einen Fisch aufgespießt zu haben, denn der Falke trug zwei zappelnde Beutetiere über die gekräuselte Wasserfläche.

»Robert?«

Der Graf von Bolanden klebte mit seinem Blick am Himmel. »Hm?«

»Ich reite um den See.« Gunther fasste ihn am Ellbogen. »Bei den Weiden dahinten rührt sich was. Ich will nachsehen, was es ist.«

»Warum?« Robert lächelte über den jungen König, den der bizarre doppelte Jagderfolg in einen Taumel versetzt hatte.

»Weil es nötig ist. Tu mir den Gefallen und behalte das Ufer im Auge. Und achte auf den König.«

Es war die Warnung der Königin, die Gunther von der Jagdgesellschaft forttrieb, nichts sonst, wie er sich eingestand, und wahrscheinlich hielt Robert ihn für einen übervorsichtigen Pedanten. Aber das Wesen in den Büschen war zu groß gewesen für eine Ralle oder ein Teichhuhn und Rot- und Schwarzwild würde den sumpfigen Grund meiden. Wenn es sich jedoch wirklich um einen Menschen handelte – welchen Grund hätte er, sich im Schilf nasse Füße zu holen?

Das Gelächter der Jagdgesellschaft begleitete Gunther um den See. Er galoppierte und kam schnell voran, aber einen Steinwurf vor der Stelle, an der er das verdächtige Wesen gesehen zu haben meinte, musste er absteigen. Ein Wall aus Unkraut und Dornensträuchern türmte sich vor ihm auf. Sein Misstrauen verstärkte sich. Es gab hier weder einen Trampelpfad noch eine andere Möglichkeit sich an den Dornen vorbeizuschlängeln. Das war kein Platz, an dem man sich gemütlich die Zeit vertrieb. Er nahm sein Messer und machte sich auf ins Dickicht, wobei er still über jeden Dorn fluchte, der den Stoff seines Rocks zerriss. Je näher er dem Ufer kam, desto verfilzter wurde das Dickicht. Leider konnte er nicht feststellen, wo sich das verdächtige Wesen aufhielt, denn er scheuchte selbst sämtliches Getier auf.

Am Ende hatte er aber auch keinen Hinweis mehr nötig – er fiel über das, was er suchte. Die Überlegung, dass ein Mörder, der dem König auflauerte, ihn auf jeden Fall vom Seeufer ausspähen musste, hatte ihn bis zu den Waden ins Wasser getrieben. Und dort, zwischen Pfeifengras, Teichrosen und im Trüben verborgenen Wurzeln stieß er gegen ein Bein. Er wäre darüber gestolpert und bäuchlings im Schlamm gelandet, hätte er sich nicht im letzten Moment mit einer Hand im Geäst einer Weide fangen können.

Die Beine lagen still und die Füße waren gegeneinander verdreht, der eine über dem anderen. Kein Mensch würde freiwillig solch eine unnatürliche Stellung einnehmen, so viel stand fest. Trotzdem war Gunther vorsichtig. Er schloss die Hand fester um das Messer und bog vorsichtig die Zweige auseinander.

Sein erster Gedanke war, dass der Mann, der im brackigen Wasser lag, Glück gehabt hatte. Er war bewusstlos und der größte Teil seines Körpers befand sich im Nassen, aber sein Kopf war bei dem Unfall oder was immer ihn niedergestreckt hatte auf sich gabelnden Weidenzweigen gelandet. Ein Dorn hatte ihm das Kinn bis zum Ohr aufgerissen und seine Haut war zerkratzt, aber der Busch hatte ihn vor dem Ertrinken bewahrt.

Gunther schob sein Messer in den Gürtel zurück. Er packte den Ohnmächtigen – einen jungen Burschen, nicht älter als die Knappen, die er ausbildete – unter den Achseln. Es war eine mühsame Rackerei, ihn aus dem Morast zu schleifen, besonders weil der junge Mann weibisch lange Haare hatte, die sich in jeder Ranke verhedderten. Gunther riss sich einen langen Schlitz in den Rock, bekam Schlamm in die Stiefel und war froh, als er wieder offenes Gelände erreichte und den Jungen ins Gras fallen lassen konnte.

Nicht nur die Haare des Verletzten wirkten weibisch, auch sein Gesicht, wie er mit Widerwillen feststellte. Seine Nase war schmal, mit zarten Flügeln, die beim Atmen bebten. Die Lippen schwangen sich in einem Bogen über das Dreieck des

Kinns, das viel zu fein war, um Willenskraft auszudrücken, die Haut war kleinporig und samtig und die Wimpern glichen schwarzen Seidenfäden. Zwei weiße, makellose Zähne bohrten sich in seine Unterlippe, als er sich bewegte und noch völlig benommen nach seinem Kopf zu tasten begann.

Er hatte eine Platzwunde zwischen Schläfe und Ohr. Sie war dick angeschwollen und erklärte seine Ohnmacht. Als er in diesen Brei aus Schmutz und Blut fasste, öffnete er endlich auch die Augen. Katzenaugen in seltsamen Grüntönen von unterschiedlicher Färbung, die in Schlieren ineinander liefen. Gunther mochte sie ebenso wenig wie den Rest seines Äußeren und er besann sich wieder auf das wichtige Faktum: Er hatte den Verletzten an einer verdächtigen Stelle gefunden – in einem Morast, dem Ufer gegenüber, an dem sein König jagte.

»Bist du wach?«

Der Junge antwortete nicht. Er setzte sich auf und es zeigte sich, dass seine Schmerzen offenbar nicht nur mit der Beule zusammenhingen, denn er tastete nach seinem Hals und dann nach seiner Schulter.

»Wo ist deine Waffe?«

»Was?« Er hielt sich den Oberarm und zuckte zusammen.

»Deine Waffe«, wiederholte Gunther.

»Ich habe keine.«

»Oh! Du bist ein Bauer?« Das war er offensichtlich nicht, es sei denn, die Kleider, die er trug, waren gestohlen. Sie waren nicht luxuriös, aber besser als alles, was sich ein Bauer leisten konnte. Ein blaubeerfarbener Rock, ausgewaschen, aber von ordentlicher Qualität, mit grünem Besatz an Halsausschnitt und Ärmeln. Der Rock reichte ihm bis zu den Knöcheln – die Saumlänge eines Edelmanns.

Der Junge fasste sich wieder an den Arm und diesmal entfuhr ihm ein derber Fluch, während gleichzeitig die Farbe aus seinem Gesicht wich. Er ließ den Arm los und drückte die Stirn gegen die Knie. Die Locken verdeckten sein Gesicht, aber Gunther nahm an, dass er weinte. Angewidert verzog er das Gesicht.

Er stand auf und zerrte ohne viel Rücksicht den Rock des Jungen über die Schulter, bis die Haut frei lag. Eine Handbreit unter der Schulter klaffte eine Wunde, die von Blut troff und aus der das abgebrochene Ende eines Pfeils ragte. Das Blut hatte den Dreck fortgespült, aber der Pfeil war in einem ungünstigen Winkel eingedrungen. Als Gunther den Arm drehte, sah er die Metallspitze schwarz unter der zarten Haut der Achselhöhle schimmern. Das hintere Ende des Pfeils war gesplittert und wahrscheinlich beim Sturz abgebrochen. Ob die Pfeilspitze einen Widerhaken besaß, ließ sich nicht feststellen. Aber das gesplitterte Ende war lang genug, um sie vollständig durch das Fleisch zu treiben und zu entfernen.

»Stillhalten!«, befahl Gunther. Er zog sein Messer und glättete das zersplitterte Holz. Dann stieß er den Pfeil mit einem kräftigen Ruck durchs Fleisch. Es war eine blutige Schweinerei, die ihm die Hose verdarb und ihn ärgerte, weil sie ihn zwang, von seinem König fortzubleiben. Er mochte den Jungen nicht: wegen seiner Erscheinung und weil er sich verdächtig verhalten und noch immer keine Erklärung dafür geliefert hatte.

»Kann ich sehen?« Der Junge war nicht mehr blass, sondern weiß wie ein Blumenkohl. Seine Hand, die er ausstreckte, zitterte.

Gunther fiel erst jetzt auf, dass die Stimmen der Jäger, die sie bisher wie das Murmeln eines entfernten Bachs begleitet hatten, lauter geworden waren. Der König schien sich auf die Suche nach seinem Waffenmeister gemacht zu haben.

»Bitte.« Der Junge hielt noch immer die Hand offen.

»Es ist eine Pfeilspitze. Ein Stück von deiner Haut hängt dran. Sei froh, dass es dich nicht umgebracht hat, und damit gut. Warum hast du dich am Ufer rumgetrieben?«

»Ich würde sie mir gern ansehen.«

»Und ich würde gern wissen … mein König? Hier, ich bin hinter den Büschen.« Gunther trat ein paar Schritt zur Seite, damit die anderen ihn sehen konnten. Er winkte und kehrte zu dem Verletzten zurück. »Also los – was hast du in dem verdammten Sumpf gewollt?«

Der Junge hatte sein Gesicht wieder auf die Knie gelegt. Sein Haar fiel nach vorn, so dass ein Teil seines Halses frei lag. Dort zog sich eine blutige Schürfwunde entlang. Der Scheitel klebte ebenfalls von Blut. Gunther bezweifelte, dass dies bei einem Sturz geschehen war. Man hatte den Jungen niedergeschlagen.

»Ich danke dir, dass du mir geholfen hast«, hörte er ihn murmeln.

»Was mich glücklich macht. Und noch glücklicher wäre ich …«

»Ich sagte, ich danke dir.«

»Interessiert mich nicht. Verstanden? Was wolltest du am See?«

»Ich *danke* dir.« Der Junge sah auf. Seine hübschen Lippen waren schmal geworden. »Aber fass mich im Leben nicht mehr an. Du bist schlimmer als ein Sauschlächter.«

Der König war so nah, dass Gunther seine Stimme von denen der anderen unterscheiden konnte. Im nächsten Moment bog er mit seinen Rittern um die Büsche. Der Junge sah auf. Wie eine Katze, dachte Gunther erneut. Ein Katzenvieh, das sich eingekreist fühlt und die Nackenhaare sträubt. Er stand auf, etwas zu hastig nach der Prügel, die er eingesteckt haben musste, und offenbar war ihm schwindlig, was er mit tiefen Atemzügen zu bekämpfen suchte.

»Gunther! Seht her!« Der König wies lachend auf die Beute, die an seinem Sattel baumelte. »Einen Reiher *und* einen Weißfisch. Mein Liebling ist nicht nur ein exzellenter Jäger, er ist durchtrieben wie der Leibhaftige. Ihr habt Euch um einen großartigen Augenblick gebracht, vielleicht um den besten dieses Sommers. Was ist? Was macht dieser Mann hier?«

Der Verletzte trat – nein, er taumelte – einen Schritt zurück. Er lächelte, was Gunther ebenfalls missfiel, denn wenn es einem dreckig ging, gab es keinen Grund das zu verbergen. »Vergebt Herr, gar nichts. Ich war ... ich hab einem Eurer Pfeile im Weg gestanden. Es ist nichts ...«

»Knie nieder, Bengel. Du stehst vor deinem König«, fuhr Gunther ihn an.

»Nein, lass. Ist er verwundet?« Heinrich musterte den Fremden neugierig. »Wie heißt du?«

»Ich ... Mack. Markward.«

»Und weiter? Du wirst doch ein Zuhause haben. Wo kommst du her?«

»Von Thannhausen, Herr. Ich würde knien, aber ich fürchte ...«

»Was ist das? Eine Burg?«

»Ich kenne den Kerl«, schnitt der Burggraf dem Jungen das Wort ab. »Seinem Vater gehört eine Burg südlich von hier. Ein paar Dörfer, Wälder und Ländereien. Nichts Besonderes. Oder vielmehr – seinem Vater *gehörte* die Burg. Er soll im Heiligen Land ums Leben gekommen sein. Ist er doch, oder?« Der Graf blickte den Jungen an, sprach aber weiter, ohne eine Antwort abzuwarten. »Mack ist der Erbe. Er ist älter geworden, seit ich ihn das letzte Mal gesehen habe – aber er ist es ohne Zweifel.« Er machte keinen Hehl aus seiner Abneigung und Gunther fühlte sich in seinem Argwohn bestätigt.

»Warst du auch im Heiligen Land? Beim Kreuzzug?« Bisher hatte Heinrich mit müdem Interesse gefragt, aber als der Junge nickte, richtete er sich plötzlich kerzengerade im Sattel auf. »Und? Hast du den Kaiser gesehen?«

»Ja, ein paar Mal.« Mack lächelte erneut. Es war kein ehrliches Lächeln. Vielleicht weil er Schmerzen hatte. Gunther wollte gerecht sein. Mit Schmerzen sah jedes Lächeln wie eine Grimasse aus.

»Warst du bei seiner Krönung in der Kirche zu Jerusalem dabei?«

»Ich glaube nicht, mein König, dass dieser ... Nichtsnutz der Mann wäre, dem unser Kaiser die Gnade seiner Gegenwart gewährt hätte«, bemerkte der Burggraf abfällig.

»Warst du?«

»Nicht wirklich.«

»Ja oder nein?«

»Mein Vater ...«, sagte der Junge und man merkte, wie er überlegte und zögerte, »... hatte dem Kaiser einen Dienst erwiesen. Dabei ist er umgekommen und deshalb hat der Kaiser mir und meinem Vetter erlaubt ...« Er stockte. Seine Hand wanderte zur Schulter, aber als er es merkte, ließ er sie wieder sinken. »Wir haben hinten gestanden. In einer Ecke der Kapelle der Beschimpfungen. Man konnte fast nichts sehen.«

»Dein Vater ist für das Kreuz gestorben?«

»Nein, er ... Der Kaiser brauchte jemanden und mein Vater stand bereit.«

Gunthers Misstrauen stieg. Niemand machte seine Verdienste – oder die seiner Leute – klein, wenn es nicht etwas zu verbergen gab. Er war überzeugt, dass der Junge log. Wahrscheinlich hatte er die Kirche von Jerusalem nicht einmal von außen gesehen.

Heinrich beugte sich vor. »Zeig mir den Pfeil, der dich getroffen hat.«

»Hier ist er. Ich habe ihn.« Gunther gab ihn seinem Herrn und beide, der Junge wie der König, betrachteten das blutverschmierte Metall mit dem Holzende.

»Aus deinem Köcher, Emmerich?«

Der Ritter nickte, nachdem er das Objekt des Interesses ebenfalls begutachtet hatte.

»Unser Falke hat auf dem Flug zurück zum Federspiel ein Dutzend weitere Reiher aufgeschreckt. Wir haben danach geschossen und ein paar Pfeile sind hinter dem See niedergegangen. Du hattest Pech … Mack.« Der König überlegte. »Du hattest Pech, aber es war nicht deine Schuld. Wenn mein Vater deinen Vater belohnte, weil er sein Blut vergoss, dann sollte ich, der ich deines vergossen habe, wenn auch unabsichtlich, nicht knauseriger sein. Was wünschst du dir, Mack?«

Der Junge wich einen weiteren Schritt zurück – wie die Katze, bevor man sie am Schlafittchen packt, dachte Gunther – und schüttelte den Kopf. Sein Lächeln war unechter denn je. »Nein, Herr, was … brauche ich schon? In Jerusalem hat mich die Sonne verbrannt – hier habe ich ein Dach, das mich schützt. Ich habe Essen und Trinken, ich habe mein Laute …« Er redete dummes Zeug, weil er nicht wusste, was er sagen sollte. »Ich bin völlig zufrieden …«

»Willst du an meinen Hof kommen?«

Es war eine romantische Laune. Jeder wusste, wie hart es den jungen deutschen König getroffen hatte, dass er seinen Vater nicht ins Heilige Land begleiten durfte. Scheinbar wollte er sich jetzt mit dem Jungen ein Stück Jerusalem in seinen Palas holen.

»Verzeiht, mein König«, begann Anselm. »Wir wissen fast nichts …«

»Was hast du hier am Ufer zu tun gehabt?«, fiel Gunther dem Grafen unhöflich ins Wort. Denn auf diese Frage hatte er noch immer keine Antwort erhalten.

Heinrichs Stirn umwölkte sich, worauf Gunther erklärte, während er seine Stimme zu zähmen versuchte: »Der Bengel hat sich äußerst verdächtig benommen, Herr. Ich habe ihn an einer Stelle des Sees erwischt, wo man bis zu den Waden im Schlamm steht und nicht einmal fischen kann. Er war nicht auf der Jagd, denn er hatte keine Waffe bei sich. Außerdem dürfte er hier gar nicht jagen. Ich denke also, er sollte damit herausrücken, was zum Teufel …«

»Was wolltest du hier?«, fragte Heinrich.

»Nichts anderes als … in einen Pfeil springen, um mich in die Gunst meines Königs zu schleichen, wie jeder hier vermutet. Ich habe kein Unrecht getan, Herr. Ich wollte gar nicht dorthin, wo ich war. Ich habe mich verlaufen. Das Pech sitzt mir im Nacken, wie Ihr selbst gesagt habt. Und es tut mir leid …«

»Wenn du eine Laute zu deinen Schätzen zählst, dann bist du ein Sänger?«

Es wäre ein Fehler, Heinrich abzuraten, dachte Gunther. Der König besaß die Tugenden seiner Geburt – Tapferkeit, Edelmut und Großzügigkeit –, aber auch die Fehler seiner Jugend. Starrsinn war einer davon.

»Oh … nein, nein. Früher. Aber meine Stimme ist unter Jerusalems Sonne so kratzig geworden wie ein Igelpelz.«

»Kannst du lesen? Liednotationen, meine ich.«

»Wenig.«

»Er ein Taugenichts. Vergebt, Herr, aber das muss gesagt werden.« Die Stirn des Burggrafen umwölkte sich. Er war ein rechtschaffener Mann und außerdem einer, der die Tücken seines Amts kannte. Sicher raubte ihm die Vorstellung, dem König könne während des Aufenthalts auf seiner Pfalz ein Unglück geschehen, seit Wochen den Schlaf. »Ich habe die jungen Männer hier aus der Gegend, die das Kreuz nehmen sollten, auf meine Burg geladen, um sie zum Ritter zu schlagen. Die Zeit eilte … Ihr wisst, der Ruf kam überraschend. Sie brauchten keinen Nachweis ihrer Fähigkeiten abzulegen, außer einem Kräftemessen in einem Tjost. Ein bisschen Lanzenscheppern, sonst nichts. Aber dieser Mack war ein Feigling und ist davongelaufen.«

»Du bist davongelaufen?«

Alle sahen den Jungen an.

»Wie der Herr sagt.« Es ging Gunther auf die Nerven, dass der Junge immer noch lächelte. Zumindest jetzt hätte er beschämt den Kopf senken sollen. »Ich mag das nicht – blanke

Schwerter und Pferde, die gegeneinander jagen. Es erschreckt mich …«

»Du bist also ein Nichtsnutz und Feigling.«

»Ihr wiederholt die Worte meiner Mutter, Herr. Ja, das bin ich.«

Und jetzt, dachte Gunther, gib dem Wicht einen Tritt und jag ihn zum Teufel. Ihm fiel auf, dass es dunkler geworden war. Und kühler. Am Himmel waren Wolken aufgezogen und die Luft drückte wie in einem Backofen. Es würde ein Gewitter geben. Auch der Burggraf warf einen besorgten Blick gen Himmel. Wahrscheinlich stellte er sich vor, was der Kaiser mit ihm anstellen würde, wenn sein Thronerbe, einer seiner beiden leiblichen Söhne, in Nürnberg von einem Blitz erschlagen würde.

»Holt sein Pferd und bringt ihn zu mir auf die Burg, Gunther.«

»Bitte, Herr?«

Der König grinste den Waffenmeister mutwillig an. »Ich habe entschieden. Dieser Junge hat Hände, die in der Lage sind, ein Schwert zu tragen. Er hat einen gesunden Körper. Und auf den Mund gefallen ist er auch nicht. Ich will, dass Ihr aus ihm einen Ritter macht.«

»Vergebung, Herr.« Anselm ließ sich von den gerunzelten Brauen des Königs nicht einschüchtern. »Selbst der beste Schmied formt aus einem Klumpen Mist keine Klinge.«

»Ich gebe ihm ein Jahr«, beharrte Heinrich. »Und dann soll er gegen *Euch* antreten. Ein alter Mann mit Erfahrung gegen einen jungen, dem Gunther bis dahin hoffentlich genügend beigebracht hat, dass er mir keine Schande bereitet.«

»Ich soll gegen einen Streuner …«

»Niemand verlangt, dass Ihr ihn schont.« Heinrichs Pferd stieg mit Vergnügen auf die Hinterhufe, als er es aufstachelte, und Ross und Reiter jagten dem Gewitter entgegen.

Missvergnügt sah Gunther sich nach dem Pferd des Jungen um.

3. *Kapitel*

Mack starrte an die Decke. Durch die Schlitze, die im oberen Teil des Raumes angebracht waren, drang silbergraues Licht. Möglicherweise war es Abend, aber es konnte ebenso gut Nachmittag sein. Der Himmel wurde durch das Gewitter, das inzwischen mit aller Macht tobte, verfinstert. Blitze erhellten die Fenster, im nächsten Moment sanken sie ins Dunkel zurück. Irgendwann im Laufe dieses grauenhaften Tages war ihm das Zeitgefühl abhanden gekommen. Er verkroch sich tiefer unter seiner Decke und lauschte dem Donnergrollen.

Verschiedene Strohsäcke, Bettzeug und Truhen an den Wänden wiesen darauf hin, dass das Zimmer, in dem er lag, von etwa einem Dutzend Leuten bewohnt wurde. Vermutlich von den Knappen, mit denen er nach dem Willen des Königs zum Ritter ausgebildet werden sollte. In den Wänden steckten Nägel, an denen sie ihre Kleider aufgehängt hatten. Die Stoffe glänzten in allen Farben der Natur, von Buttergelb über Stachelbeergrün bis zum Rot des Klatschmohns. Reiche Leute.

Mack fühlte, wie der Schweiß ihm in Rinnsalen in die Halsgrube und die Oberschenkel hinablief. Sein Arm stach, als würde sich ein Kaktus darin wälzen. Dieser Mann, dieser Waffenmeister, der ihn vor Ralph gerettet hatte … Gunther. Gunther hatte ihm eine dicke, junge Frau geschickt, die seine Wunden ausgewaschen und den Arm mit sauberen Leinenstreifen umwickelt hatte. Sie hatte ihm einen Becher mit saurem Winterwein hingestellt und er hatte gierig daraus getrunken. Doch inzwischen war der Becher fast leer und die

Vorstellung, dass er möglicherweise aufstehen und sich durch die fremde Burg fragen musste, um Nachschub zu besorgen, schmetterte ihn nieder. Er hatte Fieber, anders waren sein Schwitzen und das unnatürliche Verlangen nach Flüssigkeit nicht zu erklären. Wenn niemand kam, würde er etwas zu trinken holen oder verdursten müssen.

Eine Tür klappte, ein Windhauch streifte ihn und Mack zog fröstelnd die Decke über das Kinn, während er dem Plätschern des Regens lauschte und über die Köstlichkeit von Wasser nachsann. Vermutlich dämmerte er ein, denn als ihn eine Stimme anschnauzte, wusste er im ersten Moment nicht, wo er war.

»Bist du schwerhörig? Aufstehen, habe ich gesagt.«

Verwirrt blinzelte er in das Licht einer Fackel, die sein Gesicht ableuchtete. Er begann sich zu erinnern. Der Waffenmeister. Er hatte seine Kleider gewechselt und trug jetzt einen festen, schwarzen Mantel, an dem Regentropfen glitzerten. Und es musste Nacht sein, denn die Schartenfenster waren nicht mehr von der schwarzen Wand zu unterscheiden. Das Gewitter hatte aufgehört.

»Brauchst du Hilfe?«

Die Frage troff vor Ironie, sie war keinesfalls mitfühlend gemeint und Mack schob die Decke beiseite. Der Waffenmeister deutete mit dem Kienspan zur Tür.

»Ich warte da draußen. Beeil dich mit dem Anziehen.«

Ohne weiteren Kommentar verschwand er. An dem Fackelschein, der sich an der Wand spiegelte, konnte man erkennen, dass er auf und ab wanderte.

Mack starrte auf den Kleiderhaufen zu seinen Füßen. Seine Zähne klapperten und der Raum bewegte sich als tanze er einen Reigen. Schön, sagte er sich. Schön. Dieser Gunther konnte ihn nicht leiden und er wollte ihn piesacken. Konnte man etwas dagegen tun? Nein. Also? Die Entscheidung war einfach. Sehr viel einfacher, als sich zu bücken, die verdammten Kleider zwischen die Finger zu bekommen und sie über den Kopf zu ziehen. »Mist, Mistdreck …«, zischelte er, während er gegen den Schwindel ankämpfte und sich bemühte, den Arm so wenig wie möglich zu bewegen.

Mack war in Schweiß gebadet, als er in den Flur trat. Er konnte sich nicht erinnern, in welchem Teil der kaiserlichen Pfalz man ihn untergebracht hatte, aber es musste in einem Obergeschoss sein, denn Gunther stieg, als er ihn gesehen hatte, eine Treppe hinab. Dunkel erinnerte Mack sich an einen Hof. Sie mussten sich im Wohntrakt befinden. Bedachtsam ging er den Flur entlang, während das Fieber ihm Hitzeschübe durch den Körper jagte.

Die Kaiserpfalz hatte ihr Lied, so wie jedes Ding sein Lied besaß. Dieses hier wurde von den Mauern gesungen – mit dumpfen, hallenden Tönen, die in Macks Kopf ein Echo fanden, als wäre er ein riesiger Resonanzkörper. Ein Geräusch wie eine Ramme. Als wollten die Mauern ihn mit ihrem Gesang in den Boden stampfen.

Mack griff nach dem Treppenlauf und tastete sich die Stufen hinab, während er überlegte, was geschähe, wenn er sich einfach auf die Stufen setzte und zugäbe, dass er nicht mehr konnte. Seine Kleider waren schon nach diesen wenigen Schritten durchgeschwitzt und seine Unterwäsche klebte ihm am Rücken, obwohl er fror.

Der Waffenmeister hatte den Hof durchquert und wartete bereits ungeduldig auf der anderen Seite, als sein Schüler, den man ihm aufgezwungen hatte, in der Tür erschien. »Wir machen einen Spaziergang.«

Und besten Dank, dass du mich mitnimmst, dachte Mack, während er sich an den Pfeiler des Tors lehnte und zuhörte, wie Gunther mit dem Wächter, der extra für sie aus dem Wachturm herunterkletterte, ein Gespräch begann. Sie flüsterten miteinander und der Mann öffnete mit einem unförmigen Schlüssel das Tor. So schlimm war das Wetter gar nicht mehr. Das Gewitter hatte aufgehört und vom Regen war nur ein warmes Nieseln geblieben.

Ein weiterer Hof, ein weiterer Wächter. Diesmal wurde ihnen nur die kleine Nebenpforte für Fußgänger aufgeschlossen. Der Waffenmeister hatte einen leichten, federnden Gang. Er bewegte sich schnell und es ging ihm sichtlich auf die Nerven, nach jedem dritten Schritt warten zu müssen, aber Mack hatte nicht nur keine Lust, sich zu beeilen – ihm fehlte die Kraft dafür.

Eine kurze Strecke benutzten sie den Weg, doch sobald sie die Zelte vor der Burg hinter sich gelassen hatten, hielt Gunther auf das schwarze Feld zu. Er musste hervorragende Augen haben, denn er stockte kaum, obwohl er seine Fackel in der Burg zurückgelassen hatte. Sie marschierten hintereinander durch die Dunkelheit einer sternenlosen Nacht, in der es spürbar kälter wurde. Mack schlang die Arme um seine Brust und ärgerte sich, nicht einfach einen der Umhänge vom Haken genommen zu haben. Die Dunkelheit machte ihm nichts aus, sie war der tröstende Schutz für die Schutzlosen. Doch die Kälte und das Laufen brachten ihn fast um. Gunther musste wissen, dass es ihm nicht gut ging. Was also bezweckte er? Ihn kleinzukriegen?

Träge lauschte Mack dem Lied der Wiese, aus dem die Lust am warmen Regen klang. Die Töne beruhigten seine überreizten Nerven. Er fand sein eigenes Lauftempo, das dem einer Schnecke ähnelte, mit dem er aber immerhin vorankam. Wenn Gunther etwas mit ihm vorhatte, würde er sich eben anpassen müssen.

Schritt für Schritt, einen Fuß vor den anderen, bewegte Mack sich vorwärts – bis er plötzlich merkte, dass das Lied der Wiesen schwächer wurde. Es verlor sich nicht, aber es wurde vom Rauschen eines Flusses übertönt. Er blieb stehen. Mack mochte den Gesang der Flüsse, ihr Lied war nicht behäbig wie das der Burgmauern, sondern leichtfüßig und prickelnd. Das heißt, er mochte es eigentlich *nicht*, denn, wie Nell ganz richtig sagte: Flüsse und Mauern sangen nicht – es sei denn man war sehr jung oder krank oder sonstwie nicht gut beieinander. Trotzdem liebte er es sich am Ufer eines Flusses auszuruhen. Jetzt, wo ihm vor Schwäche die Knie wackelten, sowieso. Allerdings – das Lied, ob es nun da war oder nicht, wurde gestört.

»Was ist?« Der Waffenmeister wuchs wie ein Gespenst aus der Dunkelheit und packte ihn am Arm. Nervös runzelte Mack die Stirn. Das Lied des Flusses wurde … abgeschnitten. Als saugte etwas Dunkles seine Töne an sich. Die schönsten und hellsten verschwanden wie Spielzeugschiffchen, die in einen Strudel gerieten. Und er konnte sich denken, woran das lag.

»Bockig, ja?« Gunther packte Mack an den Oberarmen und drückte ihm seine Daumen ins Fleisch. Von einem Moment zum anderen war Mack hellwach und atemlos vor Schmerz und Wut. Gunther hatte ihm den Pfeil eigenhändig aus dem Fleisch gezogen. Er *konnte* die Wunde nicht vergessen haben. Er wusste genau, was er tat, als er seinen Daumen hineinpresste. Mack stöhnte und spürte, wie sich sein Magen zusammenzog. Die Furcht vor dem, was das Lied des Flusses schluckte, rückte in den Hintergrund vor dem Schmerz.

»Ich komm doch«, ächzte er.

»Gut, dann ist es ja in Ordnung.« Gunther ließ ihn los.

»Und … wohin?« Mack leckte seine trockenen Lippen. Er war ein Feigling. Kein Witz, keine Maskerade. Die Vorstellung, Gunther könnte erneut seinen Arm berühren, ließ ihm den Magen flattern.

»Zur Brücke. Darunter ist es trocken. Es gibt ein paar Dinge, die du mir zu erklären hast.«

»Zur Brücke.« Mack tat einen Schritt, aber seine Beine gaben nach und er plumpste zu Boden. Die Grashalme, die sich sofort an seine Waden schmiegten und seine Füße umschmeichelten, trösteten ihn. Sie wussten von den verschwundenen Tönen und warnten ihn wie einen Bruder. Nicht zur Brücke. Um keinen Preis.

Gunther kehrte zurück. Er schwankte. Vielleicht dämmerte ihm, dass er die Kräfte seines Zöglings überschätzt haben mochte. »Meinetwegen auch hier – ist mir egal.« Er ging in die Hocke, um seine Kleider nicht mit Grasflecken zu beschmieren. »Du bist heute Mittag am See niedergeschlagen worden.«

Mack schüttelte den Kopf, was im Dunkeln nicht zu sehen war. »Ich glaube nicht …«

»Du hast hier und hier …« Gunther fasste auf die schmerzempfindlichen Stellen an seinem Kopf. »… Beulen. Wie bist du dazu gekommen, wenn dich niemand niedergeschlagen hat?«

»Ich … kann mich nicht erinnern.«

»Bei einem schlechten Gedächtnis tut Bewegung gut. Wir können gern noch ein Stück weitergehen.«

»Du kannst mich auch totschlagen.«

»Ah, jaulen, ja?« Gunther schnaubte verächtlich. »Aber an die Zeit vor dem Schlag wirst du dich vielleicht erinnern, wenn du dir Mühe gibst.«

Das Gras war regensatt, müde und mitleidig. Es murmelte besänftigend und lud Mack ein sich hinzulegen. Die Versuchung war gewaltig.

»Also?« Des Königs Handlanger beugte sich vor. Ein Flecken Mondlicht ließ seine scharfe Nase sichtbar werden. Mack hörte die Ungeduld in seiner Stimme und seine Furcht kehrte zurück.

»Er – jemand – wollte mich niederschlagen.« Das konnte man zugeben. »Aber er hat mich nur an der Schulter getroffen. Ich hab versucht wegzulaufen, er holte mich ein. Dann hatte er den Pfeil in der Hand. Irgendwo aufgesammelt, denke ich. Er versucht ihn mir reinzurammen. Ich roll zur

Seite. Der Pfeil geht in den Arm. Dann der nächste Schlag. Peng. Vorbei.«

»Du hast den Pfeil gesehen, aber nicht den Mann, der dich verletzt hat?«

Das Locken der Halme war übermächtig. Mack ließ sich zurücksinken. Mit weiten Augen starrte er in den zerrissenen Himmel. Ein Teil seines Herzens schämte sich des Kleinmuts, mit dem er herausplapperte, was er eigentlich für sich behalten wollte. Ein anderer schämte sich – noch viel mehr – für die Kumpanei, die er mit der Wiese pflegte. Aber er hatte keine Kraft mehr, dagegen anzugehen.

»Warum warst du gerade zu dieser Stunde an gerade diesem See, Mack Thannhäuser?«

»Warum stellst du gerade zu dieser Stunde auf gerade dieser Wiese diese … deine Fragen? Manche Dinge passieren einfach.«

Der Waffenmeister beugte sich über ihn. Zielsicher griff er erneut nach dem Arm. Mack brüllte auf, aber diesmal ließ ihn sein Peiniger erst los, als er atemlos »Ja, ja doch«, keuchte. »Ich war dort, weil … ich wollte allein sein. Nachdenken. Meine Burg …«

Gunthers Stimme war kalt. »Wer war der Mann?«

»Bring mich um, ich weiß es nicht.«

»Jemand, den du kanntest?«

»Ich weiß es … verdammt, ich weiß es nicht.«

»Jemand, der dich los sein will?«

Beschämt und wütend zugleich nickte Mack. Das Mondlicht musste auf seinem Gesicht liegen, denn Gunther hatte die Bewegung registriert. »Warum wolltest du mir das verheimlichen?«

Wegen Nell, wegen Eberhard … wegen allem, was den verfluchten Schinder des Königs einen Dreck anging. Mack tat das Herz weh, als er an Nellie dachte. Das fehlte noch, dass die Leute des Königs sich in diese Sache einmischten und sie womöglich mitsamt ihrem verdammten Vater ins Elend stürzten. *Jedes* Unglück, das Ralph betraf, wäre auch ihres.

»Weil du zu feige bist, wie ein Mann um dein Recht zu kämpfen. Stimmts?«

»Ja.« Es war egal, was der Waffenmeister dachte.

»Ich war heute Nachmittag auf deiner Burg, um mir ein Bild von dir zu verschaffen. Dort habe ich das Gesindel angetroffen, dass dein Erbe an sich rafft. Sie waren nicht besonders glücklich, als sie hörten, das es dir gut geht. Es ist also möglich, dass du die Wahrheit sagst.« Er gestand das widerwillig ein, wie ein Mann, der sein Ziel verfehlt hatte. »Solltest du aber lügen ... solltest du dich doch wegen des Königs dort versteckt haben, und ich bekomme das raus, dann bist du tot, Thannhäuser. Und ansonsten ...« Er stand auf und streckte sein Kreuz, dann sah er auf Mack herab. »Der König wünscht, dass du ein Ritter wirst. Also wirst du deine Burg und deine Feigheit und all deine jämmerlichen Ausflüchte vergessen und dich und deinen Körper in seinen Dienst stellen. Das ist keine Bitte oder Ermahnung, sondern ein Befehl, und die einzige Entscheidung, die dir freisteht, ist, ob du dich leicht oder mit Schmerzen beugst. Und nun steh auf.«

Die Nacht war zu kurz. Der Morgen graute, kaum dass Mack sich unter seinen Decken verkrochen hatte. Er hatte sich nicht ausgezogen und seine Muskeln verkrampften sich in den kalten, feuchten Kleidern. Er hörte, wie die anderen Knappen aufstanden. Sie redeten wenig. Die meisten schienen so müde wie er selbst zu sein. Einige Stimmen erkannte er. Zwei. Die der beiden Knappen, die den König auf seinem Ritt begleitet hatten. Er vergaß niemals eine Stimme, die er gehört hatte. Gesichter ja, aber niemals die Stimmen.

»Langschläfer, eh?« Ein Tritt in den Rücken ließ Mack zusammenschrumpfen. Er lag mit dem Gesicht zur Wand, aber ohne sich umzudrehen wusste er, dass die Stimme und der Fuß zu Noah gehörten. Er verschloss sich davor.

Jemand kicherte und nannte tuschelnd seinen Namen.

»Mack? Mack ... Mack ... was ist denn das?«

»... dämlich jedenfalls.« Das war wieder Noah.

Der andere Knappe, der auch beim König gewesen war, wollte etwas antworten. Aber plötzlich drang aus dem Flur die Stimme des Waffenmeisters. Die jungen Männer verstummten und im nächsten Moment hatten sie das Zimmer verlassen. Ihre Schritte verloren sich unter der Treppe. Mack hörte, wie jemand in der Tür stand und atmete. Gunther schien unschlüssig. »Bist du wach?«

Es hatte keinen Sinn, so zu tun, als wäre es anders. Müde drehte Mack sich um.

»Zeig mir deinen Arm.« Gunther wartete, bis er die Leinenstreifen abgewickelt hatte. Er warf einen flüchtigen Blick auf die Wunde. »Gut. Mach das Zeug wieder rum. Danach gehst du in den Stall. Als Erstes lernst du reiten.«

»Ich *kann* reiten. Es ist das Einzige ...«

»Und bevor du aufs Pferd steigst, lernst du, wie man es richtig versorgt.«

Mack schloss den Mund.

»Wir haben zweiundsechzig Pferde – Tiere des königlichen Hofs – im Stall. Du lässt dir Striegel, Kardätsche, Hufkratzer und Wurzelbüste geben und hilfst sie zu putzen.« Der Waffenmeister wartete vergeblich auf eine Zustimmung oder einen Widerspruch. »Und dann ...«

»Miste ich den Stall aus?«

»Gut, ja, das gefällt mir.«

Gunther war nicht so alt, wie Mack noch in der Nacht gedacht hatte. Ein paar Jahre älter als er selbst, aber höchstens Ende Zwanzig. Er hatte ein schmales Gesicht, das nicht zu wissen schien, wie man lächelte, dichtes, krauses, hellblondes Haar und unerbittliche Augen. Die Augen waren es, die ihn alt machten. Sie sahen aus wie Kiesel, über die Jahrhunderte das Wasser geströmt ist. Glatt und hart. Mack konnte sich vorstellen, warum die Knappen so schnell verschwunden waren, als sie ihn kommen hörten.

»Und wenn ich den Stall ausgemistet habe …«

»Ich finde etwas für dich.«

Dass dich noch niemand umgebracht hat, du Hund, dachte Mack, während er die Decken abstreifte. Er hatte keinen zweiten Rock bei sich, überhaupt keine Kleider zum Wechseln. Also brauchte er sich auch nicht weiter aufzuhalten. Durch das Flurfenster sah er den Frühnebel, der die Mauerzinnen versilberte und in Märchenstimmung tauchte. Hoffentlich wurde es ein warmer Tag. Nach Wärme sehnte er sich fast so sehr wie nach Schlaf.

Die Boxen des königlichen Stalls waren bis in die hinterste Ecke besetzt. Ein Jammer, dass man die Tiere nicht auf die Weiden gelassen hatte. Wahrscheinlich wegen des Gewitters. Der Stall war geräumig, aber dunkel und Mack spürte die Sehnsucht der Pferde nach Licht. Zumindest hatten sie trockenes, sauberes Stroh. Und, dachte er und seine Laune hob sich im selben Moment, da das Stroh sauber war, war auch das mit dem Stallausmisten nichts als eine Drohung. Oder Gunther hatte keine Ahnung. Es kam aufs Gleiche raus.

Mack hatte in der Küche etwas zu essen und vor allem etwas Warmes zu trinken bekommen, so dass er sich inzwischen erheblich besser fühlte. Hinten im Stall fand er einen Mann mit einem sanften Gelehrtengesicht, der eine nässende Stelle bei einem der Pferde versorgte. Er zeigte Mack, wo das Reinigungsgerät lag, und sagte ihm, an welchem Ende des Stalls er mit der Arbeit beginnen sollte. Das erklärte einiges über die Position des Waffenmeisters. Wenn Gunther befahl, gehorchte das Gesinde. Und dass dabei ein Edelknappe Mist schaufeln musste, schien niemanden groß zu wundern. Ohne zu warten, ob Mack gehorchte, wandte der Stallmeister sich wieder dem Pferd zu, einer weißen Stute mit brauner Mähne, die geduldig ertrug, wie der Mann ihr ein wachsgetränktes Tuch auf das Geschwür legte.

Mack nahm sich einen Hufkratzer und machte sich an die Arbeit. Es entging ihm nicht, dass der Stallmeister ihn beobachtete. Wahrscheinlich auch eine Anweisung Gunthers. Als er nach etlichen Stunden Schufterei hinten im Stall den Striegel abklopfte, sah er, dass der Mann die Hufe kontrollierte, die er gereinigt hatte. Mack legte den Striegel zurück und ging zur Tür. Ihm war längst nicht mehr kalt. Nur müde war er, zum Umfallen müde.

»Die Pferde brauchen Wasser.« Der Stallmeister rief seine Anweisung einfach in den Stall hinein. Er gab keinen Befehl an den künftigen Ritter, mit dem er die nächsten Jahre möglicherweise von Pfalz zu Pfalz würde ziehen müssen. Dazu fehlte ihm der Mut. Er erfüllte nur auf den Buchstaben genau Gunthers Befehle.

Mack lehnte sich an den Türrahmen und beobachtete das Treiben im Hof. Er wusste, dass der Teil der Pfalzburg, der dem König gehörte, die meiste Zeit unbewohnt war. Vereinsamte Gebäude mit geschlossenen Fensterläden. Der Pfalzgraf und seine Leute bewohnten den kleineren, gemütlicheren Teil vorn in der Burg. Aber jetzt, wo der König anwesend war, herrschte in allen Ecken geschäftiges Treiben. Es roch nach Gebratenem, nach so vielen verschiedenen Sorten Fleisch, dass man kaum einen einzelnen Geruch herausfiltern konnte. Knechte und Mägde schleppten Gemüsekörbe und Wäsche, die sie vom Fluss zurückbrachten, andere trugen in geflochten Kiepen Heu, das auf dem Boden des Palas ausgestreut werden sollten. Wein- und Bierfässer wurden über die Pflastersteine gerollt und ein junges Mädchen führte an einer goldenen Kette ein Äffchen spazieren.

Zu viel, dachte Mack. Zu viel von allem. Zu viele Menschen, zu viele Tiere, zu viele Dinge. Das war auch auf dem Schiff, mit dem sie nach Palästina gefahren waren, das Schlimmste gewesen. Immer jemand, der essen, reden, sich an der Bordwand erleichtern oder über Schmerzen und Krankheiten stöhnen wollte. Ein Schwall von Geräuschen, in denen man so unerbittlich ersoff wie im Wasser.

Jetzt kam auch noch Gelächter dazu. Von der Mauer, hinter der der Vorhof lag. Mack verzog das Gesicht, als er die Stimme erkannte. Noah. Der junge Adlige schlenderte mit einem Dutzend weiterer Knappen durchs Tor. Sie unterhielten sich alle, aber Noah befand sich in der Mitte, wie ein kleiner König. Sie mussten mit Streitäxten geübt haben, denn jeder schlenkerte ein Beil oder hatte es sich über die Schulter gelegt. Vorsichtig trat Mack in den Stall zurück.

»Der Trog für die Tränke ist vorn im Grafentrakt. Wir benutzen denselben«, sagte der Stallmeister. Er stand so dicht hinter Mack, dass dieser ihn angerempelt hatte. Sein Gesicht war so ausdruckslos wie ein zugeklapptes Buch.

»Dann ist es ja zum Glück nicht weit und du kannst es schnell holen«, erwiderte Mack. Er hatte es satt. Quer durch seinen Arm ging ein Loch, und er war so erschöpft, dass ihm davon übel war.

»Na, hat er dich Mistschaufeln geschickt?«

Das Pferd, das die erste Box am Gang besetzte, spitzte bei diesen lässigen Worten die Ohren und drehte nervös das Hinterteil. Mack wandte sich um – und starrte geradewegs auf Noahs Brust.

»Und du? Kommst du, um mir zu helfen?«

Noah füllte den ganzen Türrahmen. Er war Goliaths Bruder und sicher kräftig genug, jemanden wie Mack mit einem Schlag seiner Faust in den Boden zu rammen. Das einzige Mickrige an ihm war sein dünnes, schwarzes Haar, das er vergeblich mit einer Brennschere zu locken versucht hatte. Irgendwann würde er eine Glatze haben – dann mochte er wieder imposant aussehen. Aber im Moment machten ihn die finzligen Strähnen zum Zerrbild dessen, was ein Ritter sein sollte, zu einer komischen Figur.

Die komische Figur fasste Mack am Rock.

»Lass doch. Er wollte dich nicht beleidigen«, wiegelte jemand in seinem Rücken ab. Der andere Knappe. »Siehst du, was für ein zartes Kerlchen das ist? Du schlägst zu – und er liegt als Haufen Matsch am Boden.«

Noah grunzte und machte Platz, so dass sein Freund, den er Prosper nannte, neben ihn treten konnte. Prosper hatte ein helles Gesicht, umrahmt von weißblonden Haaren, und weiche, breite Lippen, die aussahen, als wären sie in der heißen Sonne auseinander gelaufen. Er lächelte, aber auf eine bedächtige Art, als hätte er Macks Widerwillen bemerkt.

»Ist nicht das, was du wolltest, ja? Aber keine Bange, Mack, man kann sich das Leben hier schön oder unangenehm machen.« Bei den letzten Worten hob er die Hand und strich über Macks Wangen. Es war nicht nur eine sonderbare, sondern auch eine Ekel erregende Berührung und Mack hatte das Bedürfnis, sich über die Haut zu wischen, als hätte dort eine Schnecke eine Schleimspur hinterlassen.

Ruppig schüttelte er den Kopf. Er wischte sich *nicht* sauber, aber sein Gesicht musste Bände sprechen, denn Prosper begann zu lachen. »Komm, Mack. Sei friedlich. Wir sitzen im selben Boot. Wir haben denselben Schinder am Hals, und wenn wir nicht zusammenhalten …« Er brach ab und fuhr nach einer kurzen Pause fort: »Du kannst ja, wenn du fertig bist, in unsere Kammer kommen. Damit wir Freundschaft schließen.«

»Ein Stall voller Mist reicht für einen Tag«, erwiderte Mack rauh.

Er hatte erwartet, dass Prosper aufbrausen würde, aber über das Gesicht des Knappen strich nur ein Hauch Verdruss. Noah, der etwas länger brauchte, um zu begreifen, dass er beleidigt worden war, spuckte in seine Fäuste, doch Prosper hielt ihn zurück.

»Nein warte, lass ihn.« Der blonde Knappe trat zurück und seine hellen Augen verschmolzen im Sonnenlicht mit dem bleichen Gesicht. »Also, Mack, ich sollte dir das eigentlich nicht sagen, denn du warst … nicht besonders nett eben. Aber unten am Tor steht ein Mädchen und heult sich die Augen nach dir aus.«

Noah grinste, als ihm plötzlich ein Licht aufging. »Stimmt. Ein Trampel mit nichts als Knochen am Hintern«, ergänzte er.

»Das Herzblatt … Nell heißt sie, war das nicht ihr Name? Nell hat sich mit den Wächtern angelegt, weil man sie partout nicht einlassen will. Sie ist kein Trampel, Noah, sie hat nur rot geweinte Augen. Mack, wenn du ein anständiger Kerl wärst, würdest du dich bei uns bedanken. Wir sind gute Kameraden. Und wenn du sie hast – gib ihr einen Kuss von uns.«

Wie ein Idiot starrte Mack den beiden nach, als sie gemächlich über den Hof schlenderten und verschwanden. Nell war gekommen? Es musste so sein. Und die Knappen mussten mit ihr gesprochen haben, denn wie hätten sie sonst ihren Namen wissen können?

»Ich habe genaue Anweisung, was Ihr bis heute Abend erledigt haben sollt, junger Herr«, sagte der Stallmeister, den ein Wunder wieder neben Mack gezaubert hatte. »Davon ist vielleicht die Hälfte fertig. Im Übrigen sollte man … bei manchen Leuten vorsichtig sein. Nicht jeder, der freundlich tut …«

»Die haben nicht freundlich getan.«

»Wenn Ihr geht, macht Ihr genau, was sie wollen.« Der Stallmeister kehrte an seine Arbeit zurück. Er hatte gewarnt, ihn ging das jetzt nichts mehr an.

Mack trat in den Hof. Er verwarf den Gedanken, Gunther um Ausgeherlaubnis zu bitten, noch ehe er ihn zu Ende gedacht hatte. Der Stallmeister prüfte die Ohren eines Wallachs und pfiff dabei eine misstönende Weise, was wohl bedeuten sollte, dass er sich um nichts kümmern würde. Es gab also nichts, was ihn hinderte.

Nell stritt sich immer noch mit dem Mann am Tor. Ihr Schleier hatte sich gelöst und sie hielt ihn mit einer Hand in den Haaren. Aber geweint hatte sie keinesfalls. Sie stand direkt hinter der Brücke, den Kopf im Nacken, um das Torfenster im Auge zu haben, und Mack sah, wie Ärger, Spott, Resignation und der ungeschickte Versuch einer Schmeichelei ihre Mimik von Moment zu Moment veränderten. Jemand wie Nell brachte es nicht fertig sich zu verstellen. Wenn sie sich nur ein klein wenig drehte, würde sie ihn sehen können und er fragte sich, ob sie dann lächeln würde. Ihr Lächeln warf ihn um. Sie hatte einen etwas zu großen Mund und wenn sie lachte, schien ihr ganzes Gesicht nur noch aus Mund und Fröhlichkeit zu bestehen. Als Kind hatte er sie einmal gebeten, für ihn zu lachen, weil er wissen wollte, wohin der Rest ihres Gesichts verschwand. Das war eine der seltenen Gelegenheiten, bei denen er sich eine Ohrfeige eingefangen hatte, und seitdem beschränkte er sich darauf, das Phänomen im Stillen zu bewundern. Ihre rauchige, dunkle Stimme, mit der sie den Torwächter einen herzlosen Idioten schimpfte, wehte über den Hof. Sie war dem Mann lästig und er winkte erleichtert, als er Mack kommen sah.

Nell lächelte *nicht*. Weder als sie ihn sah, noch als er sie in die Arme nahm und herumschwenkte. Sie riss ihm den Korb, den er tragen wollte, aus der Hand und lief zur Brücke.

»Hör auf so zu trödeln. Beeil dich!«, herrschte sie ihn an. Ein Stück abseits des Burgwegs, neben einem Apfelbaum voller grüner Früchte, stand eine verfallene Hütte, die vielleicht einmal als Schafstall gedient hatte und wo sie den Gaul angebunden hatte, mit dem Eberhard aus Palästina zurückgekommen war. »Da!« Sie lief ihm voraus, ließ den Korb niederplumpsen und drehte sich um. »Genau, wie ichs gedacht habe. Dreckig und … der halbe Arm ist aufgerissen und … du stinkst. Du stinkst wie ein Schwein, Mack Thannhäuser!«

»Und du bist so hübsch wie jeden Tag.«

Nells Gesicht verschloss sich. »Setz dich, damit ich sehen kann, was dein Arm macht!«, befahl sie schroff. Sie wickelte den Verband von der Wunde und war dabei so vorsichtig wie möglich, konnte aber trotzdem nicht verhindern, dass die dünne Schorfschicht wieder aufplatzte und Blutstropfen aus den Rissen quollen. Nells Korb enthielt nicht nur saubere Leinenbinden, sondern zusätzlich einen Tiegel mit schwarzer Salbe, die sie dick auf die Wunde strich und die scheußlich brannte und stank.

»Du musst das jeden Tag machen, verstehst du? Das ist wichtig. Es zieht die Entzündung raus. Ich habe dir auch was Frisches zum Anziehen mitgebracht. Du solltest dich schämen so rumzulaufen, Mack.«

»Weiß Ralph, dass du hier bist?«

»Den interessiert nicht, was ich tue«, erklärte sie mit abweisendem Gesicht. Mack wusste, dass sie während seiner Abwesenheit kurze Zeit verheiratet gewesen war. Doch die Ehe hatte nicht ausgereicht, eine Matrone aus ihr zu machen. Sie sah immer noch wie das Mädchen von früher aus, während sie in ihrem Korb kramte und alle Augenblicke nach dem Schleier griff.

»Wollen sie dich hierbehalten und zum Ritter machen? Ist das wirklich wahr, Mack?«

»Nicht *sie*. Der König.« Er bemühte sich, die Entmutigung aus seiner Stimme zu verbannen, aber Nell konnte man schlecht täuschen.

»Vielleicht überlegen sie sich das noch. Einer von ihnen war auf unserer … auf deiner Burg.«

»Der Waffenmeister.«

»Ein hochmütiger Kerl, der tat, als gehöre ihm das Himmelreich. Ralph hat ihm eine Menge gemeiner Sachen über dich erzählt.« Nells Wangen bekamen rote Flecken und sie verhaspelte sich mit der Binde, die sie aufrollen wollte.

»Was denn?«

»Das hier ist Unterzeug.« Nell ließ die Binde fallen und zog einen verschnürten Packen aus dem Korb. »Ich habe in deinen Sachen gesucht, aber viel hast du nicht nach Hause gebracht. Eberhard hat von früher noch einen Surcot, der ihm nicht mehr passt. Du bist etwas kleiner und ich habe den Saum ...«

»Was für Kram hat Ralph erzählt?«

»Gemeinheiten. Dein Gesicht ... du bist ganz schön schlimm zugerichtet. Ist das eine Beule?«

Sie wollte aufstehen, um nachzuschauen, aber Mack zog sie ins Gras zurück. »Was Ralph dem Waffenmeister erzählt hat, weiß morgen die ganze Burg. Ich würds lieber von dir hören.«

»Eberhard hat ihm widersprochen.«

»Eberhard? Ralph?«

»Er ist mutiger als früher. Das Heilige Land hat ihm gut getan. Er hat gestottert, aber er hat gesagt, was er wollte. Dass Mathilde nämlich ein bösartiges Weib und nicht richtig im Kopf ist. Die blöde Kuh ...«

»Mathilde hat auch getratscht?«

»Lauter Mist.« Nell wollte nicht weitersprechen, aber da er beharrlich wartete, tat sie es doch. »Über deine Geburt. Deine Mutter wurde doch von ihr entbunden. Und nun sagt sie, dabei wärs nicht mit rechten Dingen zugegangen. Für Ralph würde sie alle Lügen erzählen, die ihnen helfen könnten, die Burg zu bekommen, nur dass der Fremde ihnen nicht geglaubt hat. Er ist hochnäsig, aber nicht dumm.«

Ohne Vorwarnung brach Nell plötzlich in Tränen aus. Mack versuchte sie in die Arme zu nehmen. Es gelang ihm auch und er stellte fest, dass Nell keineswegs dürr, sondern weich und warm war und obwohl sie schwitzte, roch sie so gut, wie nur Frauen riechen konnten. Er hätte sie gern weiter gehalten – bis in alle Ewigkeit, oder wenigstens so lange, bis sie ihren Kummer vergessen hatte –, aber der kurze Moment der Schwäche war vorbei. Ungestüm machte Nell sich frei und ihre braunen Augen zeigten goldene Sprenkel, wie immer, wenn sie sich ärgerte. »Weißt du wenigstens, wann sie dich wieder heim lassen?«

»Sobald ich ein Ritter bin.«

»Dann musst du dich anstrengen. Ralphs Burg ist in einem Zustand, dass er nicht zurückkönnte, ohne eine Menge instand setzen zu lassen. Und dafür hat er kein Geld. Wenn du ihm zu viel Zeit lässt, könnte es sein, dass du eines Tages vor hochgezogener Brücke stehst. Hier …« Sie streifte sich die Bänder eines Leinensacks von den Schultern. »Ich dachte, es würde dich freuen.« Sie zog die Öffnung des Sacks auseinander. »Deine Laute. Das alte Ding verstaubt bei uns nur und liegt im Weg herum. Was ist? Warum nimmst dus nicht?«

Die Laute war aus billigem Tannenholz. Der Nachlass eines fahrenden Sängers, der in ihrer Burg mehrere entsetzliche Tage lang an Darmverstopfung gelitten hatte und dann auf dem Abort gestorben war. Mack strich mit den Fingern über den birnenförmigen Resonanzkörper. Er war mit Rosen bemalt, die von der langen Benutzung abgeschilfert waren. Die Saiten hingen schlaff zwischen Querriegel und Griffbrett.

»Sie lag in deiner Truhe. Ich hab sie aufbewahrt. Früher hast du gern darauf gespielt.«

»Ja.« Mack nahm das Instrument vorsichtig in die Hand. Musik steckte in jedem einzelnen seiner Späne. Die Laute barst vor heiteren und schwermütigen Klängen und bettelte darum, benutzt zu werden.

»Freust du dich gar nicht?«

»Doch, das tu ich, Nell. Es … wirft mich fast um.«

Die Antwort war falsch. »Na, dann hat sich mein Ritt ja wenigstens dafür gelohnt«, sagte sie bitter und stand auf.

»Warte.« Mack warf die Laute ins Gras. »Kann ich für *dich*

etwas tun? Ich meine, gibt es etwas …« Er starrte auf ihre Lippe, die langsam am Abschwellen war, und wusste, dass er sie damit schon wieder kränkte. Alles, was er tat, war falsch. Er hatte ein beachtliches Talent darin.

»Pass auf dich selbst auf. Damit wirst du genug zu tun haben.«

Sie winkte ihm zu, als sie im Sattel saß. Nell war eine miserable Reiterin, was wahrscheinlich daran lag, dass Ralph sie die meiste Zeit im Haus einsperrte und sie kaum Gelegenheit hatte zu üben. Macks Herz schlug heftig, als er ihr nachsah, wie sie mühsam das Gleichgewicht hielt. Ihn überkam ein bitteres Gefühl. Ralph würde nicht erfreut sein, wenn er dahinter kam, dass seine Tochter sich einen ganzen Tag mit einem seiner kostbaren Pferde herumgetrieben hatte. Und schon gar nicht, wenn er erfuhr, wem die Reise gegolten hatte.

Entmutigt bückte er sich nach der Laute. Er konnte Nell so wenig helfen wie sie ihm. Weniger. Er konnte gar nichts für sie tun. Und schuld daran war der König, der ihn wie ein verzogenes Kind als Spielzeug an seinen Hof befohlen hatte und ihn dort festhielt, bis er sich nach seinen Wünschen gewandelt hatte. Nicht einmal auf dem Kreuzzug war er so missbraucht worden. Voller Widerwillen begann Mack, die Wiesen hinabzuwandern.

Es war beinahe dunkel, als er in die Pfalzburg zurückkehrte. Neben einem Pferdewagen, der Mist aus der Burg transportiert hatte und nun, noch immer stinkend, aber mit leerer Ladefläche, zurückkehrte, schlich Mack in den Hof hinein. Ein Junge in den blaugrünen Farben der Knappen lehnte neben dem Tor des Innenhofs und pulte gelangweilt in seinen Zähnen. Mack hielt es durchaus für möglich, dass Gunther jemanden postiert hatte, um seine Rückkehr zu melden.

Also schlich er um die hochgeklappte Seitenwand herum und hinter die Deichsel. Der Junge war nicht besonders aufmerksam. Sicher machte ihm der Spitzeldienst, wenn es einer war, wenig Spaß. Dem Mistwagen schenkte er keine Beachtung.

Der Mann auf dem Bock lenkte sein Gefährt zu einer Scheune an der Außenmauer der Burg. Es schien sich um einen Heuschober zu handeln, denn der Boden vor dem Tor war mit Halmen übersät. Mack huschte hinein und brachte sich zwischen den duftenden Ballen, die sich rechts und links des Mittelgangs bis zur Decke stapelten, in Sicherheit. Er kroch zur Wand, wo er wartete, bis der Karrenlenker das Fuhrwerk abgestellt, die Pferde ausgespannt und das Geschirr an die Wand gehängt hatte.

Als das Tor hinter ihm zuknallte, schnürte Mack einen der Ballen auf, zerrte ihn auseinander und ließ sich aufatmend auf der weichen Unterlage nieder. »Mist«, murmelte er. Die Plackerei der letzten beiden Tage rächte sich. Schmerzen strömten durch jeden einzelnen seiner Muskeln. Selbst wenn er gewollt hätte – er wäre jetzt kaum mehr auf die Beine gekommen.

Aber er gab sich keinen Illusionen hin. Wenn Gunther es darauf anlegte, ihn zu finden, würde er unten am Außentor nachfragen, die entsprechende Antwort bekommen und anschließend die Burg durchsuchen. Irgendwann würde er im Heuschober fündig werden und wahrscheinlich vor Zorn explodieren.

Aber Mack hatte vorgesorgt. Er fasste in seinen Ärmel, lächelte schwach und zog eine violette Blume hervor, die er in einem ausgetrockneten Graben gefunden hatte. Behutsam ritzte er den Stengel längsseits mit dem Daumennagel auf und begann die Milch herauszusaugen. Er war nicht lebensmüde. Er begnügte sich mit wenigen Tropfen. Sein letzter bewusster Gedanke – wie Gunther fluchen würde, wenn er ihn entdeckte und nicht wach bekam – brachte ein wohliges Grinsen auf sein Gesicht.

Gleich darauf glitt er in einen tiefen, traumlosen Schlaf.

4. *Kapitel*

Niemand sah ihn. Das war Konrad Dors' Stärke. Es war eine der Grundlagen seiner Siege und gleichzeitig die Quelle seiner heimlichen Qual. Er ritt auf einem aschgrauen Pferd – einer unauffälligen, schattenhaften Kreatur, die selbst beim Füttern gelegentlich übersehen wurde – in die Nürnberger Pfalzburg ein. Und er wusste, dass er in seiner verwaschenen schwarzen Kutte dem Tier ähnelte, als wären sie beide demselben Nebel entstiegen. Er ritt direkt hinter Agnes, der Böhmenprinzessin mit den augusthimmelblauen Puppenaugen. Sie wurde von jedem, der zufällig ihren Weg kreuzte, begafft, als könne eine Prinzessin unmöglich so schön sein, wie es in den Sagen beschrieben wurde.

Wenn Agnes vorüber war, streiften die Augen der Leute auch Dors' Person – aber niemand nahm ihn wahr. Wie erwünscht, wie hilfreich. Niemals auffallen, immer im Hintergrund wie eine Spinne, die Stunde um Stunde auf ihrem Blatt lauert, bis sie plötzlich zuschlägt. So wurden die Fäden der Macht gesponnen. Das war Dors klar. Und doch. Er gab es selbst nicht gern zu, aber manchmal saß ihm dieses Nicht-beachtet-Werden wie ein schaler Schmerz im Herzen. Besonders an einem Tag wie diesem, in einem Defilee wie diesem, in dem er sich durchaus die Jubelschreie hätte vorstellen können, die seiner Person galten. Hoch lebe Konrad Dors, der …

Ja, der was?

Sein Überschwang verflog, und er warf einen angespannten Blick über die Schulter zu dem Gepäckwagen, der hinter ihm über die ausgedorrten Wagenfurchen rumpelte und unter dessen Plane er seinen Schatz wusste, das Astrolabium. Er hatte es seit hundertdreiundvierzig Tagen nicht benutzt. Eigentlich brauchte er es auch heute nicht. Er wusste, dass die Zeit des weißen Sterns da war, und würde ihn auch ohne das Messinstrument nicht übersehen, so wenig wie man einen Flecken Blut oder einen Klacks Kot auf einem weißen Laken übersieht. Dennoch würde er das Astrolabium am Abend aus dem Futteral wickeln, den Standort des Sterns bestimmen und sich davon überzeugen, dass der weiße tatsächlich wieder erschienen war. Alle hundertvierundvierzig Tage. Zwölf mal Zwölf. Zwölf wie die Zahl der Stämme Israels. Zwölf wie die Zahl der Richter, die die Stämme verurteilen. Zwölf auch wie die Zahl der Tage vom Mond- zum Sonnenjahr. Kein Zufall. Niemals. Zwölf …

Dors wurde von seinen quälenden Gedanken abgelenkt. Die Reiterin hinter dem Wagen, Lilith, schien von etwas erheitert worden zu sein, denn sie stieß ein perlendes Lachen aus. Als er über die Schulter blickte, sah er, wie sie eine Blume fing, die ein muskelbepackter, halbnackter Bursche ihr von einem der Zelte, die das Burgtor belagerten, zuwarf. Sie tat, als blase sie einen Kuss von ihrem Handrücken, worauf er sich mit einem Grinsen und dem Schwenken seiner Mütze bedankte.

Lilith liebte es, im Zentrum der Aufmerksamkeit zu stehen. Es fiel ihr leicht, denn sie war eine ungewöhnliche Schönheit, wenn auch auf andere Art als die brave Agnes. Liliths Haar floss in lustigen, nachtschwarzen Kaskaden zu ihrem goldenen Gürtel, auf ihren Lippen blühte ein nie verdorrendes Lächeln, ihre schrägen Augen plinkerten vor Fröhlichkeit und wenn sie jetzt etwas sagen würde – was sie sich allerdings verkniff –, wäre es zweifellos etwas Komisches. Die orientalische Herkunft stand Lilith im Gesicht geschrieben und einmal mehr wunderte Dors sich, warum niemand sie deswegen verachtete. Es musste ihre Unbefangenheit sein, mit der sie alles und jeden musterte. Damit gewann sie die Herzen. Und die Zweifler und Fremdenhasser, die über Kaiser Friedrichs Kumpanei mit dem ägyptischen Sultan el-Kamil murrten, wurden wahrscheinlich durch das große silberne Kreuz beruhigt, das artig über ihren spitzen Brüsten schaukelte.

Der Ritter, der den Zug der Prinzessin führte, hatte das äußere Burgtor erreicht und begehrte Einlass. Man ließ ihn kaum aussprechen, denn sie wurden bereits freudig erwartet. Dors überquerte den Burggraben, der stank wie alles in diesem verfluchten, kalten Land, und ritt – mit klopfendem Herzen, was kein Wunder war – in den Burghof ein.

Flüchtig bemerkte er einen jungen Mann, der mit einer Mistforke Pferdedung auf einen Karren warf. Der Junge fiel ihm auf, weil er ein ungewöhnlich fein geschnittenes, lebhaftes Gesicht hatte, das im Augenblick jedoch zu einer mürrischen Grimasse verzogen war.

Dors hatte ein besonderes Eckchen in seinem Hirn, in dem er die Unzufriedenheiten seiner Umgebung speicherte. Knechte, die sich schlecht behandelt fühlten, rebellische Söhne, verprügelte Ehefrauen, Männer, denen kein Respekt erwiesen wurde ... willige Steinchen, die sich schieben ließen, wenn man ihrer bedurfte. Den Jungen hätte er im ersten Moment als Diener eingeschätzt. Aber er war mehr. Er trug die blaugrünen Kleider der königlichen Knappen. Seine Arbeit stellte somit eine besonders fein ausgeklügelte Kränkung dar. Dors verbiss sich ein Grinsen. Das Kleid des Königs und die Mistforke – etwas besseres wäre ihm selbst nicht eingefallen. Hier musste es ordentlich Ärger gegeben haben.

Er hatte den Hof schon fast verlassen, als ihm ein weiterer Mann auffiel, der auf der Kante des steinernen Pferdetrogs saß. Er trug ebenfalls die Farben des Königs, war allerdings älter und hatte die lässige Haltung eines selbstbewussten Anführers. Zweifellos der Kontrahent des Jungen, denn er behielt ihn unablässig im Auge. Auch das sollte man sich merken.

Als Dors den Innenhof erreichte, verschlug es ihm für einen Moment den Atem. Der Hof war mit weißrosa Majoranblüten übersät wie mit sommerlichem Schnee. Ein überwältigender Willkommensgruß. Der halbe Hof musste sich abgeplagt haben, um so viele Rispen zu sammeln. Großartig, das war noch besser, als er gehofft hatte, und die Bestätigung seines feinen Gespürs. Offiziell galt Agnes' Besuch der Königin, aber in Wahrheit besuchte sie den König, ihren Spielgefährten aus Kindertagen, den sie in schwärmerischer Liebe anbetete. Und ganz offensichtlich hatte auch er sie nicht vergessen, denn warum sollte die Königin für den Empfang einer Frau, die sie kaum kannte, einen solchen Aufwand treiben?

Dors sah, wie die Majoranrispen unter den Schuhen des Königs zerquetscht wurden, als er die Treppe hinabeilte, um dem schönen Gast aus dem Sattel zu helfen. Weiße Wölkchen stoben in die Luft, als er Agnes packte und sie übermütig im Kreis schwang. Aus reiner Gewohnheit speicherte Dors auch den steifen Zug um den Mund der Königin in seinem Kopf. Ihre Worte, als sie den Gast endlich begrüßte, waren ohne Tadel, aber so kalt, als wären sie im Eis des Nordens erfroren. Auch das: gut. Selbst wenn man noch nicht wissen konnte, wofür.

Die nächsten Stunden wurden anstrengend, denn Heinrich führte Agnes in den Festsaal und erörterte mit ihr zwischen den italienischen Wandteppichen und unter den blank geputzten eisernen Kronenleuchtern jede Nichtigkeit ihrer gemeinsamen Vergangenheit. Die Hinweise seiner Königin, Agnes müsse müde sein, trafen auf taube Ohren, zumal die Prinzessin sie durch ihre Lebhaftigkeit widerlegte.

Der Ärger der Königin war amüsant, aber Dors atmete auf, als er sich endlich mit Agnes und ihren Damen zurückziehen konnte. Es wurde dunkel, der Stern würde an den Himmel treten und sein Richteramt aufnehmen und er musste sich wappnen.

Erleichtert lehnte er sich gegen die Tür seines Zimmers, als er endlich allein war. Die Diener hatten seine Reisetruhe neben dem Bett abgestellt. Die zweite, kleinere Truhe mit dem Astrolabium stand unter dem Fenster. Dors nestelte den Schlüssel vom Gürtel und musste sich erst einmal auf das Federbett setzen und beruhigen, ehe er die Kraft fand, die Truhe zu öffnen.

Vorsichtig hob er das komplizierte Instrument aus dem grünen Samttuch, das es vor Staub und Stößen schützte, und trug es zu einem Tischchen. Das Gerät bestand aus vielen einzelnen, um einen Mittelpunkt angeordneten beweglichen Bronzereifen von unterschiedlichem Durchmesser, die das Gebilde höchst empfindlich machten. Er holte aus der Truhe einen Leinenlappen und ein Fläschchen mit Öl und begann die dünnen Bronzebänder, den Ständer und den mit ziselierten Ornamenten geschmückten Ring, der alles zusammenhielt, zu polieren. Er liebte die komplizierten Strukturen des Geräts, so wie ihm immer das Verschlungene lieber war als das Gradlinige. Mit halbem Ohr bemerkte er, wie es im Hof stiller wurde. Die Leute verschwanden in der Küche oder den Gesindekammern. Lichter wurden gelöscht. Das Leichentuch der Nacht senkte sich über die Burg.

Endlich stand er auf. Vorsichtig trug er das Astrolabium mitsamt dem Tisch zum Fenster und justierte die Diopter. Sein Herz klopfte, seine Kehle war verstopft, über seiner Lippe bildete sich ein Schweißfilm und er spürte, wie sein Mundwinkel zu zucken begann. Er hasste diese Zeichen der Angst und er war sicher, dass Lilith sich totlachen würde, wenn sie davon wüsste.

Der weiße Stern.

War es Zufall, dass sein Fenster gen Süden lag, direkt im Blickfeld des Sterns? Dors, der Ränkeschmied, glaubte nicht an Zufälle. Am liebsten hätte er sich ins Bett verkrochen, eher noch unter das Bett. Aber wie sollte er dann Ruhe finden?

Wie die Nacht überstehen? Er musste den Stern suchen und dann ... ihn ein weiteres Mal übertölpeln?

Dors hatte erwartet, dass der Hof leer sein würde, aber als er sich nun vorbeugte, sah er den zornigen jungen Mann vom Nachmittag. Der Bursche hatte die Forke mit einem Reisigbesen vertauscht und musste die Blüten zusammenkehren. Seine Bewegungen waren fahrig. Er benutzte nur den linken Arm und die Schulter zur Arbeit, als wenn ihn der andere schmerzte. Den zweiten Mann, der ihn immer noch bewachte, schienen diese Beschwerden nicht zu kümmern. Ein possierliches Bild:. Der Junge schob die Rispen vor sich her und sein Aufpasser saß auf der Treppe und verfolgte mit eisiger Miene jeden Schub des Besens. Welch packender kleiner Streit!

Dors seufzte tief und erinnerte sich an seine eigenen Sorgen. Er hatte die Augen noch keinen Moment zum Himmel erhoben und doch spürte er, wie die milchigen Strahlen des Sterns seinen Körper zu durchfluten begannen. Es gab kein Entkommen. Nicht hier, nicht im Bett, nicht einmal in der tiefsten Höhle des unterirdischen Labyrinths. Der Stern stand am Himmel und erforschte jedes Tun auf Erden.

Behutsam löste Dors' Hand sich vom Astrolabium.

5. Kapitel

»Ihr seid ein vorwitziger junger Mann«, meinte die dicke Frau. Sie hieß Greta und ihre festen Hände walkten Macks Schultern, als wären sie ein Stück besonders dreckiger Wäsche. Jedes Ächzen erwiderte sie mit einem heiteren Lachen. Er lag auf der Küchenbank, auf der sonst das Gesinde seine Mahlzeiten einnahm, und brauchte seine ganze Kraft, um nicht loszuheulen – was ihm zweifellos schadenfrohes Gejohle eingetragen hätte.

Der Küchenmeister feixte. »Zähes Fleisch will zartgeklopft werden! Gut machst du das, Greta. Ordentlich reingreifen.«

»Ihr solltet Euch nicht beklagen, junger Herr«, meinte Greta. »Der Waffenmeister ist ein anständiger Kerl, wenn man vernünftig mit ihm umgeht. Erinnert Ihr Euch? Er wollte, dass ich nach Eurer Wunde seh, als Ihr hier angekommen seid. Er sorgt für seine Leute.«

»Er wollte, dass du den Jungen wiederherstellst, damit er ihn weiter schikanieren kann«, brummelte ein altes Weib, das auf der andere Seite des Tischs Fische ausnahm. Mack konnte mit einem Auge ihre knochigen Knie unter der Tischplatte sehen.

»Gunther ist ein anständiger Mann«, wiederholte Greta stur. »Er hatte ein schlechtes Gewissen, als sie ihm gesagt haben, dass der Junge wie tot im Schober liegt. Was sag ich! Er war blass wie *Käse*. Bis er Euch mit der Kerze die Augen ausgeleuchtet hat, mein junger Herr, tja.« Sie hatte sich einen Moment ausgeruht und grub ihre Finger erneut in Macks Fleisch. »Glanzaugen«, erklärte sie bedeutungsvoll.

»Was?« Mack hob den Kopf, weil niemand sein Nuscheln verstand. »Was für Augen?«

»Glanzaugen. Denkt nicht, dass Ihr der Erste seid, der sich mit Purpurkraut vollgestopft hat. Aber es hinterlässt Spuren. Ich weiß das, weil ich als Mädchen in einem Kloster geputzt habe, wo in der Krankenstube geschnitten und ausgebrannt wurde. Da haben sies benutzt. Die Haut wird blau, Pupillen wie Nadelköpfe und eben Glanzaugen. Purpurkraut hat seinen Platz bei den Kranken«, dozierte sie salbungsvoll, »aber andere sollten die Finger davonlassen, weil sie sonst, eh man sichs versieht, überhaupt kein Kraut mehr brauchen.«

»Gunther …«

»… war auf dem Schlachtfeld und kennt sich natürlich aus mit dem Zeug. Sie gebens den Sterbenden. Ihr habt den Falschen an der Nase rumführen wollen.« Wieder lachte Greta.

»Er will mich umbringen. Und du auch.« Mack kreischte, als Greta ihn gut gelaunt kniff.

»Ihr habt da was in Eurem Sack zum Musikmachen«, bemerkte die alte Frau, die inzwischen die geschuppten Fischleiber mit ihren knotigen Fingern in eine Würzlake tunkte. Mack wusste nicht, wie die Laute in die Küche gekommen war. Vielleicht hatte Greta sie entdeckt, als Gunther sie in die Scheune geholt hatte, und sie dann einfach mitgenommen.

»Nicht anfassen«, knurrte er, als der picklige Küchenjunge seinen Bratspieß im Stich ließ, den Sack holte und die Laute am Griff herauszog. Natürlich gehorchte er nicht. Ein Edelknappe, der sich mit dem Küchenpersonal gemein machte, durfte auf keinen Respekt hoffen. Als Mack sich nach dem Fegen zu ihnen verkrochen hatte, so zittrig, dass er den Wein verschüttete, den die gutmütige Greta ihm reichte, hatte er sich zu einem der Ihren gemacht.

»Könnt Ihr spielen?«, fragte der Küchenmeister. Er schob den Teller mit der Pastetenfüllung beiseite, nahm dem Jungen die Laute fort und zupfte mit den klebrigen Fingern an den Saiten, so dass das Instrument gequält aufschrie. Mack kroch unter Gretas Händen fort. Es ging ihm nicht gut, aber wesentlich besser. Als er den Hals drehte, merkte er, dass er seinen Nacken wieder bewegen konnte.

»Gib.« Die Laute war verstimmt und die Saiten dünn geworden. Mack begann an den Wirbeln zu drehen und überlegte, dass er sich neue Saiten besorgen musste, sobald man ihn in die Stadt hinab ließ. Falls das überhaupt je geschehen würde – Gunther hatte vor Wut gekocht, als er ihn zum Mistschaufeln getrieben hatte. Prüfend zupfte Mack an den Saiten und räusperte sich. Er hatte gelogen, seine Stimme war in Jerusalem keineswegs zum Igelpelz verkommen. Er begann zu singen und der warme Klang seiner eigenen Töne tröstete ihn.

»Ich grüße mit Gesang die Süße,
die ich nicht lassen will und kann.
Dass ich sie mit dem Mund begrüßte …«

Nein. Nein, nichts über Liebe. Greta hatte andächtig das Gesicht verzogen, aber er musste an Nell denken und das stimmte ihn traurig. Außerdem waren gesungene Liebesschwüre Futter für die Klatschmäuler der Küchenmannschaft, die bereits zu grinsen begann. Mack schlug hellere Töne an. Er besaß die Gabe, mit Kopfresonanz zu singen, was allein die meisten Zuhörer erheiterte. Wenn er dann noch etwas Luft aus der Brust hinzufügte, entstanden rauchige, abnorm hohe Töne, bei denen er jeden Lacher auf seiner Seite hatte.

»Ein Herz aus glitschelbitschel Stein.
Oh weheh.
Die Hand aus glitschelbitschel Stahl.
Das Hirn aus glitschelbitschel Stroh.
Ich leide, das gehört sich so.
Das macht mich tapfer, macht mich froh.
Mein Heherr … mein guter, lieber Herr …«

Er schnarrte das Wort voller Spott und der Küchenmeister gluckste begeistert. Das Lied kam an. Auf anderer Leute Kosten war gut lachen. Macks Ärger löste sich und seine gute Laune kehrte zurück. Seine Finger liefen nun geschmeidiger über die Saiten.

»… ich lieb Euch dafür so.
Herr …
Und furz Euch meinen Dank, oho.
Ins glitschelbitschel …«

Es war ein Spaß, ja. Bis er sah, wie Greta zur Tür blickte und die Heiterkeit aus ihrer Miene lief wie Wasser aus einem löchrigen Topf. Der Koch beugte sich plötzlich über die Pasteten, der Junge begann in einem Essigtopf nach Zwiebeln zu fischen. Mack zupfte noch einige Akkorde, dann seufzte er und drehte sich um.

Gunther war kein Mensch, dessen Miene Auskunft über seine Gefühle gab. Mack hatte keine Ahnung, wie lange er schon gehorcht haben mochte, aber sicher lang genug für einen Tritt in den Hintern.

»Du hast vergessen, den Platz unter der Treppe zu fegen.«

»Unter der Treppe«, wiederholte Mack wie ein Idiot.

»Und wenns ein bisschen schneller gehen könnte, wäre das nicht schlecht.«

Greta klatschte einen Löffel Schmalz in die Pfanne und gab Mack mit einem Augenzwinkern Warnsignale. Dass ihn noch niemand umgebracht hat!, dachte Mack müde. Er legte seine Laute auf die Bank und rutschte hinter dem Tisch hervor. Der Reisigbesen stand in der Ecke neben dem Eimer mit den Bratspießen. Er nahm ihn und zwängte sich an Gunther vorbei.

»Du meldest dich bei mir, wenn du fertig bist. Ich kontrolliere das«, sagte Gunther, als sie allein im Flur standen. Mack blieb ihm die Antwort schuldig. Das war die einzige Auflehnung, zu der er die Kraft fand.

Im Hof war keine Seele mehr. Der Himmel hing über der Burg wie eine tintenblaue Decke mit zahllosen Löchlein, die Blicke ins goldene Himmelreich freigaben. Ein Jammer, kein Stern sein zu dürfen. Mack stellte sich vor, wie erleichternd es sein musste, seinen Platz in solch unendlicher Erhabenheit einnehmen zu dürfen. Er kannte sich mit den Sternen nicht aus, aber einer von ihnen leuchtete besonders strahlend, nicht kalt, sondern warm wie ein pulsierendes Herz aus Licht. Ihn übermannte eine geradezu lächerliche Sehnsucht, fliegen zu können und sich in die Nähe des warmen Sterns zu flüchten.

Zu flüchten, genau. Nell würde sich für ihn schämen. Sein ganzes Leben war er davongelaufen. Vor Mathilde, vor seinem Vater. Vor dem Getue der Tempel- und Deutschordens- und weiß der Kuckuck was für Ritter, die sich im Blut wälzen wollten. Geholfen hatte es nie.

Lustlos fegte Mack einzelne Blättchen zusammen. Gretas Massage war wohltuend gewesen, aber jetzt, als er wieder mit denselben Bewegungen wie zuvor den Besen führte, kehrte der Schmerz sofort zurück.

Dass ihn noch niemand umgebracht hat, dass das noch niemand getan hat, dachte Mack und vergaß die Sterne. Unter der Treppe konnte man nicht fegen. Er kroch unter die Stufen und versuchte mit den Reisigborsten die Blüten aus den Ecken zu kratzen. Wind kam auf und wirbelte den Haufen, den er mühsam zusammengekehrt hatte, durcheinander. Entmutigt sackte er zusammen.

Davonlaufen. Ja, das wärs. Aber nicht, wenn einen der König selbst im Visier hatte. Heinrich hatte dem Waffenmeister seine Anweisungen gegeben und der würde seinen Befehl ausführen, und wenn er seinen Schüler ans Schwert prügeln musste. Außerdem würde er ihn für jedes einzelne vergessene Blättchen wieder aus dem Bett scheuchen, das war gewiss.

Mack lehnte den Besen an das Treppengeländer, stopfte

seinen geschrumpften Blütenhaufen in einen Korb, den er unter der Treppe gefunden hatte, und begann sich nach den davonflatternden Rispen zu bücken, als er plötzlich die Palastür knarren hörte. Gunther, der vielleicht doch ein Einsehen hatte?

Nein – es war ... die nackte Angst.

Jedenfalls kam es Mack im ersten Moment so vor. Die nackte Angst in Gestalt eines Mannes, der so dunkle Kleider trug, dass sein Gesicht wie ein schwebender Kreis aus Kreide in der Luft hing. Der Fremde holperte und stolperte die Stufen herab und Mack wich einen Schritt zurück.

»Euer nmnm?« Er wollte etwas wissen, aber er nuschelte dermaßen, dass Mack ihn kaum verstand. Ungeduldig wiederholte er: »Name. Wie heißt du?«

»Mack.«

»Weiter? Welches Geschlecht?«

»Aus ... Thannhausen.«

»Aha.« Der Fremde nickte, als hätte er eine komplizierte Vermutung bestätigt bekommen. Sein Gesicht war nicht nur rasiert, es war völlig kahl. Kein einzelnes Härchen wuchs ihm aus der Haut, nicht einmal Augenbrauen. Die Augen wölbten sich vor wie Froschaugen, aber sie hatten keinen Glanz, sondern sahen aus, als wären sie mit einer dicken Schicht Staub bedeckt. Er blickte zum Himmel und Mack tat es ihm unwillkürlich nach. Wieder sah er den warmen Stern, der einen milchigen Schweif aus Lichtkristallen nach sich zog.

»Fürchtest du *Ihn*?« Der Mann packte Mack am Arm. Die freie Hand legte er über die Augen, als müsse er sie vor grellem Sonnenlicht schützen, was nun wirklich übertrieben war.

»Wen *Ihn*?«

Statt einer Antwort begann der Kahlkopf plötzlich in unnatürlich tiefer Tonlage zu rezitieren. *»Und sagte ich: Mein Lager soll mich trösten, so quältest du mich mit Träumen. Mit Gesichtern jagtest du mir Angst ein. Die Pfeile des* EWIGEN *stecken in mir,* *mein Geist hat …«* Er hustete kurz, weil er sich verschluckt hatte. *»Mein Geist hat ihr Gift getrunken, sein Schrecken stellt sich gegen mich …«*

»Ihr solltet hineingehen und Euch ausschlafen, Herr«, fiel Mack ihm vorsichtig ins Wort.

»*Sein Schrecken stellt sich gegen mich* … Sein Schrecken stellt sich gegen mich! Begreifst du, was das bedeutet, Junge?«

Mack nickte folgsam. Der Mann war verrückt. Die Worte hörten sich an, als kämen sie aus dem heiligsten der Bücher, aber er zitierte sie nicht fromm und eifrig, sondern so gequält, als würde ihm jede Silbe von einem Henker mit einer Zange herausgerissen. Vielleicht war er im Kreuzzug gewesen. Nicht in dem des Kaisers, sondern in dem blutigen zuvor, der in Damiette sein schreckliches Ende gefunden hatte. Darüber hatte so mancher Gläubige den Verstand verloren.

»Gib mir deinen Besen.«

»Was?«

Der Verrückte hatte keine Geduld. Er riss Mack den Reisigbesen aus der Hand und begann mit wüsten, aber durchaus effektiven Bewegungen den Hof zu kehren. Es wäre einfacher gewesen, die Blättchen aufzusammeln, aber der Mann zog es vor zu kehren. Gelegentlich unterbrach er seine Arbeit, um verstohlen zum Himmel zu schielen. Er war so verrückt wie die Blödel im Tollhaus.

Eine Weile sah Mack ihm mit dummen Gesicht zu. Fortscheuchen konnte er ihn kaum. Angesichts seiner schmerzenden Muskeln wollte er das auch gar nicht. Vielleicht war der Schwarze einer dieser seltsamen Wanderprediger aus Italien, die das Volk in Unruhe stürzten, indem sie nicht nur über Liebe predigten, sondern allerlei niedrige Arbeiten verrichteten, um zu beweisen, dass allein Demut in die Nähe des Herrn führte. Allerdings sah der Mann nicht gerade demütig aus, eher wie ein … Besessener.

Mack gähnte und schrak zusammen, als der Kreidekopf

plötzlich wieder vor ihm auftauchte. Sein Helfer gab ihm den Besen zurück und richtete den Blick zum Himmel.

»Ich bin Euch ungeheuer dank …«, begann Mack. Er konnte die Worte nicht zu Ende bringen. Der Fremde warf ihm einen wütenden Blick zu, drehte sich mit einem Ruck um und flog wie ein Schatten die Stufen hinauf.

Achselzuckend trug Mack den Besen hinter die Treppe. Den Korb mit den Blüten stellte er daneben. »Danke«, wiederholte er inbrünstig, als er erst den Haufen und dann den Hof betrachtete.

6. Kapitel

Die Königin erwartete Gunther diesmal nicht in ihrer Kammer, sondern in der oberen Pfalzkapelle auf der Empore. Diese ruhte auf zwei gedrungenen weißen Säulen und war über eine Treppe im Mauerwerk zu erreichen. Gunther folgte dem Mädchen, das ihn geholt hatte, die Steinstufen hinauf. Es war dieselbe Frau, der er bereits in der Kemenate begegnet war – Margaretes Vertraute. Sie hatte ihr blumenbesticktes Kleid angehoben und da er hinter ihr ging, fielen ihm ihre zierlichen Fesseln und die winzigen weißen Füße ins Auge, die in karmesinroten Pantöffelchen steckten.

Indigniert hob er die Augen. Die Hüften des Mädchens waren füllig und zeichneten sich deutlich unter dem eng geschnittenen Kleid ab. Sie wiegte sich im Rhythmus ihrer Bewegungen und ihr blonder Zopf schaukelte auf ihrem Rücken. Er war mit einem blauen Seidenband durchflochten, das auf geheimnisvolle Art aus mehreren Zopfsträngen quoll und in einer Schleife endete, die direkt vor seiner Nase baumelte. Für Gunther sah dieses Artefakt wie eine eigens für ihn ersonnene Variation weiblicher Verführungskunst aus. Er stierte darauf und ärgerte sich, dass Margaretes Frauen nicht zurückhaltender auftraten.

»Leise, Herr, die Königin wünscht keine Aufmerksamkeit zu erregen.« Das Mädchen stand auf der obersten Stufe. Ihr Finger – ein zartes, schmales Glied, das in einem rosigen Nagel endete – lag auf ihren Lippen. Ungeschickt drängte Gunther sich an ihr vorbei.

Margarete stand an der Brüstung der Empore und kehrte ihm die Seite zu. Ihr Blick war auf einen bemalten Christuskopf gerichtet, der über dem Altar auf der anderen Seite der Kapelle einen Steinbogen krönte. »Ich danke Euch, dass Ihr gekommen seid, Waffenmeister.«

Gunther verneigte sich bei den geflüsterten Worten. Das Mädchen hatte sich zur Treppe zurückgezogen und tat, als wäre es mit der Betrachtung der Stufen beschäftigt.

»Ich hörte, dass Ihr meinen Gatten jetzt auf den meisten seiner Ausritte begleitet.«

»Wie Ihr es wünschtet, meine Königin, ja.«

»Auch dafür danke ich Euch.«

Gunther nickte.

»Ich fürchte …« Margarete lachte – es war ein trockenes, unglückliches Geräusch, bei dem er zusammenzuckte. »Ich fürchte, dass Ihr mich für eine Närrin haltet. Stimmt das?«

So waren die Frauen. Ständig ersannen sie Fragen, die selbst der Gutwilligste nur mit einer Lüge oder einer Unhöflichkeit beantworten konnte. Gunther wurde es schwül und er wünschte sehnlich die Anwesenheit eines Mannes herbei. »Ich würde mich niemals erdreisten … Nein, meine Königin, das tue ich nicht.« Er war der Meinung, dass sie sich zu viele Sorgen machte. Aber das zu erklären war nicht seine Aufgabe.

»Ihr *haltet* mich für eine Närrin. Und ich wünschte, ich könnte Euch sagen, woher meine Informationen stammen. Denn ich glaube fest, dass Ihr meine Sorgen dann teilen würdet. Aber ich habe ein Versprechen gegeben …« Die Königin zögerte und Gunther verlagerte sein Gewicht unmerklich auf das andere Bein.

»Mein Gatte will ausreiten. Er hat beschlossen, wieder diese kleine Kirche aufzusuchen, von der ich Euch erzählt habe. Lange Zeit hat er sie gemieden. Er war zu … beschäftigt.«

Gunther kannte den Klatsch um den König und die hübsche böhmische Prinzessin und er schauderte bei dem scharfen Beiklang, den das Wort hatte.

»Aber jetzt zieht es Heinrich wieder dorthin. Heute. Ich *weiß*, dass er zur Kirche will. Und andere wissen es auch. Ich habe Anlass zu der Befürchtung, dass ihm ein Leid geschehen könnte.«

»Dann werde ich ihn begleiten.«

»Das könnt Ihr nicht. Der König hat schon Anselms Gesellschaft abgelehnt. Er will allein sein.«

»Wenn der König nicht wünscht, dass jemand ...«

»Er würde wünschen, dass Ihr bei ihm seid, wenn die Gefahr über ihn hereinstürzt. Manchmal erfordert die Treue ... eine eigene Auslegung von Gehorsam. Oder habt Ihr aufgehört, ihn zu lieben, Waffenmeister?«

Gunther verstand, warum die Königin ihre Aufmerksamkeit so starr auf den Steinkopf richtete. Es erlöste sie von der Peinlichkeit, sich mit ihm auseinanderzusetzen. In seinem Gesicht womöglich zu lesen, dass er ihre Halsstarrigkeit für den armseligen Versuch einer Frau hielt, am Leben ihres Gatten teilzuhaben, der sie von sich stieß. Er stützte die Hände auf die Balustrade und betrachtete seinerseits das steinerne Antlitz. Es sah so aus, als lächle Christus ihnen zu. Ein sonderbares Phänomen, denn in der unteren Kapelle, die mit der oberen durch einen Schacht verbunden war und in der er selbst dem Gottesdienst beiwohnte, zeigte der Herr ein grimmiges Gesicht.

Er raffte sich auf. »Ihr meint die Kirche bei den Forellenteichen, Herrin? Gut. Die Knappen müssen Schwimmen üben. Das kann heute ebenso wie an jedem anderen Tag geschehen.«

»Gunther?«

»Herrin?«

»Ich danke Euch.«

Verlegen murmelte er etwas. Irgendwann würde Margarete ihn dafür hassen, dass sie ihn zum Zeugen ihrer demütigenden Hingabe machte, davon war er überzeugt. Er verneigte sich nochmals und wollte gehen, aber ihr Ruf hielt ihn zurück. »Wie viele Knappen bereitet Ihr auf den Ritterdienst vor, Waffenmeister?«

Der Themenwechsel überrumpelte ihn. »Das ändert sich laufend. Im Moment etwa ein Dutzend.«

»Ich hörte, es ist ein junger Mann dabei, der eine außergewöhnlich schöne Gesangsstimme besitzt.«

»Tatsächlich? Dazu kann ich nichts sagen. Auf diesen Teil ihres Dienstes werden sie von anderen vorbereitet.«

»Mein Gast, die Prinzessin von Böhmen, holt diesen jungen Mann ständig zu sich in ihre Kammern. Sie scheint in seinen Gesang regelrecht verliebt zu sein.«

Gunther schwieg verärgert. Mack. Wer sonst. Er hatte zwar nur einem kurzen Stück seines frechen Liedes gelauscht, aber dass der Junge eine ungewöhnliche Stimme besaß, war sogar einem unmusikalischen Menschen wie ihm klar geworden.

»Pater Angelicus, mein Beichtvater, berichtet, dass die Lieder dieses Jungen ausschließlich um Liebesdinge kreisen – was eine der Sitten unserer Zeit ist, und deshalb kann ich seine Empörung nicht völlig teilen. Allerdings frage ich mich, wie weit der Junge den eigentlichen Pflichten seiner Ausbildung nachkommt, wenn er die Nächte ... Es macht mir Sorgen. Die Ritter sind der Arm des Königs und der Arm des Königs darf nicht geschwächt werden.«

»Wenn es sich um den Jungen handelt, den ich meine ...«

»Ein hübsches Kerlchen mit grünen Augen und langen, braunen Lockenhaaren.«

»Er kam mir allerdings in letzter Zeit etwas müde vor.«

Margarete begann bei seinen grimmigen Worten zu lächeln. Sie hob ihre Hand, die so weiß wie die ihrer Gesellschafterin war, wenn auch knochig und ohne Reiz, und entlief Gunther.

Die Fischteiche lagen an einem forellenreichen Bach und waren künstlich angelegt worden, um die Küche des Pfalzgrafen und gegebenenfalls die des Königs oder Kaisers zu bereichern. Sie waren zu flach, um darin zu ertrinken, und normalerweise hätte Gunther sich lieber die Pegnitz zum Schwimmen ausgesucht. Er sah die Verwunderung seiner Knappen, die kaum glauben mochten, dass er sie in so einem Gewässer plantschen lassen wollte. Allerdings trugen sie ihre knielangen Kettenhemden und die Kettenhauben – insgesamt ein Gewicht von über zweiundzwanzig Pfund – und er hatte nicht vor, sie für den Aufenthalt im Wasser daraus zu befreien. So gesehen würde diese Unternehmung doch ihren Sinn haben.

Die Kirche stand ein Stück abseits und die Sicht darauf wurde durch mehrere mit nassem Spreu abgedeckte Ziegelhaufen und einen Waldvorsprung versperrt. Nur das Kreuz ragte über einen der Ziegelberge heraus. Dort also wollte der Kaiser beten?

Gunther sah, wie Prosper seinen Waffenrock abstreifen wollte. Er rief ihn an und schüttelte den Kopf.

»Wenn es ernst ist, könnt ihr auch nicht um eine Pause zum Umziehen bitten. Marsch ins Wasser, los!«

Prosper war ein Schwächling, den er nicht mochte. Der Junge war einigermaßen geschickt mit dem Schwert. Er konnte täuschen und wusste, wann der richtige Zeitpunkt war, den Gegner zu überrumpeln. Aber er hatte wenig Kraft und war zu faul, seine Ausdauer zu trainieren. In einem ernsthaften Kampf würde er in kürzester Zeit erledigt sein.

Gunther überflog seine Truppe mit den Augen.

Mack tappte ins Wasser, die Arme eng am Körper angelegt – eine dämliche Haltung, denn so konnte er kaum das Gleichgewicht wahren. Außerdem hatte er sein Schwert nicht abgelegt, was nicht nur der Waffe schadete, sondern ihn auch in Schwierigkeiten bringen würde, wenn sie ihm nämlich zwischen die Beine geriet.

Gunther rief ihn an. Gereizt sah er, wie Mack stolperte, als er sich zu ihm umdrehte. Das Wasser reichte ihm kaum bis über den Bauchnabel. Dennoch ging er sofort und vollständig unter.

»Noah!« Gunther hatte keine Lust, sich die Kleider nass zu machen. Er wartete, dass der bullige Kerl seinem Kameraden zur Hilfe kam.

»Wo?« Noah stapfte in die falsche Richtung und schien Wachs in den Ohren zu haben, denn er reagierte nicht auf Gunthers Rufe. Langsam wurde es ungemütlich. Gunther wies noch einmal nachdrücklich zu der Stelle, wo der Junge versackt war. Das Wasser schäumte. Mack strampelte und einer seiner Ellbogen fuhr aus dem Wasser. Prosper reagierte schneller. Er beugte sich vor, zog Mack hoch und half ihm auf die Beine. Er schien doch stärker zu sein, als es den Anschein hatte. Gunther sah, dass er etwas sagte und sein Gesicht sich verhärtete, als Mack ihm, hustend und nach Luft ringend, eine Antwort zuzischte.

»Vorwärts. Bewegt euch!«, brüllte er. »Du nicht, Mack. Du kommst raus und übst im Trockenen.«

Er ärgerte sich von Neuem, als er sah, wie wenig es den Jungen kümmerte, dass er sich blamiert hatte. Mack trottete ans Ufer zurück, zog den Waffenrock aus und wollte sein Kettenhemd ausziehen.

»Oh *nein*!« Gunther hinderte ihn daran. »Du hast Muskeln wie Sülze, mein Junge. Du lässt das Zeug an und läufst damit um den See.«

»Mit dem ganzen …? Ich … bin halb ertrunken. Mir ist schlecht.«

»Das wird noch schlimmer, wenn du erst am Rennen bist«, erwiderte Gunther kühl. »*Zweimal* herum.« War das zu hart? Aus dem Jungen sollte nach dem Wunsch des Königs ein Ritter werden und im Kampf würde ihm auch niemand Wind zufächeln. Zweimal würde ihn nicht umbringen. Gunther lächelte in das erhitzte Gesicht. »Und denk dran – ich werde dich nicht aus den Augen lassen!« Er wandte sich wieder den anderen zu. »Immer zu zweit bleiben! Ihr versucht Euch in der Rüstung zu bewegen. Mehr ist für den Anfang nicht nötig. Noah, du trägst die Verantwortung, dass alle wieder heil ins Trockene kommen.«

Es widerstrebte ihm, seine Knappen allein zu lassen. Aber er hatte der Königin etwas versprochen und nun war Zeit, sich mit der Kirche zu befassen.

Das Gotteshaus war nicht so klein, wie Gunther erwartet hatte, aber in einem erbärmlichen Zustand. Angeblich war es ja gerade das, was Heinrich angezogen hatte. Der Mangel jeden Prunks. Das Kirchlein war ein Ständerbau, mit Ästen und Lehm ausgefächert und mit weißem Putz überzogen, der inzwischen an vielen Stellen riss und abbröckelte. Es gab einige wenige glaslose Fenster unter der Decke und einen schlanken Turm, dem die Glocke fehlte.

Gunther öffnete die Tür. Er zögerte, das Innere des Gotteshauses zu betreten. Aus dem Kirchenschiff schlug ihm ein Gestank entgegen, als würden dort während des Winters die Schafe der umliegenden Dörfer gehalten, was er durchaus für möglich hielt. Der Mief aus Schafskot und Feuchtigkeit war überwältigend. Im hinteren Teil der Kirche stand ein kleiner Altar aus Bruchstein. An der Wand hing der Gekreuzigte – eine plumpe Holzschnitzarbeit. Mehr Schmuck gab es nicht. Wenn Heinrich das Schlichte suchte, den Gegensatz zu Rom, dann hätte er nicht besser wählen können.

Der Kirchenraum war leer. Entweder war der König bereits wieder fort – was Gunther angesichts der Tageszeit für unwahrscheinlich hielt – oder noch nicht angekommen. Zögernd durchschritt der Waffenmeister das Kirchenschiff. Er suchte den Boden vor dem Altar nach Spuren ab, die auf die Anwesenheit des Königs gedeutet hätten, fand aber nichts.

Ein Laufkäfer huschte über den Lehmboden vor dem Altar. Sein schwarzvioletter Panzer leuchtete auf, als ihn ein Lichtstrahl streifte, der durch eine undichte Fuge im Mauerwerk drang.

Einen Käfer, Schafsdreck auf dem Fußboden und Dohlen oder andere Vögel im Turm, von wo Gunther Flügelschlagen hörte – mehr hatte das Kirchlein nicht zu bieten.

Er kehrte ins Freie zurück und machte es sich an der Kirchenmauer bequem. Sein Pferd hatte er an den Fischteichen zurückgelassen. Es würde ihn also nicht verraten, falls jemand kam. Müde lehnte er sich gegen die Steine. Wer den Weg hinaufritt, würde ihn nicht sehen können, es sei denn, er machte sich die Mühe, das Gebäude einmal zu umschreiten. Doch warum sollte das jemand tun?

Gunther hörte seine Knappen rufen und lachen. Offenbar hatten sie die Übung zu einem Spaß umgewandelt, wahrscheinlich eine Wasserplantscherei. Er seufzte leicht. Es war an der Zeit, Noah zum Ritter zu schlagen. Der Junge wusste, was er wissen musste. Er brachte den anderen nur noch dummes Zeug bei.

Irgendwann musste Gunther eingedöst sein, denn als er ein Pferd schnauben hörte, fiel ihm der Kopf nach vorn und er schreckte zusammen. Geräuschlos erhob er sich. Ein Blick um die Kirchenecke bewies, dass die Königin, zumindest was die Wünsche ihres Mannes betraf, ins Schwarze getroffen hatte. Heinrich war dabei, sein Pferd an einen der angerosteten Eisenhalter im Ständerwerk der Kirche festzubinden. Er trug einen unauffälligen Rock und einen dünnen Umhang aus ungefärbter Wolle, der eher zu einem Bauern gepasst hätte, wollte also wohl unerkannt bleiben. Doch sein rotblondes, sauber gewaschenes Haar, in dem das Sonnenlicht flimmerte, würde jedermann sofort verraten, wen er vor sich hatte. Dass er daran nicht gedacht hatte, zeigte, wie jung er noch war.

Gunther wollte nicht als Heimlichtuer dastehen. Er hüstelte leicht.

»Es tut mir leid, wenn ich störe«, beeilte er sich zu sagen, als der König sich stirnrunzelnd umdrehte. Heinrich hatte die Hand am Messer liegen. Er hätte auf der Stelle blankziehen können, wenn der Anrufer sich als Feind entpuppte. Aber nach Gunthers Ansicht reichte das nicht aus. Gegen ein Schwert kam nur ein anderes Schwert oder bestenfalls eine Axt oder ein Streitkolben an. Wenn ichs drauf anlegte, dachte er, dann wäre der König jetzt tot.

»Jeder andere Mann würde sie verprügeln. Ich *sollte* das tun.«

»Bitte, Herr?«

»Margarete. Ich habs ihr verboten – dieses Hinterherschnüffeln. Sie tut, als wäre ich ihr Wickelkind. Das hängt mir zum Hals raus, das ... Seid so gut und verschwindet!«

Gunther schaute verlegen auf seine Fußspitzen.

»Kann ein Mann nicht einmal mit seinem Schöpfer allein sein? Ich will nicht, dass Ihr auf mich aufpasst.«

»Dann verlangt Ihr Unehrenhaftes von mir, mein König.«

»Tu ich das?« Heinrich trat in den Schatten der Kirche. Er rümpfte die Nase über den Gestank, der ihm entgegenschlug, sah aber gleichzeitig bezaubert aus, als er zum Altar und dem Gekreuzigten. Seine Stimme wurde milder. »Das müsst Ihr mir erklären. Habt Ihr einen Schwur getan, mir die Nase zu wischen, bis ich alt genug bin, um nach Meinung der Königin auf mich selbst aufzupassen?«

»Nein, Herr. Aber ... ich kenne die Missgunst einiger Leute und die Königin ...«

»Sie sollte ihren Namen in Kassandra ändern. Wart Ihr deshalb in letzter Zeit ewig an meiner Seite? Weil sies Euch aufgetragen hat? Und ich Einfaltspinsel hatte gedacht ...«

»Ich bin an Eurer Seite, weil Ihr mein König seid«, erklärte Gunther steif.

Heinrich war weitergegangen und vor dem Altar angelangt. Er fegte mit dem Ärmel den Staub von der Altarplatte und holte eine Kerze, getrocknete Birkenrinde und einen Feuerstein aus dem Lederbeutel an seinem Gürtel. Eine Zeitlang war er damit beschäftigt, mit dem Stein den Zunder in Brand zu setzen und seine Kerze zu entzünden.

»Ich kann es nicht leiden, wenn Ihr mir Löcher in den Rücken starrt. Kommt her.« Als Gunther neben ihm stand, fragte Heinrich: »Versteht Ihr etwas von Frauen?«

»Bitte?«

Der König kniete nieder und bekreuzigte sich und Gunther tat es ihm nach. »Ich fürchte, ich weiß nicht ...«

»Wie alt seid Ihr?«

»Knapp dreißig.«

»Und immer noch unverheiratet?«

»Wie der Apostel Paulus sagt: Einigen ist es gegeben zu heiraten und andere ...«

»Ach, hört mir auf mit dem Blödsinn. Ihr habt Geld genug und könntet unter den Mädchen wählen.«

Heinrich senkte den Kopf und schloss die Augen. Gunther zögerte, es ihm nachzutun. Er blickte über die Schulter und durchforschte den kahlen Raum. Irgendwo raschelte es, als würden Mäuse durch das verschimmelte Stroh huschen, das wie Strandgut an die Kirchenmauern gespült war. Die Vögel im Turm – Dohlen, wie er annahm – kreischten und störten die Stille, aber Heinrich schien davon nichts zu merken. In sich versunken murmelte er ein lateinisches Gebet, von dem Gunther nur gelegentlich ein *deum* und *deo* verstand.

»Mißbilligt Ihr sie?«

»Bitte, mein König?«

»Die Frauen. Der Herr verfluchte Eva und der Heilige Vater und die frommen Brüder verfluchen die gesamte Weiberwelt. Wart Ihr schon einmal unten in der Stadtkirche? Der Baumeister hat dort seine Liebste als Steinstatue dargestellt. Aber auf

Befehl des Bischofs musste er ihr einen offenen Rücken meißeln, in dem Maden krauchen. Glaubt Ihr, dass das Wesen der Weiber dämonisch ist?«

»Herr, ich fürchte, meine Kenntnis ...«

»Ihr habt keine Ahnung?« Heinrich hob den Kopf. Er lachte über Gunthers Gesicht. »Habt Ihr schon mal eine geküsst?«

»Nein.«

»Dann weihe ich Euch in ein Geheimnis ein. Die Lippen einer Frau – sie sind so süß oder bitter, so anschmiegsam oder trocken wie ihre Gesinnung. Das müsst Ihr Euch merken. Ihr Herz drückt sich in ihren Lippen aus. Ihr küsst sie und wisst, wie sie fühlt. Ich sollte Euch den Befehl geben, den Liedern Eures Knappen zu lauschen, dieses grünäugigen ... In *der* Sache könnt *Ihr* von *ihm* lernen. Die Frau ...« Der König hielt inne und dachte nach. Sein Kopf war immer noch geneigt, aber er hatte die Hände auf die Kante des Altars gelegt. »Die Frau macht uns zum Ochsen, zum Pfau, zum Wurm, zum tollwütigen Keiler. Aber manche von ihnen, die Königinnen des Gemüts, Marias wahre Töchter, entkleiden uns von unseren niederen Begierden. Wenn die richtige Frau Euch ansieht ... Hört Ihr zu?«

Gunther nickte.

»Plötzlich ist es, als verliere alles Schale, Leere seinen Reiz. Kein Intrigenspiel mehr, kein Gähnen über langweilige Lustbarkeiten, kein Gieren und kein Auf-der-Hut-Sein. Die Made entpuppt sich und heraus kommt der Mann, den der Schöpfer geplant hat. Für solche Frauen, Gunther, wurden Heldentaten vollbracht. Sie sind die Kraft, die uns aus dem Schlamm zu den Sternen katapultiert.«

Gunther blickte auf seine schmutzigen Knie herab. Er war angerührt, aber gleichzeitig besorgt.

Der König begann zu lachen. »Wie komisch. Da rede ich zu einem Blinden von Farben. Ihr seid ein bedauernswertes Geschöpf, Gunther.« Als er aufstand, gab er ihm einen freundschaftlichen Klaps. »Soll ich Euch eine Frau besorgen?«

»Nein, Herr ...«

»Aber ich werde diesen ... Mack heißt er. Ich werde Mack beauftragen, dass er Euch vorsingt. Er rührt sogar Herzen aus Stein.«

»Mack!« Der Stoßseufzer kam aus einem so vollen Herzen, dass der König ihn verwundert ansah.

»Was ist? Taugt er nicht zum Ritter?«

»Von Heldentaten zu singen und sich wie ein anständiger Mann schlagen zu können – das sind zwei Paar Schuh.«

Der König stieß die Tür auf. Sein Bedarf an Demut schien gedeckt, denn er sog die frische Sommerluft in vollen Zügen ein und wandte sein Gesicht dem Himmel entgegen.

»Mack ist ein Drückeberger. Und er ist nicht ehrlich.«

»Könnt Ihr ihn nicht leiden?«

»Ich gebe jedem dieselben Möglichkeiten. Aber der Junge wehrt sich mit einer Penetranz ...«

»Habt Ihr nie mit Falken gejagt?«

»Doch«, entgegnete Gunther verblüfft.

»Dann solltet Ihr wissen, was zu tun ist. Hatte ich Euch das nicht schon einmal erklärt? Die Kunst der Falkendressur besteht darin, die Natur des Falken zu ändern. Ihm beizubringen, Dinge zu tun, die nicht in seinem natürlichen Wesen liegen. Behandelt ihn wie einen Falken! Zähmt den Burschen!«

Gunther nickte skeptisch. Der Schrei der Dohlen drang aus den Öffnungen oben im Turmkranz. Er sah sie aufgeregt hinter den Holzgittern flattern.

»Ist der Junge bei den Knappen drüben am See?«

»Ja, Herr. Und er tut es gerade. Er kämpft gegen seine Natur.«

»Dann geht zu ihm, Gunther. Ihr hattet doch hoffentlich nicht vor, mich bis zur Haustür zu begleiten? Dann müsste ich Euch nämlich zum Teufel jagen.« Heinrich schwang sich gut gelaunt auf sein Pferd.

»Vergebung, Herr. Könntet Ihr mir Euren Mantel leihen?«

»Was?« Verdutzt blickte Heinrich auf ihn herab.

»Ich bräuchte ihn.«

Heinrich war neugierig, aber da Gunther keine Anstalten machte, weitere Erklärungen zu liefern, löste er die Tasselriemen und ließ das Kleidungsstück über die Schulter hinabgleiten. Es war sowieso viel zu heiß. Sein Pferd stieg auf die Hinterbeine, und im nächsten Moment jagte es mit seinem Herrn in einer Staubwolke den Weg hinab.

Nachdem Gunther einen Moment gewartet hatte, hüllte er sich in den Mantel, legte sich die Kapuze um die blonden Haare und wandte sich wieder zur Tür. Als er das dritte Mal in den Kirchenraum trat – der Gestank wurde mit jedem Mal widerlicher – hielt er die Hand über den Messerknauf. Die Kerze auf dem Altar brannte noch und er kniete davor nieder. Es machte ihm keine Schwierigkeiten das lateinische Gemurmel der Gebete nachzuahmen. Mit angespannten Ohren lauschte er. Das Kjarr-kjarr der Dohlen zerriss die Stille. Flügelschlagen. Neues Gezeter, das anschwoll, seinen Gipfel erreichte und wie eine Welle abebbte. Gunther straffte sich.

Er konzentrierte sich so sehr, dass ihm die Ohren juckten. Trotzdem vernahm er kein Geräusch. Oder doch? Ein leises Rascheln von Stroh, das unter Fußtritten brach? Wie lange brauchte man, um von der Turmtür bis zum Altar zu gelangen, wenn man jeden Lärm vermeiden wollte? Fast ohne zu atmen, zählte er die Schritte, die er nicht hörte. Als er sich zur Seite warf, war es beinahe zu spät. Eine Klinge streifte sein Ohr und klirrte gegen den Stein des Altars.

Der Angreifer wurde von seinem eigenen Schwung mitgerissen. Er war sofort wieder auf den Füßen, aber nicht so schnell wie Gunther. Der Waffenmeister hatte das Messer in der Hand und rammte es dem Fremden – einem vermummten Mann, dessen Gesicht bis zu den Augen bedeckt war – in den Leib. Er fühlte es an dem Rippen vorbei ins Brustfleisch eindringen und verfluchte sich im selben Augenblick. Hatte er die Lungen getroffen? Ein lebenswichtiges Organ? Der Angreifer gab keinen Laut von sich, was auf harte Disziplin schließen ließ, aber er warf sich gequält gegen den Altar.

Gunther wälzte ihn herum, so dass er mit dem Bauch flach auf der Erde lag, stemmte ihm das Knie ins Kreuz, riss ihm das Tuch vom Kopf und band damit seine Hände zusammen. Als er den Mann umdrehte, sah er, dass sein Rock von einem Blutfleck beschmutzt war, der sich rasch ausbreitete. Der König würde jedoch wissen wollen, wer ihm aufgelauert hatte. Also schnitt Gunther mit seinem Messer einen Streifen Stoff vom Saum des hinterhältigen Mistkerls, faltete daraus ein Päckchen, streifte ihm den grünen Rock bis zum Hals hoch und band das Päckchen mit einem zweiten Stoffstreifen an der Wunde fest, aus der das Blut schoss. Dann schleppte er ihn ins Freie.

Der Mann war halb ohnmächtig und musste einiges an Schmerzen ausstehen, trotzdem schwieg er eisern. Schwitzend schleppte Gunther ihn den Hang hinab zum See. Sein Verband reichte nicht um das Blut zu stillen. Der Stoff färbte sich erneut dunkel. Als er die Haufen mit den Ziegeln umkreist hatte, rief er nach Noah. Die Jungen saßen in kleinen Grüppchen am Ufer und trockneten ihre Kettenhemden. Als er winkte, kamen sie angerannt.

»Ein Pferd. Steht nicht rum und gafft. Der Mann muss zur Burg, ehe er verblutet.«

Noah und seine Waffenkameraden drängelten sich neugierig um den verhinderten Mörder, der still und mit erzgrauen Lippen im Gras lag. Sie hatten alle schon gekämpft und dabei Blut vergossen und selbst Blut gelassen – aber immer nur zur Übung. Nie im Ernstfall. Nicht einmal Mack, denn das Heilige Land war ohne Kämpfe erobert worden.

Gunther nickte ihm zu. »Ihr beide, du und Prosper, holt die Pferde!«

»Er verblutet«, sagte Mack.

Der Kopf des Gefangenen hing schief über dessen Schulter. Aus seinem Mund sabberte Speichel, vermischt mit blassrotem Blutschaum. Mack hatte Recht. Der Mann würde es nicht bis zur Burg schaffen. Also musste man ihn hier zum Sprechen bringen, vor Zeugen, solange er noch konnte. Damit man dem König wenigstens den Namen seines Auftraggebers nennen konnte.

»Hol Wasser!«

Dietrich, einer der Jüngeren, der ohne Unterlass schluckte, so dass sein Adamsapfel hüpfte, lief los. Die anderen schienen danach zu lechzen, die Fortsetzung des Abenteuers mitzuerleben.

»Was hat er getan?«, wollte Prosper wissen.

»Versucht, jemanden umzubringen«, erklärte Gunther einsilbig. Er zog sein Messer und ging in die Hocke. Aus den Augenwinkeln sah er, wie Mack sich abwandte.

Dietrich kehrte zurück und Gunther goss das Wasser, das der Junge in seinem Schuh mitgebracht hatte, über den Kopf des Bewusstlosen. Der Mann begann zu röcheln. Erneut quollen rosa Blasen aus seinen Mundwinkeln. Es stieß Gunther ab, wie Noah sich gespannt vorbeugte. Aber so war das Geschäft.

»Nimm ihn und halte ihn so, dass ich mit ihm sprechen kann«, befahl er.

Der Attentäter hatte sich unter dem kalten Guss bewegt, aber als Noah ihn packte, fiel er wieder in sich zusammen.

»Er kann nicht sprechen. Ich glaube, er hat keine Zunge«, meinte Prosper.

Skeptisch beäugte Gunther seinen Gefangenen. Wenn es in jener Kirche wirklich um Königsmord gegangen war – und daran bestand kein Zweifel –, dann war es möglich, dass die Auftraggeber einen Stummen für das heikle Geschäft gewählt hatten. Prüfend hob er das Kinn des Ohnmächtigen mit der Messerspitze an. Er beugte sich vor, um seine Kiefer auseinanderzubiegen – und im selben Moment durchzuckte es ihn, welch fatalen Fehler er machte. Er sah die Lider flattern und wollte das Messer zurückreißen. Aber zu spät. Der Attentäter stürzte sich vor und rammte kraftvoll die eigene Kehle in die offene Klinge.

Es war spät in der Nacht, als Anselm von Justingen den Waffenmeister endlich gehen ließ. Der König hatte sich nur kurze Zeit mit dem Attentäter abgeben mögen. Ein toter Mann war nutzlos. Aber Anselm brach bei dem Gedanken, was alles hätte passieren können, der kalte Schweiß aus. Er stocherte mit endlosen Fragen, um herauszubekommen, was genau vorgefallen war. Gunther wollte ihm nicht sagen, von wem er den Hinweis auf das möglicherweise bevorstehende Attentat bekommen hatte. Dadurch machte er sich zwar verdächtig, und das wusste er, aber er wusste auch, dass Anselm ihm nichts Unloyales zutraute. Vielleicht ahnte er, wer die Quelle war, die ihm der Waffenmeister nicht verraten wollte. Jedenfalls gab er sich schließlich damit zufrieden, dass der König seinem Tod entronnen war.

Gunther machte sich auf den Weg in seine Kammer. Er kam an den Räumen des Königs vorbei, wo er zwar keinen Gesang, aber Gesprächsfetzen und Frauengelächter hörte. Das erinnerte ihn an die Königin und daran, dass er noch ein Weiteres zu erledigen hatte.

In der Kammer der Knappen war es stockfinster. Er ging in den Flur zurück, nahm einen der stinkenden Kienspäne aus einem Wandhalter und suchte Macks Bett. Der Junge schien niemals zu schlafen. Seine Augen reflektierten das Licht wie die einer Katze.

»Ich komme«, hörte Gunther ihn resigniert murmeln. Einen Moment lang tat ihm der Junge Leid. Zweimal im Kettenhemd um die Forellenteiche hätte gereicht, um einen gestandenen Mann in die Knie zu zwingen. Mack war schlapp wie eine Flunder.

Nachsichtiger, als es seine Art war, passte Gunther seine Schritte den langsameren des Jungen an und begleitete ihn in den Hof. Der Mond leuchtete und nach dem heißen Tag war die Luft angenehm mild. Er wies auf die Treppenstufen.

»Was ist es?«

»Was ist was?«

»Weshalb du mich diesmal aus dem Bett holst.«

Gunther klemmte die Fackel zwischen Stufe und Geländer der Treppe. Er mochte den nörgelnden Tonfall nicht, aber er war fest entschlossen, geduldig zu sein. »Setz dich.« Als Mack gehorchte, fuhr er fort: »Ich habe dir nichts vorzuwerfen.«

»Außer?«

»Außer gar nichts. Ich will nur mit dir reden.« Es kostete ihn Überwindung. Das Thema war heikel und sein eigener Kopf wie leer gefegt von Anselms Fragen. »Über unseren König.«

Mack lehnte sich mit dem Rücken an die Mauer und schlang die Arme um den Oberkörper – eine Geste, wie sie abweisender nicht hätte sein können.

»Ich würde gern wissen, was dein König dir bedeutet«, begann Gunther vorsichtig.

»Was er …? Was soll er mir bedeuten?«

»Er ist jung. Er amüsiert sich gern. Er reitet, geht jagen, feiert Feste, verehrt schöne Frauen. Ich könnte mir vorstellen, dass jemand wie du in ihm nichts als einen netten jungen Mann sieht.«

»Und?« Misstrauisch wartete Mack.

»Ich habe gehört, dass du für den König singst.«

»Also das!« Nichts als Überdruss schwang in diesen Worten. »Ich kann es selbst nicht ausstehen. Ich *hasse* es. Kannst du nicht versuchen, dem König einen anderen Spaß schmackhaft zu machen? Oder einen anderen Sänger? Ich laufe dafür um den See, bis ich tot umfalle.«

»Du wärst also froh, wenn du nicht mehr singen müsstest?«

Das war der Beweis für Macks Unehrlichkeit. Er hatte sich vor dem Küchenpersonal mit seiner Kunst aufgeblasen wie ein Gockel. Nur ein Schwachsinniger würde glauben, dass es ihm nicht gefiel, wenn der deutsche König seine Lieder hören wollte. Er würde ... vor einer kahlen Wand singen, wenn niemand ihm zuhörte. Gunther verstand nichts von Musik, aber das war ihm plötzlich klar. Diese Meisterschaft der Töne, dieser weiche, verzaubernde Klang – das entstand nicht aus dem Wunsch zu gefallen.

Mack sah ihn aus seinen verwaschenen grünen Augen ironisch an. »Dein König benutzt mich, um seinem Mädchen zu imponieren. Sie verdreht ihm den Kopf und er schmachtet und spuckt Schmalz und süße Töne. Was sollte mir daran Spaß ...«

Gunther faßte Mack am Nacken, wie er es bei einem Welpen gemacht hätte, und schüttelte ihn. »Dein König ... ist dein König.« Verärgert gab er ihm einen Stoß. »Und zwar nicht wegen dem, was er tut oder unterläßt, sondern weil er von einem König gezeugt und von einer Königin geboren wurde. Weil die Fürsten ihn in seinem Amt bestätigt haben. Und weil das Heil Gottes auf ihm liegt. Und ein Nichtsnutz wie du ...« Er gab ihm einen weiteren Klaps hinter die Ohren und verstummte. Wie konnte man sich weigern, wenn der König rief? Erschöpft starrte er in das milde Licht, das zwischen den Zweigen einer Rosenranke versickerte, und wartete auf das unausweichliche Argument.

»Ich habe den Kaiser gesehen.«

»Den ...? Ja, ja. Einen Zipfel von ihm, während du zwischen hundert anderen Leuten eingequetscht in der Ecke einer Kapelle ...«

»Ich habe ihn gesehen, als er sich die Davidskrone aufs Haupt aufgesetzt hat.«

Gunther schwieg. So wenig, wie er den König kritisierte, nörgelte er am Kaiser herum. Aber es hatte ihn erschüttert, dass der Herrscher des Abendlandes, als er an der heiligsten Stätte des Christentums stand, nicht von einem Mann Gottes gekrönt worden war. Wahrscheinlich hatte Friedrich keine Wahl gehabt. Gerold, der romtreue Patriarch von Jerusalem, hatte sich geweigert, einen Gebannten zu krönen. Friedrich hätte sich die Krone vom Meister der Deutschordensritter aufs Haupt setzen lassen können, doch damit hätte er erneut den Zorn des heiligen Vaters auf sich gezogen. Vermutlich war es eine weise Entscheidung gewesen, sich in einem säkularen Akt selbst zu krönen.

»Das ist ein … unglaubliches Ding. Voller Juwelen. Die Kirche war von Tausenden Fackeln beleuchtet und das Licht hat die Krone zum Brennen gebracht. Besonders der Edelstein an der Stirnseite. Ein gelber Stein, so groß wie eine Pflaume. Er hat vor Feuer gesprüht. So etwas hast du noch nie gesehen.«

Gunther wartete, dass der Junge seine seltsamen Bemerkungen erläuterte.

»Und ich hätts auch am liebsten nicht gesehen«, fuhr Mack nüchtern fort. »Ich dachte …« Er sagte nicht, was er dachte, sondern schob mit dem Fuß Steinchen über die Treppenstufe. »Jedenfalls hast du Recht. Wir *haben* einen guten König. Er wirft nicht mit Holzscheiten, er hört die Bittsteller an, bis ihm vom Gähnen die Kiefer krachen. Ich werde für ihn singen oder damit aufhören – ganz wie du es für richtig hältst und wie er es mir erlaubt.«

»Was soll das mit der Krone und dem Stein?«

Mack erhob sich. »Nichts. Jemand hat ihn gestohlen und er ist durch einen anderen ersetzt worden. Es hat keine Bedeutung. Unser Kaiser hat nach seiner Heimkehr die Frauen von Gaeta blenden lassen, zur Strafe für die Rebellion ihrer Männer, und ihren Söhnen hat er die Hoden abschneiden lassen. Ich schließe jeden Tag mit einem Dankgebet für die Güte meines Königs. Auch wenn er sich vor seinem Mädchen zum Idioten macht. Kann ich jetzt schlafen gehen?«

7. Kapitel

Das Zimmer des Königs war in Licht getaucht. In das Licht seiner Kerzen und das Leuchten seiner Liebe. Es war spätabends. Mack kam es wie eine Ewigkeit vor, seit die Sonne untergegangen war. Der König saß – oder vielmehr, er lag halb – auf seinem Prunkbett, das mit blutroten Kissen bedeckt war. Schwarze stilisierte Adler in goldenen Kreisen schmückten die Kissen – die Symbole seiner Macht. Die süße Agnes lehnte am Bettende, den Ellbogen zierlich auf eines der weichen Polster gestützt, und lauschte ihrem König, der – unterbrochen von langen, nachdenklichen Pausen – die Minne mit dem Zähmen eines Falken verglich.

Mack verstand die Metapher nicht. Er hatte den Eindruck, der König habe zu viel getrunken und wünschte sehnlichst das Ende des Abends herbei. Sein Schemel war hart und Gunther würde ihn mit dem ersten Sonnenstrahl aus dem Bett werfen und auf den Turnierplatz scheuchen, als wüsste er nichts von seinen verkürzten Nächten. Er tat immer noch, als wären Macks Abende in den Räumen des Königs Teil seines persönlichen Vergnügens. Aber wenn der König befahl … Mack unterdrückte krampfhaft ein Gähnen. Wenn er befahl, konnte man ihm schließlich keine lange Nase zeigen.

Er sah, dass Lilith, das orientalische Mädchen, ihn beobachtete. Der Knoten ihrer Frisur war aufgegangen und das schwarze Lockenhaar umhüllte ihren gesamten Oberkörper. Es glänzte wie das Gefieder eines Raben. Sie fuhr sich mit der Zungenspitze über die Lippen und warf einen vorsichtigen Blick auf Heinrich. Als sie sah, dass er abgelenkt war, blinzelte sie dem müden Sänger zu. Ihr Lächeln war unwiderstehlich. Es bedeutete Mitgefühl für die, die ausharren mussten, Spott für die Gedanken des liebeskranken Königs oder vielleicht auch etwas ganz anderes. Grinsend senkte Mack den Blick auf die schäbigen Rosen seiner Laute.

»Wir sind gezähmt«, sagte der König, »sobald wir der Liebe verfallen. Die Liebe nimmt uns unseren Willen wie der Falkner den des Vogels. Und darin besteht die Konkordanz.« Seine Fingerspitzen berührten die der weißhäutigen Agnes. Dass er sie nicht umarmte, lag an der Anwesenheit ihres böhmischen Beichtvaters. Konrad Dors hockte wie eine vereinsamte Krähe auf einer Bank neben dem Kamin und starrte mit seinen vorquellenden, brauenlosen Augen auf seine Füße.

»Ihr entstammt, wie jeder weiß, einem Bund der Liebe, Heinrich. Daher überrascht es nicht, dass auch Ihr selbst für … zartere Gefühle empfänglich seid.«

Das hatte Agnes hübsch formuliert. Mack grübelte, was das junge Mädchen wohl für den König empfinden mochte. Ihre Wangen glühten. Wenn ihre Zuneigung gespielt war, dann spielte sie perfekt. Sie trug einen Kranz aus verblühenden Maßliebchen im blonden Haar, der ein wenig verrutscht war, und sah aus wie ein Kind, dem man Unrecht tat. Für Mack war Agnes ein Kind. Sie lachte niemals schallend oder aufgekratzt und Ärger kannte sie überhaupt nicht. Sie bewegte sich steif, wie in einem Spiel, dem sie ihre volle Aufmerksamkeit widmen musste. Ihre Gesten waren gekünstelt, ihre Konversation war voll von Binsenwahrheiten. Und während sie sich anschickte, den deutschen König zu verführen, benahm sie sich wie eine Klosterschülerin. Sie schauderte, als die königlichen Finger über ihren Handrücken krabbelten, seufzte und verdrehte die Augen.

Ihr Beichtvater studierte nun nicht mehr seine Schuhe, sondern das Bild des fliehenden Paris an der gegenüberliegenden

Wand. Vielleicht zog er es vor blind zu tun. Mack warf ihm einen verstohlenen Blick zu. Seit der seltsamen Begegnung im Hof hatte Dors ihn kaum noch beachtet. Und ihm selbst ging es ähnlich. Der Mann war wie die Luft, durch die man hindurch geht, ohne sie wahrzunehmen. Agnes hatte ihn ganz sicher vergessen.

»*Wie die Liebe anfängt, weiß ich wohl. Wie sie ein Ende nimmt, das weiß ich nicht …*«, zitierte sie bedeutungsvoll Albrecht von Johannsdorf. Der Satz stammte aus einem seiner schlechteren Lieder und aus ihrem Mund klang er schal wie abgestandenes Bier.

»*Ich bedarf ihrer Gnade sehr wohl, und will sie es, so bin ich froh, und will sie es anders, so ist mein Herz des Leides voll*«, antwortete der König aus demselben Lied.

Agnes holte ihre Hand zurück, und Mack hoffte, dass der Abend mit diesem Reim sein Ende fand. Lilith lachte ihm mit den Augen zu. Oder lachte sie ihn aus?

»Kennst du das Lied? Mack …«

Er zuckte zusammen, als der König ihn plötzlich ansprach. »Ich? Ja. Ja, natürlich.«

Lilith nahm die Hand vor den Mund und nun war er sicher, dass sie ihn auslachte. Umständlich begann er an den Wirbeln seiner Laute zu drehen.

»Ihr seid tatsächlich der Umarmung einer ungewöhnlichen Liebe entsprungen, Herr«, murmelte Dors.

Bei den Worten des Priesters fuhr der König zusammen, so wie man beim Aufflattern eines Vogels erschrickt oder beim Anblick eines Luchses, der plötzlich aus einem Busch hervorspringt.

»Schließlich kann sich nicht jede Frau rühmen, die Krone ihres Kaisers, das Symbol seines Sieges, sein teuerstes Pfand, ins Grab gelegt bekommen zu haben.« Dors' wundersame Augen quollen bei jedem Wort ein weiteres Stück hervor.

»Gewiss«, antwortete Heinrich steif. Der Priester hatte ihm

mit dieser Anspielung auf seinen Vater die Laune verdorben, das war klar. Aber es kam noch schlimmer.

»Nichts ist größer als die hingebungsvolle Liebe zweier Ehegatten zueinander, das vom Himmel gesegnete Band, das die Herzen miteinander verknüpft«, meinte der Priester salbungsvoll.

Mack hielt den Atem an. Hatte der Kuttenmann etwa gar nichts begriffen? Oder waren ihm im Gegenteil plötzlich die Augen aufgegangen, und er unterfing sich, seinen König zurechtzuweisen?

»Nun mach schon. Sing!«, stieß Heinrich hervor. Er sprang auf und ging zum Fenster. Die prickelnde, von Süße durchwobene Atmosphäre war zerstört. Der König kehrte seiner Liebsten den Rücken und Mack beugte sich über seine Laute.

Albrechts Reimerei war so einfältig, dass ihm die eigene Darbietung peinlich war, erst recht nach Dors' ungeschickter Bemerkung. Und doch – die Melodie hatte eine eigene, besondere Schönheit. Mack entspannte sich. Er begann die fade Begleitung mit fließenden Klängen auszuschmücken und ein wenig zu variieren. Fort mit den abgenutzten, schon tausendfach kopierten Schleifen. Warum musste der Einklang immer über die Terz und die Oktave über die Sexte erreicht werden? Es gab unendlich viele Möglichkeiten. Die Bäume, die Flüsse, die Wiesen, sogar die stumpfsinnigen Mauern machten es vor. Man brauchte gar nicht viel zu ändern und plötzlich störten die flachen Worte nicht mehr, sie gewannen vielmehr einen neuen, schöneren Sinn.

Mack starrte blind auf das Griffbrett, während er sang:

»*… Wo zwei von Herzen zugeneigt sich sind*
und Lieb zu echter Treue wird,
da soll niemand sie trennen, meine ich,
solange der Tod sie verschont …«

Der König stand am Fenster, Agnes wischte sich die Augen. Sein Lied war vollkommen. Aber es war mehr als das.

Quarta und Diaphonia schwanden aus Macks Kopf, während er den eigenen Tönen und den Resonanzen in seinem Körper lauschte. Nell trat ins Zimmer und ihr Duft erfüllte den Raum, ihre Stimme verzauberte den Cantus. Nellie, nicht seine Geliebte, nur seine Cousine. Seine Cousine, daran musste er denken. Um ihretwillen.

Mack hörte sie atmen und spürte ihr Lächeln. Die Worte, die er sang, die sie miteinander sangen, wurden inniger. Sie wurden zu einem unerhörten – nein un*gehörigen* Liebesschwur.

»… und will sie es, so bin ich glücklich, und will sie es anders, ist mein Herz des Leides voll«, beendete er das Lied, während das Herz in seinem Brustkorb von der Faust eines Riesen zusammengequetscht wurde. Er spielte weiter, ohne zu singen, griff einen falschen Ton und zuckte zusammen. Dann noch einen falschen Ton. Die Terz, die brav zum Einklang führen sollte, wurde unsauber und da ließ er die Laute sinken.

»Ihr habt eine … bemerkenswerte Stimme, junger Herr«, sagte Dors nach einer langen Pause.

Mack beugte sich vor und legte die Laute auf dem Boden ab. Sein Herz klopfte so schnell und heftig, dass es weh tat, und er musste sich zwingen, die Finger nicht gegen die Brust zu pressen. Die Laute sang weiter, mit einer Herablassung, als wäre ihre Kunstfertigkeit ohne störende menschliche Finger doppelt so groß. Der rußige Kaminrost blubberte dazu. Die Wände unterlegten den Gesang mit einem tiefen Ton. Liebe, Liebe …

Mack merkte, dass Dors ihn beobachtete. Er richtete sich wieder auf und legte die Hände locker auf die Oberschenkel. Lieber hätte er sie um die Brust gewunden und sich irgendwo verkrochen. Und noch lieber … ja, noch lieber hätte er laut gebrüllt und gefragt, warum, verflucht, ihn seine eigenen Lieder verhexten und warum ihn Geräusche verfolgten, die es gar nicht gab. Die Müdigkeit, hätte Nell gesagt. Zu wenig Schlaf, das brachte jeden durcheinander.

»Ich denke, die Liebe zwischen einer Frau und einem Kind ist ein kompliziertes Ding«, erklärte plötzlich Lilith mit ihrer feinen Stimme. Sie stand auf, tänzelte zu ihrer Herrin und küsste sie aufs Haar. »Die Kaiserin Constanze, mein König, Eure ehrwürdige Mutter, war fünfundzwanzig Jahre alt, als sie ihren fünfzehnjährigen Verlobten heiratete. Sie hat ihn umsorgt … wie eine Mutter, ja, und er hat ihr aus Dankbarkeit seine Kaiserkrone mit ins Grab gegeben. Und … war das nicht wunderbar? Trotzdem hatte auch diese Liebe ihre traurige Seite. Ich meine … weil er ihre *wahre* Liebe – die Minneliebe, die ihr Herz eroberte – nie besessen hat …« Sie stockte, aber nicht wegen der steinernen Gesichter, sondern weil sie überlegte, denn sie fuhr nachdenklich fort: »Es war doch *traurig*. Dass er ihr den indischen Baum genommen hat, meine ich. Aus ihren toten Händen. Das Pfand ihr *sehnsüchtigen* Liebe. Ich meine, er hätte es ihr doch gönnen können …«

Wer von beiden war die ältere, Agnes oder ihre niedliche Dienerin? Man konnte es kaum sagen. Lilith schien durch ihr fremdländisches Aussehen alterslos. Als sie jetzt in das betretene Schweigen lächelte, wirkte sie wie ein Kind, das Erbsen in der Küche verstreut, ohne zu begreifen, welchen Ärger es verursacht. Unbeschwert ging sie zu dem rotbunten Papagei, der auf einer Truhe saß, und ließ ihn nach ihrer Hand picken.

»Was für einen Baum?«

»Aber mein König – ich dachte, jeder weiß davon.« Sie flatterte mit den schwarzen Wimpern, als begreife sie noch immer nicht – oder als wolle sie nicht begreifen –, in welchen Untiefen sie sich bewegte. »Ich dachte, jedermann kennt die Geschichte. Das war doch nicht … Nein, das war keine Erfindung. Den Baum gibt es ja wirklich. Der Kaiser hat ihn in das Bild seines Reisealtars eingefügt, als Lebensbaum im Garten

Eden. Und der prächtigste Stein des indischen Baums – ein golden funkelnder Edelstein – stellt nun die verbotene Frucht dar, von der Eva aß. Sagtet Ihr nicht selbst einmal, Ihr hättet den Baum gesehen, Dors? Und sie hätten darüber Witze gemacht, dass ein Minnegeschenk als Sinnbild …?«

»Lilith!«

»Ich bitte Euch. Es geht mir zu Herzen. Und ist es nicht wirklich …«

»Der Vogel kleckert herum«, unterbrach Dors das Mädchen kalt. Der Papagei tat nichts dergleichen, aber Lilith errötete und blickte zur Prinzessin. Als von ihr kein Zeichen der Ermutigung kam, verneigte sie sich nach einem Moment des Schmollens und entfernte sich rückwärts zur Tür.

»Sie ist lieb, aber sie redet, was ihr gerade in den Sinn kommt. Sie ist in einem dieser entsetzlichen Harems aufgewachsen, da sind die Frauen so. Es liegt an der heidnischen Erziehung«, erklärte die verlegene Agnes, als Lilith verschwunden war.

»Eigentlich weiß ich gar nichts von meinen Eltern«, bemerkte der König hilflos. Die Wände hörten sich seine Klage an – und verwarfen sie als bedeutungslos. Die Kaiserpfalz hatte Imponierenderes vernommen als das Gejammere eines jungen Mannes.

»Schluss für heute. Ich bin müde.« Heinrich versuchte seine Missstimmung zu verbergen, aber der Abend war verdorben. Er verließ noch vor der Prinzessin den Raum, Mack folgte gleich darauf. Sein Bett stand im anderen Flügel des Palas. Er musste hinab ins Untergeschoss und dann einmal quer durch alle Flure. Ihm tat noch immer die Brust weh, die Mauern brummten und er sehnte sich wie verrückt nach Ruhe.

Prosper wuchs aus der Wand. Vorher war dort nichts gewesen. Mack hätte es schwören können. Wie durch Zauberei stand der Junge vor ihm. Er und Noah. Ein großer und ein schmächtiger Schatten. Sie befanden sich irgendwo zwischen den Wirtschaftskammern in einer Erweiterung des Flurs. Zwei Gänge kreuzten sich, von dem einen gingen Türen ab, der andere endete in einer Kammer, aus der es nach feuchter Wäsche stank. Es gab in diesem Gängegewirr keine Fenster. Nur Macks Lampe, die kaum mehr als eine Funzel war.

Mack überlegte, welche Möglichkeiten er hatte, während sein Licht zitternde Schatten warf. Er konnte die Lampe fallen lassen und versuchen, auf dem Weg, den es gekommen war, zu flüchten. Doch Prosper stand direkt vor ihm. Er würde sich bei der ersten Bewegung auf ihn werfen. Seine Augen leuchteten wie dunkle Punkte in dem unnatürlich hellen Gesicht und sagten: *Ich will dich.*

»Ein Schleimpisser, ja?«, fragte er mit einem Lächeln.

Es war dumm gewesen Prosper zu beleidigen. Er hatte ihn vor dem Ertrinken bewahrt, alles andere hätte man ignorieren können, dachte Mack, aber gleichzeitig wurde ihm schlecht vor Widerwillen, als er sich an Prospers Hände erinnerte, die ihn nicht nur aus dem Wasser gezogen, sondern ihm gleichzeitig zwischen die Schenkel gefahren waren und sich dort auf unanständigste Weise betätigt hatten.

»Verdreschen wir ihn und nichts wie weg«, schlug Noah vor. Mack fühlte, wie sich seine Nackenhaare kräuselten. Ohne dass er den Kopf bewegte, wanderte sein Blick zu Noahs Pranken. Prügel von Noahs Hand würden schlimm sein, aber besser als Prospers Zärtlichkeiten. Er sah das Lächeln des bleichen Jungen, das ihm bedeutete: *Ich lese jeden deiner Gedanken.* Das Murmeln der Mauern wurde lauter. Sie interessierten sich für die Emotionen, die über den Fußboden auf sie zuspülten. Mack sah Prosper sich mit der Zungenspitze über die Lippen fahren und entschloss sich zur Flucht, oder wenigstens zu einem ehrenhaften Versuch. Er ließ die Lampe fallen und sprang los. Doch Prospers Fingernägel waren augenblicklich an seinem Hals. Er riss ihm die Haut auf, bekam den

Surcot zu fassen und verkrallte sich im Stoff. Noah warf sich auf sie und sie landeten alle drei auf dem Boden.

Grob stieß der Goliath seinen Freund beiseite und setzte sich mit dem ganzen Gewicht seines breiten Hinterns auf Macks Bauch. Er klemmte Macks Arme mit den Knien fest und wollte anfangen, ihn zu verdreschen.

»Warte. Moment.« Prosper hob die Lampe, die den Sturz überstanden hatte, auf. Die Flamme wurde ruhiger und brachte die Sterne, die in das Metallgehäuse gestanzt waren, wieder zum Funkeln. Er leuchtete in Macks Gesicht, während dieser den unangenehmen Geruch einatmete, der zwischen Noahs Schenkeln hervorströmte.

»Weißt du, dass du schon wieder Besuch hattest?«

Macks Muskeln zuckten, aber er war fest zwischen Noahs Knien eingeklemmt.

»Weißt du nicht, und schon wieder bin ich es, der dir die gute Nachricht bringt. Ich finds wirklich traurig, wie wenig du mir das dankst.«

Noah grunzte und drückte das Gesicht seines Opfers, das versucht hatte, den Kopf zu heben, mit der flachen Hand wieder zurück. »Du redest zu viel, Prosper. 'ne Abreibung und dann Schluss!«

Prosper überhörte den Rat. »Diesmal wars aber nicht deine Schöne, sondern ein Mann. Du musst was an dir haben, was die Leute verrückt macht. Ehrlich. Der Kerl hat einen Tanz aufgeführt, dass man ihn am Ende rausgeschmissen hat.«

Noah ließ einen Darmwind fahren und äffte den Besucher nach. *»Ich mumumuss aber …«*

»Er war kurz davor, zu heulen. Oder hat er nicht sogar? Übrigens sah er dem Mädchen vom letzten Mal ziemlich ähnlich.«

»Bibitte. Ich mumuss ihn sprechen. Lalalasst mich doch …« Noah wieherte vor Freude über seinen Sprachwitz. »Und Dresche hat er auch bezogen, bevor sie ihm den Tritt gegeben haben. 'n fettes Veilchen aufm Auge.«

Mack biss in Noahs Hand. Es war der widerlichste Geschmack seines Lebens und darauf folgte der widerlichste Schlag, den er je ins Gesicht bekommen hatte. Ein knirschendes Geräusch zog zu seinen Ohren, und während sein Kopf auf den Boden knallte, schoss ihm ein Riesenschwall Blut aus der Nase.

Prosper zischte erschrocken. Macks Arme waren noch immer eingeklemmt und so konnte er nichts dagegen tun, als der Knappe ihm die Finger durch sein blutüberströmtes Gesicht zog. »Mensch, Noah, was soll das!«

»Ich mach, was ich will.« Der drohende Unterton in Noahs Stimme war nicht zu überhören und Prosper brummelte etwas Beschwichtigendes. Der Koloss hockte noch immer auf Macks Bauch. Als er sich bewegte, um es sich bequemer zu machen, entströmte ihm eine neue Wolke widerwärtigen Gestanks. Er gab einen von Macks Armen frei und versuchte mit dessen Ärmel, die Blutung zu stillen. »Eigentlich hat er jetzt seine Abreibung. Wir können gehen.«

»Warte.«

Mack hatte die Augen geschlossen, aber bei diesem beiläufigen Wort öffnete er sie wieder. Er sah etwas im Lampenlicht blinken und starrte ungläubig auf die Klinge eines Messers.

»Prosper, nee, ich weiß nicht.« Noah wurde unruhig und bewegte seinen Hintern. Als sein Freund ihm etwas ins Ohr wisperte, atmete er erleichtert auf. Rasch fasste Noah unter Macks Hals und hob ihn an, während Prosper nach seinen Haaren griff. Mack begann zu fluchen. Er wand sich wie ein Aal, doch es half nichts. Fein säuberlich säbelte Prosper Strähne um Strähne von seinem Kopf.

Als sie mit ihm fertig waren, ließ Noah ihn zu Boden plumpsen und entfernte sich mit seinem Freund. Das Gesicht von Blut und Haaren verschmiert, starrte Mack ihnen nach.

Gunther hatte den leichten Schlaf eines Tieres. Er saß senkrecht, noch bevor Mack den halben Weg von der Tür zu seinem Bett zurückgelegt hatte. In der Hand hielt er ein Messer mit einer gebogenen, gefährlich aussehenden Klinge.

Lächerlich, dachte Mack. Er hatte sich notdürftig gesäubert, aber ein Prickeln über seiner Lippe sagte ihm, dass noch immer Blut aus dem linken Nasenloch sickerte. Er fuhr sich mit dem Handrücken darüber und sagte: »Ich muss weg.«

Die Einleitung hätte dämlicher nicht sein können. Gunther zog die Brauen hoch. Er legte das Messer beiseite, stand auf, nahm Mack die Lampe aus der Hand und leuchtete ihm ins Gesicht. Genau wie Prosper betastete er die lädierte Nase, aber seine Hände waren kalt und trocken und überhaupt nicht sanft. »Möglich, dass die Nase gebrochen ist. Aber die Knochen sind nicht gegeneinander verschoben. Das wächst wieder zusammen.« Damit hatte er gesagt, was nötig war, und wartete, dass sein Besucher sich trollte.

»Also, wer wars?«, knurrte er ungnädig, als Mack stur an seinem Platz blieb.

»Ich muss weg«, sagte Mack. »Für einen Tag. Ich muss jemanden besuchen.«

»Wen?«

»Jemanden.«

»*Jemanden* bedeutet immer das Gleiche. Weibergeschichten.«

»Ich muss«, wiederholte Mack.

In der Ecke der Kammer stand ein Schemel mit einer hölzernen Waschschüssel. Gunther ging dorthin, wusch sich das Blut von den Händen, schöpfte sich etwas Wasser ins Gesicht und trocknete sich umständlich mit einem Tuch ab. »Deine Zeit gehört dem König.«

Und den hätte ich fragen sollen, dachte Mack. Heinrich hätte Verständnis gehabt. Oder doch nicht? Nein, wahrscheinlich hätte er ihn nach dem Ehrenkodex der Ritter an den Waffenmeister zurückverwiesen, und dann wäre alles noch schlimmer gekommen.

»Ich erlaubs dir nicht. Irgendwann wirst du mir dafür dankbar sein, und nun verschwinde.« Gunthers feuchtes Kraushaar kringelte sich in der Stirn. Er hatte keine Ahnung, wie jung ihn das aussehen ließ. Zu jung jedenfalls, um sich mit solcher Arroganz über Weibergeschichten auszulassen.

»Es ist nicht, wie du denkst …«, versuchte Mack zu erklären.

»Und lass dir die Haare schneiden, bevor du morgen auf den Turnierplatz kommst. In diesem Aufzug beschämst du deinen König.«

Mack nickte. »Irgendwann wird dich der Teufel holen«, sagte er und ging.

8. *Kapitel*

Die kleine Böhmenprinzessin übergab sich in eine Bronzeschüssel. Sie hatte es mit dem Magen und jede Aufregung endete bei ihr mit Übelkeit und Krämpfen. Lilith hielt ihren Zopf und schnitt eine Grimasse, die so komisch aussah, dass sogar Agnes' Milchschwester, ein hässliches Mädchen mit dem Kiefer eines Wals, lächeln musste, obwohl sie Lilith eigentlich nicht ausstehen konnte.

Konrad Dors schloss die Augen. Das Erbrechen war nur der Anfang. Bald würde Agnes zu weinen beginnen und am Ende würde er ihre Gewissensangst ertragen müssen, die sich wie ein skrupulöses Geschwür durch ihr Leben zog. Er würde ihr die Beichte abnehmen, aber es würde ihn Überwindung kosten. Er hatte nicht mehr die Geduld der frühen Tage.

Was würde sie ihm auftischen? Den moribunden Stumpfsinn über die Heiligkeit der Ehe? Es war ein Fehler gewesen, Heinrich in ihrer Gegenwart auf seine Eltern auszusprechen. Das hätte man geschickter machen können.

Dors stand auf. Der Klappstuhl, auf dem er gesessen hatte, knarrte ein wenig. Agnes' Milchschwester – was hatte sie gleich für einen sonderbaren Namen? – nahm dieses Geräusch zur Kenntnis, aber als er zur Tür ging und leise das Zimmer verließ, hatte sie ihn schon wieder vergessen.

Dors verkroch sich in seinem eigenen, dunklen Raum. Er liebte diese Stille, diese Abwesenheit von Geschäftigkeit. Er war müde. Die Müdigkeit vor dem großen Kampf? Oder etwa ein allgemeines Erschlaffen? Sein Blick irrte zum Astrolabium, das er wieder ins Samttuch gewickelt und in die Holzkiste gepackt hatte. Der weiße Stern würde einhundertzwanzig Tage brauchen – von diesem Tag an gerechnet –, um erneut in die Nähe der Erde zu kommen. Seine Furcht davor war am Verblassen. Und wenn die Furcht verging, würde die Kraft wiederkommen.

Es klopfte.

Als er öffnete, stand die Milchschwester vor ihm. Ihr grobes Gesicht strahlte ihn voller Vertrauen an. Er war der Mann der Kirche. Sein schwarzes Gewand hob ihn in den Status der Achtbarkeit.

»Die Prinzessin wird von schweren Gedanken geplagt, Vater. Sie sucht Euren Beistand.«

Einen Moment lang war Dors von dem Verlangen gepackt, seine Fingernägel in die weichen Hängebacken zu schlagen und sie bis zu den Ohren aufzuschlitzen. Er war in schlechter Verfassung. Die Kumpanei mit den Guten reizte ihn aufs Blut. »Ich komme, meine Tochter.« In seinen eigenen Ohren klangen die Worte hohl und verlogen, aber das Mädchen nickte nur und schenkte ihm einen weiteren Hundeblick.

Agnes saß in dem Klappstuhl, den er vorher selbst benutzt hatte. Es war ein unbequemes Möbel und dass sie sich darin niedergelassen hatte ein sicheres Zeichen ihrer reuigen Verfassung.

»Ich sündige Vater. Aber ich bin nur ein schwaches Weib«, plapperte sie ihm entgegen.

Er war ihr dankbar, dass sie ihm selbst die Entschuldigung lieferte, auf die zu hören sie bereit war. Er ließ sie erst einmal reden. Reden war gut. Es ermüdete, und abgesehen von Furcht machte nichts den Geist williger als Müdigkeit. Als Dors endlich ihre Hände nahm – mit dem Widerwillen eines Mannes, dem körperliche Berührung Unbehagen einflößte –, spürte er ihre Kraftlosigkeit in sich hineinströmen.

»Er ist Euer König, mein Kind.«

»Ja.« Agnes nickte wie ein Lämmlein.

»Und Ihr seid ein Weib, der Schwäche Eures Geschlechts unterworfen.« Das Mädchen hörte ihr eigenes Argument wie eine Offenbarung.

»Heinrich ist ein wunderbarer König«, seufzte sie, »mit wunderbaren Gedanken.«

Dors nickte und hoffte, bedeutungsvoll auszusehen.

»Aber ich fühle auch«, stotterte Agnes, »wie traurig er ist. Sein Weib ist so ... kalt. Er ... sehnt sich nach einem Herzen, das ihn versteht.«

Vielleicht sehnt er sich nach einem Herzen, vielleicht auch nach handfesteren Dingen, dachte Dors grob. Seine eigenen Lenden waren kalt geworden. Zum Glück, denn jedermann spürte es, und es verstärkte seine Aura der Achtbarkeit.

»Was soll ich nur tun, Vater?«

»Was *könnt* Ihr tun?«

Agnes dachte nach. Dors hatte keine Ahnung, welch wirres Zeug ihr durch den Sinn ging. Aber da sie sich einbildete, den König über jedes Maß zu lieben, würden ihr unweigerlich Ideen und Entschuldigungen kommen. Sie war so ... menschlich.

»Ich kann gar nichts tun.« Agnes begann zu weinen und Dors nickte erneut.

»So ist es, mein Kind. Heinrich ist Euer König. Er ist ein einsamer König, wie Ihr schon sagtet. Man hat ihm viel aufgebürdet, trotz seiner Jugend. Möglicherweise ...«, er versuchte seiner Stimme einen seidig-flauschigen und dennoch biederen Klang zu geben, »... wendet er sich Euch zu, weil er spürt, dass er Euch *braucht*.« Diese Wendung war lustig, hob sie Agnes doch auf den Thron der Ehrenhaftigkeit, nach dem sie sich offenbar verzehrte. Wie hübsch sich alles zusammentat, wenn man sich ein wenig Mühe gab. Wie bereitwillig die kleine Prinzessin sich weiteren Einflüsterungen öffnete.

Plötzlich packte ihn Erregung. Die Zeit drängte. Und wenn nicht die Zeit, so doch seine eigene Ungeduld. Dem weißen

Stern zu entkommen – nein, ihn vom Himmel zu holen, ihn zu stürzen und in den Staub zu treten, wie einst ein anderer in den Staub getreten worden war … Sein Herz klopfte. Jetzt nur nicht unvorsichtig werden.

»Enthaltsamkeit in allen Dingen der Welt ist die Tugend, auf die die Engel herablächeln«, bemühte er die alten Platitüden. »Und dennoch …« Er zögerte. Behutsam jetzt. Äußerst behutsam. »Ihr wisst vermutlich nicht, dass ich in jungen Jahren am Hof jener tugendhaften Constanze, der Mutter unseres Königs, diente und Zeuge wurde ihrer ungewöhnlichen, herzensreinen Minne …« Übertrieb er? Wurde Agnes argwöhnisch? Nein, sie staunte ihn mit purzelgroßen Augen an. »Jener *vergeistigten* Liebe, die das Herz der Königin tröstete und erhob. Tatsächlich ließ ich mich sogar dazu hinreißen, eine Nachbildung jenes indischen Baums zu erwerben … Eine Tat der Liebe, der Goldschmied litt an Gliederreißen«, fügte er hastig hinzu. »Eigentlich wollte ich den Baum schon lange einschmelzen lassen und werde es wohl auch tun.«

»Das dürft Ihr nicht!« Agnes hegte keinerlei Zweifel an der haarsträubenden Geschichte. Sie errötete vor Eifer und er sah die Gedanken in ihrem Hirn krabbeln wie Ameisen. Er wartete in der Hoffnung, dass sie selbst den erwünschten Vorschlag aussprach.

»Wenn Ihr ihn einschmelzen lassen wollt – könntet Ihr ihn dann nicht mir überlassen? Wie es Heinrich … Wie es den König trösten würde, wenn er eine so zarte Erinnerung an seine Mutter in Händen halten könnte.«

Dors senkte den Kopf, als dächte er nach. In Wahrheit kämpfte er mit dem Drang zu lachen.

»Ich bitte Euch …«

»Oh, diese unruhigen jungen Herzen …« Ein bedeutungsschwerer Seufzer. Ein zartes Drücken der weichen Hände, die in seinen zu schwitzen begonnen hatten. Dors seufzte erneut und stand auf. Wie schnell und einfach das gegangen war. Er würde den Baum noch ein wenig mit einer rauhen Bürste bearbeiten, um dem Gold von Stamm und Ästen den Stempel ehrwürdigen Alters aufzudrücken. Und er würde das Herzstück des Baums, einen gelben, geschliffenen Titanitkristall, mit Säure trüben.

Dann blieb nur zu hoffen, dass das Gift in der Seele des Königs seine Wirkung tat.

9. Kapitel.

»Hattet Ihr Mäuse im Haar?« Lilith lachte und fuhr mit den Händen durch Macks Mähne, die Greta mit der Schere notdürftig zurechtgestutzt hatte. Es war die erste freundschaftliche Berührung seit langer Zeit und Mack wunderte sich, wie nahe sie ihm ging.

»Ratten«, entgegnete er mit einer Grimasse, bei der die Nase ihn erneut an die schmerzhafte Begegnung mit Noahs Faust erinnerte. Die Prinzessin schlief, und ihre Damen langweilten sich in ihrem Vorzimmer. Auch Lilith langweilte sich. Agnes' Milchschwester befestigte mit Nadel und Faden ein Perlenband, das sich vom Ausschnitt eines safranroten Kleids gelöst hatte. Ihr Hamsterbackengesicht war über den Stoff gebeugt. Mack nahm an, dass sie seinen Besuch missbilligte.

»Ihr seid ein freundlicher junger Mann, dass Ihr einen Morgen wie diesen für einen Weiberbesuch opfert. Hat jemand Euch erzählt, dass wir uns zu Tode langweilen?«

»Wenn man *mir* Zeit gäbe, mich zu langweilen, würde ich ausschlafen«, erklärte Mack inbrünstig.

Lilith lachte. »Ein Held mit Triefaugen? Und da es Euch nicht frei steht auszuschlafen, folgere ich, dass Ihr jetzt irgendwo sein solltet. Da Ihr dort aber nicht seid, führt Euch ein besonderer Grund hierher.«

Er grinste, ein wenig beunruhigt über ihren flinken Geist. »Ertappt.«

»Wie plump sich das anhört! Ihr solltet uns zumindest vorschwindeln, dass Euch die Sehnsucht treibt. Wir haben Gefühle.«

»Na ja, in Wahrheit …«

»Würdet Ihr ihn erhören, Änni? Oh, ihre Tugend ist standhaft wie die Mauern von Akkon. Aber Ihr singt wie Orpheus, lieber Mack. Wer weiß, was Ihr erreichen könntet.«

»Und Ihr redet wie ein Wasserfall. Nur weiß ich leider keine gescheiten Antworten. Ich fühle mich zu elend.«

Wieder lachte Lilith. Der kleine Stups, den sie ihm mit dem Finger auf die lädierte Nase gab, tat nicht weh, sondern half ihm, sich vorzustellen, die ganze Demütigung wäre eine belanglose Lappalie gewesen. Wäre sie allein gewesen, hätte Mack sich wahrscheinlich ein Herz gefasst und sie geradeheraus gefragt, was er wissen musste. Aber er wusste nicht wie er Änni einschätzen sollte. Sie stierte auf den roten Saum und hatte die Mundwinkel nach unten gezogen.

Aus Liliths Kleidern wehte ein schwacher Duft nach Maiglöckchen, als sie sich umdrehte und zum Fenster ging. Einladend wies sie mit dem Kopf zur Fensterbank. Da die Mauer der Königspfalz an dieser Stelle dick war, gab es im Fenster ausreichend Platz für zwei Sitzbänke. Mack mochte mit der kleinen Orientalin nicht Knie an Knie sitzen, lehnte sich jedoch so an die Bank, dass er Änni im Rücken hatte und Lilith abgeschirmt war.

»Was ist es?«, fragte sie.

»Ich muss für einen Tag von hier fort. Jemanden besuchen. Aber mein Waffenmeister gibt mir nicht die Erlaubnis.« Er errötete über das Eingeständnis, dass ein anderer Herr seiner Zeit war.

»Und da?«

»Und da habe ich gedacht, wenn der König ausreitet ... es könnte doch sein, dass er meine Begleitung wünscht, nicht wahr?«

Lilith legte den Finger auf den Mund – den *kleinen* Finger, was der Geste etwas unglaublich Graziöses verlieh. »Er verlangt oft nach Eurem Dienst.«

»Ständig.«

»Wer sollte es also sonderbar finden? Was ist? Habt Ihr eine Liebste?«

»Ja«, redete Mack ihr nach dem Mund. Jedermann schien das von ihm zu erwarten.

»Ihr seid … bezaubernd und das Mädchen beneidenswert. Natürlich gebe ich Euch Bescheid. Und ich glaube auch nicht, dass es lange dauern wird.«

»Im Ernst?«

Lilith küsste ihn im Aufstehen auf die Stirn. Es war wie der Kuss der Sonne.

»Was kann ich denn dafür?«, fragte Mack störrisch. Er wusste, dass er störrisch klang. Er hätte genau das gern vermieden und konnte doch nicht dagegen an. Gunther zu belügen war kein Spaß. Der Waffenmeister hatte schlechte Laune, weil einer der Knappen, ein Knirps namens Sebastianus, der gerade erst eine Woche unter seiner Obhut war, bei den Übungen auf dem Turnierplatz eine Lanze ins Auge bekommen hatte. Er muffelte jeden an, der ihm über den Weg lief.

»Du hast dir zweifellos viel Mühe gegeben, den König davon zu überzeugen, dass du lieber mit den Waffen üben würdest«, meinte er sarkastisch.

Mack zuckte die Achseln. Er musste zu Eberhard und Nell, um zu sehen, ob alles in Ordnung war. Natürlich war nichts in Ordnung, denn sonst wäre Eberhard kaum zur Burg gekommen. Prosper hatte von einem Veilchen gesprochen. Er war also von jemandem verprügelt worden. Von Ralph? Und wenn Ralph schon seinen Liebling Eberhard prügelte – was mochte dann mit Nell sein?

»Wann bist du zurück?«

»Ich weiß nicht. Ich … heute Abend.«

Gunther hob den Kopf von der Klinge, aus deren Griff er mit einem feuchten Tuch den Schmutz löste. Seine grauen Kieselaugen blickten misstrauisch.

»Wie soll ich wissen, was der König vorhat?«, verteidigte sich Mack. »Er bespricht das nicht mit mir.«

Der Waffenmeister fand nichts dabei, jemanden anzustarren. Er weiß, dass ich lüge, dachte Mack.

»Melde dich, wenn du zurück bist.« Er war entlassen. Mack knallte die Tür ein wenig lauter als nötig ins Schloss.

Agnes hielt den Falken auf ihrer zierlichen Hand und lachte, obwohl das flatternde Tier ihr Angst machte. Sie atmete auf, als der Falkner ihr den Vogel wieder abnahm, und blickte Heinrich unsicher an. Der nahm ihr ihre Ängstlichkeit nicht übel, sondern reichte ihr im Gegenteil die Hand. Als Agnes sie ergriff, sah Mack, dass an ihrem Handgelenk eine Lederschnur mit dem gleichen Glöckchen hing, wie der Jagdvogel es trug. Agnes war stolz auf das Zeichen ihrer Abhängigkeit. Sie ließ es klingeln und der König machte einen Scherz darüber.

Heinrich trug keine Jagdkleidung, sondern einen eleganten seidenen Rock mit dem Adler-Emblem in Saum und Rücken. Mack fand es irritierend, denn die Gesellschaft im Hof hatte sich zur Jagd getroffen. Es war nur eine kleine Gruppe. Robert von Bolanden. Emmerich. Ein halbes Dutzend junger Männer. Dazu ein Mädchen mit einem hellroten Blutschwamm am Kinn, von dem er glaubte, dass sie eine der Töchter des Pfalzgrafen war. Anselm von Justingen fehlte ebenso wie der Pfalzgraf selbst.

Heinrich hob die Hand, und der Trupp setzte sich in Bewegung, die Mädchen in der Mitte, als wären sie Bienenköniginnen im Schwarm.

Es war kein Problem sich den Reitern anzuschließen. Auf den Burghöfen herrschte das Gedränge eines arbeitsreichen Vormittags und man musste aufpassen, keinem der übereifrigen Stalljungen oder Körbeträgern über die Füße zu reiten. Mack hielt sich hinter den Rittern – was auch dann sein Platz gewesen wäre, wenn man ihn tatsächlich zur Jagd mitnehmen wollte. Er fand, dass alles völlig harmlos wirkte.

Glücklicherweise schien die Sonne nicht mehr so grell wie an den verflossenen Tagen. Weiße und graue Wolken verteilten sich am Himmel. Ein guter Tag für einen scharfen Ritt. Am liebsten hätte er sich gleich hinter dem Tor nach Süden Richtung Thannhausen abgesetzt. Doch er traute Gunther zu, dass er ihn beobachtete, und folgte deshalb den Rittern den Weg hinab. Hinter der neuen Wassermühle an der Pegnitz war immer noch Zeit, die Gruppe zu verlassen. Die Wälder, die dort begannen, schützten ihn vor neugierigen Blicken.

Er schien allerdings nicht der Einzige zu sein, der mit dieser Idee liebäugelte, denn als er das schwerfällige Mühlrad erreichte, geriet die Reitergruppe vor ihm ins Stocken. Er sah, wie die Männer mit dem König debattierten, der das Halfter von Agnes' Pferd gepackt hatte und es neben sich an den Wegrand zog.

Vorsichtig lenkte Mack sein Tier hinter ein Gebüsch, das aus dem Mühlbach wuchs.

Der König und Robert hatten die Köpfe zusammengesteckt, ersterer sprach, Letzterer nickte zögernd und plötzlich schwenkte die Begleitung des Königs auf einen Seitenweg in den Wald.

Na so was, dachte Mack verblüfft. Er sah Agnes kichern, als Heinrich ihre Hand packte, um das Glöckchen klingeln zu lassen. Besorgt drängte er sein Pferd ein weiteres Stück ins Gebüsch. Man brauchte kein Hellseher zu sein, um sich denken zu können, dass Heinrich von seinem Auftauchen keinesfalls erbaut wäre.

Agnes beugte sich vor und empfing einen innigen Kuss, worauf der König wieder ihr Glöckchen läutete. Endlich bequemten die zwei sich weiterzureiten. Sie nahmen den Hauptweg und Mack war gezwungen, ihnen zu folgen, wobei er vorsichtig Abstand hielt. Es war des Königs Sache, wie er seine

Tage verbrachte. Es war die Sache seiner Ritter, ob sie es in Ordnung fanden, ihn ohne Schutz durch die Gegend reiten zu lassen – kurz nachdem er einem Mordanschlag entronnen war.

Die beiden Verliebten verließen den Hauptweg und bogen in einen schattigen Pfad mit Büschen voller roter Beeren ein. Der Weg nach Thannhausen war jetzt frei.

Eberhard, dachte Mack, hatte sich das Veilchen möglicherweise bei einer Wirtshausschlägerei geholt. Das war möglich, allerdings verabscheute Eberhard Schlägereien noch mehr als er selbst. Seine schlechten Augen machten ihn zum Prellball jedes Raufbolds. Nein, Eberhard steckte in Schwierigkeiten. Warum sonst wäre er nach Nürnberg gekommen?

Mack erreichte die Stelle, an der der Weg abzweigte. Vom König war nichts mehr zu sehen. Unentschlossen zog er am Zügel. Er schuldete Heinrich nichts. Er konnte ihn mit seinen großspurigen Reden über die Falknerei nicht einmal besonders leiden. Der König raubte ihm den Schlaf und – nicht zu vergessen – eine wichtige Zeit seines Lebens.

Dennoch lenkte Mack sein Pferd zwischen die roten Beeren. Nur ein Blick, um sich zu überzeugen, dass alles in Ordnung war, mehr nicht. Schließlich hatte man versucht den König zu ermorden.

Er ritt langsam, aber die beiden Turteltauben hatten kein Ziel, außer beieinander zu sein. Schon nach kurzer Zeit hörte Mack sie wieder lachen. Schön, dass es ihnen so gut ging. Nell hatte zweifellos größere Sorgen. Heinrichs Rock leuchtete zwischen den Zweigen auf. Er schien abgestiegen zu sein, vielleicht, um Agnes einen Blütenzweig zu pflücken. Mack rutschte ebenfalls aus dem Sattel und pirschte vorsichtig näher, während er sich gleichzeitig fragte, warum er sich zum Idioten machte. Seine Zeit gehörte dem König? Das war Gunthers Auffassung.

Hinter den beiden Verliebten brach der Wald auf. Honigfarbene Getreidefelder, unterbrochen von Brachland, schmiegten sich in die Bodenwellen. Dazwischen lag ein Dorf mit einer eigenen, weiß geputzten Kirche und einem runden Turm, den ein blaues Kreuz krönte, dessen Farbe sich in der Leibung der Fenster wiederholte.

Der König saß wieder im Sattel, aber das offene Gelände schien ihm nicht zu behagen. Unschlüssig beriet er sich mit der Prinzessin.

Mack schlich den Weg, den er gekommen war, wieder zurück. Er drängte sein widerstrebendes Pferd ins Unterholz, kraulte ihm die Ohren und wartete. Von seinem Versteck aus konnte er nur einen kleinen Fleck des Wegs einsehen, aber er war zuversichtlich, dass Heinrich mit seiner Prinzessin dort wieder auftauchen würde. Mückenschwärme machten sich über ihn und sein Pferd her, sonst geschah nichts. Vielleicht waren die beiden doch in Richtung Dorf geritten?

»Du musst warten und es passt mir genauso wenig wie dir«, brummelte Mack, als er die Zügel des Pferdes an einen Strauch knotete. So leise wie möglich schlich er erneut in Richtung Waldrand. Sein Unterfangen hatte den Mief des Spionierens angenommen. Da er keinesfalls dabei erwischt werden wollte, achtete er sorgfältig darauf, im Sichtschutz des Strauchwerks zu bleiben, auch wenn das bedeutete, dass sein Rock mit Spinnweben beklebt wurde und Insekten auf ihn herabrieselten.

Plötzlich senkte sich der Boden ab. Ein Flüsschen, eingebettet in das Grün der Büsche, die bis zum Ufer hinabwuchsen und ihre Zweige übers Wasser hängten. Die Oberfläche des Gewässers schillerte trüb. Es besaß kaum Strömung und auf dem braunen Wasser schwammen Entengrütze und abgestorbene Blätter. Trotz der Hitze lud es nicht gerade zum Baden ein. Der Fluss war am Sterben.

Unschlüssig kletterte Mack am Ufer entlang, immer in der Nähe von Sträuchern, an denen er sich notfalls festhalten konnte, denn das Ufer war steil und von glitschigen Moosen überwuchert. Noch bis zur Biegung und dann verschwinde ich, nahm Mack sich vor. Ihm ging sein eigenes Gluckenverhalten auf die Nerven. Außer Gunther hätte ihm auch niemand dafür Beifall geklatscht.

Der König hatte den Wald doch nicht verlassen. Er stand auf einer alten Steinbrücke, die sich im Bogen über das Wasser schwang. Agnes hatte ihre Hand in seine Armbeuge gelegt, und sie sprachen ernsthaft miteinander.

Wie ein Krebs zog Mack sich zurück und ließ sich ins Unkraut sinken. Er hörte die Stimmen der beiden jungen Menschen, konnte aber die Worte nicht verstehen. Die Sonne blendete ihn und auf seinem Kopf lastete plötzlich ein unangenehmer Druck. Er starrte zu den Brückenpfeilern, an denen Moose hochkrochen und die von Blättern und Strauchwerk umrankt wurden. Obwohl es keinen Hinweis auf eine Strömung gab, bewegte sich die Entengrütze auf die Brücke zu, wo sie verschwand.

Das Wasser war dort schwarz. Nicht schattig, sondern rußschwarz. Beklommen starrte Mack auf die Linie im Fluss, die Licht und Finsternis voneinander trennte. Mit halbem Ohr hörte er Agnes' leises Lachen. Sie sagte etwas Aufmunterndes, aber es schien, als hätte Heinrich schlechte Laune bekommen. Die beiden verstummten. Mit einem Mal nahm Heinrich Agnes' Hand und zog sie von der Brücke. Das war das Vernünftigste, dachte Mack, was er bislang getan hatte.

Sobald sie fortgehen, verschwinde ich auch, nahm er sich vor. Der Druck auf seine Schläfen nahm zu. Behutsam wälzte er sich auf den Bauch und kroch die Böschung hinauf. Als er oben angekommen war, drehte er sich noch einmal zur Brücke um. An den Pfeilern blubberten kleine Strudel. Also gab es wirklich eine Strömung, auch wenn der Rest des Flusses völlig still zu sein schien.

Der König hatte das andere Flussufer erreicht. Hinter ihm lag idyllisch das Dorf. Agnes zupfte an seinem Ärmel. Sie wollte spielen und die ausgelassene Stimmung zurückholen. Lachend lief sie zum Wasser hinunter.

Mack hielt den Atem an. Er sah, wie Agnes sich direkt neben dem Brückenpfeiler im Gras niederließ, die Schuhe auszog und einen Zeh in das schwarze Wasser steckte, als wäre sie unempfindlich gegen die Gefahr, die davon ausging. Ihr albernes Gelächter erschütterte seine Ohren – aber es ging unter in einem anderen Gelächter. Dem Gelächter des Flusses.

Ich muss sie warnen, dachte Mack. Ich muss ... Sein gesunder Menschenverstand bremste den Impuls. Was sollte er Heinrich auch zurufen? Dein Mädchen bringt das Schattenreich unter der Brücke zum Lachen? Das wäre doch mal lustig. Welches Schattenreich? Bist du verrückt geworden, Thannhäuser? Solche Gedanken konnte nur jemand haben der krank war oder sehr müde. Nell würde sich schön über ihn aufregen.

Agnes winkte Heinrich, der daraufhin das Ufer hinabkletterte. Seine Prinzessin wollte sich von ihm fangen lassen. Ungeschickt tappte sie um einen Busch. Der König folgte ihr und etwas von seinem Entzücken kehrte zurück, als er sie zu erwischen versuchte. Sie waren immer noch am Fluss, entfernten sich jedoch von der Brücke.

Ich hau ab. Mack richtete sich halb auf. Wenn er Pech hatte, würde der König ihn entdecken. Sie waren nicht weit voneinander entfernt, aber das kümmerte ihn nicht. Er war nur froh, dass er vom Wasser fortkam.

Und dann ein Schrei. Ein Geräusch, als quetschte man einem Vogel den letzten Piepser aus dem Hals. Entgeistert drehte Mack sich um.

Agnes paddelte im Wasser. Sie hielt sich mit der behandschuhten Hand an einem Busch fest, aber entweder waren ihre Kleider zu schwer oder sie war zu ungeschickt und ängstlich, um sich in Sicherheit zu ziehen. Heinrich stürzte ihr nach. Mack sah ihn ins Wasser gleiten und ihm gefror das Herz, als das Gesicht seines Königs untertauchte. Agnes fürchtete sich, aber in Heinrichs Zügen stand blankes Entsetzen. Er tauchte wieder auf und faßte seiner Liebsten unter den Hintern – ihr Quietscher aufgrund der unschicklichen Berührung sprengte die Grenzen des Erträglichen – und es gelang ihm, das Mädchen aus dem Wasser zu schieben.

Und nun du auch. Raus da, mein König!

Mack merkte nicht, dass er wie ein Tier auf den Fersen kauerte. Gebannt starrte er auf die kämpfende Gestalt im Wasser. Der König hatte einen der herabhängenden Zweige erwischt. Er wollte sich von Busch zu Busch forthangeln, an eine flachere Stelle. Doch er würde es nicht schaffen. Etwas in dem Wasser sog ihm die Kraft aus.

Mack sah zur Brücke. Sie war etwa achtzig Fuß entfernt. Das waren zweimal achtzig Fuß, um zum König zu gelangen. Von der anderen Seite würde man ihn packen können. Doch Agnes würde das nicht tun. Sie stand nur da und kreischte. Er hatte sich kaum entschlossen loszurennen, als er sah, wie Heinrich die Kraft verließ. Der Zweig rutschte ihm aus der Hand und die Strömung trieb ihn auf die Brücke zu.

Mack riss sich den Rock über den Kopf. Mit zitternden Fingern knotete er den Ärmel an einen Wurzelstock, packte den Saum des Rocks, dazu noch einen Stock, der ihm zwischen die Füße geriet, und ließ sich ins Wasser gleiten.

Der Sommer war heiß gewesen und selbst die tieferen Gewässer eine laue Brühe, aber dieses Flüsschen ließ ihn gefrieren. Mack schrie nicht, weil er untertauchte und Wasser in den Hals bekam. Er hörte den König rufen.

»Hier …« Er mochte kaum den Mund auftun, so ekelte er sich vor dem Wasser. Heinrich packte das Ende des Stocks, das Mack ihm hinhielt. Sie waren ein armseliges Paar. Der Helfer kaum geschickter als das Opfer. Der Sog des Flusses war unglaublich. Mack hatte das Gefühl, zwischen Rock und Stock auseinandergerissen zu werden.

Plötzlich gab es einen gewaltigen Platsch neben ihm. Jemand schwamm – wie war das in dieser Strömung möglich? – an ihm vorbei und auf den König zu. Gunthers blonder Schopf tauchte aus der Entengrütze auf. Der Mann hatte übermenschliche Kräfte. Er faßte Heinrich unter den Achseln und bugsierte ihn zum Ufer. Er schaffte es, dem Eiswasser zu entrinnen, und hatte dazu noch die Kraft, den König die Böschung hinaufzuschleppen.

»Halte dich fest«, brüllte er, »ich komme nicht noch mal da rein!«

Und ob ich mich festhalte. Mack umklammerte mit beiden Händen den Rock, den Gunther ans Ufer zog. Er hätte vor Erleichterung in Tränen ausbrechen können, als er endlich wieder festen Boden unter den Füßen spürte.

»Und dafür …«, fauchte Gunther ihn mit Riesenaugen an, »… wirst du geradestehen!« Er musste laut sprechen, denn am anderen Ufer stand die Böhmenprinzessin und hörte nicht auf zu schreien. Ein Wunder, dass sie noch nicht das Dorf hergebrüllt hatte. Gunther rannte los.

Es fiel Mack schwer, den König anzusehen. Sein Haar war von schlaffen Wasserpflanzen bedeckt, sein Gesicht krank und bleich, seine Gestalt zusammengesunken. Impulsiv legte er ihm die Hand auf die Schulter.

»Das war knapp.« Heinrich hob den Kopf und lächelte verzerrt. »Tut mir Leid, aber ich habe nie schwimmen gelernt. Mein Urgroßvater, der große Barbarossa, ist im Saleph ertrunken. Ich habe das immer für ein Omen gehalten. Ich hasse das Wasser.«

»Ja, sicher.«

Das Ächzen und Seufzen des Flusses war leiser geworden. Selbst Agnes hielt endlich den Mund. Gunther hatte sie beim Arm gepackt und schleppte sie hinter sich her über die Brücke. Heinrich sah den beiden einen Moment zu, dann erhob er sich. »Du hast deinen König gerettet, Mack Thannhäuser.« Ernst blickte er auf ihn herab.

Nicht ich, das war Gunther, wollte Mack antworten. Er kam sich plötzlich bis auf die Knochen blamiert vor. Gunther wusste, dass er ein guter Schwimmer war. Natürlich würde er sich fragen, warum sein Schüler sich wie ein Hasenschwanz an ein Stück Stoff geklammert hatte, anstatt dem König beherzt beizustehen.

»Du bist ein mutiger Mann, Mack.«

»Nein … nein, Gunther ist mutig. Ich habe nur im Wasser gepaddelt und mich wie ein Esel …« Mack brach ab. Agnes war angekommen und starrte schockiert auf sein nasses Unterzeug, unter dem sich alles und jedes abzeichnete. Hastig streifte er den Rock über, den der König ihm reichte.

»Knie nieder.«

»Was?«

»Und Ihr – gebt mir Euer Schwert.«

Gunther bückte sich mit steinernem Gesicht nach der Waffe, die im Unkraut lag, und reichte sie dem König.

»Du, ich meine, *du* Thannhäuser, sollst niederknien. Du hast für deinen König dein Leben gewagt.«

Verblüfft sackte Mack ins Gras.

Die Worte, mit denen Heinrich ihn zum Ritter schlug, waren schlicht und von königlicher Aufrichtigkeit. Gegen seinen Willen traten Mack Tränen in die Augen. Das Röcheln des Flusses erstarb, als das Eisen rechts und links seine Schultern berührte. Mack fühlte die Ruhe des Metalls in sich einströmen. Er hatte etwas *Gutes* getan. Der König, *sein* König, lobte ihn dafür. Gunther zog ein saures Gesicht, aber das spielte keine Rolle. Er, Mack, hatte gehandelt wie ein ehrenhafter Mann. Es musste so sein, denn sein König schlug ihn zum Ritter.

Mack konnte nicht anders, er grinste bis zu beiden Ohren. Er erhob sich und Heinrich nahm erst seine Hände, umarmte ihn dann ungestüm und schenkte ihm als Zeichen seiner Gunst das Einzige, was er in der Eile bei sich fand: einen

Aquamarin auf einem silbernen Ring. Der Ring war zu groß für Macks Finger, so dass er ihn in der Faust behalten musste, als er seinem König dankte. Doch das störte nicht. Nicht einmal seine Mutter hätte die Heiligkeit des Augenblicks leugnen können.

Mack gab Gunther sein Schwert zurück und blinzelte ihm zu. Er war so glücklich wie noch nie in seinem Leben.

10. Kapitel.

»Es kommt jemand«, sagte Jörg und erstarrte auf seinem Ast wie Lots Frau zu einer Salzsäule.

»Aber keiner, der dir die Arbeit abnehmen würde«, rief Nell zurück. Der Junge machte sich, nachdem er über ihre Worte nachgedacht hatte, wieder an die Arbeit. Jörg konnte den geduldigsten Menschen zur Weißglut treiben. Es war ja nicht so, dass er sich keine Mühe gegeben hätte. Im Gegenteil – er pflückte die sauren Kirschen, als wäre jede einzelne ein Juwel aus der Kaiserkrone, und legte sie so behutsam in den Bastkorb, als wollte er für jede den geeigneten Platz finden. Aber Nell war sicher, dass sie in der Zeit, in der er den halben Baum abgeerntet hatte, schon mit der ganzen Wiese fertig gewesen wäre. Sie platzte vor Ungeduld. Sie konnte allerdings kaum unter den Augen der Leibeigenen, die auf dem Nachbarfeld Weizen schnitten, anfangen selbst auf die Bäume zu klettern.

»Beeil dich«, brüllte sie und biss sich auf die Lippe, als sie sah, wie er seine Hände für einen winzigen Moment schneller bewegte, um dann gleich wieder in den alten Schlendrian zurückzufallen.

»Es sind Reiter. Edelleute.« Jörgs Hand, die sich gerade nach der nächsten Kirsche ausgestreckt hatte, blieb in der Luft hängen, als hätte eine plötzliche Lähmung sie getroffen.

»So, sind sie das, ja?«

»Es ist der junge Herr.«

»Was?«

»Der Herr. Ich glaube, es ist …«

Eberhard? Nein, Nells Bruder ging vormittags mit dem faulen Burgköter zur Jagd. Er brachte nur selten etwas heim, weil seine Augen nichts taugten, aber er ging trotzdem. Darauf konnte man sich verlassen. Und das eine Mal, als er es nicht getan und Mack besucht hatte, war es ihm schlecht bekommen – was zweifellos seine Überzeugung gestärkt hatte, dass es sicherer war, sich an die Gewohnheiten zu halten.

Nell wandte sich um.

»… der Thannhäuser«, fuhr Jörg fort.

Und zwar der richtige, ergänzte Nell in Gedanken. Ihr Herz geriet ins Stocken, als sie seine schlanke, wendige Gestalt auf einem der lebhaften Hengste aus dem Stall des Königs sah. Es war ein großartiges Pferd und Mack ein großartiger Reiter. Auch sein Begleiter ritt gut, man sah, dass er sein Tier und die Kniffe des Reitens beherrschte. Doch Mack war besser. Unter seiner Hand wurden die Pferde zu Wind und Wolken. Früher war er immer ohne Sattel geritten. Ein Bündel Temperament, das kaum die Beine über den Pferderücken hatte spreizen können. Und wenn er dann wie ein Pfeil über die Hecken geflogen war – das waren die Momente gewesen, in denen sein Vater ihn geliebt hatte und in denen er selbst glücklich war.

Sie sah, wie er die Wange an den Hals des Pferdes legte und ihm etwas zuflüsterte, und sie glühte vor Stolz, als das Tier begeistert den Körper streckte und den letzten Rest Geschwindigkeit herausholte. Der andere Mann, mit dem er scheinbar um die Wette über die Felder schoss, fiel nun hoffnungslos zurück. Doch dann bemerkte Nell die Richtung, die die beiden genommen hatten, und ihre Freude verwandelte sich in eisige Angst.

»Mach allein weiter, Jörg!«

Mit angehobenen Röcken rannte sie los. Die Obstwiese befand sich südlich der Burg am Flussufer. Kein weiter Weg. Aber da Mack und sein Freund wie die Teufel ritten, musste sie fliegen, um sie vor dem Burgtor abzufangen.

»Mack!« Ihr Gebrüll hätte Tote wecken können. »Mack! Mack!« Die Leute hielten in ihrer Arbeit inne und starrten ihr nach. Sicher würden sie abends an ihren qualmenden Kochfeuern über sie herziehen. Doch wen kümmerte es? Nell zog mit der Linken den lästigen Surcot hoch, mit der Rechten winkte sie. Als sie einen Schuh verlor, stieß sie auch den anderen im Laufen von sich und trat mit nackten Füßen das Gras nieder. »Mack!«

Endlich hörte er sie. Nell sah, wie er sein Pferd zügelte und es tänzeln ließ. Sein Begleiter holte ihn ein und die beiden sprachen miteinander. Erleichtert sah Nell, wie sie die Richtung änderten und über einen schmalen Feldweg auf sie zukamen. Sie lief langsamer und als sie einander erreichten, blieb sie atemlos stehen.

»Mack! Das ist … eine Freude!« Sie keuchte. In ihrem Mund lag ein scharfer, metallener Geschmack und ihre Seite schmerzte. Aber sie hatte ihn aufgehalten.

Er lachte sie an. Das war kein Jungenlächeln mehr, dachte Nell und wusste nicht, ob sie erleichtert oder bestürzt sein sollte. Verwirrt war sie. Mack hatte eine geschwollene Nase und sah aus, als hätte er sich gerade gerauft. Trotzdem kam er ihr zum ersten Mal wie ein Erwachsener vor. Ein Erwachsener – das hieß, eine noch größere Bedrohung für Ralph?

»Meine Güte, du willst nach Hause, was?«, lachte sie zu laut und zu schrill.

»Wenigstens einmal nach dem Rechten schauen, ja.«

Macks Begleiter blickte betont auffällig über Nells Kopf hinweg zur Thannhäuser Burg, die auf der Kuppe eines weißen Kalksandstein-Felsens thronte wie ein Nöck auf einem Wasserfall. Es war der hochnäsige Kerl aus dem Gefolge des Königs, der sie am Tag von Macks Verschwinden besucht hatte. Er war schlechter Laune, vielleicht, weil er den Wettritt verloren hatte. Nell mochte ihn nicht und sie spürte, dass die Abneigung auf Gegenseitigkeit beruhte. Der Mann ließ ihren

Gruß unbeantwortet und als sich ihre Blicke zufällig kreuzten, sah er rasch fort. Als wäre etwas verkehrt daran, wenn ein Mensch seine Cousine gern hatte.

»Kommst du mit rauf?«

»Ach je.« Sie erschrak, als ihr die Gefahr wieder bewusst wurde. »Du hast dir einen dummen Zeitpunkt für deinen Besuch ausgesucht. Ehrlich. Sie stellen die Burg auf den Kopf. Oben ist der Teufel los.« Nell legte die Hand auf die Mähne seines Pferdes, kraulte das Tier und hinderte Mack so am Weiterreiten. »Ralph lässt den Mist der letzten drei Jahre aus der Burg karren und ... und sie holen den Dreck aus den Gräben. Der Gestank ist nicht zum Aushalten. Deshalb bin ich auch hier draußen. Willst du nicht lieber mit zum Fluss runter? Oder ... lass uns einfach hierbleiben. Erzähl mir, wie es dir ergangen ist!«

Mack lachte. Zu ihrer unendlichen Erleichterung sprang er vom Pferd und legte ihr den Arm um die Schulter. Sie sah, wie in den rauchigen Augen seines Kameraden Tadel aufblitzte. Das mit dem Arm war eine unschuldige Berührung, kein Grund, sich aufzuspielen. Um Macks willen unterdrückte sie ihren Zorn und lächelte den Fremden an. Doch er starrte kühl zurück.

»Wir könnten auch zur Obstwiese gehen«, meinte Mack.

»Da werden gerade Kirschen geerntet. Lieber ein Stück weiter. Wo die Bienenkörbe stehen«, schlug Nell vor. Sie wollte sich losmachen, aber Mack hielt sie fest – und sie konnte ihn so wenig von sich stoßen, wie ein Verdurstender einen Becher Wasser von sich gestoßen hätte. Sein Arm um ihre Schulter machte sie selig. Dumm war das. Herrlich war das!

Macks Ritterfreund – er stellte ihn als Gunther vor – begleitete sie auf die Wiese. Als sie die Bienenkörbe erreichten, stieg er ebenfalls vom Pferd. Mack räusperte sich und jeder Idiot hätte diesen Wink verstanden, aber dieser Gunther nicht. Die Hände auf dem Rücken, inspizierte er die Gegend. Sie standen herum wie ein paar Tölpel.

»Wie wärs, wenn du einen Spaziergang machst?«, schlug Mack sanft vor.

Nell hatte erlebt, wie Gunther Ralph abgefertigt hatte, damals, als er in der Burg aufgekreuzt war. Da hatte jedes Wort gesessen. Sie erwartete nun, dass er Mack wieder genauso anschnauzen würde, und war verwundert, als er es nicht tat. Die Erkenntnis, warum er schwieg, kam ihr, als sie merkte, wie sorgfältig er an ihr vorbeischaute. Sie hätte beinahe gelacht. Es war ihretwegen. Der Kerl traute sich nicht zu meckern, weil ihm die Gegenwart einer Frau unangenehm war.

»Nur einen Moment, ja?« Mack blieb zahm und freundlich und Gunther ging widerwillig ein Stück bergauf, wo hinter Holzgestellen alte, ausgemusterte Bienenkörbe standen. Er war zu dumm, um sich hinzulegen und die Sonne zu genießen. Stattdessen kehrte er ihnen den Rücken zu wie eine beleidigte Matrone.

»Es ist ziemlich nett von ihm, dass er mich begleitet«, meinte Mack, während er Nell zu sich ins Gras zog. »Er ist mitgekommen, weil er Ralph nicht traut, dabei ... hätte er mir eigentlich lieber in den Hintern getreten. Aber der König hat mir diesen Tag geschenkt ... na ja, jedenfalls find ichs anständig von ihm, dass er mich begleitet. Weißt du, was? Vergiss ihn, Nell. Wir sollten keine Zeit verschenken. Ich bin nämlich gekommen ... Ich mach mir Sorgen«, platzte er heraus. »Wegen Eberhard.«

Er wartete, aber Nell blieb stumm.

»Eberhard ist zur Pfalzburg hochgekommen, wusstest du das? Aber er hatte ... Nell, du weißt doch sicher mehr darüber als ich. Was war mit ihm los? Was wollte er und warum hatte er ... na, sein Gesicht.« Mack tastete mit schiefem Lächeln nach seinen eigenen Blessuren.

Sanft legte Nell den Finger auf seine Nase. Sie merkte, wie

ihr die Tränen kamen, und legte sich rasch ins Gras und auf den Bauch. »Eberhard ist wie du. Ihr seid alle gleich. Ihr prügelt Euch rum und denkt nicht nach. Du …« Sie blickte über ihren Ellbogen und konnte nicht weiter so tun, als wäre sie ärgerlich. »Du siehst … grauenhaft aus, Mack. Ich meine, deine Haare. Gehört das dazu, wenn man Ritter wird? Wie ein Schaf geschoren zu werden? Du könntest die Heiden in Jerusalem allein mit deinem Anblick zu Tode erschrecken.«

Mack schnitt ihr eine Grimasse, und als sie ihm die Zunge rausstreckte, lachte er. »Nellie?«

»Ja?«

»Was war los mit Eberhard?«

Mack war wirklich erwachsen geworden. Früher hatte er ihr alles abgenommen und sich ablenken lassen, jetzt beobachtete er aufmerksam ihr Gesicht. Sie wählte ihre Worte bedachtsam. »Eigentlich … gar nichts. Er hat sich mit unserem Vater gestritten.«

»Eberhard?«

»Ein bisschen Blut hat er auch in den Adern.«

»Und worum ging der Streit?«

»Um …« Dieser Gunther – er konnte es nicht lassen, er belauerte sie, als würden sie's im Gras miteinander treiben, wenn er sie nur einen Moment aus den Augen ließ. »Der Kerl … warum starrt er die ganze Zeit zu uns rüber?«

Mack lachte. »Willst du ihn mal wirklich starren sehen?« Er beugte sich vor, legte ihr die Hände auf die Schultern und hauchte ihr einen Kuss aufs Haar. Dabei berührte er sie nicht einmal mit den Lippen, aber das konnte man von den Bienenkörben aus nicht sehen.

»Lass das«, flüsterte Nell. »Was, wenn du Ärger …?«

»Es wird keinen Ärger mehr geben. Ich bin jetzt Ritter. Ich bin ihm ebenbürtig.«

Ruckartig fuhr sie auf, wobei sie fast mit dem Kopf seine Nase getroffen hätte.

»Seit gestern. Der König selbst hat mir das Schwert auf die Schultern gelegt.«

»Das ist doch dummes ...«

»Feierlicher Ernst«, sagte Mack und hob zwei Finger zum Schwur. »Es bedeutet nur nichts«, meinte er bekümmert. »Denn ich kann immer noch nicht kämpfen. Und vorher darf ich den Hof des Königs nicht verlassen. Er hat vor seinen Rittern damit angegeben, dass er mich erst gehen lässt, wenn ich einen von seinen Männern im Turnier geschlagen habe.«

»Dann solltest du dich ernsthafter bemühen. Das ist nicht komisch. Du denkst, du hast eine Burg. Aber in Wahrheit ...«

»Ich weiß wohl.«

»Ralph hat sich darin eingenistet und wird bleiben, bis man ihn hinauswirft.« Als Nell sein verstörtes Gesicht sah, versuchte sie ihn aufzumuntern. »Aber wenn der König dich zum Ritter geschlagen hat, muss er doch etwas an dir gefunden haben, was ihm gefällt. Könntest du ihn nicht ...«

»... um *noch* einen Gefallen bitten?«

Aber das wollte er nicht. Unter seinem friedlichen Äußeren war Mack nämlich verdammt stolz. Jeder erbat Gefälligkeiten, wenn es ihm gelang, zum König vorzudringen. Nur er war sich zu fein dazu.

»Vielleicht sollte ich mit Ralph sprechen«, begann er zögernd.

»Sei kein Idiot«, fuhr Nell ihn an. »Außerdem ... ist Ralph sowieso fort. Er kann das Saubermachen nicht ausstehen. Weiß der Kuckuck, wann er wiederkommt.«

»Warum hat er Eberhard geschlagen?« Mack faßte ihre Wange und drehte ihr Gesicht, damit er sie anschauen konnte. Er war ihr so nah, dass sie die verschiedenen Grüntöne unterscheiden konnte, in denen seine Augen schimmerten. Krampfhaft versuchte Nell nachzudenken.

»Eberhard ... soll heiraten, und das gefällt ihm nicht. Es *gefiel* ihm nicht. Er konnte das Mädchen nicht leiden.«

»Wer ist es denn?«

»Sieglinde. Die Tochter von Arnulf von Hofberg. Dabei ist sie ein nettes Mädchen. Jedenfalls ist sie nicht streitsüchtig.«

Nell sah, dass Mack sein Gedächtnis anstrengte. Hofberg lag südlich von Thannhausen. Er hatte kaum Kontakt zu den Leuten dort gehabt. Trotzdem schien er sich an etwas zu erinnern.

»Ist das nicht der Kerl, der seine Frau mit einem Schürhaken …«

»Der Kerl, von dem es *heißt*, er hätte seine Frau erschlagen«, korrigierte Nell rasch. »Bewiesen ist nichts und das Mädchen trägt sowieso keine Schuld daran. Sie hat hässliche Kuhaugen, aber sie ist freundlich. An die Kuhaugen wird sich Eberhard schon gewöhnen. Außerdem stehts noch gar nicht fest.«

»Und wie geht es dir, Nell?«

»Gut«, sagte sie.

»Im Ernst?«

»Ich komme zurecht. Ich bin wie eine Katze, die immer auf die Füße fällt. Weißt du, dass dein tugendsamer Freund mir auf die Nerven geht? Komm, küss mich. Küss mich ins Gesicht.«

Mack erfüllte ihr den Wunsch. Diesmal ohne Grinsen. Es war ein Kuss auf den Mundwinkel, mehr aufs Kinn als auf die Lippen, aber er dauerte lang genug, um einen heißen Abdruck zu hinterlassen und ihr einen Schauer durch den ganzen Körper zu jagen.

Als Mack die Augen hob, sah sie, dass er sich schämte. »Tut mir leid, Nell, ich hab dich gern. Sogar sehr. Und wenn du nicht meine Cousine wärst …«

»Und wenn das Gras nicht blau und die Wolken grün wären …« Nell lachte, als fände sie sein Geständnis komisch, als wäre gar nichts passiert. Sie sprang auf. »Du bist noch immer der alte Geschichtenerzähler. Jedenfalls freue ich mich, dass du hier warst. Aber im Moment ist Thannhausen nicht der rechte Platz für dich, Mack. Sieh zu, was du bei deinem König erreichen kannst. Könige sind da, ihren Untertanen zu helfen. Und wenn er dir schon ein Mal eine Gunst erwiesen hat … Was kann es schaden, mit ihm zu reden? Verspricht du mir das? Dass du mit ihm redest?«

»Und es geht dir wirklich gut?«

»Versprichs mir, ja? Gib dir Mühe. Für mich.«

Gunther kam so verdrossen angetrottet, als hätten sie ihm die schönste Stunde seines Lebens geraubt. Nell bückte sich rasch und pflückte eine der leuchtend roten Klatschmohnblüten. Mit einem schnippischen Lächeln ging sie ihm entgegen.

»Wozu beklage ich die Blumen auf der Heide,
Und warum nicht den Schmerz, den ich
erdulde?
Dass eine Frau mir so viel tut zuleide,
Dass sie mich hasset, ohne mein Verschulden.«

Sie warf ihm die Blume entgegen, lachte, als er sie fing, und lachte noch einmal, als sie sah, dass er sich über seine Reaktion ärgerte. Die Blicke der Männer im Nacken, lief sie zur Obstwiese zurück.

Die Tür zum Saal stand offen. Der Gestank des schimmelnden, uringetränkten Strohs, das sich in den Ecken des Raums häufte, war so durchdringend, dass Nell ihn wie Küchenrauch in die Höhe steigen zu sehen meinte. Sie hätte sich gern irgendwohin verkrochen, aber die Kirschen waren alle entkernt und zu Mus verkocht. Es wurde bereits dunkel und es gab keinen Grund mehr, sich in den Wirtschaftsräumen herumzudrücken. Außerdem glaubte sie nicht, dass Ralph und sein Gast den Saal in absehbarer Zeit verlassen würden. Sie saßen um einen Tisch und tranken. Ihre Stimmen klangen laut, aber leicht undeutlich, als wären sie im Anfangsstadium eines Rausches. Vielleicht war es besser, sich jetzt an ihnen vorbeizumogeln als später, wenn sie in Schlägerlaune kamen. Oder gerade umgekehrt? Betrunkene trafen nicht mehr so genau.

Nell lehnte sich mit dem Rücken gegen die Wand des Flurs. Sie dachte an Eberhard, der sich seit dem Streit mit dem Vater und dem anschließenden unglückseligen Besuch auf der Pfalzburg, für den er so fürchterlich verprügelt worden war, die meiste Zeit im Stall aufhielt. Er schlief zwischen den Pferden im Stroh, und obwohl er ihr leid tat, weil er ihretwegen so Schlimmes hatte einstecken müssen, beneidete sie ihn auch, denn er hatte wenigstens seine Ruh.

»Nell?«

Die Frage, was tun, ergab sich. Sieglinde kam um die Ecke getippelt und blieb, zwei Finger im Mund, vor Nell stehen. Die Augen des kleinen Mädchens blinkten so stumpf wie die eines Schafs. Nell konnte nicht einmal erkennen, ob sie sich freute, die Frau entdeckt zu haben, die sie jetzt immer mit Brei fütterte. Sie hatte den Verdacht, dass das Kind schwachsinnig war. Behutsam, um keine Aufmerksamkeit zu erregen, nahm sie sie bei der Hand und versuchte, mit ihr gemeinsam den Saal zu durchqueren.

»Nell!« Ihr Vater saß mit Arnulf und der alten Mathilde beisammen. Vor ihnen standen Metkrüge in verschütteten Lachen, über denen die Fliegen kreisten. Er winkte ihr zu und nuschelte: »Ja, kümmer dich.« Und zu seinem Gast gewandt: »Is nämlich 'n fleißiges Mädchen. Nur dämlich. Zu dämlich, Samen in sich aufzunehmen. Taub wie'n Stein.« Als ihm aufging, dass er seine Ware zum unrechten Zeitpunkt schlecht machte, fuhr er hastig fort: »Nicht dass se unfruchtbar wär. Das mein ich nich. Ich dreh dir bestimmt keinen Ramsch an, Arnulf. Ich sag nur: dämlich. Aber du bist'n Kerl und kriegst 'se schon …«

Der Mann, den er sich als zukünftigen Schwiegersohn warm halten wollte, griente und unterbrach ihn, indem er eine ordinäre Bewegung mit der Hand und eine noch ordinärere Bemerkung machte.

Nell fragte sich, worauf es ihrem Vater mehr ankommen mochte. Sich schlagkräftige Verbündete in dem anstehenden Streit mit dem rechtmäßigen Herrn von Thannhausen zu suchen oder sie zu verletzten. Er hatte Arnulf zwei Viehweiden, einen Wald und ein kleines Dorf aus dem Thannhäuser Besitz als Mitgift versprochen. Das war viel, selbst wenn man bedachte, dass Arnulf unter Umständen dafür würde kämpfen müssen. Aber vielleicht sah der Mann, mit dem sie verheiratet werden sollte, darin kein Problem. Mack. Ein Träumer, ein Nichtsnutz, einer, von dem jeder wusste, dass er Angst hatte sich zu schlagen.

Nell bemerkte, dass Mathilde sie beobachtete. Die alte Frau saß neben Ralph, den sie als Amme gesäugt hatte und den sie fast so sehr liebte, wie sie seine Schwester geliebt hatte. Sie drängte sich so eng an ihn, dass ihre Arme sich berührten, und Nell dachte: *So etwas* ist unanständig.

»Das Mädchen ist müde.« Sie zog Sieglinde mit sich und wollte weiter.

»Warte!« Arnulf stand auf. Er kam zu ihr herübergeschlendert, wobei er mit dem Zeigefinger in seinem Ohr bohrte. Sie erstarrte, als Arnulf dicht vor ihr stehen blieb und seine Finger unter ihre Haube schob. Er zerrte ihren Kopf in den Nacken, und im nächsten Moment hatte sie seine andere schmutzige Hand im Mund. Brutal bog er ihre Kiefer auseinander und schob seine Nase vor ihr Gesicht. »Jedenfalls is ihr Gebiss in Ordnung. Fast keine faulen Zähne. Und wenn das Gebiss was taugt, isse gesund. Liegt alles am Gebiss. Wie beim Pferd.«

Das Schreckliche war, dass er sie gar nicht bewusst verletzen wollte. Er glaubte tatsächlich, was er sagte. Und ihre Gefühle waren ihm so gleichgültig wie die der Ameisen, die er mit seinen Füßen zertrampelte. Er ließ sie los, wischte sich die Hand am Gesäß trocken und kehrte an seinen Platz zurück. Erst als er sich setzte und ihr Gesicht sah, brach er in Gelächter aus und sein künftiger Schwiegervater stimmte lauthals ein.

Mathilde lachte nicht, aber ihre gehässigen Augen strahlten.

Sieglinde begann zu weinen. Geschüttelt von Ekel nahm Nell sie auf den Arm und brachte sie zu einer Magd, die das Mädchen füttern und schlafen legen sollte. Erst als sie die Tür verriegelt hatte und auf ihrem Bett saß, begann sie zu weinen.

11. Kapitel

Der König hatte mit seiner Königin Streit gehabt und sie mit einer Schüssel voller Feigen beworfen. Als Mack in die Küche kam, war das peinliche Vorkommnis bereits hundertfach durchgekaut worden, aber Greta wärmte es für ihn, der völlig unwissend war, noch einmal auf.

»Eine so beherrschte, wohlerzogene Dame«, schniefte sie über einem Berg von gewürfelten Zwiebeln. »Wie schrecklich für sie. Aber wie schrecklich auch für unseren König.« Neben ihr lag ein großes, blaues Tuch, mit dem sie sich abwechselnd die Tränen wischte und die Nase schneuzte. Der Küchenmeister war im Taubenstall, um Täubchen für das Abendessen auszusuchen. Die Küchenjungen im Hof rupften Gänse. Greta freute sich über Macks Gesellschaft und schob ihm einen Tontopf mit Ingwerplätzchen zu, um ihn möglichst lange festzuhalten.

»Er ist noch jung«, nuschelte sie aus ihrem blauen Tuch. »Was soll man ihm also vorwerfen? Dass sein Herz nicht aus Stein ist? Und die Kleine. Niedlich bis in die letzte Locke. Kein Wunder, dass er nicht die Hände von ihr lassen kann. Obwohl ich glaube, dass ihre Haut schnell runzlig werden wird, das ist immer so bei hellen Haaren«, fügte sie nachdenklich hinzu. »Jedenfalls isst und trinkt der König nicht mehr – außer ab und zu etwas Obst. Und ...« Greta senkte die Stimme. »Er erträgt keine Gesellschaft mehr. Es heißt, er ist gestern wie der Leibhaftige allein über Land geritten, über Hecken und Zäune, und hat jeden angebrüllt, der ihn aufhalten wollte. Sogar Anselm. Wenn sie nur keine Prinzessin wäre, hab ich zu Georg gesagt. Ich mein, er würd sie nicht heiraten können, das nicht, aber wenigstens könnt er sein Gelüst …«

Mack ließ Greta reden und dachte missmutig darüber nach, warum es niemanden kümmerte, in welchem Zustand sich sein eigenes Herz befand. Er hatte den König sprechen wollen. Schon vier Mal. Um Nells willen. Denn je länger er darüber nachsann, um so weniger konnte er glauben, was sie ihm gesagt hatte – dass es ihr gut ging. Sie war … zu fröhlich gewesen. Zu … überschwenglich. Irgendetwas stimmte nicht.

Aber Nell hatte gewollt, dass er mit dem König sprach, und vielleicht war es wirklich ein guter Einfall. Wenn Heinrich wirklich ein paar Männer losschickte, um Ralph aus der Burg zu werfen, dann konnte man Thannhausen in Eberhards Obhut übergeben. Oder … in irgendjemandes. Sie würden beide – Eberhard und Nell – dort bleiben können. Nell sowieso. Sie war Witwe und konnte nach dem Recht selbst entscheiden, wo sie wohnen wollte.

Mack versank ins Träumen. Er stellte sich vor, wie es wäre, wenn Nell ihm den Haushalt führte – natürlich in allen Ehren. Sicher würde sie das glücklicher machen, als unter Ralphs Fuchtel zu leben. Und ganz gewiss würde es ihn selbst glücklich machen. Man könnte abends beisammensitzen, sich überlegen, wie man die verkommenen Dörfer wieder auf Vordermann brachte. Nell könnte sich darum kümmern, dass die Kinder, deren Mütter bei der Geburt starben, nicht mehr unter ihren Schafsblasen verdursteten …

»Ist der junge Herr wohl zu vornehm geworden, um mit unsereins ein Wort zu wechseln?«, fragte Greta mit erhobener Stimme. Sie schien es bereits wiederholt zu haben, denn sie sah ärgerlich aus.

»Nein, ist er nicht.« Mack bot sein wärmstes Lächeln auf und Gretas Unwille schmolz dahin.

»Ihr habt Eure eigenen Sorgen, junger Herr, das weiß ich wohl. Und wenn Ihr einen Ratschlag annehmen wollt – Ihr solltet bei den anderen im Hof sein. Die Ritter, die nicht beim König Dienst haben, schauen den Damen beim Ballspiel zu. Überlegt. Ihr könnt sie vielleicht nicht auf dem Turnierplatz besiegen, nicht mit dem Schwert, aber wenn es darum geht, hübsche Worte zu drechseln … Und was sonst machen sie da draußen?«

»Wird hier eigentlich über *alles* geklatscht?«, fragte Mack düster.

»Wo sonst?«, gab Greta schnippisch zurück.

Mack schob sich noch eines von den Plätzchen in den Mund und stand auf. Er hatte nicht die Absicht, sich zu den Rittern zu gesellen, aber er konnte auch Greta nicht länger ertragen. Sie hatte Recht. Er war zwar dem Namen nach ein Ritter, aber er konnte nicht kämpfen. Und Gunther hatte keinerlei Lust, es ihm beizubringen, das hatte er ihm deutlich zu verstehen gegeben. Er war nur für die Knappen zuständig.

Und schuld, dachte Mack, bin ich allein. Es war die Sache mit Nell gewesen. Gunther hatte ihm und Nellie zugesehen und seinen eigenen Schluss gezogen, dass es ihm nämlich doch nur um ein Schäferstündchen gegangen war. Er hatte sich hintergangen gefühlt. Zum zweiten Mal getäuscht. Mit einem Granit konnte man reden, aber nicht mit Gunther, wenn er beleidigt war.

Mack ging die Stufen hoch und trat in den Hof hinaus, der im gleißendem Sonnenlicht lag.

Er hörte die Frauen im Garten hinter der Mauer lachen und einen der Männer etwas Anfeuerndes rufen. Sie schienen *jeu de paume* zu spielen, das neue Spiel aus Frankreich, bei dem ein kleiegefüllter Lederball über eine Schnur geschlagen wurde. Doch sie würden sich nicht besonders freuen, wenn er sich zu ihnen gesellte. Die Ritter waren über den Zuwachs in ihren Reihen alles andere als begeistert. Durch Robert wussten sie, aus welchem Grund er bei Hofe war, und sie hatten sich von den Knappen erzählen lassen, wie es um die

Waffenkünste ihres neuen Gefährten stand. Fast jeder der Jungen konnte ihn mit einer Hand auf dem Rücken schlagen. Für die Ritter war er ein so verächtliches Häppchen, dass sie ihn nicht einmal zum üblichen Eintrittstjost aufforderten.

So ging er stattdessen durchs Haupttor und auf die Wiesen hinaus, wo er sich in den Schatten eines Ahorns legte und nachdachte.

Gunther war nicht leicht zu finden. Er saß weder bei den Rittern und Damen, die im Palas zusahen, wie Agnes ein Wandbild entwarf, noch bei den Knappen, die er zum Waffenputzen verdonnert hatte, noch in seiner Kammer. Wieder war es Greta, die Mack aus seiner Not half. »Sucht in der Krankenstube. Er war vorhin hier und hat ziemlich bedrückt nach dem Medicus gefragt, und wofür bräuchte er den, wenn nicht für das arme Kerlchen, das sich das Auge rausgestochen hat«, rief sie durch ihre Kochdünste.

Mack hatte nicht erwartet, den Waffenmeister tatsächlich im Krankenzimmer zu finden. Aus irgendeinem Grund kam es ihm seltsam vor, dass jemand wie Gunther sich mit einem Menschen befasste, der das Bett hütete. Verlegen blieb er in der Tür stehen. Gunther saß auf einem Schemel in der Mitte des kühlen Raums, direkt vor dem Kranken. Er hatte die Hände über den Knien gefaltet, den Kopf gesenkt und starrte mit hochgezogenen Brauen auf das bleiche Gesicht seines verunglückten Knappen, das über der Stirn und dem linken Auge mit dicken Streifenverbänden umwickelt war.

»Wie geht es ihm?«

Gunther schwieg, woraufhin Mack ans Bett des Jungen trat. Er verstand nichts von Krankheiten, aber er roch die ungesunden Dämpfe, die aus dem Kopfverband stiegen. Scheu trat er einen Schritt zurück. Die Lanze war dem Jungen angeblich über die Länge der halben Speerspitze ins Gehirn gedrungen, und jedermann hatte seinen schnellen Tod erwartet. Jedermann hätte ihm den auch gegönnt, denn eine Heilung schien bei der Schwere der Verletzung unmöglich. Bedrückt sah Mack auf ihn hinab.

»Weshalb bist du gekommen?«

»Ich … nichts.«

»Du kommst nicht wegen nichts zu mir.«

Der Junge bewegte unruhig das gesunde Lid. Er war betäubt von dem Schlafschwamm oder was immer man ihm zur Schmerzlinderung gegeben haben mochte, aber in seinen Träumen litt er immer noch. Seine Lippen bebten, und er weinte leise.

»Du störst ihn«, sagte Gunther.

»Ihn stört, dass er eine Wunde im Kopf hat.« Mack ging zum Tisch und betrachtete die Aufstellung von Salbentiegeln, Holzdosen, zurechtgeschnittenen Tüchern, von Flüssigkeiten und getrockneten und zerbröselten Kräutern, die darauf warteten, zu einer Mixtur verarbeitet zu werden. Ihm war elend. Er wäre lieber wieder gegangen. Aber er musste an Nell denken, die ebenfalls litt. Für sie war er hierhergekommen.

Unschlüssig nahm er einen der hölzernen Klöppel, die neben den Schüsseln lagen, in die Hand und zwirbelte ihn zwischen den Fingern. »Der König reitet ohne Begleitung durch die Wälder, heißt es. Beunruhigt dich das gar nicht mehr?«

»Es beunruhigt mich, aber er hat mir befohlen, ihm aus dem Weg zu gehen, und daher kann ich nichts tun.« Gunthers Augen blickten so klar und kühl wie immer.

»Letztes Mal hat dich das nicht abgehalten.«

»Letztes Mal war eine andere Sache.«

»Letztes Mal …« Mack musste lachen und schüttelte gleichzeitig den Kopf. »Nein … nein, du hast *Schiss* bekommen. Dein König hat sich über dich geärgert, weil du ihm nachspionierst. Und das hältst du nicht aus. Es geht dir gegen den Strich, dass er dich beiseite schubst wie einen seiner Welpen, die sich vor seinen Füßen herumwälzen. Du sehnst dich nach seiner kraulenden Hand.« Er grinste, aber ihm war bei weitem nicht so großartig zumute, wie er tat. Sein Geruchssinn war feiner als der der meisten Menschen und er konnte den Gestank nach Tod im Raum kaum noch aushalten. Er wunderte sich, wie *irgendjemand* ihn ertrug.

»Warum hast *du* ihm geholfen?«

»Was?«

Neben Gunthers Schemel stand eine Schüssel mit Wasser. Er zog einen Lappen heraus, wrang ihn aus und wusch dem Jungen damit die heiße Wange. »Du liebst den König nicht, Mack. Du achtest ihn nicht einmal. Wenn du von ihm sprichst, dann nur um zu jammern, dass er dies und das in deinem kümmerlichen Leben durcheinander gebracht hat. Also frage ich mich, warum du für ihn in den Fluss gesprungen bist. Wäre er ertrunken«, fuhr er mit einem seltsamen Unterton fort, »dann hättest du auf deine Burg und zu deinem Mädchen zurückkehren können – und nichts anderes willst du. Also, warum?«

»Wäre er ertrunken ... Was, wenn er mir Leid getan hat? Was, wenn ich einfach nicht mit ansehen mochte, wie ein Idiot, der nicht älter ist als ich, sich in einer widerlichen, stinkenden Brühe ertränkt?«

Nichts konnte Gunther dazu bringen, Gefühle auf seinem Gesicht zuzulassen. »Dein König«, sagte er leise, während er von neuem das Tuch auswusch, »bedeutet dir einen Dreck. *Alles*, was nicht deine eigene, klägliche Person betrifft, bedeutet dir einen Dreck. Du bist gekommen, weil du weißt, dass du gegen Anselm antreten musst, bevor du wegkannst, und weil du Angst hast, dass du das nicht überlebst. Du willst, dass ich dir beibringe, wie man kämpft. Und dein ganzes Geschwafel über den König dient nur dazu, gut Wetter zu machen.«

Einen Moment lang überlegte Mack, ob ein Faustschlag ins Gesicht die Selbstgefälligkeit darin ins Wanken bringen könnte. Er spürte, dass seine Hände zitterten, und legte vorsichtshalber den Klöppel auf den Tisch zurück. Es hatte keinen Zweck. Also wandte er sich zur Tür.

»Entschuldige dich für den Idioten«, sagte Gunther. »Niemand redet so von meinem König.«

Mack hatte die Tür bereits geöffnet. Nun blieb er stehen. Er stützte die Hände rechts und links gegen die Leibung, senkte den Kopf und wartete.

»Du hast einen guten Sitz auf dem Pferd und scharfe Augen. Wenn du tust, was ich dir sage, und aufhörst, dich wie eine beleidigtes Rührmichnichtan aufzuführen, könnte ich dir beibringen, wie du mit Anselm fertig wirst.«

»Der König hat von einem Tjost gesprochen. Ich muss nicht mehr können als einer Lanze ausweichen und mich gegen ein Schwert wehren. Keine Streitaxt, kein Bogen, kein Morgenstern, kein Ringen …«

»Entschuldige dich für den Idioten.«

Gegen seinen Willen kroch Mack ein Lächeln in die Mundwinkel.

»Laut. Ich kann nichts hören.«

»Bitte. Der König ist *kein* Idiot. Auch wenn es manchmal so aussieht: Er … ist … kein … Idiot.«

»Und deshalb …?«

»… sollte ich ihn nicht so nennen. Ich *weiß* das, ich habe ihn nämlich sogar ein Stück gern.«

»Und deshalb …?«

»Und es tut mir leid.« Mack atmete durch und drehte sich um. Er wartete auf irgendetwas, ein Grinsen der Genugtuung, dass die schmalen Lippen endlich einmal fröhlich aussehen ließ.

»Gern genug, um ihn zu beschützen?«

»Bitte?«, fragte er perplex.

Der Junge weinte lauter und Gunther kühlte seine Wange erneut mit dem Lappen. Scheinbar war das seine Beschäftigung der letzten Stunden gewesen. Als der Junge die Zunge zwischen die Lippen schob, flößte Gunther ihm einige Tropfen Wein aus einem Holzbecher ein, dann begann er wieder zu sprechen.

»Heinrich wird morgen oder übermorgen ausreiten. In Begleitung der böhmischen Prinzessin. Ich habe erfahren …« – man konnte ihm ansehen, wie bitter er es fand, mit jemandem wie Mack die Angelegenheiten seines Königs zu erörtern – »… dass ihm dabei unter Umständen etwas zustoßen könnte.«

»Woher …?«

»Das geht dich nichts an.«

»Mein lieber Mann …« Mack schüttelte den Kopf. »Warum gehst du nicht zu Heinrich? Oder wenigstens zu Anselm? Das wäre eine Verschwörung. Der König …«

»… ist jung und hat deutlich kundgetan, dass er es nicht mag, wenn man ihm auf dem Rocksaum steht.«

»Aber er …«

»… weiß nicht immer, was ihm gut tut«, unterbrach Gunther ihn unwirsch. »Und deshalb muss ihn jemand begleiten. Es gibt leider nicht viele, die er im Moment um sich duldet, und ich wäre über jeden anderen glücklicher als über dich. Aber *dich* würde er mitnehmen. Du könntest ihn überreden … ach, Mist verdammt, verdammter!« Er legte den Lappen weg und trat zu Mack, bis er genau vor ihm stand. »Geh zu ihm. Schmier ihm Honig um den Mund und bleib ihm auf den Hakken. Folge ihm, so weit es geht. Und … du trägst *nie* eine Waffe, ja?« Missmutig blickte er auf Macks Gürtel, an dem nur ein Beutel mit den nötigen Kleinigkeiten baumelte. »Du brauchst ein Messer. Hier …«

Er nestelte seinen eigenen gebogenen Dolch frei, drückte ihn Mack in die Hand, nahm ihn dann aber gleich wieder an sich, um ihn höchstpersönlich an dessen Gürtel zu befestigen, als hielte er ihn selbst dafür zu dumm.

»Wenn jemand bei ihm ist – schon das könnte einen Attentäter abhalten. Mack …« Er legte ihm plötzlich die Hände auf die Schultern. Es waren schwere Hände, sorgenschwer. »Mack, wenn ihm doch etwas geschieht … Ich erwarte von dir, dass, bevor ihn ein Eisen trifft, du tot zu seinen Füßen liegst.«

Der König befahl Mack tatsächlich schon am nächsten Tag zu sich. Allerdings nicht, um ihn zu einer Minnetändelei mit seiner Liebsten einzuladen, bei der etwas Gesang zur Stimmung beitragen sollte. Als Mack in den Hof trat, sah er, dass ein Wagen mit Decken, Kissen, verschlossenen Eisentöpfen, aus denen es nach Essen roch, Weinfässchen, bemalten Holzschachteln, die Spiele enthielten, und unzähligen anderen Dingen beladen wurde, die man für einen Ausflug mit Picknick brauchte.

Pferde wurden aufgetrenst und gesattelt und mit einer durchsichtigen Flüssigkeit zur Abwehr von Mücken eingerieben.

»Ein schöner Tag für ein Fest am Fluss.« Der Stallmeister, der mit einem Sattel aus dem Stall trat, lächelte Mack unverbindlich an, als wäre er nicht sicher, ob der Knappe, der so unvermutet zum Ritter geworden war, sich noch an ihn erinnern wollte. Mack nickte ihm zu und holte sein eigenes Pferd.

Es ging nicht zum Fluss, sondern in eine bewaldete Gegend östlich der Stadt. Eine Schlange von wenigstens fünfzig Menschen kroch den Hügel hinauf, voran der König mit Anselm und dem Pfalzgrafen, irgendwo in der Mitte die Königin, noch ein Stück dahinter Agnes und Lilith, die ihre Aufmerksamkeit zwischen ihrer Herrin und mehreren Rittern teilte, und ganz am Schluß, noch hinter der Dienerschaft, Mack mit einem zerzausten, neuen Knappen, der vielleicht den sterbenden Jungen ersetzen sollte und sich einsam fühlte und dringend Anschluss suchte.

Mack ärgerte sich, seine Zeit zu vertrödeln. Gunther hatte ihm die erste Übungsstunde versprochen, und nun, da er sich vorgenommen hatte, den Kampf mit Anselm auszufechten, war ihm jede Verzögerung zuwider. Der Junge, der noch vor einer Woche als Page am Hof einer mütterlichen Gräfin Stickzwirn aufgerollt hatte, erzählte von seinem Hund, den er zurücklassen musste und der auf den Hinterbeinen tanzen konnte, wenn man ihn mit einer Blutwurst lockte. Seine Einsamkeit musste grenzenlos sein, denn kein noch so hartnäckiges Schweigen konnte seinen Redefluss bremsen.

Sie ritten zwei Stunden und hielten endlich auf einer Lichtung, die von mehreren weit ausladenden Kastanien beschattet wurde. Die Ritter halfen den Frauen aus dem Sattel, Diener hoben das Gepäck vom Wagen und die Königin nahm auf einem ledernen Klappstuhl Platz, der extra für sie mitgeführt worden war. Sie breitete ihr strenges, malvenfarbenes Kleid aus, faltete die Hände und saß da, als warte sie auf irgendetwas.

Man ignorierte sie. Nicht etwa auffällig oder provozierend. Es war einfach so, dass die jungen Leute sich miteinander beschäftigten und keine Lust hatten, sich von einem griesgrämigen Weibsbild die Laune verderben zu lassen. Nur ihre treuesten Frauen harrten bei ihr aus. Und selbst von denen schielten einige neidisch auf die glücklicheren Ausflügler.

Anselm war zu den Wagen getreten und kommandierte mit schallender Stimme die Dienerschar herum. Mack sah, wie er gut gelaunt eines der Weinfässer auf die Schulter stemmte und über die Lichtung balancierte. Die Ritter, mit denen er dabei scherzte, applaudierten, als er das Fass in die Luft warf, es auffing und sanft wie einen Säugling ins Gras setzte. Anselms Gesicht mochte von Falten zerfurcht sein, aber ein Schwächling war er nicht.

Die Königin winkte und Mack setzte sich in gedrückter Stimmung zu ihren Füßen. Er drehte an den Lautenwirbeln und begann eines seiner Lieder zu singen, mit dem er einst den Zauber eines Sommerabends an einem See eingefangen hatte. Keine Anspielung auf Minne oder Liebesschmerz. Er war schließlich kein Narr. Auch nicht zu viel Gefühl. Für jeden, der Ohren hatte, war es sowieso der Wald, der die vollkommenen Lieder sang. Er wünschte, er könnte sich einfach irgendwohin verziehen und die Augen schließen.

Der Tag trödelte dahin. Die Frauen begannen ein Blinde-Kuh-Spiel und die jüngeren Knappen trugen ein Wettringen aus und stürzten sich dann in einen Quellbach, der einen Steinwurf entfernt im Wald lag. Sie vergaßen, wie alt sie schon waren, und begannen sich nass zu spritzen. Lilith saß auf einem abgeplatteten grauen Stein. Sie war glänzender Laune, erzählte und amüsierte sich über die Bemerkungen der Ritter, die sie umwarben, als wäre sie eine Feenkönigin. Und ähnlich exotisch wirkte sie auch.

Agnes hielt sich zurück. Sie flocht einen Kranz aus lila Waldblumen, den sie zerpflückte, von neuem flocht und wieder zerpflückte. Die Königin zog ein Tuch aus einem Beutel und begann zu sticken.

»Komm mit.«

»Mein König?« Ungeschickt sprang Mack auf. Er hatte seine Laute schon vor einiger Zeit in die Lederhülle zurückgeschoben und vor sich hin gedöst oder vielmehr dem Klang von Liliths Lachen gelauscht, das sich wie eine kunstvolle Melodie in das allgemeine Lärmen flocht. Jede von Liliths Äußerungen war so melodisch, als wäre sie Teil der Natur. Ihr Gelächter schäumte im Rhythmus des Quellwassers, die Vögel bezogen es in ihren Gesang mit ein. Man konnte meinen, sie befände sich mit jedem einzelnen Vogelmännchen in der Balz. Er hätte ihr ewig zuhören können. Stattdessen hob er nun sein Instrument vom Boden auf.

Heinrich nickte in Richtung der Bäume, wo sich der Hauptweg, den sie gekommen waren, als kleiner Pfad fortsetzte. Die

Lichtung war von Hügeln umgeben. Er schien einen von ihnen erklimmen zu wollen. Als Emmerich und zwei weitere Ritter über die Wiese kamen, schüttelte er den Kopf. Er faßte Mack beim Arm und schritt mit dem so Ausgezeichneten davon, ohne sich um die Blicke seiner Männer zu kümmern. Als die Lichtung hinter ihnen lag und sie ein Stück aufwärts geschritten waren, ließ er Mack los.

»Hübsches Mädchen, ja?«

»Wer bitte, Herr?«, fragte er verdattert.

»Die Orientalin. Tu nicht so, als wäre nichts. Du hast sie angestarrt wie einen Himbeerkuchen.«

Mack wich einem Seidelbast aus und wand sich, statt zu antworten, die Lederschlaufe seines Lautensacks über den Kopf, so dass er das Instrument auf dem Rücken tragen konnte.

Heinrich beeilte sich voranzukommen. Ungeduldig schob er die Zweige beiseite. Mack warf einen Blick zum Lagerplatz zurück und war erleichtert, Agnes' sonnengelben Surcot zwischen den Bäumen schimmern zu sehen, wo die Frauen sich ein neues Spiel ausgedacht hatten.

»Der Weg endet auf einem Berg bei einer verfallenen Einsiedelei. Man hat dort eine schöne Aussicht«, sagte Heinrich.

Mack nickte. Da der König sich in der Gegend auskannte, war hier wahrscheinlich eins der Ziele seiner einsamen Ritte, mit denen er den Hof zur Verzweiflung getrieben hatte. Die Geräusche der feiernden Gesellschaft wurden leiser und verstummten, während Mack seinem König durch immer wilderes Gelände folgte. Der Weg verlor sich. Nur noch ab und zu konnte man an verdorrten, gebrochenen Zweigen sehen, dass hier gelegentlich Menschen gingen.

Irgendwann fiel Mack siedend heiß ein, dass er Gunthers Messer im Gras abgelegt hatte, als er es sich bequem gemacht hatte. Schön. Genauso hatte Gunther sich das wahrscheinlich vorgestellt. Den Beschützer seines Königs. Er schielte über die

Schulter, aber im Unterholz flitzte nur eine Maus oder ein anderes kleines Tier, das von einem Marder gejagt wurde.

»Hier.« Sie hatten eine vom Blitz gefällte Eiche und mehrere Büsche umkreist und standen plötzlich auf einer Bergzunge, in deren Mitte sich ein mannshoher, innen ausgehöhlten Felsblock befand – eine natürliche Höhle, die ehemals von einem Eisengitter versperrt worden war, das nun rostig in den Angeln knarrte.

»Ich weiß nicht, welcher heilige Mann hier gewohnt hat, aber … ich verstehe und beneide ihn«, stieß Heinrich hervor.

Und Gunther wird einen Anfall kriegen, wenn er hört, wo sein König sich herumtreibt, dachte Mack. Er zog die Laute über den Kopf, bevor er sich setzte, aber Heinrich wollte kein Lied hören. Er hatte sich vor das verwitterte Holzkreuz im Innern der Höhle gekniet und betete. Mack starrte auf seinen Rücken und auf das rotblonde Haar, das glänzte wie ein Spiegel, der den Sonnenschein einfing. Der Marder schien ein eifriger Jäger zu sein oder viele Brüder zu haben, denn Mack sah schon wieder einen buschigen braunen Schwanz durch das Gras huschen.

Endlich stand der König auf. Er reckte sich und starrte mit den Händen im Kreuz auf die Felder und die kleinen Dörfer hinab, auf die sie von hier oben einen atemberaubenden Blick genossen. An *seinem* Gürtel hing ein Messer, wie Mack mit schlechtem Gewissen feststellte.

»Gefällt es dir, ein Ritter zu sein?«

»Bitte? Oh …« Mack murmelte etwas, von dem er hoffte, dass es sich einigermaßen begeistert anhörte.

»Wirst du bis zum Herbst bereit sein, dich mit Anselm zu messen?«

»Ich … keine Ahnung!«

Heinrich runzelte die Stirn. Er war selbst ein ausgezeichneter und begabter Turnierkämpfer und der Unterton von Resignation ärgerte ihn. Mack sank das Herz.

»Wenn du es nicht schaffst, wirst du mit dem Hof nach Ravenna ziehen müssen. Dorthin werde ich im Herbst nämlich reisen.«

»Das … ist doch in Italien.«

»Norditalien, ja.« Heinrich rupfte einen Farn aus dem Boden und zog die Blätter durch die Finger. »Der Kaiser wünscht mich zu sehen.«

Und das gefällt ihm nicht. Wir wandeln auf sumpfigem Boden, dachte Mack und bemühte sich um eine undurchsichtige Miene. Noch vor wenigen Wochen hatte Heinrich mit glühender Begeisterung von seinem Vater gesprochen. Woher der Umschwung? Mack wusste, dass sein König mit den deutschen Fürsten im Streit lag. Hatte der Kaiser sich auf die Seite der Fürsten gestellt und gegen seinen Sohn Stellung bezogen? Einige Ritter hatten darüber spekuliert.

Zum Glück schien Heinrich das Thema nicht weiter verfolgen zu wollen. Er setzte sich ins Gras, lehnte sich an einen Baumstamm und beschäftigte sich damit, dem Farn die Blätter auszuzupfen. Mack wandte seine Aufmerksamkeit der Umgebung zu, wie Gunther es von ihm erwartete. Der Marder war verschwunden. Irgendwo in weiterer Ferne knackten Zweige, aber es hörte sich mehr nach einer Wildschweinrotte an als nach einem sich heranschleichenden Feind. Die Bäume raschelten im Wind und Mack wurde wieder auf den zarten Gesang ihrer Blätter aufmerksam. Der Wald im Sommer war ein Paradies, das man genießen sollte. Er verwünschte den Waffenmeister.

»Hast du schon einmal geliebt?«

»Bitte, Herr?«

»Deine Lieder«, sagte Heinrich. »Ich glaube nicht, dass du singen könntest, wie du singst, wenn du noch nie verliebt warst. Du singt wie ein Liebender. Warst du?«

Ja, in Nell. Mack verwünschte sich augenblicklich wegen dieses Gedankens. Nell war seine Cousine. Der Trost seiner

Kindheit. Das Objekt seiner Bewunderung, weil sie sich getraut hatte, die Anweisungen seiner Mutter zu ignorieren und ihm Essen in die verriegelte Kammer zu bringen, in der er halbe Sommer wegen irgendwelcher Untaten verbringen musste. Sonderbar, dass seine Kammer einen Riegel von *außen* gehabt hatte. Ihm fiel zum ersten Mal auf, wie sonderbar das war. Hatte seine Mutter das veranlasst? War er ein so grässliches Kind gewesen, dass man ihm wie einem bissigen Hund einen Verschlag mit Riegel zuweisen musste?

»Warst du?« Der König schaute ihn aus den Augenwinkeln neugierig an.

»Verliebt … oh, ich … nein.« Mack spürte, wie er rot wurde, als der König in Lachen ausbrach. »Doch, ja, vielleicht. In meine Cousine, als ich klein war.«

»Sonst nie? Du flunkerst.« Der König streckte die Hand aus. »Gib mir die Laute.«

Er nahm das Instrument und stimmte es mit einer Sorgfalt, die Mack aufhorchen ließ. Mack litt gewöhnlich unter dem Gesang, der abends die Halle füllte, weil die Instrumente unpräzise gestimmt waren. Doch Heinrichs Gehör war vollkommen. Die Intervalle zwischen den Saiten klangen rein bis in die letzte Nuance. Er hatte den König nie singen hören und lauschte verwundert, als dieser seine Melodie begann. Im Gegensatz zu Mack hatte Heinrich eine tiefe Stimme. Er sang leise, aber er brauchte sich auch nicht anzustrengen, denn seine Stimme war völlig klar und drang direkt ins Herz.

Mack zog die Knie an und legte sein Kinn darauf, um zuzuhören. Das Lied war ihm unbekannt. Es musste eine eigene Komposition des Königs sein. Und warum auch nicht? Heinrichs Vater komponierte ebenfalls und hatte in Apulien einen Kreis der besten Musikanten Europas versammelt.

Das Lied handelte vom Schnee, ein trauriger Vergleich des Winters mit den Qualen sinnloser Hingabe. Vögel, die der Frost vom Himmel stürzte. Schwäne, die im Eis der Teiche festfroren. Mack atmete langsamer und schloss die Augen. Heinrich versuchte nicht, die Geräusche des Waldes zu überdecken. Er wetteiferte auch nicht mit ihnen und schlug sie nicht nieder. Er fügte sich hinein, als wäre er Teil von ihnen, wie Lilith.

Liebe, zum Siechtum verurteilt, bevor sie erblühen konnte. Trostloses Dahinkümmern statt eines Frühlings. Der König brachte es fertig, den Wald mit in seine Melancholie zu ziehen, bis alle Geschäftigkeit verstummte.

Mack spürte Tränen zwischen Lid und Auge und wischte sie am Knie ab, ohne die Hand zu benutzen. Er sah Nell über die Wiese laufen, wie sie sich in der ihr eigenen misstrauischen Art um sich selbst drehte. Ihren mageren, elastischen Körper, die goldenen Augen, die weiße Narbe am Mundwinkel, das Haar, das sich an ihrem Hals kringelte – oder das sich früher gekringelt hatte, als sie noch keine Haube trug. Er hörte sie lachen und bekam kaum noch Luft vor Sehnsucht. Liebe ohne Zukunft. Ohne die geringste Hoffnung auf Erfüllung.

Er merkte nicht, wie Heinrich sein Lied beendete und die Laute ins Gras zurücklegte. Die Blätter, das Gras, die Rosen- und Rüsselkäfer – alle summten und setzten die Weise fort, als hätten sie nie ein anderes Lied gekannt.

Der Zauber brach erst, als der König hüstelte und seinen Fingernagel in einem Missklang über sämtliche Lautensaiten ratschen ließ. Hastig wischte sich Mack mit dem Ärmel über das Gesicht, doch Heinrich betrachtete ihn ohne eine Spur von Verlegenheit.

»Und? Glaubst du, dass es eine edlere Herrin als die Liebe gibt? Wenn du auf die Wahrheit in deinem Herzen hörst – gibt es jemanden, der einen höheren Anspruch auf unseren Gehorsam hat als die Liebe?«, fragte er.

Mack legte die Fingerspitzen beider Hände auf die Schläfen. Er wurde vorsichtig. Der König nutzte seine Benommenheit aus, um etwas aus ihm herauszulocken, was möglicherweise besser ungesagt bliebe. Gehorsam? Der Gehorsam des Königs gehörte wie jedermanns Gehorsam dem Kaiser und möglicherweise der heiligen Kirche. Am besten, man hielt den Mund.

»Weißt du, dass ich nicht die geringste Erinnerung an meine Mutter habe?«

»Wie schade«, erwiderte Mack ohne große Überzeugung.

»Aber es rührt mich, dass sie jemanden geliebt hat. Ich wusste das nicht. Auch nicht, dass sie ein Pfand ihrer Liebe auf dem Herzen trug – bis zu ihrem Tod, bis in den Sarg hinein. Und ich halte es für ein Unrecht, dass mein Vater ihr den Schatz wegnahm. Das war … kleinlich.«

»Vielleicht hat er sie so geliebt …«

»Bockmist!«, fiel Heinrich ihm grob ins Wort. »Mein Vater hält sich in seinen Palästen in Apulien so viele Frauen, dass er diesem Heidensultan Malik Konkurrenz macht. Einige von den Frauen hat er sich sogar von ihm schenken lassen. Wie kann er meine Mutter geliebt haben, wenn er mit dem Abschaum der ungläubigen Welt herumhurt? – Es war ein Baum.«

»Was?«, fragte Mack, als der König ihn erwartungsvoll ansah.

»Das Liebespfand. Ein Baum, der von einem indischen Künstler gefertigt wurde. Agnes hat mir eine Nachbildung geschenkt. In die Krone des Baums ist ein Edelstein eingesetzt worden. Er sollte ein Symbol für die begehrenswerteste aller Früchte sein. Er sollte andeuten, dass der Mann, der meiner Mutter den Baum schenkte, sie mit der Liebe Adams zu Eva verehrte.«

Wieder der erwartungsvolle Blick.

»Und wo ist dieser Baum jetzt?«

»Mein Vater hat ihn in das Bild seines Reisealtars einbauen lassen.« Das Feuer in Heinrichs Augen erlosch.

»Vielleicht würde es der Königin gefallen. Wenigstens ist es ein … würdiger Ort.« Das hörte sich selbst in Macks Ohren verlogen an. »Der Kaiser …«, begann er von Neuem.

»Es steht überhaupt noch nicht fest, ob ich nach Ravenna gehe.«

»Verzeiht? Ich dachte, Euer Vater …«

»Er hat mich gebeten … er hat mir *befohlen* zu kommen. Ja.« Plötzlich sah der König nicht mehr wie ein liebeskranker Ritter aus, sondern wie ein großes, trotziges Kind. »Vielleicht werde ich doch gehen. Und ihm sagen, dass ich die Ehe mit Margarete nicht mehr ertrage. Es wurden schon öfter Ehen für ungültig erklärt. Dies Weib … Ich verfluche den Tag, an dem ich sie heiraten musste.«

Abrupt stand er auf. Die Laune des Königs war verdorben. Wahrscheinlich ärgerte er sich, weil er hier mit dem nichtswürdigsten seiner Ritter die Zeit verplemperte. Er machte sich an den Abstieg. Mack nahm Laute und Ledersack auf und beeilte sich, ihm zu folgen. Er wäre fast in den König hineingerannt, als dieser plötzlich stehen blieb.

»Weißt du, dass sie sagen, mein Vater sei von einem Dämon gezeugt worden?« Heinrich drehte sich um.

»Das ist … Herr, das ist nun wirklich … Ich weiß, dass es keinen Unsinn gibt, der nicht irgendwo von einem Dummkopf dahergeplappert wird. Aber kein verständiger Mensch …«

»Es war der Papst, der das behauptet hat.«

»In … einem Moment des Zorns. Er war wütend, weil Euer Vater, den er exkommuniziert hatte, sich zum König von Jerusalem krönte. Er war … außerordentlich wütend. Er hat ihm den Erfolg übel genommen.«

»Mag sein.« Heinrich drehte sich um und kletterte rasch wie eine Gemse den steilen Pfad hinab. Stimmen kamen ihnen entgegen. Zwei besorgte Gestalten tauchten auf. Robert von Bolanden und Emmerich. Ihre Gesichter entspannten sich, wurde aber gleich wieder ernst, als sie das ihres Herrn sahen. Mack blickte auf Heinrichs Rücken, aber er merkte, dass Robert die Frage, die ihm auf den Lippen lag, unterdrückte und respektvoll und äußerst vorsichtig zurückwich, um den Weg freizugeben.

Mit der Rückkehr des Königs war der Ausflug beendet. Heinrich brauchte keine Anweisung zu geben. Der Pfalzgraf wechselte mit Robert einen Blick und erteilte die entsprechenden Befehle.

12. Kapitel

Heinrich nahm Mack das unharmonische Ende ihres Abstechers zur Einsiedelei nicht übel. Als Mack ihm das nächste Mal aufspielte, drückte er ihm einen kleinen Beutel voll fränkischer Silberpfennige in die Hand. Gunthers Meinung nach ein Wink des Schicksals. Die Waffe, mit der Mack bisher gefochten hatte, taugte seiner Ansicht nach »höchstens zum Haferschneiden«, und so begleitete er Mack zum burggräflichen Schmied, wo er ein Schwert bestellte. Er gab selbst die nötigen Anweisungen, die so aufwendige Dinge wie eine Blutrinne im Valz und Verzierungen an der Panierstange umfaßten sowie wichtige Details im Härtevorgang betrafen. Mack hätte es um das Geld Leid getan, hätte er nicht gewusst, dass ihm der Kampf mit Anselm bevorstand. Er war keineswegs sicher, ob der König einem Tjost mit stumpfen Waffen zustimmen würde.

»Wenn du es versaust, wird es jedenfalls nicht an der Waffe liegen«, meinte Gunther, als sie die rußige Hütte verließen.

Den winzigen Rest des Geldes, der vom Kauf übrig blieb, nutzte Mack, um einen Boten nach Thannhausen zu schicken, der etliche Stunden später mit einigen nichtssagenden Höflichkeiten zurückkehrte, die sich überhaupt nicht nach Nell anhörten.

Mack verbrachte die Nacht damit, die Botschaft Wort für Wort auseinanderzupflücken und auf einen eventuellen Hintersinn zu untersuchen, aber sie gab einfach nichts her. Nell ließ ihm mitteilen, dass er sich beim Kämpfen Mühe geben und sich ansonsten keine Sorgen machen sollte. Fertig.

»Ich würde gern noch einmal nach Thannhausen reiten«,

meinte Mack, als er mit Gunther und einigen Knappen zum Turnierplatz schritt. Es war inzwischen fast September, aber die Hitze brütete immer noch über dem Land. Mack schwitzte in seinem Eisenzeug wie ein Hähnchen im Brattopf, und seine Ausrüstung, die er in einem Beutel über der Schulter trug, zog ihn fast zu Boden.

»Solange du Ritter am Hof bist, lebst du für den König«, blaffte Gunther ihn an. Mack hörte an dem Kichern in seinem Rücken, dass Prosper und die anderen Knappen, die zu ihnen aufgeschlossen waren, die letzten Worte mitgehört hatten.

»Keine kluge Art zu fragen. Hat sich noch nicht zu dir rumgesprochen, dass unser verehrter Waffenmeister für Mädchengeschichten nichts übrig hat?«, grinste Prosper, als sie sich am Rand des sandigen Turnierplatzes zurechtmachten. Er linste vorsichtig, ob Gunther außer Hörweite war. »Man sagt, er fürchtet den heldenhaftesten aller Stöße wie der Teufel das Weihwasser. Oder er gibt sich lieber selbst die Ehre und …«

»Heda … wollt Ihr warten, bis Euch die Pferde unter den Hintern kriechen?«, brüllte Gunther, der inzwischen die Mauer erreicht hatte, von der aus er seine Schützlinge zu überwachen pflegte. Prosper streifte das dünne Kettenhemd über, wie Gunther es ihnen eingeschärft hatte, zog dann allerdings noch etwas anderes aus seinem Sack, ein Senftenier, das er unter das Kettenhemd schnallte. Die Binde war dick wattiert und Mack fand sie angesichts der Hitze und der Tatsache, dass sie stumpfe Schwerter benutzten, eigentlich überflüssig.

»Seine Mutter – eine aus dem Norden, aus Braunschweig – hat mit ihrem Beichtvater rumgemacht. Wusstest du das?«

Mack hob den Kopf und sah in Prospers Gesicht, das inzwischen einen Sonnenbrand hatte, der sich auf der Haut pellte. »Ich wills gar nicht wissen.«

»Sein Vater soll sie in einer Güllegrube ertränkt haben. Beide. Erst den Kerl …«

»Interessiert mich nicht.«

»Muss ein dreckiger Tod sein. Stell dir vor, du reißt die Schnauze auf, weil du keine Luft mehr kriegst – und was du dann im Maul hast.«

»Erst ohne Pferde. Prosper, wirds noch was!«

Der Knappe hob beschwichtigend das Schwert. Er war kein überragender Kämpfer, aber seine nachlässige Haltung machte deutlich, wie wenig ihn das bedrückte. Jedenfalls bei jemandem wie Mack.

Mack duckte sich.

Er hatte in den letzten Tagen öfter mit Prosper kämpfen müssen und inzwischen hatte der schleimige Kerl rausgekriegt, wo seine Schwächen saßen. Die Schläge prasselten auf Mack nieder. Prospers Taktik war simpel – er gab ihm einfach keine Zeit, zu Atem zu kommen. Mack wich aus und versuchte, seine Klinge zu kreuzen und sich an all das zu erinnern, was Gunther ihm gezeigt und ihm bis zum Erbrechen gepredigt hatte. Er konnte einigen schlimmen Schlägen ausweichen, dann traf ihn die Schneide mit einem einzigen, mächtigen Hieb direkt über den Kettenringen in die Beuge zwischen Hals und Schulter. Er wunderte sich nicht, *dass* es geschah, sondern nur, wie schnell.

Benommen kippte er auf die Knie. Prosper war gnädig. Er schwenkte das Schwert und bedeutete ihrem Waffenmeister damit das Ende des Durchgangs. »Und seinen Jungen hat er zusehen lassen«, wisperte er, als er sich zu Mack beugte. »In der vordersten Reihe. Konnte in ihre Augen sehen, als sein Vater die Hure mit der Stange in den Dreck tauchte. Hat sich wohl einen guten Einfluss davon erhofft. Und hat ja auch geklappt.«

Prosper streckte ihm die Hand entgegen, aber es gelang Mack, allein hochzukommen, die einzige, schale Befriedigung am diesem Tag. Seine Schulter wurde feucht und begann zu kleben und sein Hals brannte, als Schweiß in die Wunde kroch, die er sich offenbar eingefangen hatte.

»Das war saumäßig. Das war … von beiden Seiten …« Gunther hatte sie erreicht. »Zeig her.« Er bog Macks Kinn zur Seite und öffnete den obersten Verschluss seines Kettenhemdes. Ein halb verschluckter Fluch kam über seine Lippen, während er die blutig gewordenen Finger am Ärmel abwischte. »Dein Schwert, Prosper!«

Der Knappe war einige Schritt zur Seite gegangen und kam nun vorsichtig zurück, um Gunther das Gewünschte zu reichen. Die anderen Knappen umringten sie.

»Scharten. Was für ein Dreck … Hast du damit Holz gehackt? Wenn ich will, dass ihr euch umbringt, kriegt ihr euer Werkzeug vom Schlachter. Wie konntest du so dämlich sein … bring das zum Schmied und komm mir damit nicht mehr unter die Augen …«

Mack starrte mit schwummrigem Blick auf das blutige Schwert, dessen ehemals abgerundete Schneide wie von Ratten zernagt aussah.

»Kann doch mal vorkommen …«, versuchte Noah seinem Freund beizuspringen, aber unter Gunthers wütendem Blick verstummte er.

»Verschwinde und lass dich verbinden, Mack. Und anschließend machst du das Kettenhemd sauber. Auswaschen und sofort trocknen.«

Gewiß, und keinem von Euch tu ich den Gefallen, mich hier auszukotzen, dachte Mack, während er mit wackligen Knien durch den Sand stapfte. Die Sonne brannte noch heißer und das Blut sickerte schmierig durch die Ösen seines Kettenhemdes. Aus dem Pochen am Hals war ein scharfer Schmerz geworden. Er hasste den Kampf und das ganze Getue darum mit einer Leidenschaft, die ihm die Tränen in die Augen trieb. Nur wegen Nell, schwor er sich. Nur ihretwegen.

Greta versorgte ihn ungewöhnlich hastig. Eines der Küchenmädchen, das vor wenigen Tagen mit einem Jungen niedergekommen war, hatte ihr Kind tot in seinem Strohkörbchen entdeckt – und entsprechend war die Stimmung in der Küche.

»Ein hübsches Kerlchen und überhaupt kein Anzeichen, dass etwas mit ihm nicht stimmt«, erzählte Greta, während sie mit flattrigen Fingern die Wunde auswusch, Mack einen Umschlag aus Arnikasud machte und ein Tuch darauf legte mit der Empfehlung, sich einige Stunden hinzulegen, da er sich die wirklich dümmste Stelle für einen Verband ausgesucht hatte. »Er war so munter, wie man sich ein Kind nur wünschen kann. Ein Teufelsmützchen in der Stirn. Augen wie der Sommerhimmel«, murmelte sie, während sie sich wieder dem Kalbsbries zuwandte, das gewässert werden musste, egal ob die Winzlinge in den Wiegen starben oder am Leben blieben.

Mack entfloh der traurigen Runde. Er tat, was Greta empfohlen hatte, und verdöste die nächsten Stunden auf dem Bett.

Als er hörte, wie einige Ritter durch den Flur auf das Zimmer zukamen, stand er auf und angelte sich einen frischen Rock aus der Truhe. Prosper hatte ihn nicht aus Versehen verwundet und wenn Gunther das glaubte, war er blind. Mack zog sich den Rock über, stopfte Gretas Tuch unter dem Stoff fest, so gut es ging, und machte sich auf den Weg hinaus. Er wollte in die Wiesen. Das Selbstmitleid pflegen, dachte er bissig, aber er war so entmutigt, dass ihn nicht einmal der eigene Spott berührte.

Auf dem Flur begegnete ihm Lilith.

Das Mädchen tat erst gar nicht, als wäre ihr Zusammentreffen ein Zufall. Sie hakte sich bei ihm unter und zog ihn ohne Umschweife mit sich hinaus in den Rosengarten, in dem die Blätter von sommermüden Stengeln fielen und in den ausgedörrten Sand schaukelten.

Es hat zu lange nicht geregnet, dachte Mack, während er sich von Lilith auf eine Bank ziehen ließ. Ein junger Mann, den er nicht kannte und der grübelnd die Rosenreste zerpflückte, räumte das Feld, als befürchte er, ein Liebespaar zu stören.

»Ein Kind ist gestorben«, sagte Mack.

»Und das betrübt Euch?«

»Sie sterben wie die Mücken, und trotzdem tuts einem leid. Sie sind so … hilflos.«

Lilith nickte. Das tote Kind war nicht der Grund, warum sie mit ihm sprechen wollte. Sie legte eine geziemende Pause ein und er war neugierig, wann sie mit ihrem Anliegen herausrücken würde.

»Was macht der Hals?«

Mack bewegte ihn vorsichtig. »Was er soll, denke ich.«

»Habt Ihr Pech gehabt, oder …?«

»Eher *oder*. Ist aber nichts passiert. Ist also egal. Wie kam der Klatsch so schnell zu Euch geflogen?«

»Wie kommen die Fliegen so schnell vom Mist in die Küche? Nun macht nicht so ein Gesicht. Ach, Mack …« Lilith legte ihren Arm in seine Ellbogenbeuge, und das war ein ungewöhnliches, fast bestürzendes Gefühl, denn ihr Arm war so zart und federleicht, dass er kaum den Mut aufbrachte, sich zu bewegen. Wieder stieg ihm der Maiglöckchenduft in die Nase, mit dem sie sich einzusprengen pflegte.

Lilith legte die Wange an seine Schulter und lachte. »Es gibt hunderterlei Arten sich hervorzutun, Mack. Warum vergesst Ihr nicht das dumme Schwertfuchteln und besinnt Euch auf Eure wahren Fähigkeiten? Ein Ritter seid Ihr schon und lieben tut Euch der König wegen Eures Gesangs.« Sie lachte wieder, diesmal über sein mürrisches Gesicht.

»Heinrich …«, begann Mack.

»Er lässt Euch andauernd in den Palas und in seine Kammer rufen. Obwohl Ihr ein Gesicht macht, bei dem die Milch sauer wird. Ist das nicht der Beweis, dass der König Euch liebt. Und Ihr?«

»Und ich *was?*«

»Liebt Ihr Euren König ebenfalls?«

»Sicher.« Sie wollte auf etwas hinaus, Mack kam nur nicht dahinter, was es war. Lilith rückte noch dichter an ihn heran, als wäre ihr kalt – was unmöglich war.

»Meine Prinzessin hat ihre Kissen mit Tränen aufgeweicht«, murmelte sie vertraulich. »Sie hat Nächte damit zugebracht, sich die Augen aus dem Kopf zu weinen.«

»Warum?«

»Weil sie dachte, der König hätte sein Interesse an ihr verloren.«

»Das stimmt aber nicht.«

»Ich weiß es und Ihr und jeder, der die Gesichter der Liebe kennt. Nur Agnes wusste es nicht und glaubte mir auch nicht. Aber jetzt ist sie wieder glücklich.«

Mack atmete erleichtert auf. Er hatte schon befürchtet, für irgendwelche Liebesintrigen missbraucht zu werden.

»Ich weiß nicht, was genau ihren Kummer vertrieben hat«, sagte Lilith. »Sie spricht nicht darüber, und so nehme ich an, es handelt sich um ein Geheimnis zwischen ihr und dem König. Jedenfalls hat sie ihr schönstes Reitgewand säubern lassen. Sie hat ihre Stirnhaare ausgezupft und das Falkenglöckchen auf Ihre Kleidertruhe gelegt.«

»Sie will mit dem König fort?«

»Das weiß ich nicht. Und wenn, dann wird wohl niemand davon erfahren. Liebe macht diskret und ... leichtsinnig. Sie macht entsetzlich leichtsinnig. Ich sage das, weil auch ich meine Prinzessin gern habe. Ihr versteht?« Liliths entzog ihm den Arm.

Sie stand auf, zögerte einen Moment, als hätte sie noch etwas auf dem Herzen, beugte sich dann vor und hauchte ihm einen Kuss auf den Mund, wobei der Maiglöckchenduft ihn fast ebenso betäubte wie der sanfte, feuchte Druck auf seinen Lippen. Er starrte ihr nach, als sie unter dem Rosenspalier hindurch zum Haus zurückging.

»In deinem Kopf sitzt ein einziger Gedanke – Schmerz. Es ist lächerlich. Du kannst reiten. Du weichst jedem Hindernis wie ein Vogel aus. Die Stechpuppe ist ein Witz, wenn man bedenkt, wie du letzte Woche durch den Wald gejagt bist. Da war dir mehr als ein einsamer Balken im Weg. Aber du weißt, dass die Lanze auf dich zukommt, und in deinem Kopf gibts nur noch Platz für – Achtung, gleich tuts weh. Kein Wunder, dass du immer im Dreck landest.«

Zum vierten Mal, dachte Mack. Er hatte Arme und Beine von sich gestreckt, sah mit geschlossenen Lidern in den grellen Himmel und überlegte, ob er es merken würde, wenn er sich etwas bräche. Sein Körper bestand vom Scheitel bis zur Sohle nur noch aus Prellungen. Sein Hals war nass, und er wusste, dass der dünne Schorf über seiner Wunde aufgeplatzt war und wieder Blut hinaussickerte.

»Setz dich. Setz dich auf«, sagte Gunther.

Mack gehorchte, wobei das Kettenzeug ihn wie Blei beschwerte. Ein paar Meter weiter, in der Mitte des Turnierplatzes, stand wie eine Vogelscheuche mit ausgebreiteten Armen die Stechpuppe. Das Prinzip, nach dem sie funktionierte, war einfach. An einem Ende des Querbalkens war ein Schild befestigt, das er mit der Lanze treffen musste. Wenn er es richtig machte, schwang der Balken herum und er musste zusehen, dass er sich schnell genug vor dem Sack duckte, der am anderen Ende des Balkens hing und ihn aus dem Sattel kegeln wollte. Das war alles kein Problem. Zum Problem wurde es, als Gunther begann, ihm mit seiner Lanze entgegenzureiten.

Der blonde Mann zog sein Kettenhemd über den Lockenkopf und hängte es an einen Strauch. Er sah müde aus. »Wir machen für heute Schluss. Leg den Kram ab, ehe du verschmorst. Blutet es wieder? Denk dran, dass du …«

»… das Kettenhemd reinigst. Ja.«

Es war eine Erleichterung, sich von dem Eisenhemd, der Kettenhaube und dem Senftier zu befreien.

»Warte. Bleib noch einen Moment.« Gunther ging zu seinem Pferd, das am Rand des Platzes Gras zupfte, nahm ihm die Rossstirn ab, hängte sie ebenfalls über einen Strauch und kehrte zurück. Er setzte sich Mack gegenüber, sichtlich unzufrieden. Einen Moment schwieg er.

»Wenn du Laute spielst – denkst du dann nach, welchen Finger du als nächstes bewegen oder wie schnell oder langsam du auf das Brett fassen musst?«

Mack sah ihn an.

»Denkst du nach, wie weit du dich bücken musst, wenn vor dir beim Reiten ein Ast auftaucht?«

»Gut, ja, ich verstehe, was du sagen …«

»Du siehst die Lanze. Und weil du Angst vor dem Schmerz hast, fängst du an darüber nachzudenken, wie du ihn vermeiden kannst. Du verkrampfst dich, du ziehst den Kopf ein und in deinem Schädel ist nur noch … Mist. Schmerz. Du musst aufhören, dir um Schmerzen Gedanken zu machen.«

Sie kamen nicht weiter. Gunthers nackter Oberkörper war wie eine Landkarte, auf die die Stationen seiner eigenen Schmerzen eingetragen waren. Er hatte etliche böse Schmisse davongetragen und unzählige Schrammen, die kleine, weiße Narben auf seiner gebräunten Haut hinterlassen hatten. Man konnte ihm nicht vorwerfen, dass er nicht wüsste, wovon er sprach.

»Wo hast du den Dolch, den ich dir gegeben hatte?«

»Bei meiner Laute«, sagte Mack. »Wenn ich beim König bin, dann nur um Laute zu spielen, und deshalb …« Er brach ab. Gunther wollte nichts über seine Bemühungen wissen, sein unwilliges Gedächtnis zu überlisten. Er ärgerte sich, dass Mack mit keinem Zipfel seines Herzens an dem hübschen, blinkenden Stück Stahl hing.

»Siehst du das hier?« Gunther zog sein eigenes Messer aus dem Gürtel. Es war ein Scheibendolch mit goldenen Ranken an den beiden Eisenscheiben, die beim Kampf die Hand schützten. In den Griff waren fremdländische Buchstaben eingeätzt, die Mack nicht lesen konnte.

»Scharf genug, um sich damit zu rasieren.« Gunther glitt mit seinem Daumen über die Klinge – für Mack sah es aus, als schwebe er darüber – und im selben Moment quollen Blutstropfen aus der Kuppe seines Zeigefingers.

»Schön«, sagte er mürrisch. »Ich hätts dir auch geglaubt, ohne dass du dich verstümmelst.«

»Kannst du schreiben?«

»Ja«, gab er nur zögernd zu. Die meisten Ritter verachteten solche Pfaffenkünste.

Gunther nahm seinen linken Arm und drehte ihn so, dass die Außenseite nach oben zeigte. »Ritz den ersten Buchstaben deines Namens in die Haut.«

Ungläubig schüttelte Mack den Kopf. Er starrte auf die Klinge in Gunthers Hand, auf der das Blut perlte.

»Tus.«

»Ich … nein. *Nein!*«

»Tus.«

Gunther wartete. Er hielt sein Handgelenk weiter fest und Mack merkte, wie er unter den knochigen Fingern zu schwitzen begann, während die verdammte Sonne ihm den Verstand aus dem Kopf brutzelte. Was bedeutete Gunthers Sturheit? Dass er nicht bereit war, einem Drückeberger weiterzuhelfen? Und dann? Ach Nellie, dachte er, Nellie.

Das Messer lag ruhig in Gunthers Hand. Die Schneide reflektierte die Sonnenstrahlen, das Blut wurde zäher und gerann.

»Ich werde in Zukunft aufpassen«, murmelte Mack. »Ich werde an nichts mehr denken, an keinen …«

»Schön. Dann sind wir miteinander fertig.« Gunther ließ seinen Arm fahren und stand auf. Er steckte das Messer in die Lederhülle zurück, ohne es vorher zu säubern, woran man merken konnte, wie sehr er sich ärgerte. Sein Pfiff, mit dem er das Pferd rief, war ein einziger Misston.

»Der König plant mit Agnes einen einsamen Ausflug«, sagte Mack. »Nicht heute. Er hat einen Boten aus Augsburg empfangen. Das hat ihn aufgehalten. Aber wahrscheinlich morgen.« Er sah auf Gunthers nackten Rücken.

»Und?«

»Ich kann ihn nicht begleiten. Niemand weiß von diesem Vorhaben. Niemand *sollte* davon wissen. Die Frau, von der ichs hab, käme in Teufels Küche, wenn ich mich verplapperte. Aber man könnte ihm heimlich folgen.«

Gunther drehte sich um. Je mehr ihn etwas beschäftigte, umso verschlossener wurde seine Miene. Den Blick auf den Sand zu seinen Füßen, sann er nach. Er schlug nach einer Fliege und fasste schließlich einen Entschluss. Erneut setzte er sich in den Sand und wieder zog er das Messer heraus. Das Blut hatte sich verwischt.

»Ich unterrichte dich weiter. Aber du wirst das Wichtigste nicht lernen, wenn du es nicht fertigbringst, den Schmerz zu verachten. Nimm das Messer.«

Mack nahm den elfenbeinernen Griff, den er ihm entgegenstreckte. Sein Magen schrumpfte zu einem kleinen, harten Ball und sein Herz pochte.

»Du wirst etwas daraus lernen«, versprach Gunther.

Damit hatte er Recht. Mack drückte die Klinge in vier krakeligen Schnitten in seine Haut. Er beeilte sich, aber jede Schnitt kostete ein Stück mehr Überwindung und beim letzten hatte er das Gefühl, dass es allein Gunthers Blick war, der die Schneide in sein Fleisch hineinsenkte. Die Schärfe des Messers machte es möglich. Er musste kaum Kraft aufwenden. Und was er bei der wenige Augenblicke dauernden Prozedur lernte, war, dass er den Schmerz hasste. Dass er ihn fürchtete und niemals aufhören würde, ihn zu fürchten. Dass er sich im Gegenteil mehr denn je in Acht nehmen würde. Er lernte, dass sein Mageninhalt beim Anblick von Blut stoßweise die Speiseröhre hinaufkroch. Und dass Gunther ein Idiot war, etwas anderes zu erwarten.

Er versuchte an Nell zu denken, aber die Panik hatte sie in seinem Gedächtnis versteinert wie einen Troll, den der erste Sonnenstrahl trifft.

Gunther nahm ihm das Messer aus der Hand und diesmal dachte er daran, es an seiner Hose sauber zu wischen. »Und nun sag, dass es nichts war.«

Mack musste lachen. Ihm stieg der säuerliche Inhalt seines Magens bis auf die Zunge hoch und einen Moment befürchtete er, seine überstandene Angst buchstäblich hinauszukotzen.

»Es macht nichts. Du hast es geschafft und das ist das Wichtigste«, meinte Gunther und tat, als wäre er zufrieden.

Die Burg lag auf einer sanften Anhöhe. Sie wurde durch einen breiten Graben geschützt, in dem allerdings kaum noch Wasser war. Das Gebäude hatte aber auch keinen Schutz mehr nötig. Es war durch ein Feuer zerstört worden, das Bergfried, Palas, Wirtschaftsgebäude und sogar einen guten Teil der westlichen Mauer angegriffen hatte. Die Zugbrücke war heruntergelassen und intakt, so dass Mack annahm, dass die Veste nicht belagert und eingenommen, sondern einem Unglück zum Opfer gefallen war, einem Küchenbrand oder einem Gewitter oder was auch immer die Ursache solcher Brände war. Scheinbar hatte sein Besitzer nicht das Geld gehabt, sie wieder instand zu setzen, und nun moderte sie vor sich hin.

Ein melancholischer Ort für ein Liebesgetändel.

»Klettern wir durch den Graben und sehen wir, was sich innen tut«, meinte Gunther.

»Sie werden sich küssen, einander ewige Liebe schwören und begeistert sein, wenn wir ihnen dabei Gesellschaft leisten wollen.«

»Willst du umkehren?«

»Nein.«

Nichts in dem sonnendurchfluteten Tal deutete auf eine Gefahr hin. Aber Lilith hatte sich Sorgen gemacht. Und sie war nicht dumm. Mack beschlich ein zwiespältiges Gefühl, als er an die Orientalin dachte. Sie hatte ihn *zweimal* wegen Agnes angesprochen – erst im Rosengarten und dann einen Tag später, als er verschwitzt aus der Schmiede gekommen war, wo er auf Gunthers Drängen einen gesprengten Ring seiner Vinteile hatte auswechseln lassen. Er hatte erneut den Druck ihres Mundes gespürt, obwohl sie vor der Schmiede nur miteinander geflüstert hatten, und sich kaum auf ihre Warnung konzentrieren können.

Lilith. Er hätte nie gedacht, dass sie sich um einen anderen Menschen ernsthaft sorgen könnte, und auch damit verwirrte sie ihn. Aber warum sollte sie herzlos sein? Weil sie so hübsch und selbstbewusst war? Er hatte immer den Eindruck gehabt, dass sie über Agnes lächelte. Deshalb musste sie sie aber nicht weniger gern haben. War er selbst nicht unterwegs, weil er sich um seinen König sorgte?

Jedenfalls, wenn Lilith meinte, es sei Gefahr im Anzug, dann durfte man das nicht ignorieren. Und wenn sie nur herumgesponnen hatte … Egal. Sie mussten nur zusehen, dass der König sie bei dem, was sie taten, nicht erwischte.

Mack folgte Gunther auf die Rückseite der Burg. Sie konnten eines der Pferde wiehern hören, die Heinrich und Agnes mit in die Ruine genommen hatten. Im Graben stand ein knietiefer Rest dunkles Wasser, in dem einiges von dem dümpelte, was einmal aus den Aborterkern gefallen war. Es stank bestialisch.

»Wir trennen uns. Du kletterst hindurch und ich sehe zu, dass ich über die Brücke komme.« Mack sprengte davon, ohne auf Gunthers gedämpften Protest zu achten. Sein Herz wurde etwas leichter. Immerhin waren sie schon den halben

Tag unterwegs und viele Möglichkeiten eines Hinterhalts verstrichen. Wahrscheinlich würde ihr einziges Problem darin bestehen, den König nicht merken zu lassen, dass er bewacht wurde.

Er band sein Pferd außerhalb der Ruine inmitten von Berberitzensträuchern an und schlenderte zur Fallbrücke. Die Burg war von innen weit geräumiger, als es draußen den Anschein hatte. Die Mauern rechts und links des Tores waren unversehrt, was Macks Eindruck verstärkte, dass es sich bei dem Feuer um einen Unglücksfall gehandelt haben musste. Den Palas hatte es allerdings schlimm erwischt. Die verkohlten Überreste des dreistöckigen Gebäudes klebten wie offene Höhlen am Stein. Wahrscheinlich war hier der Ursprung des Feuers gewesen. Dem Bergfried war kaum etwas anzusehen. Die meterdicken Mauern hätten wahrscheinlich dem Feuer der Hölle widerstanden. Zwischen Bergfried und Palas erhob sich eine Zwischenmauer, die den hinteren Teil der Burg vom Wohntrakt trennte, dort war vielleicht ein Garten oder Acker gewesen.

Mack hielt sich eng an die Mauern, während er sich vorwärts bewegte und dabei gleichzeitig nach dem König Ausschau hielt. Aber die beiden Liebenden waren weder zu sehen noch zu hören und er nahm an, dass sie es sich jenseits der Trennmauer gemütlich gemacht hatten. Vorsichtig begann er über eine halb eingefallene Treppe ohne Geländer in das oberste Geschoss des Palas zu klettern. In den verwinkelten Räumen würde er Sichtschutz und gleichzeitig einen guten Überblick haben.

Seine Hände wurden schwarz und klebrig, als er sich an den ausgebrannten Wänden entlangtastete. Die Treppe drehte sich spindelförmig in einer Turmschale hinauf, und er musste achtgeben, wo er hintrat. Eine Ratte wischte zwischen seinen Füßen hindurch. Steinbröckchen lösten sich und holperten in die tiefer gelegenen Geschosse. Er kam an eine

Stelle, wo ein herabstürzender Balken mehrere Stufen in ganzer Länge zerschlagen hatte, und ließ sich unschlüssig in die Knie sinken.

Welches Risiko war die Aussicht aus den oberen Räumen wert? Er lehnte sich mit der Schulter an die Mauer, fluchte leise, als er merkte, dass er sich den Rock verdorben hatte, und schaute in den Teil der Burg hinab, den er überblicken konnte. Da gabs nicht viel zu sehen. Der Eingangsbereich, den sich Unkraut und Gräser zurückerobert hatten, die ehemaligen Stallungen, zum größten Teil unter den eigenen Dächern verschüttet, der hintere Teil eines Kamins, der zu einem isoliert stehenden Küchenbau gehört haben mochte und in dessen Ritzen jetzt der Efeu kroch ...

Im Schatten des Küchenkamins tollte ein schwarzer Hund mit weißen Läufen herum. Mack hatte nicht gesehen, wo er herkam, er war plötzlich da und schnüffelte an einem Erdloch, wohl auf der Spur einer Ratte oder eines Kaninchens. Ein Hund des Königs? Mack drängte sich in den hinteren Teil der Spindeltreppe und beobachtete misstrauisch den Eingang zum Bergfried. War der Hund aus dem Turm gekommen oder von dort?

Als sich nichts tat, begann er die Stufen wieder hinabzuschleichen. Würde Heinrich zu einer Tändelei einen seiner Jagdhunde mitnehmen? Noch während er über diese Frage grübelte, hörte Mack das rostige *Kratsch* der Brückenketten, die sich unter einem Gewicht streckten, und dann ein Holpern.

»Mistdreck«, murmelte er und drückte sich in eine Windung des Treppenturms, wo er etwas Sichtschutz hatte.

Einen winzigen Moment gab er sich noch der Hoffnung hin, es vielleicht mit einer harmlosen Jagdgesellschaft oder Bauern, verirrten Scholaren oder Wandermönchen auf der Suche nach einem sicheren Platz für ein Schläfchen zu tun zu haben. Die Hoffnung erlosch, als der erste Mann in sein Blickfeld trat. Es war ein Ritter. Er trug einen kurzen Kampfrock aus mausgrauem Samt mit dazu passenden grauen Hosen und war bis zum Hals bewaffnet, genau wie die vier Männer, die nach ihm in den Hof schlichen. Nicht die Waffen – am bedrohlichsten schien Mack die Tatsache, dass sie teure Kleider trugen, aber offenbar sämtliche Wappen oder sonstige Embleme herausgetrennt hatten. Sie wollten nicht erkannt werden und sie wussten, warum sie gekommen waren, denn sie bewegten sich mit äußerster Vorsicht.

»Mist!« Viel mehr gab ihm sein Gehirn nicht ein.

Der Hund sprang an einem der Männer hoch und sein Herr deutete streng zum Bergfried. Mit eingezogenem Schwanz und immer noch ohne Laut zu geben, gehorchte das Tier.

Mack atmete mittlerweile so flach, dass sich weder seine Nasenflügel noch seine Brust bewegte.

Niemand sprach. Der Anführer des Trupps, ein Kerl mit üppiger eisengrauer Mähne und ebensolchem Bart, winkte seinen Kumpanen ihm zu folgen. Unter seinem Rock blitzte der Saum eines Wehrgehänges auf und plötzlich hielt er eine Streitaxt in der Hand – eine Waffe wie für einen Riesen gemacht – mit einer trapezförmiger Schneide und einem Eisendorn auf der gegenüberliegenden Seite.

O Herr im Himmel – nicht so, dachte Mack, während das Mitleid mit seinem König und der armen Agnes ihn förmlich überschwemmte.

Er kauerte etwa acht Fuß über dem Erdboden. Mit einer Kraftanstrengung, als wären seine Hosen aus Blei gewebt, änderte er die Richtung. Er stieg wieder aufwärts und übersprang einen Spalt, um in die ehemalige Halle zu kommen, die früher das ganze erste Obergeschoss eingenommen hatte, aber jetzt nur noch aus angekokelten Balken- und Mauerresten bestand. Mack kletterte gern. Niemand hätte ihm Ungeschick oder einen Mangel an Wagemut vorwerfen können und normalerweise hätte er die Kraxelei genossen. Aber jetzt befanden sich unter ihm Männer, die den König ermorden wollten, und jedes Geräusch, jeder quietschende Balken und jedes herabstürzende Mörtelbröckchen würde sie auf ihn aufmerksam machen. Sie brauchten die Köpfe nur ein klein wenig nach oben zu neigen. Bedrückt starrte er auf die angeschmorten Dielen.

Gunther würde inzwischen den hinteren Teil der Burg erreicht haben. War er in der Lage – gemeinsam mit dem König – fünf Meuchelmördern standzuhalten? Und er selbst, Mack – würde er überhaupt helfen können? Das M auf seinem Arm, verkrustet und kaum zugeheilt, spannte sich und erinnerte ihn an das Gefühl von Schmerz.

Er tastete sich auf den Balken vorwärts. Sie waren von einer dicken Rußschicht bedeckt, die bei den Regengüssen schmierig geworden waren. Mehrmals glitt er aus, einmal wäre er um ein Haar in den tief darunter liegenden Keller gefallen. Er war in Schweiß gebadet, als er die gegenüberliegende Wand des Palas erreichte.

Sie besaß mehrere zweifach gekuppelte Rundbogenfenster, die alle noch intakt waren. Der Garten lag jetzt frei vor seinen Augen. Und seine Hoffnungen zerstoben. Von Gunther keine Spur. Nur Unkraut, Holunderbüsche mit glänzenden schwarzen Früchten, einige Rosensträucher, die verwildert weiterwuchsen – und mittendrin Heinrich und Agnes auf dem blauen Mantel des Königs. Heinrich kniete neben seiner Liebsten. Er hatte sie im Arm und eine Hand in ihren Ausschnitt gesteckt, wo er ihren Busen liebkoste – und der Gedanke, dass seine Mörder ihre Witzchen darüber reißen würden, wenn sie erst in seinem Blut standen, und dass man in irgendeinem Palas, wahrscheinlich in Baiern, ebenfalls vor Lachen brüllen würde, erfüllte Mack mit neuem Elend.

Rasch warf er einen Blick auf die Männer. Sie befanden sich immer noch auf seiner Seite der Mauer, aber schon dicht beim Tor. Sie *mussten* wissen, dass der Kaiser im Garten saß, denn sie schenkten ihrer Umgebung keinen einzigen Blick. Vor dem Tor hielten sie inne. Der Anführer flüsterte etwas und zog sich einige Schritt seitwärts in ein eingestürztes Brunnenhäuschen zurück. Weil der König ihn kannte? Weil ihn plötzlich Skrupel packten?

Mack schwang sich auf das Fenstersims und hielt sich an der Mittelsäule fest. Sein Herz schlug so schnell, als müsse es einen Wettlauf gewinnen. Den König durch einen Zuruf warnen zu wollen hatte keinen Zweck. Er musste hinab, sonst würde man sie nacheinander abschlachten, wie die Hühnchen für das Abendessen. Das Fenster war eng, aber groß genug, um sich hindurchquetschen zu können. Nur gab es dahinter keine niedrigeren Gebäude, auf die er hätte springen können. Die einzige Möglichkeit den Sturz aufzufangen war eine junge Eberesche mit einem biegsamen Stamm, die wie durch ein Wunder das Feuer überlebt hatte.

Mack versuchte, seinen Schwertgürtel abzubinden, fluchte, bekam die Lederschnalle aber doch noch auf. Er schob das Schwert durch die Fensteröffnung, ließ es aus den Händen gleiten und zwängte sich hinterher. Dann stieß er sich ab und schrie im Fallen seinen Warnruf.

Er verfehlte den Baum und kam krachend auf dem Boden auf, wo er benommen liegen blieb. Die Angst trieb ihn auf die Füße, oder zumindest auf die Knie. Verwirrt sah er kaum vier Fuß von sich entfernt einen Mann liegen, dem ein Pfeil im offenen Auge steckte. Die eisblauen Federn wippten über seiner Nase, während Blut und Flüssigkeit aus seinem Lidwinkel flossen, als hätte man einen Biersack angestochen.

Mack blickte hoch. Er schrumpfte in sich zusammen, als er die Mordgenossen des Toten sah. Sie schienen so verwirrt wie er selbst zu sein, aber sie glaubten zu wissen, woher der Pfeil kam, der ihren Freund getötet hatte. Einer behielt den König im Blick, die beiden anderen änderten die Richtung und kamen auf Mack zu.

Jetzt sterbe ich, dachte er und zitterte so sehr, als stünde er im Winter nackt im Freien. Er brachte es nicht fertig, aufzustehen. Ebenso wenig konnte er den Blick von der breiten, funkelnden Schwertklinge wenden, die einer der Männer mit beiden Händen über seine Schulter hob. Er tastete nach der eigenen Waffe, aber es würde egal sein, ob er sie rechtzeitig aus der Holzscheide bekam oder nicht. Seinen Angreifern war er nicht gewachsen. Wie fühlte es sich an, wenn der eigene Schädel gespalten wurde? War Kopfschmerz ein angemessener Begriff dafür?

Etwas blitzte in der Sonne auf. Ein Messer trudelte durch die Luft, langsam, so wie sich alles langsam bewegte und wie auch Mack sich nur langsam bewegen konnte. Die Eisenscheibe glitzerte und senkte sich herab. Das Messer hätte dem Mann mit dem Schwert den Hals spalten müssen. Unglückseligerweise traf es auf die Breitseite seines Schwerts und flog mit einem scharfen, metallischen *Klack* ins Gras.

Bis auf dieses Geräusch war es seltsamerweise noch immer völlig still in dem kleinen Garten. Es musste einmal ein Rosengarten gewesen sein, denn Mack sah in allen Ecken Rosen wuchern und auch das Unkraut bestand in Wirklichkeit aus winzigen, stark duftenden Rosen. Agnes hielt eine davon in den Händen, so unfähig sich zu bewegen wie er selbst.

Plötzlich stand Gunther zwischen ihr und dem König und den Angreifern. Heinrich war aufgesprungen, aber er hatte sein Schwert leichtsinnigerweise am Sattel des Pferdes gelassen und das wartete beunruhigt schnaubend auf der anderen Seite des Hofs.

Gunther wog sein Schwert in der Hand und versuchte die Lage einzuschätzen.

Mack spürte am Rand seines kleinen Fingers etwas Hartes. Die Scheide seines Schwerts. Die Lähmung fiel von ihm ab. Er tastete nach dem Griff, zog die Waffe blank und kam sich dabei gleichzeitig verrückt und waghalsig vor. Als er sah, dass die Männer sich von ihm abwandten, um sich zunächst den stärksten Gegner vorzuknöpfen, wurde ihm schwach vor Erleichterung.

»Du bist so gut wie tot«, erklärte einer der Attentäter. Allerdings schien er keine große Lust zu haben, sich als erster auf den Verteidiger des Königs zu stürzen. Vielleicht kannte er Gunther. Sein Ruf war Legende. Man wurde nicht für einen Klecks Waffenmeister des Königs.

Und er hatte Recht, sich zu sorgen. Der Waffenmeister sprang aus dem Stand auf ihn zu und sein Schlachtschrei donnerte von den Mauern der Ruine wider.

Mack hob sein Schwert, aber niemand achtete auf ihn. Alle drei Angreifer stürzten sich auf Gunther. Einer der Mörder kreischte – ein Geräusch, als würde eine Sau von einem besonders ungeschickten Metzger mit dem Beil bearbeitet. Blut spritzte wie die Fontäne eines Wasserspiels durch die Sommerluft und traf Macks Gesicht. Benommen wischte er sich übers Auge. Durch einen rosa Schleier sah er Heinrich zu seinem Pferd laufen.

Gunther hatte nur noch mit zwei Männern zu tun, aber sie heizten ihm ordentlich ein. Es war an der Zeit, ihm zur Hilfe zu kommen. Aber Mack konnte nicht. Das Blut auf seinem Augen, der Geschmack des fremden Bluts auf den Lippen paralysierte ihn. Sein Schwert wog mehr, als er heben konnte, und seine Hände zitterten wie die einer alten Frau. Zwanghaft wischte er sich immer wieder übers Gesicht.

Gunthers Gebrüll änderte sich plötzlich um jene entsetzliche Nuance, die bedeutete, dass er selbst getroffen worden war. Heinrich kam seinem Waffenmeister zur Hilfe. Sie werdens schon schaffen, dachte Mack schwach. Zwei gegen zwei. Heinrich kämpft gut. Gunther wird mit jedem fertig. Mit einer Hand auf dem Rücken, wenn es sein muss.

Zwei. Die Zahl geisterte durch seinen Verstand. Zwei tot, zwei übrig. Warum nur zwei? Langsam drehte er sich um die eigene Achse und starrte zum Tor. Der Bärtige. Der Mann, der das Gemetzel aus sicherer Entfernung hatte abwarten wollen.

Er stand mitten unter den Rosenranken. Seine Waffe war nicht das Schwert, sondern die Streitaxt. Er hatte sie erhoben, und der König kämpfte kaum vier Schritt vor ihm entfernt, mit dem Rücken zu ihm und damit beschäftigt, sich vor seinem anderen Gegner zu decken.

Mack öffnete den Mund wobei er wusste, dass seine Warnung zu spät kommen würde. Er sah, wie sich die Muskeln der kräftigen, behaarten Unterarme spannten.

Gleichzeitig bemerkte er etwas Dunkles, das sich hinter dem Mörder im Tor befand und seine Bewegungen nachzuäffen schien. Mack starrte auf eine schwarze Kutte und meinte, einen weißen Kopf darin zu erkennen, in dem es nichts als zwei dunkle, punktförmige Augen gab.

Schon fuhr die Axt herab. Ein bestialischer Schrei. Aber nicht der König stürzte. Sein Attentäter fiel. Die mausgrauen Hosenbeine und der untere Teil des Wamses färbten sich rot, noch während der Mann zusammensackte.

Mack starrte auf das Tor. Zwischen den blassroten Ranken, die sich an das Mauerwerk klammerten, sprang der schwarze Hund umher und kläffte wie von Sinnen. Er stürzte zu seinem Herrn und leckte ihm das Gesicht. Seine weißen Vorderläufe standen neben der Axt und ihr Fell sog einen Teil des Blutes auf, das aus der Wunde strömte. Die metallene Schneide war völlig im Unterleib des Mannes verschwunden.

Der Verletzte starb, noch bevor Mack einen Ton sagen oder sich bewegen konnte. Vielleicht wurde er auch erst bewusstlos, aber als der König sich umdrehte und verwundert auf den Gefällten und die Riesenlache Blut starrte, war er schon tot.

Gunther trat neben den König. Der Hund, der immer noch jaulte und leckte, fuhr herum. Sein Geheul schlug in ein Knurren um. Es war ein Bluthund mit dem entsprechenden

Gebiss, das er wütend freigab. Und nun zeigte sich, dass auch Gunther Nerven hatte. Unbeherrscht riß er das Schwert hoch und trennte dem Tier mit einem einzigen Hieb den halben Kopf vom Hals.

»... dammter, verdammter ...« Gunther atmete viel zu schnell und das Schwert, das er mit beiden Händen geführt hatte, glitt ihm aus den Händen. Mack dachte, er würde ohnmächtig werden, aber dann sah er, dass er sich nur vorbeugte und dem Toten die schwarzen Haare aus dem Gesicht streifte.

»Balthasar von Freising.«

Heinrich nickte. Sein Gesicht war so weiß wie das des Mörders, dem er entkommen war. Er stützte sich auf das Schwert. »Du ... zeigst ungeahnte Fähigkeiten, Thannhäuser. Ich hätte nicht geglaubt, dass du ... ich hätte nicht geglaubt, dass *irgendjemand* Balthasar besiegen könnte.«

Mack schüttelte den Kopf. Seine Knie zitterten, er fror und wenn er sich vor den Männer nicht geschämt hätte, hätte er sich ins Gras gesetzt. »Ich war das nicht.«

Er hörte ein Wimmern. Agnes kam gelaufen und umklammerte Heinrichs Arm. Doch ausnahmsweise hatte der König kein Auge für sie.

»Ein Mann des Baiernherzogs.« Das Lächeln auf den bleichen Lippen wurde breiter, aber keinesfalls fröhlicher.

»Ich habe ihn nicht getötet«, wiederholte Mack.

»Das wäre auch nicht gut für dich. Balthasar ...« Heinrich lachte, ein Geräusch als hätte er etwas an der Lunge. »Du hast dem Herzog mehr genommen als einen guten Mann. Du hast ihm einen Teil seines Herzens genommen.« Er schüttelte den Kopf, als könne er immer noch nicht glauben, was er sah. Als er zurücktrat, rempelte er Gunther an, und endlich merkte er, dass etwas mit ihm nicht in Ordnung war. »Seid Ihr verletzt?«

»Nicht der Rede wert«, antwortete Mack für ihn, und ganz richtig schüttelte der Waffenmeister den Kopf.

»Euer Arm!«

Aus Gunthers Ärmel lief in unzähligen Bächen Blut und tropfte über seine Hand ins Gras. Agnes riss Streifen von ihrem Unterkleid ab und Gunther musste auf den Befehl seines Königs den Rock ausziehen. Sein Widerstreben, das vor Agnes zu erledigen, brachte Mack einen Funken Heiterkeit zurück.

Er nahm Agnes die Binden ab und half ihr, das tiefe, klaffende Dreieck über Gunthers Ellbogen so lange zu umwickeln, bis das Blut nicht mehr durchnässte. Sie brauchten dafür den größten Teil von Agnes' schönem, nelkenrosa Kleid.

»Ich habe den Mann nicht getötet«, erlaubte sich Mack zu wiederholen.

Heinrich nickte. »Jedenfalls nicht für die Welt«, sagte er. »Tut mir Leid, Thannhäuser. Ich gönne dir den Triumph. Aber es ist … es wäre aus Gründen, die ich dir nicht erläutern kann, äußerst unangenehm, wenn es zwischen mir und dem Baiern jetzt offene Querelen gäbe. Die Fürsten … es ist eine heikle Situation.« Er sagte nicht, was er von den Fürsten erhoffte oder befürchtete. Dass er sich mit den ersten Männern seines Reichs nicht besonders gut vertrug, dass er die Städte und die niederen Stände bevorzugte und sich seinen Weg gegen jeden Willen bahnte, war bekannt. Genaueres wusste Mack nicht und es sah auch nicht so aus, als wolle der König ihm mehr erklären. Als er Agnes in den Sattel half, bestand kein Zweifel, dass die Sache für ihn erledigt war.

Es war spät und die Abendsonne färbte den Himmel violett, als die Türme von Nürnberg aus den Wiesen stiegen. Kurz bevor sie die Zeltstadt vor den Toren erreichten, griff Gunther in Macks Zügel und zwang ihn, langsamer zu reiten.

»Ich weiß, dass du Balthasar nicht getötet hast. Ich habe dich stehen sehen. Du wusstest überhaupt nicht, wozu du deine Hände gebrauchen solltest.«

»Ja.« Mack nickte, zu müde sich zu schämen.

Es sah aus, als warte Gunther auf eine Erklärung. Aber was sollte er sagen? Ein Mann in einer Kutte, der aussah wie dieser eigenartige Dors, der Beichtvater der Prinzessin, hatte hinter dem Mörder gestanden, und hatte … *was?* Ihn gestoßen? Seine Arme geführt?

»Es muss der Hund gewesen sein«, meinte Gunther. »Das Tier hat Blut gerochen und seinen Herrn angesprungen. Der Kerl ist gestolpert und der eigene Schwung hat ihn in seine Axt gerissen.«

»Ja«, sagte Mack. »So wirds gewesen sein.«

Gunther behandelte sich selbst nicht besser als seine Schüler. Am Tag nach dem Überfall sah er ihren Übungen nur zu, aber an den nächsten Tagen, als er annahm, dass der Schorf auf seinen Wunden nicht mehr platzen würde, saß er wieder im Sattel und fegte bei seinem ersten Durchgang Friedhelm, seinen aussichtsreichsten Kandidaten für die Schwertleite, aus dem Sattel.

Mack sah ihm und den anderen zu, wie sie mit ihren Lanzen aufeinander lospreschten. Er hasste das Geräusch, wenn die abgerundeten Holzspitzen der Übungslanzen auf die Schilde krachten und manchmal zersplitterten. Abwechselnd taten ihm die Reiter und ihre Pferde leid. Die Streitrösser des Königs waren kostbar. Gunther ließ ihnen grundsätzlich eine Rossstirn anlegen, die allerdings nicht gegen Stürze feite. Aber auf die Pferde hatte es zumindest niemand abgesehen. Die Knappen waren ärmer dran. Von ihnen landete jeder wenigstens einmal im Sand und ihr Gelächter klang oft ziemlich zittrig.

»Wir hören auf, es ist zu heiß.« Gunther lenkte sein Pferd zu dem Felsbrocken, den Mack sich zum Sitzen ausgesucht hatte. »Komm mit!« Er winkte den anderen, die ihn nicht gehört hatten. »Hört auf, wir machen morgen weiter!«

Widerstrebend stand Mack auf. Er war benommen von der

Hitze, aber er versuchte erst gar nicht, Gunther um Schonung zu bitten. »Stechpuppe oder richtig?«

»Es ist zu heiß. Hab ich das nicht gerade gesagt? Prosper, lass Saladin hier.« Der Waffenmeister deutete auf den schwitzenden Fuchs, den der Knappe während der letzten Übung geritten hatte. »Steig auf, Mack. Wir reiten zum See.«

»Wir beide?«

»Hast du was an den Ohren?«, gab Gunther gereizt zurück. Schweigend ritt er voran, während sie das Turniergelände verließen und den Weg hinter die Stadtmauer nahmen. Zum See war es nicht weit. Gunther sah, dass die Stelle, die am besten zum Baden geeignet war, von einigen Wäsche schrubbenden Frauen mit Brettern und Holzschlegeln besetzt wurde, und steuerte auf ein abgelegeneres Plätzchen zu. Das Ufer war dort von Sumpfkresse zugewachsen, aber zumindest konnte man im Schatten der Bäume sitzen und hatte seine Ruhe.

Sie banden die Pferde an und der Waffenmeister ließ sich im Gras nieder, wo er die langen Beine von sich streckte. »Hast dus gehört?«

»Was?«

Gunther schloss die Augen. Sein Gesicht war ungewöhnlich blass, die Augen von schwarzen Ringen umgeben, die aussahen, als wären sie mit Ruß aufgemalt. Er hielt sich eine Hand auf die Rippen unter dem Herzen, wo ihn eine der stumpfen Lanzen erwischt hatte. Normalerweise hob man Gunther nicht aus dem Sattel. Dass es geschehen war, zeigte, wie es um ihn stand. Er hatte jede Menge Blut bei der Ruine verloren. Selbst Schuld, der Besserwisser, dass er sich nicht schonen kann, dachte Mack ohne Mitleid.

»Der Baier ist tot.«

»Der … was?«

»Ludwig. Der Herzog von Baiern. Ermordet. Gestern Abend in Kehlheim. Ein Mann hat ihn niedergestochen. Der

Attentäter wurde ebenfalls getötet, deshalb weiß niemand, wer ihm den Auftrag zur Tat gegeben hat. Man kennt ihn auch nicht.«

»Oh.« Mack strengte seinen Kopf an, um die Bedeutung von Gunthers Mitteilung zu erfassen. Befürchtete Gunther, dass der König sich auf so … schäbige Weise gerächt haben könnte? Vielleicht aus Wut? Oder aus Angst? Um ähnlichen Taten vorzubeugen?

»Ich weiß, was du denkst, und ich rate dir, es schleunigst zu vergessen.« Gunthers hatte die Augen wieder geöffnet. Er drehte den Kopf. »Natürlich machen einige Heinrich für die Tat verantwortlich. Andere glauben, dass es jemand aus dem Umfeld des Herzogs war, und besonders Mutige beschuldigen den Kaiser, er hätte den Alten vom Berg und seine Mörder beauftragt. Aber solange niemand etwas Genaues weiß, kann es keine Anklage geben. Was ich damit sagen will …«

»Ich weiß, was du sagen willst. Ich bin nicht blöd. Ich habe bis jetzt nicht geplappert und werde auch weiterhin den Mund halten.«

»Gut.«

Eine Weile lagen sie still und lauschten dem Gesang einer Sumpfmeise, die mit ihrem *Zjä dädä* einem Ammerhahn über den Schnabel fuhr. Vom Ufer kam das Gelächter der waschenden Frauen. Im Gras zirpte und summte es. Mack dachte nach. Er glaubte nicht, dass der König einen Mörder gedungen hatte. Seine Begriffe von Ehre waren hoch. Er hätte ihn gefordert oder vor den Fürsten angeklagt oder auf eine ruhmvolle Gelegenheit gewartet, es ihm heimzuzahlen. Aber wenn Heinrich es nicht gewesen war – dann vielleicht jemand aus seinem Umkreis, der ihn schützen wollte. Anselm? Oder – was für ein Witz – vielleicht sogar Gunther?

»Der König wird nicht nach Ravenna ziehen.«

Ruckartig fuhr Macks Kopf herum.

»Er bleibt in Deutschland. Ja. Er hat sich heute Morgen entschieden – nach einem Auftritt mit seiner Königin …« Gunther biss sich auf die Lippe

»Er reitet *nicht*? Obwohl der Kaiser es befohlen hat? Das … das sollte er sich besser überlegen.« Mack stieß die Luft aus. »Wenn du kannst, bring ihn davon ab. Hat er nicht …« Vernünftige Berater um sich, wollte er sagen, die ihm solchen Blödsinn ausreden?

Im Gegensatz zu Heinrich hatte Mack zwei Jahre im Schatten des jähzornigen Kaisers verbracht. Er hatte ihm zugesehen, wie er auf dem Markt von Jaffa mit dem Emir Fahr el-Din Jussuf scherzte, aber auch, wie er in Brindisi landete und von dort seinen Strafzug gegen die abtrünnigen Städte Süditaliens unternahm, wo er so viel Blut fließen ließ, als wolle er das ganze Land darin ertränken. Schlimmer noch: Er hatte die Quälereien gesehen, die der Kaiser anordnen ließ, um seine gekränkte Eitelkeit zu besänftigen. Die ausgestochenen Augen, die von Wagenrädern zerschlagenen Glieder und die Halbtoten, die man nach der Bestrafung auf eben diese Räder geflochten hatte, wo sie mit ihren zungenlosen Mündern um den Tod greinten. Aber am schlimmsten: Er hatte sein Gesicht gesehen, als er sich die Krone Davids auf die roten Locken setzte. Der gelbe Stein hatte geleuchtet wie ein drittes Auge. Ein Auge der Rache. *Drei* Augen der Rache …

»Heinrich denkt nicht nach«, murmelte Gunther. »Er ist jung und es hat ihn verletzt, dass der Kaiser sein mutiges Eintreten gegen die Rebellion des Baiern nie gelobt hat. Es war ein Heldenstück gewesen, Mack. Die richtige Tat zur richtigen Zeit mit dem richtigen Mut. Ohne Heinrichs Eingreifen säße jetzt vielleicht Otto von Lüneburg auf dem Thron. Der Kaiser hätte das anerkennen sollen.«

»Aber anschließend hat Heinrich den Fürsten nachgegeben. Er hätte die Belagerung von Straßburg zu Ende führen und die Herausgabe der Verschwörer fordern müssen. Reinen Tisch machen. Ich war in Jerusalem, als der Kaiser die Nachricht von seinem Einlenken erhielt. Er … war nicht erfreut. Gar nicht«, sagte Mack.

Gunther verstieg sich nicht dazu, den Kaiser ungerecht zu nennen, aber seine Meinung war an seinem verkniffenen Mund abzulesen. Mit einem Fluch legte er sich bequemer.

»Ist etwas mit deinen …?«

»Mit mir ist gar nichts«, fauchte er Mack an.

Wieder war es still. Die Sumpfmeise hatte ihren Gesang eingestellt, vielleicht um sich auf eine Spinne oder sonst etwas Nahrhaftes zu stürzen.

»Du weißt wahrscheinlich auch nicht, dass der Hof nach Worms reisen wird?«

Mack brauchte einen Moment, um die zweite Neuigkeit zu verdauen. »Du meinst, der König … wir alle …?«

»Noch diese Woche. Ich dachte mir, du würdest das wissen wollen. Und … außerdem ist eine Nachricht für dich gekommen.«

Mack starrte ihn an.

»Gestern. Man hat sie zu mir gebracht, weil niemand wusste, wo du warst. Ich …« Gunther zuckte die Achseln und fasste in seine Gürteltasche, aus der er etwas Gelbliches holte.

Es war ein billiger, dünner Pergamentstreifen, die Schrift mehrfach fortgeschabt und überschrieben, mit etlichen Löchern und von krakeligen Buchstaben übersät. Auf der rauhen Seite des Pergaments klebten weiße Wachsreste.

»Es hatte ein Siegel«, sagte Mack. »Jemand hat es geöffnet.«

»Ich weiß.«

»Warst du das?«

»Ich habs mir vorlesen lassen.«

»Du hast …? Natürlich hast du. Natürlich.« Mack bewegte den Bogen zwischen den Fingern. Er war bis ins letzte Eckchen vollgeschrieben. Zuunterst stand Nells Namenszug. Sie konnte nicht schreiben, musste also jemanden für diesen Dienst bezahlt haben. Und Nell gab kein Geld für Nichtigkeiten aus.

»Sie hat sich verheiratet«, sagte Gunther. »Mit einem Ritter aus der Nachbarschaft. Sie ist ein vernünftiges Mädchen.«

»Du liest eine Nachricht, die dich gar nichts angeht«, wiederholte Mack, ohne Groll aufbringen zu können. Er hatte den Kaiser eine Botschaft des Patriarchen von Jerusalem öffnen sehen, in der der Papst seinen Kreuzzug und die Krönung von Jerusalem verfluchte. Seinen Gesichtsausdruck, die Fassungslosigkeit darin, glaubte er jetzt auf seinen eigenen Zügen zu spüren.

»Jedenfalls ist sie vernünftiger als du. Das Mädchen weiß, was möglich ist und was nicht.«

Das Blatt in Macks Hand zitterte. Er strich es auf seinem Oberschenkel glatt und versuchte die Buchstaben zu entziffern. Nell entbot ihm ihre Grüße. Sie hatte geheiratet. Ja, einen Mann aus der Nachbarschaft, den Mack nicht kannte. Sie war glücklich, empfahl ihm aber, fürs Erste nicht zu kommen, da ... Hier hatte der Schreiber abgesetzt und etwas schräger als vorher wieder zu schreiben begonnen. Nell hatte offenbar beim Diktieren eine Pause gemacht. Ihr neuer Gatte litt an Eifersucht, nicht schlimm, eben so wie es bei den Männern ist. Aber trotzdem, verkündeten die schwarzen Krakelbuchstaben – ein Besuch wäre zu dieser Zeit ungelegen.

Wie es so bei den Männern ist, wiederholte Mack. Seine Lippen formten stumm die Buchstaben. Ihm war, als hätte ihn eine Faust mitten in den Magen getroffen. »Sie will nicht, dass ich zur Burg komme«, sagte er zu Gunther.

»Jedenfalls nicht, bevor du stark genug bist, zu verteidigen, was dir gehört. Wie ich sagte: ein vernünftiges Mädchen.«

Mack nickte. Es war nichts Besonderes, dass Nell sich wieder verheiratet hatte. Sie war nicht mehr jung, aber auch noch nicht alt. Sie war kräftig und gesund und musste an ihre Zukunft denken. Zweifellos wollte sie versorgt sein. Wenn ihr Mann eifersüchtig war – hieß das, dass er Gefühle der Zuneigung für sie empfand? Und wenn es so war, musste man ihr das nicht gönnen? Musste man sich nicht allein schon deshalb für sie freuen, weil sie von Ralph fortkam?

»Sie hat nicht geschrieben, wer der Mann ist, den sie geheiratet hat. Wieso glaubt sie, dass ich ihn nicht kenne, wenn er aus der Nachbarschaft stammt?«

Gunther gab ein ächzendes Geräusch von sich, als er sich aufsetzte, um Mack besser ansehen zu können. »Das Mädchen hat entschieden, ja? Hör auf. Lass sie in Ruhe. Das ist es, was sie dir schreiben wollte. Dass du sie in Ruhe lassen sollst. Du bist zu nah mit ihr verwandt, du hättest sie sowieso nicht haben können.«

»Ja.« Mack strich von Neuem über das Papier, hörte aber damit auf als er merkte, dass seine zittrigen Hände mehr Schaden als Nutzen anrichteten. Wenigstens brachte er es fertig, den Brief zu falten und in seine Gürteltasche zu stecken. Er stand auf, und Gunther tat das Gleiche. Der Waffenmeister legte die Hand auf seinen Arm.

»Das wusstest du doch, dass du sie nicht … Ich meine, das war dir doch klar.«

Mack machte sich los, ging zum Baum und löste den Zügel seines Fuches. Er setzte den Fuß in den Steigbügel und schwang sich zwischen die hohen Sattelzwiesel, die er verabscheute, weil sie seinen Kontakt zum Pferd beeinträchtigten.

Gunther faßte ihm ins Zaumzeug. »Was hast du bloß? Ich meine … sie ist noch nicht einmal besonders hübsch. Es gibt tausend Mädchen …« Als er den Ausdruck in Macks Gesicht sah, trat er vorsichtig einen Schritt zurück.

Mack ließ ihn hinter sich. Er trieb sein Pferd in einer Staubwolke den Weg hinauf. In seiner Brust saß ein Tier, das messerscharfe Krallen in seine Lunge grub. Er durfte nicht nach Thannhausen reiten, so viel war klar. Nell hatte ihm das in vernünftigsten Worten auseinandergesetzt. Er hatte keinen Anspruch auf sie und seine jämmerliche Sehnsucht gab ihm nicht das Recht, ihr Schwierigkeiten zu bereiten. Schluss, Ende.

Sie kamen an eine Gabelung und das Pferd wartete unsicher, dass er ihm die Richtung angab. Als nichts kam, trabte es auf die Wiesen zu, streckte sich und galoppierte gegen den Horizont. So erreichten sie die Wälder der Umgebung. Sie gelangten in immer abgelegenere Teile, bis sie sich so weit von den großen Straßen entfernt hatten, dass sie keiner Seele mehr begegneten.

Es war ein besonders schöner Spätsommertag. Der Wald vibrierte vor Geschäftigkeit. Käfer und Spinnen huschten unter den Rindenteilen und den Blättern des vergangenen Herbsts hin und her. Macks Pferd hielt vor einem abgeplatteten Fels, über den eine leuchtend grüne Eidechse mit braunem Schwanz huschte, und stupste neugierig mit der Nase danach.

Gleichgültig trieb Mack es weiter.

Er hatte jedes Zeitgefühl verloren. Nell war verheiratet. Sie gehörte ihm nicht, wie Gunther gesagt hatte. Sie hatte ihm nichts versprochen, sie hätte ihn nicht einmal heiraten können, wenn sie gewollt hätte, weil sie zu nah verwandt waren. Er trauerte um den Verlust von etwas, das er nie besessen hatte. Er wusste es, doch es linderte seinen Schmerz nicht im Geringsten.

In diesem Teil des Walds gab es keinen Weg mehr. Sie irrten zwischen alten Bäumen umher, deren Kronen sich berührten und die sich über ihnen zu einem kompakten Blätterdach geschlossen hatten. Saladin stapfte ratlos durch das Dickicht. Mack nahm die Zügel auf und begann ihn wieder zu führen. Immer tiefer in den Wald hinein. Instinktiv suchte er Plätze, die noch weniger Sonnenschein durchließen, und gab keine Ruhe, bis er an eine kreisrunde, von schwarzen Buchen umgebene Stelle kam, an der es so dunkel war, als wäre ein frühzeitiger Abend hereingebrochen. Am Rand des Kreises erhob sich ein zerklüfteter Fels, unter dem eine Quelle hervorsprudelte. Es war nur ein Rinnsal, das sich nach wenigen Metern wie ein glitzernder Wurm wieder unter die Blätter und ins Erdreich flüchtete.

Mack straffte die Zügel. Ihm war kalt. Eine bleierne Müdigkeit hatte sich seiner bemächtigt und gleichzeitig konnte er sich kaum ruhig halten. Als er aus dem Sattel glitt, fiel er mehr, als dass er sich vernünftig bewegte.

Sein Pferd wich schnaubend zurück und Mack begann mit den Füßen das Laub auf dem Boden zu einem Berg anzuhäufen. Die Quelle sprudelte ihr Wasser so temperamentvoll heraus, als würde sie vor Lebenskraft bersten, aber das Lied, das sie sang, war uralt und schwermütig. Es beherrschte den gesamten Flecken, und da es Macks Verzweiflung widerspiegelte, gefiel es ihm.

Er kroch in den Blätterhaufen und schaufelte sich die Blätter auf Beine und Bauch. Ihm war immer noch kalt. Er schlug die Arme um sich, zog die Beine an den Körper und begann, als wäre es das Natürlichste der Welt, zu singen.

Nein, nicht zu singen. Er gab sonderbare, krächzende Laute von sich, deren Missklang seine eigenen Ohren quälte. Halb Weinen, halb das Jaulen eines Tiers. Die Blätter wärmten kaum, aber der Waldboden schmiegte sich ihm entgegen und teilte seinen Schmerz.

Mack wischte sich über die Nase und biss sich auf die Finger. Wie ein Tier, dachte er. Er schämte sich, aber er konnte weder die Blätter abwerfen noch dem Drang, sein Elend auf diese Weise hinauszuwimmern, widerstehen. Sein Zittern verstärkte sich. Nell. Ihre Haare, die im Wind flogen. Das Dreieck unter ihrem Hals … Er klemmte die Arme um seine Brust, lag eine Zeitlang still und begann dann wirklich zu singen.

Nell.

Es waren Töne, die aus der Tiefe seines verwundeten Herzens kamen, und jeder Einzelne trug, sorgfältig in die Ströme seiner Luft verpackt, seine Qual. Mack blies die Blätter vor seinem Mund fort, um mehr Luft zu bekommen. Nell, die sich über den Brunnenrand beugte. Ihre zarten Brüste, die kaum merklich den Stoff ihres Kleides spannten und die jetzt von fremden Händen berührt wurden. Er sang ohne Worte, mit seltsamen Lauten, die aus anderen Welt zu kommen schienen und viel klarer wiedergaben, was ihn bewegte.

Der Wald horchte auf, die Buchen neigten sich herab, die Quelle verstummte.

Sein Lied war wundervoll. Zutiefst traurig, aber wundervoll. Und ein Teil seines Herzens, der Teil, der den Gesang liebte, begann es zu genießen. Nell. Er trauerte immer noch. Aber er lauschte auch. Und begann sich – unmerklich erst, dann immer sehnsüchtiger – in die Klänge aus seiner eigenen Kehle zu verlieben, die seinen Schmerz nachformten und ihn in solcher Perfektion wiedergaben.

Er war hingerissen. Von sich selbst. Von der Gabe seines Gesangs.

Schändlich. Ein Stich seines Gewissens traf sein Herz, aber er konnte nicht verhindern, dass er immer inniger, immer entzückter der Musik, dem Auf und Ab aus seinem eigenen Brustkorb lauschte. Es ging nun gar nicht mehr nur um Nell. Wenn er ihr Gesicht vor seinen Augen behielt, dann nur noch als Muse. Wie ein Ferkel, wie ein Narziss suhlte er sich in seiner eigenen Kunst.

Nell …

Nicht doch, wisperte die Quelle, die Mutter alles Kreatürlichen.

Nellie … Mack stockte. Er suchte das Loch, aus dem das Wasser quoll. Es war so dunkel geworden, dass er es kaum finden konnte. Aber er spürte es wie ein Auge, das ihn beobachtete. Ein Auge aus Finsternis, das dem gelben von Jerusalem verheerend glich. Mack setzte sich auf. Sein Mund war plötzlich trocken wie Sand unter der Sonne und er fühlte er sich besudelt, als hätte er sich über sich selbst erbrochen.

Unsicher stand er auf. Die Blätter fielen von ihm ab.

Es war Nacht geworden war und er hatte nichts davon gemerkt. Hinter den schwarzen Zweigen leuchteten Sterne. Seine Scham stieg, während er in die Richtung schwankte, in der er das Pferd zu sehen meinte.

Saladin wartete mit gespitzten Ohren und unruhigem Hufscharren vor einem Eibenstrauch.

Entgeistert ließ Mack die Finger über die roten Beeren gleiten. »Mist verdammter, sag, dass du davon nichts gefressen hast«, flüsterte er und schmiegte seine Wange gegen das weiche Fell des Pferdekopfs. Der Fuchs wieherte und stupste die Nase auf seine Schulter.

Es ging ihm gut.

»Es ist ihr Glück, dass sie nicht an jemanden wie mich geraten ist. Das ist ihr Glück«, murmelte Mack und kroch in den Sattel. Sein Hirn war so leer wie ein ausgeblasenes Ei. Er hatte etwas Schreckliches getan, das tiefste Verachtung verdiente, auch wenn es keinen Namen dafür gab.

13. Kapitel

Über dem Zypressenwald kräuselte sich schwarzer Rauch, der bis hinauf in den Frühlingshimmel stieg, wo er sich in den plusterigen weißen Wolken auflöste. Es roch nach Verbranntem, und Konrad Dors, der sich eben noch unerquicklichen Erinnerungen hingegeben hatte, hob den kahlen Kopf und schob die Kapuze aus der Stirn.

Der Ritt über die Alpen war beschwerlich gewesen, selbst für ihn, der sich mit keinen Gebrechen abplagen musste wie die meisten im Tross des Königs. Sie hatten Worms zu einer Zeit verlassen, in der das Wetter noch unbeständig war, und die Alpenpässe hatten sie mit mehreren späten Schneestürmen überrascht. Zwei Männer hatten sich Knochen gebrochen, als ihre Pferde auf dem gefrorenen Matsch der Pässe ausgeglitten waren, einem musste der Fuß amputiert werden und fast alle hatten Prellungen und Schürfungen davongetragen. Aber jetzt lagen die sanften Hügel von Cividale vor ihnen, die Sonne schien, die Temperaturen waren frühlingshaft – und es roch nach verbranntem Fleisch.

Dors' Augen bewegten sich zur Spitze des Trosses, wo der König auf seinem Schimmel mit dem blaugoldenen Geschirr den Zug anführte. Direkt hinter ihm schaukelte der Reisewagen, in dem die schöne Agnes mit ihren Frauen durchgeschüttelt wurde. Die Prinzessin war einer ihrer Begleiterinnen beraubt worden und Dors fragte sich nicht zum ersten Mal, welche Gelüste oder Geschäfte Lilith wohl von der Seite des Mädchens vertrieben haben mochten. Er bezweifelte allerdings, dass er es je erfahren würde. Lilith war unstet wie ein Schmetterling.

Agnes hatte sich mit dem Verlust ihrer fröhlichen Unterhalterin bereits abgefunden. Heinrichs Entschluss, sie mit sich über die Alpen zu nehmen, war so plötzlich gekommen, dass Liliths leiser Abschied in der Aufregung untergegangen war. Die Wahl der Kleider, des Schmucks ... zu Pferd oder lieber im Wagen ... wie redet man den Kaiser an ... und was, *was*, wenn er zürnt ... Dors gestattete sich unter seiner Kapuze ein Lächeln. Tatsächlich fand er Heinrichs Idee, sein Liebchen seinem Vater unter die Augen zu bringen, zum Totlachen komisch.

Der junge König war in so vielen Dingen ein Einfaltspinsel. Verführt? Jemanden wie Heinrich brauchte man nicht zu verführen. Man brauchte nur einen Köder hochzuwerfen – etwa einen indischen Baum, verpackt in eine reizende Geschichte – und schon stieß er begierig wie seine Falken darauf zu.

Dors blickte auf den Rücken des Königs, der sich im Tritt seines Pferdes hob und senkte. Er ahnte, dass ihn jetzt, so dicht vor dem Ziel, Furcht über sein impulsives Verhalten packte. Wahrscheinlich geisterten ein Dutzend Gründe durch seinen Kopf, mit denen er sich vor seinem kaiserlichen Vater rechtfertigen wollte, dass er ihm den Gehorsam verweigert hatte und dem Reichstag von Ravenna ferngeblieben war. Halbwegs gelten lassen konnte man nur einen: Die aufständischen Lombardenstädte hatten den deutschen Fürsten die Alpenpässe gesperrt. Aber die Eifrigeren unter ihnen waren dennoch gekommen – über den Seeweg und die Stadt Venedig.

Heinrichs wahrer Grund war Trotz gewesen. Und Furcht. Er hatte das deutsche Königtum durch die Anerkennung des Statutuum geschwächt und den Kaiser dadurch in die unangenehme Lage gebracht, Macht an die Reichsfürsten abtreten zu müssen, die er durchaus hätte halten können. Das allein war schlimm. Aber um allem die Krone aufzusetzen – wiederum erschien ein Lächeln auf Dors' blutleeren Lippen –, hatte Heinrich vor seiner Abreise aus Deutschland der Stadt Worms ihre alten, vom Reich zugebilligten Privilegien bestätigt und damit das gerade anerkannte Statutuum unterlaufen. Seinen Vater, der auf die Unterstützung der Reichsfürsten angewiesen war, hatte er somit erneut in eine peinliche Lage gebracht. Ihm schlotterten die Knie durchaus zu Recht.

Sie hatten das Zypressenwäldchen erreicht und ihr italienischer Führer bedeutete dem König, dass es schwierig werden könnte, den Reisewagen zwischen den dicht stehenden, kegelförmigen Bäumen hindurchzumanövrieren. Man hätte auf die Sänfte zurückgreifen und den Wagen auseinandernehmen können, wie schon so oft, aber Heinrich hatte keine Geduld mehr. Er gab einen scharfen Befehl, der über den ganzen Tross wehte, und der Zug setzte sich wieder in Bewegung.

Der Geruch nach Verbranntem wurde intensiver. Dors blähte die Nasenflügel. Auch die mit einer weniger feinen Nase Begabten schienen den Gestank jetzt wahrzunehmen. Er sah, wie Köpfe zusammengesteckt und getuschelt wurde. Heinrich stellte eine Frage an ihren Führer, die dieser mit einem Achselzucken und einem kurzen Satz beantwortete. Nervös warf der König einen Blick über die Schulter. Er war nicht der Einzige, der sich sorgte. Auch seine Ratgeber – allen voran Anselm und der Graf von Neiffen – würden dem Kaiser Antwort stehen müssen und Dors sah sie in heftiger Unterhaltung.

Der Führer rief etwas auf Italienisch. »Un attimo, per favore.« Hinter dem Wäldchen lag Cividale, die liebliche. Die letzte Station ihrer Reise, bevor sie Aquileja selbst erreichten, wo der Kaiser seinen Sohn und die deutschen Fürsten erwartete, um den Reichstag abzuhalten.

Plötzlich geriet der Tross ins Stocken. Dors konnte den Grund nicht erkennen, aber er sah, wie der König, der den Rand des Zypressenwaldes erreicht hatte, so heftig an den Zügeln zog, dass sein Pferd auf die Hinterbeine stieg. Der

Brandgeruch war zu einem widerlichen Gestank geworden, der jeden anderen Geruch überdeckte. Vor ihnen verkohlte Fleisch und durch die Zweige der Zypressen strich ein schauerlich-geisterhaftes Greinen, von dem man nicht sagen konnte, ob es einer menschlichen, tierischen oder völlig unirdischen Kehle entsprang.

Dors zog die Kapuze wieder über die Stirn. Ein wohliger Schauder packte ihn. Gespannt wartete er auf das Geschöpf, das hinter dem Wald, durch den sie ritten, offenbar so heftig litt, dass es keine Kontrolle mehr über seine Sprache hatte. Leiden war ein Stimulanz, das seinen müden Geist schneller erfrischte als Wein oder Essen oder Schlaf. Er spürte, wie sein Puls schneller klopfte, sein Blut sich erhitzte und ein heißer Strahl in seine Lenden fuhr. Voller Entzücken und gleichzeitig in Sorge, dass jemand ihm die Gefühle im Gesicht ablesen könnte, senkte er den Kopf über die Mähne seines Pferds. Ungeduldig wartete er, dass der Tross sich wieder in Bewegung setzte. Sie konnten hier schließlich nicht bis in die Ewigkeit ausharren – gleichgültig, welcher Anblick jenseits des Wäldchens auf sie wartete.

Heinrich trabte an.

Der Wald brach auf und vor ihnen lagen braune, krustige Felder, die auf das Einsäen warteten, unterbrochen von Wiesen, auf denen ein Teppich aus zartem Grün spross. Die Straße hatte sich hinter dem Wäldchen erweitert und Dors sah, dass sie erwartet wurden. Inmitten einer Schar blutrot gekleideter Ritter mit mehreren Wimpelträgern thronte in einer Sänfte ein alter Mann, der ihnen unbewegt entgegenstarrte. Sein kostbarer, mit Silberfäden durchwirkter Mantel wurde vom Wind aufgeblasen. Die Sonne brachte das Silber zum Glitzern, aber der Mann selbst regte sich nicht. Macht und Gelassenheit, dachte Dors, und ein neuer Schauder packte ihn.

Es war allerdings nicht dieser Mann, an dem sein Blick

schließlich haften blieb. Auf einem Brachfeld am Rand des Wegs erhoben sich fünf Scheiterhaufen. Der erste brannte lichterloh. An dem Pfahl in seiner Mitte hing in rußgeschwärzten Ketten die zusammengesunkene Gestalt eines Hingerichteten, von dessen Leib der bestialische Gestank ausging.

Auch auf den restlichen Haufen waren Männer angekettet, wenngleich man kaum noch von Männern sprechen konnte, denn ihre Glieder waren dermaßen verrenkt und gebrochen und ihre Kleider solch erbärmliche, blutdurchtränkte Fetzen, dass sie wie Vogelscheuchen wirkten. Aus ihren Mündern kamen die schauerlichen Laute, die Dors schon im Wald vernommen hatte.

Er drängte nach vorn – augenscheinlich aus Sorge um seinen Schützling, in Wahrheit aber, um dem Leiden so nah wie möglich zu kommen. Zudem war er neugierig und wollte kein Wort verpassen.

»Johannes, der Kaplan des Patriarchen von Aquileja«, verkündigte ein Mann neben der Sänfte, um zu erklären, wer hier zu ihrem Empfang bereitstand, und der greise Mann geruhte endlich zu tun, was schon längst hätte passieren sollen: Er winkte mit der Hand und ließ sich von seinen muskulösen, schwarzhäutigen Dienern dem König entgegentragen.

»Vergebt einem alten Mann seine schwachen Glieder, mein Herr.« Johannes lächelte mit seinen schwarzen Zahnstummeln. Der eingefallene Mund mit den strahlenförmigen Runzeln machte ihn alt, aber seine Stimme war die eines Jünglings. Er deutete auf die Trage. »Ich hätte Euch gern ein höflicheres Willkommen entboten.«

»Es ist höflich genug. Nur … ein wenig sonderbar gestaltet.« Der König antwortete in fließendem Latein, was für seine sorgfältige Erziehung sprach, aber sein Gesicht war versteinert. Er konnte die Abscheu kaum verbergen, die er empfand.

Langsam, als hätte er die Scheiterhaufen erst jetzt entdeckt, drehte der Kaplan des Patriarchen den Kopf. Er hob den Arm – und zu Heinrichs und seiner Männer Entsetzen wurde der nächste Holzstapel in Brand gesteckt. Der Henker musste den Holzstoß mit Öl getränkt haben, denn die Flammen schossen sofort in die Höhe und versengten die aufheulende Gestalt.

»Wir entsprechen ihren Wünschen, den Wünschen dieser bedauernswerten Geschöpfe«, bemerkte der Greis mit unbewegtem Gesicht. »Häretiker. Ketzer. Patarener … Sie haben sich nach dem Feuertod gesehnt, weil er sie ihren verwirrten Ansichten nach direkt in die Seligkeit befördert.« Ein mildes Lachen – auf was für Dummheiten die Menschen kommen! – begleitete seine Erklärung.

Ein Windstoß ließ die Flammen auflodern, fetter, schwarzer Rauch stieg auf und das Jammergeschrei ebbte ab. Aber nur, um sofort durch neues Geheul ersetzt zu werden, als sich der Henkersknecht mit seiner Fackel dem dritten Holzstoß näherte.

»Ich kann nicht sagen, dass mich dies Schauspiel ergötzt.« Heinrichs harte Maske bekam Risse. Es war nicht nur Mitleid oder Ekel. Dors war überzeugt, dass dem König mittlerweile die Angst in alle Gliedern gefahren war und er verzweifelt überlegte, was die Demonstration zu bedeuten habe.

Neben ihm saß der junge Sänger zu Pferd, den er sich in seine Kammer holte, wenn ihm und Agnes nach Liebesgesäusel zumute war. Der Junge gönnte sich, was der König nicht tun mochte – er blickte zur Seite und es hätte Dors nicht gewundert, wenn er aus dem Sattel gekippt wäre, bleich, wie er war.

»Euer Vater, dessen Verstand und Weitsicht jedes Herz erstaunt, hielt es für ratsam, Euch die Klugheit seiner jüngsten Gesetzgebung vor Augen zu führen«, bequemte der greise Johannes sich endlich zu einer Erklärung. »Die Ketzer entwickeln sich in Italien zum Ärgernis. Sie beleidigen nicht nur die Ehre des Allerhöchsten und der Heiligen Kirche – sie besudeln den Glanz ihrer ewigen kaiserlichen Majestät, indem sie die Ordnung ihres Reiches stören. Friedrichs Ketzergesetze verfolgen die Heillosen mit der Härte, die ihnen gebührt, und er wird sie in kürzester Zeit wie Ungeziefer ausgerottet haben.« Sein dürrer Arm hob sich und der vierte Stoß wurde in Brand gesetzt.

Dors sah, dass der Sänger seine Zügel fahren ließ. Er hatte die Augen geschlossen, hielt sich am Zwiesel des Sattels fest und hätte sich sicher gern die Ohren zugehalten. Ein Schwächling, ein Versager ohne Nerven. Ihn leiden zu sehen, im Verein mit den Gemarterten, tat Dors so wohl, dass er seufzte. Er hatte keineswegs vergessen, dass es gerade dieser Junge gewesen war, den er in seiner ersten Nacht in Nürnberg zum Zeugen der eigenen Schwäche gemacht hatte. Seine Qual war Balsam auf der Wunde seiner gekränkten Eitelkeit.

»Ich habe es gesehen, es ist gut. Nun lasst uns aufbrechen, damit wir den Kaiser nicht länger als nötig warten lassen.«

»Es hat keine Eile«, antwortete der Alte dem König. Sein Lächeln bekam etwas Diabolisches und einen Moment lang hatte Dors das frappante Gefühl, in einen Spiegel zu blicken. »Unsere Majestät hat Anweisung gegeben, dass sein Sohn, der deutsche König, sein Lager in Cividale aufschlagen wird. Er soll dort warten und sich in Geduld und Gehorsam üben, und zwar …« Der Greisenmund entspannte sich, der Mann lächelte. »So lange, bis es unserem Herrn erquicklich scheint, ihn rufen zu lassen.«

Dass der letzte Holzstoß entflammte, bekam Heinrich nicht mit, so entsetzt war er. Seine Haltung schwand und einen Moment sah er aus wie das, was er in Konrad Dors' Augen war: ein zu Tode erschrecktes Kind.

Dors fühlte eine leichte Beunruhigung in sich aufsteigen. Die Memmenhaftigkeit des Kaisersohns kitzelte seinen Nerv fürs Komische. Er konnte jedoch keinesfalls dulden, dass

Heinrich sich seinem Vater womöglich aus lauter Angst widerstandslos unterwarf.

Als er den König ansah, streifte sein Blick erneut den Sänger. Thannhäuser. Ein sonderbarer junger Mann. Er sang für den König, und zwar auf so betörende Art, dass selbst Dors sich dem Zauber nicht immer hatte entziehen können. Doch er tat es mit Widerwillen. Plötzlich wunderte Dors sich darüber. Ein Sänger, der seine eigenen Lieder nicht hören wollte?

Über dem Rätsel vergaß er einen Moment sogar die sterbende Kreatur am Pfahl. Er nagte an seiner blutleeren Lippe und entschloss sich, dafür zu sorgen, dass der Junge dem König am Abend vorsang. Zu einem doppelten Zweck: Das Lob der Liebe würde Heinrich den Mut zurückgeben, der ihm im Moment so gründlich abhanden gekommen war. Und er selbst hätte Gelegenheit den Sänger zu studieren. Etwas stimmte nicht mit diesem heranblühenden jungen Burschen und Dors wunderte sich, wie ihm das bisher entgehen konnte.

Der Ketzer verstummte. Die Leichen brannten noch, aber die Qual hatte ein Ende. Man hatte das Feuer zu heftig entfacht – was eine Gnade war oder der Wunsch des Alten, sich nicht im Übermaß durch das unbequeme Sitzen zu strapazieren. Der Kaplan gab einen Befehl und der Tross setzte sich wie ein Tausendfüßler wieder in Bewegung.

Bald erreichten sie Cividale mit seinen Türmen und der rötlichen Mauer. Volk sammelte sich am staubigen Straßenrand, um den Sohn des Kaisers zu begaffen. Das übliche Lärmen und Staunen. Dors hatte keinen Blick dafür. Er grübelte noch immer über Thannhäuser.

Sie erreichten das Haus des Patriarchen. Als sie in den gepflasterten Hof einritten – ein Quadrat zwischen Gebäuden aus rotem Sandstein, das in der Mitte mit einem Beet voll üppig blühender Frühlingsblumen geschmückt war –, hatte Dors eine Eingebung. Er trieb sein Pferd in die Nähe der

Stallungen, wo die Mohren gerade die Sänfte des Kaplans absetzten.

»Verzeiht, Bruder.«

Der Kaplan hatte sich von seinen bequemen Polstern erheben wollen. Nun richtete er seine schillernden schwarzen Augen – Augen wie Vogelbeeren, dachte Dors – auf den Bittsteller.

»Es ist mir ein Anliegen Euch meine Hochachtung auszusprechen für den … den Eifer, den Ihr zur Rettung des Glaubensfriedens in diesem Land ausübt. Ich bin beeindruckt.«

Entgegen Dors' Erwartungen stand im Gesicht des Kaplans eine plötzliche Spannung. Er hatte befürchtet, dass der Mann ihn als Lobhudler abwimmeln würde. Sicher waren es nicht seine ausgewaschenen, staubigen Kleider, die ihn beeindruckten. Möglicherweise … hatte er vielleicht selbst das Gefühl, sich plötzlich in einem Spiegel zu sehen?

»Wenn sich zur Mühe der Arbeit die Freude an ihren Früchten gesellt …«, der Alte grinste dünn, »… bedarf der Eifer keines Lobes.«

Dors nickte. Er wusste nicht, was ihn trieb. Der Sänger beunruhigte ihn, und er handelte intuitiv. Und da ihn sein Instinkt oft genug gerettet hatte, vertraute er ihm. »In Deutschland bedrückt uns eine ähnliche Gefahr«, murmelte er. »Nur fürchte ich, dass unsere Hirten in ihrer Milde und Güte möglicherweise unterschätzen, welche Gefahr von der Seuche der Häresie ausgeht. Es steht mir nicht zu, darüber zu urteilen, aber Ihr begreift sicher, wie es mich freut, wenn ich die Entschlossenheit sehe, mit der hier dem Bösen begegnet wird. Unser Kaiser ist ein großer Mann.«

»Ein wahrhaft großer Mann.« Bezog sich die Ironie auf die plumpe Schmeichelei?

»Und es ist nicht nur Häresie. In Deutschland munkelt man von … Dämonen. Zauberern. Erdgeistern. Von Geschöpfen der anderen Welt, deren Machenschaften so leicht in Vergessenheit geraten, weil sie nach ihren Untaten wie Schatten in den Hügeln verschwinden und ihre bösartigen Werke mit größtem Geschick verbergen. Und doch werden Säuglinge gestohlen oder vertauscht, Schwangere von sonderbaren Träumen gequält, Männer in Hügel gelockt und von wollüstigen Wesen umgarnt, deren zauberische Gesänge …«

»Ammenmärchen vielleicht?«, unterbrach Johannes ihn ironisch, aber sein Interesse war keineswegs erloschen.

»Ammenmärchen – gern würden wir das glauben. Doch hat nicht Papst Gregor selbst die *incantatores* – die dämonischen Sänger und ihre Lieder – in seiner *Epistola ad universos optimates et populum provinciarum Germaniae* angeklagt? Hat die Heilige Kirche nicht auf immer neuen Konzilien die *carmina diabolica* gebrandmarkt und ihre Bekämpfung gefordert? Hat Adam von Bremen nicht das gräuliche Treiben bezeugt und verdammt? Gilt nicht … der Leibhaftige selbst ein vorzüglicher Spielmann?«

Der Kaplan erforschte Dors' Miene und Dors fühlte sich wie eine Assel, die unversehens ins Licht geraten ist und nicht weiß, wohin sie sich retten soll. Er brauchte seine ganze Selbstbeherrschung, um nicht nach der Kapuze zu greifen.

»Vielleicht …«, bat er, »würdet Ihr gelegentlich Zeit für eine Unterhaltung mit mir erübrigen?«

Johannes lächelte. »Die Geschöpfe der anderen Welt, ja?« War es ein spöttisches Lächeln? Jedenfalls neigte er den Kopf, entblößte ein zweites Mal seine Zahnstummel und murmelte eine Bestätigung.

Schön, das war geregelt. Wahrscheinlich war es eine überflüssige Sorge. Wen interessierten Gesänge, seien sie nun dämonischen oder natürlichen Ursprungs? Wenn alles gut lief, wenn der König tat, wozu er vorgesehen war, wenn sich endlich all das Getue um Agnes auszahlte – dann würde der weiße Stern vom Himmel stürzen. Und nichts würde mehr eine Rolle spielen.

14. *Kapitel*

Der Patriarch von Aquileja war ein umgänglicher Mann, dem es sichtlich auf die Nerven ging, einen Gast unterhalten zu müssen, von dem er selbst nicht wusste, ob er ihm Freundlichkeit oder kühle Reserviertheit entgegenbringen sollte. Seit zwei Wochen ließ der Kaiser seinen Sohn in Cividale warten und auf die einzige Anfrage, die Heinrich ihm zu senden gewagt hatte, war eine so bissige Antwort gekommen, dass sie nicht über des Königs engsten Kreis hinaus bekannt geworden war.

Das Essen, das am Sonntag nach der Messe in den Räumen des Patriarchen stattfand, zog sich bereits über mehrere Stunden hin. Mack, der mit Gunther und anderen Rittern an einem der Seitentische saß, sah, dass Heinrich in den exquisiten Speisen nur stocherte. Er selbst hatte auch keinen Appetit. Ihm war aufgefallen, dass längst nicht mehr alle deutschen Ritter an den gemeinsamen Mahlzeiten teilnahmen. Die großen wie Anselm, die bei dem König ausharren mussten, weil sie seine Entscheidungen beeinflusst hatten, waren noch da. Die treuen, wie Gunther. Und die einfältigen, die sich vom Sog der Ereignisse mitreißen ließen, als wären sie unfähig ein Glied zu rühren.

Der König hat mit seinem Schwert meine Schulter berührt, was ihn weniger Kraft gekostet hat, als jetzt seinen Becher zu heben, dachte Mack. Dafür habe ich ihm das Leben gerettet. Wir schulden einander nichts. Und trotzdem saß er an der Tafel des Patriarchen, statt sich wie viele andere vorsichtig aus der Schusslinie zu bringen.

Mack sah, wie ihr Gastgeber sich rülpsend erleichterte. Bedauernd blickte der Patriarch auf die dampfende Fleischplatte mit den kandierten Feigen, die durch eine Tür an der Stirnseite des Saals zu seinem Tisch getragen und ihm zur Ansicht vorgehalten wurde. Der dünne Damaststoff spannte sich über seinem Bauch. Er war nicht nur ein Feinschmecker, sondern auch ein Vielfraß. Aber scheinbar war sein Magen bis ans Ende der Speiseröhre zugestopft. Träge klatschte er in die fetten Hände. »Musik!«

Es spielte ein Alta-Ensemble aus drei Trompetern, vier Pfeifern und zwei Posaunisten. Sie brachten einen reinen und vor allem nicht zu lauten Klang zustande, aber der Patriarch winkte schon nach wenigen Tönen ab. Gestenreich erklärte er dem König etwas auf Italienisch, was Mack nicht verstand. Er hörte nur, wie sein Name fiel.

Missmutig stocherte Mack in der breiartigen, himbeerroten Süßspeise, die nach Zimt und Zitrone roch. Seine Laute lag in dem Zimmer, das er mit den anderen Rittern teilte, aber das würde ihm kaum helfen. Der Patriarch war ein Mann, der die Musik liebte. Er hatte ihn singen hören, als es Heinrich noch darum gegangen war, seinen Gastgeber zu beeindrucken. Er hatte Macks Gesang gemocht und als er herausfand, dass der junge Sänger sich auf die Kunst des Notenlesens verstand, hatte er ihm Notenblätter in der plumpen römischen Quadratnotation in die Hand gedrückt, mit der Bitte, zwei Lieder, die ihm besonders ans Herz gewachsen waren, zu lernen. Nun schien er auf das Ergebnis dieser Mühen erpicht zu sein.

Ein niedlicher Page mit wilden schwarzen Locken drängte sich zwischen die Tische, aber offenbar hatte er den falschen Mann im Visier, denn er landete in der gegenüberliegenden Ecke des Saals.

»Ich bin müde. Ihr verzeiht.« Der König erhob sich und schob seinen Stuhl zurück. Sein Ärmel streifte die Fleischplatte und schob sie bedenklich an die Tischkante, dann knallte sein Ellbogen dem Patriarchen ans Ohr. Der fette

Mann verzog das Gesicht. Genau, wie die Gerüchte sagten: Der deutsche König war ein Flegel ohne Manieren, und fraglos für seine demütigende Situation selbst verantwortlich.

»Ihr wollt Euch jetzt schon zur Ruhe begeben?« Er sah aus dem hohen Fenster, das den Blick auf einen wunderschönen Blumengarten freigab. Warmes Nachmittagslicht überflutete die Frühlingsblüher.

»Um zu ruhen, bin ich offenbar hier«, erwiderte Heinrich bitter. Sein Gastgeber sah das Gespräch in Untiefen abgleiten und verkniff sich jede weitere Bemerkung. Schweigend schaute er zu, wie der König Agnes seinen Arm bot und mit ihr die Tafel verließ. Heinrich machte einen Umweg, der ihn an Macks Tisch führte.

»David hat für Saul gespielt, wenn ihn die bösen Geister plagten. Was ist? Hast du ein ebenso großzügiges Herz wie der Sänger Israels?«

Mack erhob sich. Er hatte nicht die geringste Lust zu singen, aber noch weniger wollte er seinen König vor den interessierten Italienern gedemütigt sehen.

»Und Ihr, Waffenmeister? Wärt Ihr bereit, heute Nacht über die Ruhe Eures Königs zu wachen?«, fragte Heinrich Gunther, weil der ihm zufällig vor der Nase saß. Seine Ritter wachten nach einem ausgeklügelten Plan über ihn. Er brauchte niemanden um den Wachdienst zu bitten. In Macks Ohren klang die Frage unangenehm nach Selbstmitleid. Er ärgerte sich sowohl über den König als auch über den Patriarchen, der sich das deutsche Palaver übersetzen ließ und hinter der fetten Hand grinste.

Der Weg zu Heinrichs Zimmer führte über eine Treppe hinauf und einen schmalen, dielenbelegten Flur entlang. Sein Raum war nicht nur armselig, er war regelrecht schäbig eingerichtet, zweifellos ebenfalls auf Befehl des Kaisers. Ein Spannbett mit einer dünnen Matratze. Eine Truhe mit Kleidern, die der König selbst mitgebracht hatte. Eine Messingschüssel mit

Rasiermesser und billiger Sodaseife zum Waschen. Ein Spiegel. Kerzen auf schmucklosen Dornen. Das Bettzeug roch nach Essig und Koriander, was darauf schließen ließ, dass der Patriarch seinen Gast zumindest vor Flöhen und Wanzen bewahren wollte. Aber es gab weder Teppiche noch irgendwelchen Zierrat an den schlichten, geweißten Wänden. Heinrich wies Agnes einen Platz auf dem Bett zu, lehnte sich ans Fenster und wartete darauf, dass sein Sänger die Laute holte.

Als Mack wiederkehrte, hatte sich der Raum gefüllt. Die Männer, die Heinrich die Treue hielten, waren nachgekommen, aber es waren schmerzlich wenige. Der König flüsterte mit Robert von Bolanden, Agnes ließ sich von ihrer Milchschwester ein juwelenfunkelndes Armband um das Handgelenk binden, bei dem scheinbar der Verschluss klemmte.

»Mack?« Heinrich sah auf. »Spiel. Egal, was. Nur mach dieser verdammten Stille ein Ende.«

Mack nickte und stimmte seine Laute und einmal mehr fiel ihm auf, dass er sie wie einen geliebten, aber nicht besonders vertrauenswürdigen Freund behandelte. Dass er die ganze Musik so behandelte. Er hatte sich niemals wieder so schrecklich aufgeführt wie damals im Wald, als er von Nells Heirat erfahren hatte. Doch manche Lieder bewegten ihn mehr, als gut war. Und dann kam es ihm vor, als würde nicht er seinen Gesang vortragen, sondern umgekehrt die Lieder ihn benutzen, um ... Es war suspekt. Gespenstisch. Beschämend. Nichts, worüber er gern nachdachte.

In einer Gesellschaft wie dieser hier zu singen machte ihm allerdings nicht viel aus. Jeder war mit sich selbst beschäftigt, kaum einer hörte zu. Er konnte seine Gedanken wandern lassen. Er konnte versuchten, die Gespräche der Umstehenden mitzuhören, auch wenn es einige Konzentration erforderte. Es war überhaupt nicht nötig, dass er sich mit seinen eigenen Liedern befasste. Schlimmer war es, in die Stille hinein zu singen, wenn jeder Ton Raum bekam, sich zu entfalten und sich in seinem Herzen als gewaltiges Gefühl breit zu machen. Wie ein Tier, dachte Mack, und musste wieder an die Quelle denken. Oder weniger als ein Tier, denn Tiere behielten zumindest ihre Würde, wenn sie ihren Instinkten folgten.

Er schüttelte den Kopf, als könne er seine Gedanken wie lästige Fliegen verscheuchen. Er hatte einige italienische Lieder in diesem merkwürdigen Landesdialekt aufgeschnappt und gab sie wieder, ohne ihren Sinn zu verstehen.

Die Männer unterhielten sich noch eine Weile, aber bald begann der Raum sich, viel zu früh für die Tageszeit, zu leeren. Heinrichs schlechte Laune trieb die Leute hinaus. Der König hatte sich auf die Fensterbank gesetzt, die Leibung im Rücken und die Knie angezogen, und starrte in den Garten hinaus. Nur noch ein Dutzend seiner hartnäckigsten Getreuen harrten bei ihm aus und bemühten sich, die gedrückte Stimmung zu überspielen. Agnes lachte über etwas, was einer der Herren zu ihr sagte. Viel zu laut und schrill, dachte Mack. Der König zuckte zusammen.

Dann flog die Tür auf.

Die Gespräche verstummten. Nicht schlagartig, sondern eins nach dem anderen, so wie die Männer sich umwandten.

Mack erkannte den Kaiser, weil er ihn schon oft gesehen hatte, aber er war sicher, dass auch jeder andere Mann im Raum begriff, wer von dem buckelnden Patriarchen durch die Tür geleitet wurde. Friedrich glich seinem Sohn auf frappante Weise. In der Farbe des Haars. Im Blitzen der Augen, in denen eine unheilvolle Leidenschaft glühte. In der überaus korrekten, geraden Haltung. Von hinten hätte man die beiden verwechseln können. Nur in einem unterschieden sie sich – Friedrichs Auftreten war das eines Gottes.

Die Männer sanken auf die Knie, Mack mit Verspätung, weil er seine Laute beiseite legen musste. Heinrich dagegen stand wie vom Donner gerührt. Erst als sich die Stille um ihn in die Länge zog, begriff er, was geschah, und ließ sich auf sein rechtes Knie herab, ohne allerdings den Kopf zu senken. Das brachte er nicht fertig.

Friedrich, der die ganze Zeit stumm gewartet hatte, ging zum Fenster, wo er stehen blieb und in den Garten hinuntersah. Sein Sohn kniete so dicht bei ihm, dass er ihn mit der Hand hätte berühren können, aber er machte keinerlei Anstalten, ihn oder sonst jemanden aus der unbequemen Stellung zu erlösen.

»Mein Vater …«

Keine Reaktion.

»Mein Vater, es ist gütig von Euch, zu kommen.«

Im Garten sang ein Hänfling. Sein aufgeregtes *Djek-djek*, das dem Nest oder einem Leckerbissen unter einem Stein gelten mochte, füllte den Raum. Das Weibchen antwortete. In irgendeinem Teil des Palastes lachte jemand und etwas Blechernes fiel zu Boden. Endlich, nach einer quälend langen Zeit, löste Friedrich sich vom Fenster.

»Ja, das ist es.«

Die wenigen Worten waren kälter als die kälteste Nacht ihrer Reise. Er entfernte sich ein Stück von seinem Sohn, um ihn dann in Augenschein zu nehmen, wie man vielleicht ein exotisches Tier betrachten würde.

Mack kniete in einem Winkel, der ihm Heinrichs Gesicht im Profil zeigte. Er merkte, wie seine Kinnmuskeln sich spannten, was Friedrich zweifellos ebenfalls auffiel. Der Kaiser lachte. Ein kurzer, böser Laut.

»Ja, ich bin da – und du *endlich* auch. Wie gütig von dir, dass du dich für eine Weile von deinen deutschen Geschäften gelöst hast, die du so meisterhaft betreibst. Und wie *außerordentlich* gütig, dass einige Brosamen deiner Zeit auch deinem Kaiser zu Füßen fallen. Ich bin gerührt.«

Einen Moment war Heinrich fassungslos. »Ihr … ihr hättet mich dennoch nicht mit einem Wald aus brennenden Menschen begrüßen müssen.«

»Es hat dir nicht behagt, mein Sohn?«

»Ich …« Heinrich schluckte. Sein Adamsapfel rollte. »Es war unnötig, Herr. Es war … grausam …« Er unterbrach sich. In seinen Augen glänzten Tränen, von denen eine seine Wange hinabrann. Er merkte es nicht einmal.

»Meine Gesetze gefallen dir also auch nicht?«

»Ich wäre nach Ravenna gekommen, wenn die Lombarden nicht die Pässe gesperrt hätten. Ich wollte. Ich wollte es. Es war nicht meine …« Das ironische Gesicht seines Vaters ließ das Wort *Schuld* auf Heinrichs Lippen vertrocknen.

Vom Bett kam ein aufgeregter Hickser. Es war Agnes, die ihren Liebsten damit von der Aufmerksamkeit seines Vaters erlöste.

»Auch das stimmt also.« Der Blick, mit dem der Kaiser sie umfasste, war um keinen Deut milder. »Du bist also das Mädchen, die sich durch die Betten der deutschen Fürstenhäuser hurt? Agnes von Böhmen, nehme ich an?«

»Mein Vater … Herr …« Heinrich war blutrot angelaufen. Seine Lippe zitterte, und er hielt es auf den Knien nicht mehr aus. »Ihr habt das Recht, mich zu tadeln. Ich habe Fehler begangen. Auch wenn ich jung war und alles nur in der Hoffnung tat, durch meinen Einsatz Eure Gunst zu erreichen – tadelt *mich*. Aber ich kann nicht dulden …«

Keiner sah genau, wie es geschah. Der Kaiser hielt plötzlich eine biegsame, dünne Gerte in der Hand und zog sie im selben Moment seinem Sohn mit einem deutlich hörbaren Zischen quer über das Gesicht. Heinrich taumelte zurück und stieß mit dem Hinterkopf gegen die Kante der Fensterleibung. Er preßte die Hand an die Wange, durch seine Finger tropfte Blut, das ihm in den Ärmel sickerte und in dicken, roten Tropfen die Dielen bekleckerte.

»Gibt es sonst noch etwas, worüber du dich beklagen willst, Sohn?«

Friedrichs Hand zitterte, was man an der Spitze der Gerte

sehen konnte, die er immer noch in der Hand hielt. Nur eine dünne Schicht Selbstbeherrschung trennte ihn von einem Wutausbruch. Mack dachte an die Gemarterten von Gaeta und wünschte sich unsichtbar zu werden. Er senkte den Blick zum Dielenboden der Kammer wie jedermann, der an seinem Leben hing.

Wie fast jeder.

»Es gefällt Euch nicht, wie ich meinen Sohn züchtige, Herr?« Der Kaiser ließ von Heinrich ab und bewegte sich auf jemanden in Macks Rücken zu. Mack nahm an, es wäre der Patriarch oder vielleicht Anselm, der eine Miene verzogen hatte, aber die Antwort kam von anderer Seite.

»Alles hat ein Maß, kaiserliche Majestät«, hörte er Gunthers trockene Stimme.

»Und das ist überschritten?«

Gunther schwieg. Ein Selbstmörder war er nicht. Er kniete vor dem Kaiser, wie es sich gehörte. Aber sein nach hinten gebogener Hals drückte keine Ergebenheit aus. Und er hatte – wie Mack aus den Augenwinkeln sah – noch immer nicht begriffen, wie unhöflich es war zu starren. Unbewegt blickte er dem Kaiser ins Gesicht.

»Ich habe also das Maß überschritten?« Ein federstrichdünnes Lächeln trat auf Friedrichs Lippen. Er wandte sich ab. »Ist das auch deine Meinung, mein Sohn?« Heinrich presste sich die Hand auf die blutenden Wange, war aber klug genug zu schweigen. »Gut, dann nur das Wenige, das noch zu besprechen ist. Der Reichstag wird von Aquileja nach Cividale verlegt. In zwei Tagen wirst du vor die deutschen Fürsten treten und sie anrufen, sie an*flehen*, dass sie vor dem Kaiser für dich sprechen, damit du seine Gnade wiedererlangst. Du wirst den Fürsten einen Schwur ablegen, das Statutuum in Zukunft zu ihren Gunsten zu achten. Du wirst sie bitten, dich als Rebellen zu behandeln, solltest du erneut in Ungehorsam verfallen. Und du wirst in ihrer Gegenwart ein Schreiben aufsetzen, in dem du den Papst ersuchst, dich ohne weitere Warnung zu bannen, solltest du diese Schwüre brechen. Hast du das verstanden?«

Friedrich hätte das Schweigen als Antwort nehmen können, oder zumindest das Nicken, aber er wartete, bis sein Sohn ein deutliches »Ja, Herr« herausbrachte.

Als der Kaiser das Zimmer verließ, fiel Macks Blick auf Konrad Dors, der neben Johannes, mit dem er sich scheinbar angefreundet hatte, bei der Tür stand. Der Kaplan lächelte, Dors Züge waren regungslos. Dennoch kam es ihm vor, als trügen sie beide das gleiche zufriedene Gesicht.

Der Rest des Abends verging mit aufgelösten Beratungen. Der Graf von Sayn sprach von Ehre und Mut und erntete von seinen älteren Standesgenossen gereizte Blicke. Robert von Bolanden riet dem König, sich in Würde ins Unvermeidliche zu schicken und in einem günstigeren Augenblick das Herz seines Vaters zu erweichen. Anselm erklärte jedes Aufmucken für selbstmörderisch. Er musste es am besten wissen, er hatte Friedrich persönlich gedient.

Agnes ließ sich von ihrer Milchschwester eine bläuliche Salbe bringen, die sie auf die Wange des Königs auftrug. Sie ging dabei mit äußerster Zartheit vor, und es war gewiss nicht ihre Schuld, dass der König unvermittelt in Tränen ausbrach. Er nahm sie in die Arme, die Edlen blickten betreten auf den Fußboden und die Wände und am Ende waren alle erleichtert, als Anselm die Initiative ergriff und ihnen winkte zu gehen. Nur er selbst blieb, außerdem Gunther, der sich immer noch als Wachposten verstand, Agnes mit ihrer Milchschwester und dem Beichtvater und Mack. Es lag nicht in seiner Absicht. Er wollte sich gerade mit den anderen durch die Tür stehlen, als der König ihn zurückrief. Ergeben drückte er sich in eine Ecke.

Anselm nahm Heinrich beim Arm und drängte ihn aufs

Bett. Er war ein vernünftiger Mann. Mit sachlichen Worten versuchte er ihm auseinanderzusetzen, worauf des Kaisers Zorn beruhte, wie man ihn einzuschätzen habe und was man dagegen unternehmen könne. Doch seine Mühe war vergebens. Mack sah die aufgewühlten Blicke, mit denen Heinrich seine Agnes bedachte, und ahnte die Flut an gekränkten Gefühlen, Zärtlichkeit und angstvollen Zukunftsvisionen.

»Geht, Anselm, lasst uns das morgen besprechen.«

»Ihr seid …«

»Geht!«, befahl der König.

Der Graf zupfte an seiner Lippe. Er sah selbst ordentlich mitgenommen aus. Schließlich entsprach er dem Befehl, nicht ohne Gunther beim Hinausgehen noch einen Blick zuzuwerfen, der alles Mögliche bedeuten konnte, wahrscheinlich aber hieß: Gib acht, dass hier nichts Dummes passiert.

»Sing, Thannhäuser.«

»Bitte? Ja, Herr. Welches …?«

»Über die Liebe, Mack. Über nichts anderes.«

Heinrich wälzte sich auf den Rücken und starrte die Holzdecke an. Agnes setzte sich zu ihm mit einem Gesicht wie die heilige Katharina vor ihrer Enthauptung. Alle warteten und Mack nahm widerstrebend die Laute auf. Er wählte keines seiner eigenen Lieder, sondern eine Weise des alten Stauferkönigs Heinrich, die er nicht besonders mochte.

»Ich grüße mit Gesang die holde Süße,
da ich sie weder lassen kann noch mag.
Dass ich sie mit dem Mund begrüßte,
darüber ging schon hin so mancher Tag …«

Die Worte waren blass, die Melodie zu verschnörkelt, um zu beeindrucken, und außerdem langweilig. Es war nicht das Lied, das etwas bewirkte. Es war nicht Mack, der angestrengt versuchte, an die schillernden Fliegen auf dem Pferdemist zu denken, an das Loch in seinem Bruoch, das gestopft werden musste, ehe er mit blankem Hintern dastand … Es war der König. Seine überwältigenden Emotionen füllten den Raum wie der Rauch eines schlecht ziehenden Kamins. Seine Liebe, seine Verzweiflung … Mack presste die Laute so stark an seinen Bauch, dass er kaum greifen konnte. Dennoch kamen seine eigenen Gefühle zum Vorschein und der König tat ihm so leid, dass es ihm das Herz zuschnürte. Man brauchte kein Prophet zu sein, um zu wissen, dass der Kaiser seiner Verbindung zu Agnes ein Ende setzen würde.

»Dass ich mich hingab ihr in inniglicher Minne
und seitdem sie in Herz und Sinne trage …«,

sang Mack, und es war nicht nur das Mitgefühl für Heinrich, sondern auch sein Kummer um Nell, der ihm die Tränen in die Augen trieb.

»… Was gibt die Liebste dafür mir zum Lohne?
Die Freundlichkeit erbot sie mir auf rechte Art.
Bevor sich sie verließ, verzicht ich eher auf die Krone …«

Jemand räusperte sich lautstark, und Mack sah zur Tür. Gunther hatte die Lippen nach innen gezogen. Sein Gesicht schwankte zwischen Abscheu und Ärger. Warum war er wütend? Vielleicht wegen des blödsinnigen Satzes über die Krone?

Mack brachte die Saiten mit der flachen Hand zum verstummen. Es war genug. Ihm tat vor Herzklopfen die Brust weh und Dors' ungläubiges Grinsen war ebenso unerträglich wie Agnes' Weinen und Gunthers Widerwille.

Dors war es dann auch, der das Schweigen brach. Der Mann, der bisher wie ein Luftzug gewesen war und sich nie zu etwas geäußert hatte, nahm Gestalt an. Mit einem Lächeln – als wäre es ihm ins Gesicht geknetet, dachte Mack – beugte er sich über den König. Gleichzeitig legte er die Hand auf Agnes' Schulter, welche sich erschöpft an die ausgewaschene Kutte lehnte.

»Der Kaiser ist erzürnt«, murmelte der Geistliche, »und seine Worte waren deutlich. Er … hat kein Verständnis für die Liebe. Ihr müsst das begreifen, Herr.«

»Ich werde ihn dennoch bitten, meine Ehe mit Margarete zu lösen«, erklärte Heinrich müde.

Dors' bedauerndes *Zzst* zischelte durch den Raum. »Mein König, wie könnt Ihr denken, dass er darauf eingehen wird? Er nahm vom erkaltenden Leib seiner toten Gattin den indischen Baum. Ein Mann, der so handelt – würde er mit den Gefühlen seines Sohnes barmherziger umgehen?«

Gunther sah nicht den König, sondern Mack an, mit Vorwurf im Blick. Siehst du, deine verdammte Singerei … Als hätte Mack es sich aussuchen können.

»Ich versuche es. Ich werde den Kaiser milde stimmen, indem ich mich nach seinem Wunsch vor den Fürsten in den Staub werfen werde«, sagte der König. Er sprach, ohne die Augen zu öffnen. Nur Agnes' Aufschluchzen entlockte ihm einen erschöpften Blick.

»Ihr tut, was Euch das Herz eingibt, und es wird das Richtige sein«, stimmte Dors sorgenvoll zu.

Der Mann ohne Passionen sprach zu viel von Herzen und Gefühlen. Selbst wenn er Recht hatte – Honig über Mist und Dreck, dachte Mack und verzog angewidert das Gesicht. Gerade in diesem Moment drehte Dors sich zu ihm um. Und für den Bruchteil eines Augenblicks erkannte Mack in den blassblauen, staubigen Augen nackte Feindschaft.

Der Festsaal des Patriarchen war nicht zu vergleichen mit den dumpfen, nasskalten Räumen der deutschen Königspfalzen. Die Fenster reichten vom Boden bis zur Decke. Sonnenlicht ließ den mit grünblauen Mosaikornamenten überzogenen Fußboden aufglänzen. Mosaike auch an den Wänden. Weiße Mamorsäulen. Ein Kranz aus weißem Stuckrankenwerk, der um den ganzen Saal lief. Und darunter, gleichmäßig an den Wänden verteilt, die machtvollen Statuen der zwölf Apostel, deren Kleider so natürlich fielen, dass man meinen konnte, sie wären aus Stoff. Manchem deutschen Ritter blieb vor Staunen der Mund offen stehen.

Jetzt, als ihr König sich vor dem Reichstag präsentieren musste, waren sie fast alle gekommen. Die linke Hälfte des Saals hatten die Italiener in Beschlag genommen, die rechte Hälfte ihre deutschen Gäste. In der Mitte thronte auf einem mit grünem Samt ausgeschlagenen erhöhten Stuhl der Kaiser. Ein Stück von ihm entfernt saß, auf einem einfachen Holzstuhl, sein Sohn, der König.

Die Versammlung dauerte schon geraume Zeit. Friedrich war erst auf die in Melfi gegebenen Konstitutionen eingegangen, die den Staat zentralisieren und neu organisieren sollten, und dann auf die Ketzergesetze. Als Ketzer galten vor allem die Lombarden, die damit, dass sie Patarener und Katharer in ihren Mauern duldeten, nicht nur Gott und die Kirche beleidigten, sondern zugleich die Majestät des Kaisers. Wer auch immer der Ketzerei für schuldig befunden wurde, dessen Güter sollten eingezogen und dessen Ämter und öffentliche Ehren ihm genommen werden. Söhne, die den Unglauben ihrer Väter aufdeckten, durften auf die Gnade des Kaisers hoffen. Die Ketzer selbst aber mussten zur Reinhaltung des Glaubens verbrannt werden.

Die Stimmung war gedrückt, als der Kaiser seinen Willen erklärte hatte. Die deutschen Fürsten hatten zugehört, aber ihre Blicke schweiften immer wieder zum König, dem der Kaiser nun doch endlich die Teilnahme an diesem ungewöhnlichen Reichstag erlaubt hatte. Heinrichs Stolz hatte erfordert, dass er sich gebadet und ordentlich frisiert der Versammlung präsentierte. Seine Kleider waren aus teuersten orientalischen Stoffen und mit dem deutschen Adler geschmückt. Aber die Schmarre in seinem Gesicht, die in den vergangenen Tagen angeschwollen war und sich verfärbt hatte, machte seine Würde zunichte. Niemand im Saal zweifelte, wer die Ungeheuerlichkeit besessen hatte, den deutschen König zu schlagen.

»... wünscht mein Sohn, zu den Fürsten seines Reiches zu sprechen.« Mack zuckte zusammen. Er stand unbequem an der Wand, in Gemeinschaft der anderen niederen Ritter. Doch jetzt vergaß er seine schmerzenden Füße.

Heinrich trat neben den Thron. Er vermied es, seinen Vater anzusehen, und sprach die Worte, die Friedrich ihm buchstäblich eingebläut hatte, so würdevoll wie möglich. Jeder Satz, der Schwur zur Einhaltung des Statutuum, das Versprechen des Gehorsams, kam deutlich über seine Lippen. Als er um die Fürsprache der Fürsten bat, konnte man mit dem jungen Mann nur noch Mitleid haben. Kaum jemand mochte ihm in die ernsten Augen sehen, und niemand sprach, als er geendet hatte.

Der Kaiser wartete, die kurzen, lebhaften Finger im Schoß gefaltet. Heinrich starrte blind geradeaus. Der Erzbischof von Köln brachte schließlich die Barmherzigkeit auf, sich zu erheben und im Namen der Anwesenden um des Kaisers Großmut für seinen Sohn zu bitten.

Nun war Heinrich wieder an der Reihe. Er diktierte einem konzentrierten, kurzsichtigen Mann hinter einem Pult den Brief an den Papst, den sein Vater verlangt hatte. Als er fertig war und sein Siegel auf alle Urkunden gedrückt hatte, die man ihm reichte, blickte er zum ersten Mal seinen Vater an.

»Ich habe eine Bitte an Euch zu richten.« Er trat vor den Thron und verneigte sich.

Mack legte die Hand vor den Mund und biß sich in den Handballen. Der Anblick schmerzte ihn so sehr, dass er sich abwandte und durch eines der Fenster auf die graugrünen Berge am Horizont sah. Der König sprach seine Bitte um die Scheidung von Margarete aus, und die sarkastische Antwort seines Vaters brach über ihn herein wie Säure.

»Scheidung einer Hure wegen? Ist das zu fassen? In Italien wird die Sturheit der Esel durch Schläge kuriert, aber mein Sohn scheint sie entweder an Einfalt oder an Halsstarrigkeit noch zu übertreffen …«

Mack starrte konzentriert auf die Berge, die Buckel bildeten wie die Dromedare, die er im Heiligen Land kennengelernt hatte. Er sah erst wieder nach vorn, als die Stimmen verstummt waren.

Heinrich saß wieder auf seinem Stuhl. Er war weiß wie der Stuck zwischen Wand und Decke, aber gefasst genug, um gerade zu sitzen. Dann bat der Bischof von Regensburg ums Wort und stellte eine Frage, die die Blutgerichtsbarkeit betraf. Die Versammlung nahm ihren Fortgang.

»Schläfst du, Mack?«

Ja, er hatte geschlafen, aber nicht besonders gut. Er erwachte aus einem Alptraum, in dem er sich die Hand vor den Mund gepresst hatte, um nicht zu singen – ohne Erfolg. Die Töne hatten Käfern geglichen, die über seine Lippen gekrabbelt waren und sich selbstständig gemacht hatten – er war von Herzen erleichtert, als er geweckt wurde. Tatsächlich lag eine Hand auf seinem Mund. Aber nicht seine eigene.

»Kein Geräusch, psst.«

Erst als Mack nickte, wurde die Hand zurückgezogen. Der Saal, in dem er schlief, war überfüllt und die Luft zum Schneiden. Es musste mitten in der Nacht sein, denn bis auf einen Kienspan neben der Tür war es stockdunkel.

»Komm mit.« Obwohl die Stimme wisperte, erkannte Mack sie. Er stöhnte innerlich und verwünschte sich, nicht im Garten geblieben zu sein, wo er den Abend auf einer Bank zwischen Pinienhecken verdöst hatte und ebenso die Nacht hätte zubringen können.

Leise stand er auf und bemühte sich, auf keinen der Schläfer zu treten. Trotzdem wurden ihm Murren und Flüche hinterhergeschickt, aber niemand hielt sie auf. Wieder jemand mit einer schwachen Blase, nicht der Aufmerksamkeit wert.

Macks Augen gewöhnten sich an die Dunkelheit. Er folgte dem Schatten des Königs durch einen Flur ins Freie hinaus. Sie landeten in einem Innenhof mit einem gemauerten Brunnen, in dessen Mitte eine Statue mit einer Krone aus gemeißelten Zweigen im Mondlicht tanzte.

»Mein König …«

»Psst. Wir haben es eilig.« Heinrich blickte sich um. Er schien allerdings selbst nicht genau zu wissen, wo er war, denn er zog Mack an den Rand des Hofs und lehnte sich an die Mauer.

»Der Kaiser wird Agnes in ein Kloster verbannen.«

»Ja, das … kann man sich vorstellen.«

»Sie wird dort sterben.«

Mack stand so dicht neben dem König, dass er fühlte, wie dessen Brust sich hob und senkte. »Sicher nicht, Herr«, versuchte er ihn zu trösten. »Die Klöster …«

»Ich meine, sie wird dort bleiben, bis sie stirbt. Und das ist so schlimm wie auf der Stelle tot. Es ist schlimmer …«

Und Nell würde bis zu ihrem Tod mit einem Mann verheiratet sein, der es nicht mochte, wenn man sie besuchte. War das nicht ebenso tragisch?

»Was habt Ihr vor, mein König?«, fragte Mack.

»Nichts. Ich kann nichts tun.«

Genau. Ein Segen, dass er das wusste. Schatten zogen vor den Mond und die Tänzerin auf dem Brunnen verschmolz mit der Dunkelheit, aber nach kurzer Zeit tauchte die geflochtene Krone und die obere Hälfte ihres makellosen Gesichts wieder auf.

»Ich kann sie nicht vor dem Kloster bewahren, aber ich kann ihr etwas mitgeben.«

Mack schüttelte den Kopf, was in der Dunkelheit verborgen blieb. Eine böse Ahnung ergriff ihn. Allmächtiger, dachte er, bitte nicht aussprechen.

»Der Kaiser bewahrt seinen Reisealtar in der Hauskapelle auf. Ich weiß, wo das ist. Ich habe vor dem indischen Baum gekniet und gebetet. Ich habe die vergangenen zwei Nächte dort verbracht, Mack. Ich habe zu jedem gebetet, dem ein weiches Herz nachgesagt wird.« Es klang nicht zynisch, wie es bei dem Kaiser der Fall gewesen wäre, sondern zutiefst enttäuscht. »Die Madonna hat mich nicht erhört, und auch nicht der Herr. Aber der Stein der Liebe hat mir geantwortet. Wenn Agnes in einem Kloster begraben werden soll, dann zumindest mit dem Baum, der ihr meine Liebe versichert.« Er drehte den Kopf, so dass er Macks Gesicht in der Dunkelheit erahnen konnte. »Ist das zuviel?«

»Es ist … Wahnsinn, mein König.«

»Und hat sie weniger verdient, als … Wahnsinn?«

»Alles auf der Erde. Aber Ihr kennt den Zorn des Kaisers. Ihr habt ihn doch gerade erst gespürt. Ahnt sie … Agnes, was Euch im Kopf rumgeht?«

Mack hörte den König seufzen. Die Tänzerin konnte sich nicht entschließen, ob sie ins Reich des Lichts oder der Finsternis gehörte. Mal zeigte sie ihr hübsches Gesicht, mal verbarg sie sich.

»Ich habe es für eine gute Idee gehalten, dich um Hilfe zu bitten. Du bist der Einzige, der versteht, wie mir ums Herz ist. Niemand sonst würde mir helfen.«

Und ich werde es auch nicht tun, mein König, schwor sich Mack.

»Die Kapelle wird von Sarazenen bewacht. Sagt das nicht etwas aus? Dass der Kaiser ein Heiligtum seiner Kirche dem Schutz von Heiden anvertraut?« Heinrich wartete nicht auf eine Antwort. »Ich stehle nicht. Ich nehme mir nur zurück, was meiner Mutter gehörte.«

»Das wird den Kaiser besänftigen.«

Heinrich achtete nicht auf die Ironie. »Und ich hatte gedacht … ich hatte *gehofft*, dass du für mich an der Tür wachen könntest. Aber ich sehe ein, dass ich zu viel verlange.«

»Von Euch selbst zu viel. Friedrich wird Euch mit der bloßen Faust erschlagen, wenn er Euch erwischt.«

»Aber du wirst niemandem verraten, was ich vorhabe?«

Mack blickte starr geradeaus.

Er spürte mehr, als dass er sah, wie der König sich von der Mauer abstieß. Heinrich trug ein hellblaues Gewand, das sich deutlich gegen die dunklen Hauswände abhob. Ein prächtiger Dieb. Er stolperte über die Stufen, die ins Haus zurückführten, und hätte beinahe einen steinernen Geparden umgeworfen, der an der linken Seite der Treppe wachte.

Mack knurrte und beeilte sich, ihm zu folgen.

Die Kapelle des Patriarchen war mehr als eine Kapelle – es war eine richtige kleine Kirche. Sie wurde von einem Überfluss an Wachslichtern erhellt, die man selbst in der Nacht brennen ließ. Der Patriarch war ein reicher Mann. Sterne aus hauchdünnem Blattgold schmückten die dunkelblau gestrichene Decke und erweckten den Eindruck, als stünde man unter einem Nachthimmel von ganz besonderer Pracht.

Der Reisealtar des Kaisers befand sich auf einer mit blauem Brokat bedeckten Kiste vor dem Hauptaltar. Er wirkte in dieser Umgebung zwangsläufig ärmlich, denn seine kunstvollen Ebenholzschnitzereien fielen in der Dunkelheit nicht auf und die Farben der heiligen Bilder leuchteten nur in der Ecke, die von der Flamme des Hauptaltars erfaßt wurde.

Heinrich nahm eine Kerze aus einer Wandnische und näherte sich dem Altar seines Vaters. Sein Licht ließ einen Garten Eden aufleuchten, in dem eine rundliche Eva mit prallen

Kürbisbrüsten vor dem Baum mit der erstrebenswerten Frucht stand und die Hand ausstreckte.

Der Altar war in drei mal drei Quadrate aufgeteilt. In jedem war eine andere Szene abgebildet, aber Mack sah nur Eva und ihren Baum. Er war in der Tür der Kapelle stehen geblieben und beobachtete, wie der König scheu vor dem heiligen Kunstwerk niederkniete. Heinrich hob die Hand, aber es war, als fehle ihm plötzlich der Mut, die Frucht der Versuchung, die aus einem gelb strahlenden, tropfenförmigen Stein bestand, zu berühren.

Mack blinzelte und kniff die Augen zusammen. Heinrichs Flamme fiel direkt auf die Frucht und brachte sie zum Glühen, aber in diesem Moment kam es ihm vor, als sei es genau umgekehrt – als glühe das Juwel aus sich selbst und verleihe der Kerze damit einen unnatürlich hellen Glanz. Mack stand da und merkte, wie ihm plötzlich Schweiß aus jeder einzelnen Pore brach. Seine Nackenhaare sträubten sich. Die Ohren taten ihm weh, weil die Kapelle zu summen begann. Ihm drehte sich der Magen um.

»Tut es nicht, mein König«, sagte er laut.

Heinrich wandte kurz den Kopf, konzentrierte sich aber gleich wieder auf den Stein.

Der indische Baum bestand aus einem goldenen Stamm und einer zierlich verästelten Goldkrone. Sicher war er ungeheuer kostbar. Aber das Gold verblasste neben der gelben Frucht, die das Licht der Kerze reflektierte wie das Auge einer Katze bei Nacht.

Mack blinzelte wieder. Der Stein *war* ein Auge. Doch es sah nicht auf den König, sondern an ihm vorbei auf Mack. Und was erblickte es? Einen Feigling, der bei jeder Gefahr den Memmentod starb? Einen Dieb? Schlimmer – ein verdorbenes Früchtchen, das sich nach der eigenen Cousine verzehrte?

Mack spürte so deutlich, dass er ins Visier genommen

wurde, als kämen heiße Strahlen aus dem Tropfen, die sich in seinen Körper brannten. Der Stein war ein Richter und er unterschied ohne Zögern oder die Möglichkeit eines Irrtums das Gute vom Verdorbenen. Zu welchem Zweck? Vergeltung? Rache?

Alles Einbildung. In das Bild war ein Stein eingelassen, der dem von Jerusalem glich. Und genau wie in Jerusalem: Überreizte Nerven. Zu wenig Schlaf. Vielleicht eine Krankheit im Anzug …

»Tut es nicht«, wiederholte Mack dennoch. Er hatte die Sarazenen, auf die er Acht geben sollte, vergessen. Der Stein, nach dem Eva sich verzehrte, glich dem Kronjuwel von Jerusalem nicht nur – es *war* der Juwel. Und das Gerücht von dem Diebstahl also nur erfunden worden.

Mack tat einen unsicheren Schritt vorwärts. Der König hatte den Stein berührt und etwas von dem Glanz schien wie gelbe Farbe auf seine Hände zu fließen.

»Lasst es.«

Heinrich zog die Hand zurück, aber nur um nach seinem Messer zu tasten. Das Summen in der Kapelle verstärkte sich. Die Mauern begannen zu flüstern. Sie sangen kein Lied, sondern ächzten plötzlich wie unter einer Last. Die Skulpturen horchten auf, der goldene Altaraufsatz bebte und zischte.

Mack tat einen weiteren Schritt. Er sah, wie die blonden Locken sich im Nacken des Königs kräuselten wie der Flaum eines Kindes. In einer heldenhaften Regung hätte er ihn gern beschützt, denn es kam ihm unmöglich vor, dass jemand den Stein berührte, ohne seinen Zorn herauszufordern. Er versuchte tatsächlich, nach Heinrich zu greifen, blieb aber mit dem Ärmel an der schnörkelreichen Lehne eines Stuhls hängen, der für betagtere Besucher in der Nähe des Altars stand. Der Stuhl kippelte, sein Polster verrutschte, und Mack fing das eine auf und schob das andere auf seinen Platz zurück.

Der Zwischenfall weckte ihn aus seiner unheilvollen Verzauberung. Ihm fiel wieder ein, wo sie sich befanden. Die Sarazenen. War jemand im Flur? Das Flüstern der Mauern übertönte jedes andere Geräusch.

Heinrich brauchte keine Gewalt anzuwenden, um den Baum aus dem Ebenholz des Altars zu lösen. Er berührte ihn mit dem Messer, worauf ihm der Stein mitsamt dem Baum wie eine reife Frucht entgegenfiel. Geschickt fing der König ihn auf. Er lächelte wehmütig. Nicht ängstlich oder bedrückt. Wehmütig, als hätte er etwas Wunderschönes in der Hand.

Es gab tatsächlich Geräusche im Flur. Mack hatte sich nicht verhört. Eine rauhe, unterdrückte Stimme flüsterte etwas.

Heinrich sprang auf, einen Ausdruck tiefster Bestürzung auf dem Gesicht. Er musste das Gewisper ebenfalls vernommen haben und vielleicht wurde ihm erst jetzt richtig klar, was es bedeutete, den Kaiser zu bestehlen.

Mack schüttelte den Kopf, als Heinrich zur Tür wollte. Der Sarazene – wer auch immer des Kaisers Kleinod bewachte – war zu nahe. Sie würden nicht mehr rauskommen. Sie saßen fest wie die Vögel auf der Leimrute.

Entsetzt starrte Heinrich auf den Stein in seiner Hand. Das war die Rache, dachte Mack. So schnell ahndete der Stein seinen Diebstahl.

»Er bringt mich um.« Heinrichs Faust schloss sich um den Stein. Seine Augen hingen an der Tür. »Wenn er das erfährt …«

»Gebt!« Mack riss ihm den Stein aus der Hand und hob das Polster vom Stuhl. Zwischen dem Stoff und dem Holzboden war ein Geflecht aus dicken Leinenbinden. Hastig quetschte er den Stein zwischen eines der Kreuze, die von den Binden gebildet wurden. Die Polsterkante berührte kaum den Holzrahmen, als ein Schatten die Tür verdunkelte.

Mack hatte sich nicht geirrt – nicht ein, sondern gleich drei Wächter waren ihnen auf die Spur gekommen. Bis an die Zähne bewaffnete Gestalten in Pluderhosen und weiten Blusen. Sie ließen keinerlei Respekt vor der Heiligkeit des Orts erkennen, sondern stürzten sich auf die beiden Eindringlinge. Als Mack einen gezückten Krummdolch entdeckte, schlug seine Angst in Panik um.

Doch die Männer waren barmherzig. Keiner stach zu. Kein Schnitt ins Fleisch, keine Wunde, nichts Schmerzhaftes. Sie drückten ihm ein Knie ins Kreuz, bogen seine Arme auf den Rücken und banden seine Hände zusammen. Mack atmete so ruhig es ging, immer noch wie behext von seiner Furcht vor dem Dolch. Bis ihm dämmerte, dass ihm womöglich viel Entsetzlicheres bevorstand.

Der Kaiser tobte nicht. Er war still und nie war er Mack gefährlicher vorgekommen als in dieser Ruhe.

»Um zu beten«, wiederholte er, was sein Sohn gesagt hatte.

Sie standen in Heinrichs Kammer, als wäre dies der passendste Ort für ein Tribunal. Mack wusste nicht, ob Friedrich ahnte, weshalb sie in die Kapelle geschlichen waren, aber er wusste, dass es Dors war, der sie in den Schlamassel hineingeritten hatte. Am liebsten hätte er seinen eigenen dämlichen Kopf gegen die Mauer geschlagen. Der Beichtvater der schönen Agnes war im Flur aufgetaucht, als die Sarazenen sie brachten, und dann wie selbstverständlich geblieben. Er hatte im Zimmer des Königs nichts zu suchen, jeder andere hätte sich angesichts der dramatischen Stimmung schleunigst davongemacht. Aber Dors blieb. Auf seinem Gesicht stand ein Ausdruck grenzenloser Gier und ebensolcher Enttäuschung. Er brachte es nicht fertig, fortzugehen, und niemand schickte ihn hinaus, weil er es schaffte, wie ein totes Möbelstück zu wirken.

War es nicht Dors gewesen, der die Rede auf den indischen Baum gebracht hatte? Hatte nicht *er* immer wieder an ihn erinnert? Hatte nicht *Dors* bis zum letzten Moment in der Wunde der unmöglich gewordenen Liebe gestochert, um Heinrichs Sehnsucht nach dem Baum anzustacheln? Ja, war nicht sogar er es gewesen, der Agnes an den Hof gebracht hatte? Konnte es solch langwierig gesponnene Intrigen geben? Mack starrte ihn unter gesenkten Wimpern an und fing an daran zu glauben.

Dors war nicht der Einzige, der von der Unruhe im Flur aufgewacht war. Anselm, dessen Raum an den des Königs grenzte, war ebenso aufgescheucht worden wie zwei Ritter aus der Kammer gegenüber. Der Wächter, der den Schlaf des Königs hätte schützen sollen und vermutlich selbst eingeschlafen war, drückte sich schuldbewusst an die Wand.

Friedrich schickte einen seiner Sarazenen in die Kapelle zurück. Um nach dem gelben Stein sehen zu lassen? Wahrscheinlich. Wenn der Kaiser den Stein in Jerusalem gestohlen hatte, musste sein Herz daran hängen. Als der Mann zurückkehrte und Friedrich das Ergebnis seiner Nachforschung zuflüsterte, verfinsterten sich dessen Augen.

»Um zu beten also!« Das war jetzt keine Frage mehr, sondern eine Anklage. »Aus der Kapelle wurde ein wertvoller Stein gestohlen.«

»Nicht von mir«, antwortete Heinrich, was in gewisser Weise der Wahrheit entsprach. Schließlich war der Stein ja noch im Gottesraum. Er blickte seinen Vater trotzig an und für einen Moment schien Friedrich unsicher. Dann hob er die Hand und schlug seinen Sohn ins Gesicht. Anselm sog den Atem ein. Es kam ein weiterer Besucher, einer der Erzbischöfe, der seinem Rang entsprechend in den bequemeren Obergemächern untergebracht war. Er hatte gähnen wollen, nun sah er verwirrt erst auf den Kaiser und dann auf den Geschlagenen, auf dessen Wange sich ein roter Fleck in Form einer Hand ausbreitete.

»Ich habe Euren Sohn niemals lügen hören«, sagte Anselm leise, aber sehr deutlich. Es war das erste Mal, dass er offen für seinen König eintrat.

»Ah ja? Ich danke Euch. Ihr kennt ihn zweifellos besser als

ich.« Das war ironisch und als Warnung gemeint. »Und du?« Der Kaiser wandte sich dem zweiten verdächtigen Element zu.

»Nein.« Mack schüttelte den Kopf. »Ich … niemals. Nein, Herr.«

»Er ist dem Altar nicht einmal nahe gekommen. Er hat an der Tür gewacht, damit ich ungestört zu meinem Herrn beten kann«, versuchte Heinrich ihm zu helfen.

»Zieht sie beide aus.«

Heinrich zuckte vor der Hand des Sarazenen zurück. Er war nicht mehr bleich, sondern hochrot im Gesicht, die gezeichnete Hand auf der Wange sah aus wie ein Fanal.

»Nackt«, sagte Friedrich.

Einer der Männer grinste und öffnete geschickt Heinrichs Gürtelschnalle, während ein zweiter sich über Mack hermachte. Anselm wandte den Kopf ab, als er das Geräusch reißenden Stoffs hörte. Der Erzbischof kratzte sich hinterm Ohr.

Friedrich selbst übernahm es, jedes einzelne Kleidungsstück, das man ihm reichte, abzutasten und auf harte Stellen zu untersuchen. Enttäuscht ließ er fallen, was ihm nicht weiterhalf.

»Seht nach, ob sie ihn am Körper versteckt haben.«

Der Mann, der Mack die Kleider heruntergerissen hatte, befahl ihm sich vorzubeugen. Sein langer, brauner Finger bohrte sich erst in seinen Mund und dann in die anderen Öffnungen, auch in die unanständigsten. Behutsam war er nicht, aber äußerst gründlich.

»Herr im Himmel!«, entfuhr es Anselm, als der König der gleichen peinlichen Behandlung unterzogen wurde wie sein Sänger.

Als bei ihm auch nichts gefunden wurde, schienen dem Kaiser Zweifel zu kommen. Mack wartete, während sein Herz so stark klopfte, dass er dachte, man müsse es unter der Haut schlagen sehen.

Wie leidenschaftlich hing der Kaiser an seinem gelben Stein? Er musste ihn selbst in Jerusalem gestohlen haben. Wie hätte er täglich vor dem Baum knien können, ohne ihn zu bemerken? Wütend trat er zum Fenster.

Heinrich langte nach seinem Rock und zog ihn sich über den Kopf, während Mack sich kaum zu atmen traute. Friedrichs Finger trommelten einen Marsch auf dem Fenstersims, auf dem sich bereits der Morgentau sammelte. Er hatte nur zwei legitime Söhne, von denen der jüngere noch im Kleinkindesalter war, in dem sie starben wie die Fliegen. Nein, dachte Mack. Er wird nicht mit Heinrich brechen. Für keinen Stein der Welt.

»Du solltest dort knien, wo es dir zukommt – in deiner Kammer an der Seite deiner Priester.« Der Kaiser gab nach und ein Seufzer der Erleichterung ging beinahe hörbar durch den Raum. Der Erzbischof bekreuzigte sich und wandelte die vieldeutige Geste dann hastig in eine belanglose Gebärde.

Alle hatten es plötzlich eilig fortzukommen. Der Kaiser war der Erste und Konrad Dors der Letzte, der ging. Als er sich an Mack vorbeidrängelte, um hinauszukommen, blickte er ihm direkt ins Gesicht. Mack fuhr ein zweites Mal der Schreck in die Knochen.

Der Sizilianer mag sich mit dem Verlust des Steins abgefunden haben, sagten die staubigen, hellen Augen. Ich nicht.

15. Kapitel

Der König nahm an den Mahlzeiten an der Tafel des Kaisers teil. Er sprach, wenn man ihn etwas fragte, und ein- oder zweimal lachte er kurz über einen Scherz des Narren mit dem gebrochenen Kiefer und der obligatorischen bunten Glöckchenkappe. Er setzte sein Signum unter Dokumente, die man ihm vorlegte. Er füllte den Stuhl, den man während der Ostermesse im Dom von Cividale für ihn bereitgestellt hatte. Und doch tat er all dies auch wieder nicht.

Sein Körper, umhüllt von Damast, Scharlach und Seide, vollführte alle notwendigen Handlungen, aber der Rest hatte sich verkrochen. In Selbstmitleid? In die Hölle der Vorwürfe und Selbstvorwürfe? Mack beobachtete den König und begriff nicht, wie der Kaiser aufgeräumt über die Feste und Versammlungen präsidieren konnte, als wäre nichts geschehen.

War er für den Schaden, den er an seinem Sohn angerichtet hatte, blind? Glaubte er, Heinrich ebenso durch Furcht beherrschen zu können wie seine Vasallen? Oder war ihm sein Nachfolger schlichtweg gleichgültig?

Genau das fragte er Gunther, als sie sich endlich wieder auf dem Heimweg über die diesmal grünen Hänge der Steiermark befanden. Es war ein verregneter Mainachmittag – der dritte in Folge – und sie saßen seit dem Morgen im Sattel. Die meisten Gespräche im Tross waren verstummt und einem erschöpften Schweigen gewichen.

Gunther bedachte die Frage gründlich. Sein mutiges Eintreten für den König hatte seine Stellung bei Hof erheblich verbessert, aber der Glanz glitt an ihm ab. Er diente seinem König. Fertig. So nüchtern, wie er empfand, sprach er auch jetzt.

»Der Kaiser hat keine Eltern gehabt, die ihn in seiner Kindheit beschützten«, meinte er nachdenklich. »Er ist zwischen dem Papst und den verschiedenen Machtblöcken hin und her gezerrt worden. Jeder wollte etwas von ihm, aber keiner hat etwas *für* ihn getan. Er wurde als Bengel, der noch kein Schwert halten konnte, an seine Feinde verkauft. Stell dir das vor – ein Kind, das allein in einem Palast zurückbleibt und nicht weiß, ob die Männer, die die Türen aufbrechen, es umbringen werden. Sie haben ihm sogar die königliche Geburt streitig gemacht und behauptet, er wäre von einem Schlächter gezeugt worden. Auf die Art lernt man schlau zu sein, aber nicht weise.«

Mack zuckte die Achseln. »Ich fand ihn nicht einmal besonders schlau. Er hat Heinrich Angst einjagt und ihn anschließend ohne Versöhnung nach Hause geschickt, als wäre er des Reiches größter Tolpatsch.« Und ohne Agnes, fügte er in Gedanken dazu. Die Prinzessin war noch vor Ostern auf den Weg nach Böhmen geschickt worden, wo sie dem Willen des Kaisers entsprechend den Schleier nehmen sollte. Und das würde ihm Heinrich als Allerletztes verzeihen. Niemals würde er das verzeihen. »Unser König wird seinen kaiserlichen Vater in den Hintern treten, sobald er kann.«

»Du sollst nicht so von ihm reden«, wies Gunther ihn zurecht.

Sie ritten eine Weile nebeneinander durch den Regen, bis sich vor ihnen inmitten lindgrüner Hügel ein Tal mit einem ovalen, tiefblauen Bergsee auftat. Gunther wurde langsamer und sie blieben ein Stück hinter dem Rest des Trosses zurück. Denn es sah so aus, als solle das Tal als Übernachtungslager dienen und sie waren nicht gerade auf das Durcheinander erpicht, das herrschen würde, bis die Zelte aufgeschlagen waren.

Gunther lenkte sein Pferd zu einem Geröllhang am Rand des Tals, wo zwischen Felsbrocken und Kieseln weiße Gänsekresse sproß. Dort stieg er aus dem Sattel und machte es sich auf einem der größeren Steine bequem. Mack tat es ihm nach kurzem Zögern nach. Der Frühling hatte die Berge mit seinem Zauberstab berührt und das Ergebnis war bestaunenswert. Wo auf dem Hinweg noch Schnee oder bestenfalls angefrorener Matsch die Hänge und Hügel bedeckt hatte, wuchsen jetzt Teppiche aus den Sternenblüten des Enzians und zartrotem Seifenkraut.

Die Sonne lugte hinter einem Wolkenturm hervor und der Regen schien für einen Moment nachzulassen. Aber das half nicht viel. Die Kleider klebten ihnen auf der Haut und würden sich nicht trocknen lassen, bis das Wetter besser wurde.

»Der König hat dich nicht mehr gerufen seit … jener Nacht«, meinte Gunther, während er einem Nachzügler zusah, der ein mit Zeltstangen bepacktes Maultier den Hang hinabzerrte. Der Mann fluchte und trat nach den Seitentaschen.

»Er bläst Trübsal. Seine Agnes ist fort. Was soll er da mit Minneliedern?« Mack hatte keine Lust auf komplizierte Gespräche. Er wusste nicht, wieweit der peinliche Vorgang im Zimmer des Königs bekannt geworden war – zu ihm sprach niemand davon.

»Heinrich hat sich jemand anderen geholt, der für ihn Laute spielt. Einen älteren Mann, den ihm der Patriarch empfohlen hat. Seine Gesang klingt wie verschleimtes …«

»Ich habe ihn gehört. Er ist nicht schlecht. Er hat sich nur noch nicht daran gewöhnt, Deutsch zu singen. Italienisch ist einfacher.«

»Du machst dir keine Sorgen um deine Zukunft?«

Mack gähnte und legte seinen Kopf in den Nacken, so dass ihm die immer spärlicher werdenden Regentropfen auf das Gesicht platschten. »Es ist mir gleich, wen der König sich zum Singen sucht. Nein, im Ernst, es gefällt mir sogar, dass ich die Sache los bin. Weißt du, was ich tun werde?«

Gunther pflückte einen Grashalm und strich ihn zwischen den Fingern glatt.

»Ich kehre nach Thannhausen zurück.«

»Du kehrst …? Nein, warte. Lass das Pferd. Ich packe selbst ab«, rief Gunther einem übereifrigen Jungen zu, der nach den Zügeln seines geliebten Rappen griff. »Das ist Blödsinn«, sagte er, wieder zu Mack gewandt. »Deine Nell ist verheiratet.«

Als wenn ich das vergessen könnte, dachte Mack grimmig. Eine Weile schwiegen sie. Sie beobachteten die Männer, die routiniert die Zeltplanen des Königs über die Stangen streiften. Einer richtete die Fahne vor dem Zelteingang auf, ein anderer hob Decken von einem Packpferd. Im Küchenzelt, das noch vor dem des Königs aufgebaut worden war, klapperten Töpfe.

»Ich glaube nicht, dass alles in Ordnung ist. Deshalb«, sagte Mack.

»Was?«

»Nell. Ich weiß nicht. Sie hat in ihrem Brief nicht einmal geschrieben, wen sie geheiratet hat. Warum hat sie das verschwiegen?«

Gunther spuckte den Grashalm aus. »Tu dir und ihr einen Gefallen …«

»Ich will sie ja gar nicht sehen. Nur hingehen und mich überzeugen, dass alles in Ordnung ist. Ich brauche gar nicht in die Burg. Ich höre mich im Dorf um …«

»Du bist immer noch des Königs Ritter.«

»Und der beste Dienst, den ich ihm erweisen kann, ist, zu verschwinden. Wie du sagtest: Er hat sich nach einem neuen Sänger umgesehen. Ist das nicht deutlich genug? Gunther …« Mack wartete, bis sein Kamerad ihm das Gesicht zuwandte. »Ich habs nicht gewollt, aber ich war Zeuge, als der Kaiser ihn … Es war demütigender als der Kniefall vor den Fürsten. Heinrich wird niemals daran denken können, ohne sich vor

Wut und Scham zu zerreißen. Und deshalb ist es kein Wunder, dass er mich nicht ertragen kann. Er wird ein Kreuz schlagen, wenn er mich los ist.«

»Und was ist mit deiner Burg? Allein hast du nicht die geringste Aussicht, sie zurückbekommen.«

Mack zuckte die Achseln. Thannhausen war ... nichts. Bis auf das Faktum, dass Nell dort verheiratet war. Wenn es ihr gut ging, würde er ihre Ruhe nicht stören. Er konnte überall hingehen. Singen oder vielleicht als Schreiber dienen, irgendwas. Er würde sich nur überzeugen. Wenn er Glück hatte, würde Nell ihn vielleicht zu einem kurzen Besuch ... Nein, er verscheuchte den eigensüchtigen Gedanken. Ihr Gatte war eifersüchtig; er würde ihr keine Scherereien machen. Nur nachsehen, ob alles in Ordnung war. Nur das.

Der Mond hatte fast seine Kreisform erreicht. Er beschien den bewaldeten Hang und den Fels in Form eines Hundekopfs, in den der Hang auslief. Ein Käuzchen schwebte über den Baumwipfeln und schrie sein *Kewick-kewick*. Ein Fuchs bellte. Man wähnte sich in einer der sagenhaften Landschaften aus den Heldenliedern, in der hinter jedem Strauch und Stein die Geister der anderen Welt steckten und darauf warteten, ihren boshaften Späßen nachzugehen.

Mack lag in seinen Decken und beobachtete den Himmel, wo Wolken wie ein Gespensterheer am Mond vorüberzogen. Er lag vor dem Zelt der Ritter, weil er Luft brauchte – eine Eigenart, an die seine Kameraden sich mit der Zeit gewöhnt hatten. Wenn es goss oder schneite, kroch er manchmal zu ihnen unter die schützenden Lederplanen, aber solange er es im Freien aushielt, zog er den Platz neben dem Zelteingang vor. Die beißende Kälte machte ihm kaum zu schaffen. Seine Furcht vor den Geschöpfen der Nacht war gering. Sie hatten ihn nie behelligt – und er hatte viele Nächte im Freien verbracht, wenn es zu Hause Ärger gegeben hatte.

Dennoch konnte er nun die friedliche Nacht nicht genießen. Es gab Schlimmeres als Alben und Trolle. Es gab Konrad Dors.

Als Mack an ihn dachte, verzog er das Gesicht zu einem Grinsen, das in seinem steifen Gesicht spannte. Der Mann versuchte ihn allein zu fassen zu bekommen – und das seit Cividale. Seit der Nacht, in der der gelbe Stein verschwunden war, verfolgten ihn die staubigen Augen auf Schritt und Tritt. Anfangs hatte Mack sich einen Dummkopf geschimpft, wenn er geglaubt hatte, die Blicke des unscheinbaren Manns an seinem Hinterkopf zu fühlen. Doch immer, wenn er sich umgedreht hatte, um sich selbst seine Überspanntheit zu beweisen, hatte er den Zipfel einer schwarze Kutte um eine Ecke verschwinden sehen. Konrad Dors wollte etwas von ihm. Und war es so abwegig, zu glauben, dass dieses Etwas mit dem Stein zusammenhing?

Das Mysterium des Steins war für Mack zu beklemmend, als dass er versucht hätte, es zu ergründen. König Heinrich hatte ihn voller Zärtlichkeit in den Händen gehalten, hatte weder Furcht noch Abscheu empfunden, sondern ihn im Gegenteil betrachtet wie ein kostbares Geschenk. Aber ich nicht, dachte Mack und ihm sträubten sich erneut die Haare, als er an das gelbe Auge dachte. Es hatte ihn entblößt, schlimmer als der Sarazene. Es hatte ihn jedes schützenden Gedankens beraubt und … und was gesehen?

Mist, verdamm … verdammtes …, dachte Mack, während der Mond von dem feindlichen Wolkenheer geschlagen wurde und unterging.

In Wahrheit war gar nichts geschehen. Er hatte in überreizter Anspannung einen Gegenstand angestarrt, den er dem Kaiser hatte stehlen wollen, und sich darüber naturgemäß schuldig gefühlt. Er wusste nicht einmal sicher, ob es sich bei dem Stein wirklich um das Juwel von Jerusalem handelte. Wer wollte zwei Edelsteine voneinander unterscheiden, noch dazu, wenn er sie nur aus der Entfernung hatte betrachten können. Und doch wollte Dors den Stein haben …

Mack drehte sich auf die andere Seite und gebot sich einzuschlafen. Der Tag morgen würde so kräftezehrend werden wie die vergangenen. Auf der anderen Seite der Plane, eine Armlänge von ihm entfernt, lag Gunther. Jeder noch so kleine, ungewohnte Laut würde ihn wecken, davon war Mack überzeugt. Und deshalb war es möglich und nötig, dringend nötig, zu schlafen.

Als Mack gerade die Lider schwer wurden, begann sich mit unangenehmem Druck seine Blase zu melden. Er ignorierte den Drang, aber die Furcht, später von seinem Bedürfnis aus dem Schlaf gerissen zu werden und dann erst recht nicht mehr zur Ruhe zu kommen, holte ihn aus dem Halbschlaf. Er hatte keine große Lust, in irgendeine einsame Ecke zu gehen, um sich zu erleichtern. Dors schlief in einem Zelt am gegenüberliegenden Teil des Lagers und würde sich seinetwegen sicher nicht die Nacht um die Ohren schlagen, trotzdem.

Lautlos schälte er sich aus den Decken.

Die Möglichkeit, ihm unbemerkt nachzustellen, hätte Dors allerdings. Er beanspruchte nämlich mittlerweile ein ganzes Zelt für sich allein, was mit seiner neuen Aufgabe zusammenhing. Noch in Cividale hatte er sich an den Kaplan des Patriarchen gewandt, um sich dem Kaiser für die Ketzerjagd in Deutschland anzudienen. Friedrich war von dem Gedanken begeistert gewesen, dass nun auch in diesem Zipfel seines Machtbereichs die Ketzer ausgemerzt würden, und hatte Konrad Dors gemeinsam mit Johannes beauftragt, die notwendigen Maßnahmen zu ergreifen.

Das wird dem Mistkerl gefallen, Leute brennen zu lassen und sie vorher noch ordentlich zu piesacken, dachte Mack, während er wie auf Samtpfoten durchs Lager schlich.

Das Tal wurde von Steilhängen eingeschlossen und an drei Stellen hatte Anselm Wachen postiert. Mack hätte sich problemlos irgendwo zwischen den Bäumen erleichtern können, aber er fand es sicherer, sein Geschäft in Sichtweite eines der Wächter zu verrichten, der ihm grinsend zuwinkte. Angst. Das Wort hatte eine neue Bedeutung bekommen.

Es war diese Angst, dies ständig gegenwärtige Gefühl, dass etwas passieren würde, die Mack vor der Rückkehr zu seinem Schlafplatz innehalten, sich in den Schatten eines Zelts ducken und den Weg zu seiner Schlafstätte beobachten ließ. Er stand zwischen zwei Zelten, von denen eines dem Wappen nach Anselm gehörte. Jemand darin schnarchte zum Erbarmen. Vorsichtig drückte Mack die Zeltplane nach innen und lugte um die Ecke.

Es war kalt und hatte wieder zu nieseln begonnen. Die Nachtluft biss sich in Macks Haut – und doch mochte er sich nicht beeilen. Nichts wies darauf hin, dass seine Decken berührt worden waren oder sich jemand in ihrer Nähe herumtrieb. Dennoch wartete er, lauernd wie ein Tier, während seine Zähne klapperten und seine Kiefer von dem Bemühen, das Klappern zu unterdrücken, zitterten.

Als Dors kam, fühlte er ihn mehr, als dass er ihn sah. Die Seitenplane des Rittterzelts wurde um eine Schattierung dunkler und wieder hell. Mack erschrak, wurde innerhalb eines Augenblicks blitzwach und kniff die Augen zusammen, um besser sehen zu können. Er wusste, dass es Dors war – eine gebückte Gestalt, deren Kopf tief zwischen den Schultern saß und in eine Kapuze gehüllt war. Der Rock unterschied sich kaum vom Hintergrund des Zeltes und Mack konnte nicht erkennen, was Agnes' ehemaliger Beichtvater trieb. Er sah ihn sich bücken, bezweifelte aber, dass es etwas so Simples war, wie einen Dolch durch die Decken zu jagen. Was hätte Dors dadurch gewinnen sollen? Nein, es ging um diesen verfluchten Stein.

Es dauerte einige Momente, bis der schwarze Mann erkannte, dass das Objekt seines Interesses fort war. Er richtete sich auf, eine flatternde Gestalt mit verschwimmenden Konturen und ohne Gesichtszüge.

Mack ließ sich auf die Fersen hinab und schloss die Augen, um zu lauschen, wie Dors sich über die Grashalme bewegte. Doch die Wiese, die sonst ständig raunte und nichts für sich behalten konnte, schien ihre Stimme verloren zu haben.

Mack merkte, dass er kaum noch atmete, und ließ Luft durch die Nasenlöcher einströmen. Hastig überschlug er seine Möglichkeiten. Er konnte zu seinem Schlafplatz zurückkehren, Dors laut ansprechen und damit Gunther und wahrscheinlich ein Dutzend anderer Leute wecken. Oder er konnte einem der Wächter Gesellschaft leisten, aber was würde er damit erreichen? Höchstens einen kleinen Aufschub, bis Dors ihn schließlich doch allein erwischte. Es musste so kommen. Jeder war irgendwann mal allein. Und davon abgesehen ... Das Wort Feigling geisterte in Macks Kopf herum. War er wieder nicht fähig, für sich selbst zu sorgen? Versteckte er sich wieder hinter den Röcken tatkräftigerer Männer?

Am Ende war die Lösung einfach. Keine Heldentat, aber wenigstens nicht mit dem Makel der Zaghaftigkeit behaftet. Mack erhob sich und schlich den Weg zurück, den er gekommen war. In nicht allzu weiter Ferne begann das Alpenvorland mit seinen Siedlungen. Die Strecke würde er auch zu Fuß schaffen. Er wunderte sich, dass er nicht früher auf den Gedanken gekommen war, und während er sich still wie eine Schlange seinen Weg durch Büsche bahnte, wurde ihm das Herz leicht.

16. Kapitel

Der König verschmähte die Einladung des Baiernherzogs Otto, sich in Regensburg von den Strapazen der Alpenüberquerung zu erholen. Stattdessen wandte er sich nach Augsburg, um von dort über die Burgen seiner Dienstmannen weiter nach Hagenau zu reisen, wo er den Sommer verbrachte. Ohne seine Königin und in düsterer, grüblerischer Stimmung. Man hatte sich kaum eingerichtet, da gab er schon den Befehl zur Weiterreise und der ganze Hof packte wieder, um über den Rhein und den Main nach Gelnhausen zu fahren, wo Heinrich in den hastig hergerichteten Räumen der Pfalzburg zu überwintern gedachte.

Für den Hof des Königs bedeuteten diese Gewaltmärsche eine ungeheure Anstrengung und für Gunther waren sie ein Zeichen dafür, dass Mack mit seiner Einschätzung Recht hatte. Im König gärte es. Italien hatte ihn aus der Bahn geworfen. Und gerade deshalb, dachte er, hätte Mack sich nicht wegen dieser Nell davonstehlen dürfen. Möglich, dass Heinrich ihn im Moment nicht gern um sich hatte, aber man diente seinem König schließlich nicht zum Vergnügen. Mack war nicht der Einzige, der bei der peinlichen Audienz – was auch immer sie zum Gegenstand hatte – anwesend gewesen war. Anselm war geblieben, und die anderen auch, so wie es sich für treue Männer gehörte.

Gunther verbannte Mack aus seinem Gedächtnis und wurde nur noch einmal an ihn erinnert, als kurz nach seinem Verschwinden Konrad Dors nach ihm fragte.

Gunther mochte den Kuttenträger nicht. Entsprechend barsch fiel seine Antwort aus, dass er nämlich selbst nichts wisse und auch nicht die Kinderfrau der Ritter sei. Als Dors wenig später den Tross des Königs ebenfalls verließ, um mit dem italienischen Ketzerjäger nach Augsburg zu gehen, strich Gunther ihn ebenfalls aus seinem Kopf.

Seit seinem mutigen Auftreten gegen den Kaiser hatte Heinrich den Waffenmeister stärker in sein Vertrauen gezogen. So lud er ihn in Hagenau und später in Gelnhausen immer öfter in seine privaten Räume ein. Auf diese Weise bekam Gunther einiges von dem mit, was dort gemurrt und vorgeschlagen wurde. Inzwischen schien für jedermann festzustehen, dass dem König bitteres Unrecht widerfahren war. Statt ihn für sein entschlossenes Durchgreifen gegen den Baiernherzog zu loben, hatte der Kaiser ihm den Boden unter den Füßen weggezogen und ihn und das deutsche Königtum durch entwürdigende Verträge geknebelt. Anselm und Heinrich von Neiffen hätschelten nun die Gefühle des jungen Königs, und die Folge war, dass er sich von Tag zu Tag störrischer gebärdete.

Was das Leben am Hof noch ungemütlicher machte, war die Rückkehr Konrad Dors' kurz vor Weihnachten. Im Verein mit dem Italiener Johannes und dem Fanatiker Heinrich von Marburg hatte er begonnen, in den deutschen Städten die Scheiterhaufen der Glaubensreinigung zu entzünden. Rasch hatten sich die drei Männer den Ruf blinder Grausamkeit erworben. Bisher war der Schein ihrer Feuer nicht bis in die Mauern der Gelnhausener Königspfalz gelangt, aber nun – mit der Ankunft des Kuttenmanns – sah es aus, als sollten auch am Königshof Scheite geschichtet werden.

Was die Leute in der Küche und den Stallungen am meisten entsetzte, war ein Ausspruch Heinrichs von Marburg, der den Inquisitoren vorauseilte: Besser hundert Unschuldige brennen, als einen einzigen Schuldigen entkommen zu lassen. Wer konnte sich da noch sicher fühlen? Für Heinrich bedeutete Dors' Ankunft allerdings noch etwas Schlimmeres – Cividale wurde wieder lebendig.

Wenn der schwarze Mann in der Aula regia, dem Festsaal des Palas, auftauchte, schien ihm der Geruch von Rauch und kokelndem Fett zu entströmen. Und wenn er das haarlose Gesicht hob und sich prüfend umschaute, war es, als taxierten die verächtlichen Augen des Kaisers den Hof. Heinrich hasste und verabscheute den Inquisitor. Gunther hatte angenommen, dass er ihn kurzerhand zum Teufel jagen würde, aber zu seinem Erstaunen fehlte seinem Herrn der Mut. Stattdessen verschanzte er sich in seinen Räumen und ereiferte sich dort um so heftiger.

Gunther wurden diese vertraulichen Treffen, in denen nichts getan wurde, als Emotionen hochzuspülen, allmählich zuwider, und er begann sie zu meiden. Doch kurz vor Weihnachten ließ sein König ihn rufen.

Heinrich saß auf einem Lehnstuhl, sein Gesicht war gerötet, auf dem Fußboden neben dem Stuhl schimmerte eine rote Weinpfütze, in der Scherben kostbaren grünen Glases lagen. Hinter dem König standen seine engsten Berater, zwei am Fenster, einer neben dem breiten Prunkbett, das zu den Kostbarkeiten dieser Pfalzburg gehörte. Anselm von Justingen, Heinrich von Neiffen und Robert von Bolanden – das Dreigespann. Robert hatte die Augen niedergeschlagen, als Gunther durch die Tür trat. Die beiden anderen blickten erleichtert, nein, sogar erfreut.

»Wie viele Knappen bildet Ihr im Moment aus, Gunther?«

»Bitte, Herr?« Gunther vergaß sich zu verneigen, doch der König war zu aufgeregt, um es zu bemerken. Er wedelte ungeduldig mit der Hand. »Wie viele sind so weit, dass sie kämpfen könnten?

»Mit oder ohne die beiden, die letzte Woche Schwertleite hatten?«

»Friedhelm von Hohenstein und dieser … wie hieß er gleich? Der Bullige?«

»Noah.«

»Das waren sie? *Mit* den beiden.« Das Gesicht des Königs glänzte fiebrig. Hier war eine Entscheidung gefallen und Gunther hatte das unangenehme Gefühl, dass sie ihm Kopfschmerzen bereiten würde.

»Zweiundvierzig«, sagte er.

»Wie viele davon sind bereit zur Schwertleite?«

»Keiner, mein König.« Er verschluckte den Zusatz, dass er sie ihm doch sonst vorgeschlagen hätte.

»Wie viele sind über achtzehn?«

»Etwa fünfzehn.«

»Sie werden zum Weihnachtsfest den Ritterschlag erhalten.«

Gunther neigte stumm den Kopf und wartete auf eine Erklärung.

»Ich werde jede Schwerthand brauchen, denn ...« Heinrich sprang auf und brachte es gerade noch fertig, nicht in die Lache zu treten. »Der Markgraf von Baden und die Grafen von Hohenlohe. Ihr Dünkel ... Sie sind zu mächtig geworden und nicht bereit, sich der Krone zu beugen. Das Reich braucht ein Exempel. Die Leute müssen wieder wissen, wer ihr König ist. Sie müssen die starke Hand spüren. Ein Vorwand wird sich schon finden lassen. Nur werde ich jedes Schwert brauchen.«

Gunther wurde das Herz schwer. Er sah zu Robert, aber der studierte noch immer den Fußboden. »Die Grafen von Hohenlohe sind in den Vorzimmern des Kaisers zu Hause. Ihr ... Ihr solltet überlegen, was Ihr tut, mein König.«

Die Gunst des Königs war zu einer wankelmütigen Angelegenheit geworden. Heinrich holte Luft und sein vom Wein rotes Gesicht verfärbte sich violett. Er sah aus, als stünde er kurz vor einem Wutausbruch, sein gutes Recht. Er war der König und tat, was ihm gefiel. Aber es war auch seine Pflicht, anzuhören, was seine Berater über seine Pläne dachten. Gunther hielt seinem Blick stand. Und seltsamerweise schien das Heinrichs Wut zu kühlen, denn er bedachte plötzlich den Einwand.

»Meint Ihr, ich habe nicht die *Macht* oder nicht das *Recht* sie zurechtzuweisen?«

Nein, er bedachte Gunthers Einwand nicht, er prüfte seine Loyalität. Gunther sah in die hellen Augen und hatte einen unheimlichen Moment lang das Gefühl, hinter der glänzenden Iris die Wut des Sizilienkaisers schäumen zu sehen. Impulsiv trat er einen Schritt nach vorn und ließ sich auf das Knie nieder. Er nahm die Hand des Königs, legte sie an seine Stirn und überlegte, während ihm das Blut durch die Adern raste, was er sagen konnte. Heinrich entriss ihm weder die Hand noch drängte er ihn und das gab ihm den Mut zur Offenheit.

»Die Macht habt Ihr möglicherweise, Herr. Ihr habt viele, die Euch dienen. Aber das Recht? Ich folge Euch, weil Ihr mein König seid und ich Euch liebe. Was Ihr entscheidet, werde ich tun. Euch gehört mein Leben so gut wie mein Tod. Aber das Recht, so wie ich es verstehe – das Recht habt Ihr nicht.«

»So denkt Ihr?«

»So denke ich, mein König.«

Gunther holte tief Luft, bevor er die Hand des Königs losließ und aufstand. Er sah Anselm den Kopf schütteln und starrte ihn wütend an. Heinrich war jung. Aber er hatte den Mut, sich für das einzusetzen, was er für richtig hielt, und den Wunsch, gerecht zu sein. Er trug die Größe eines wahren Königs in sich und er würde einer des besten seiner Art werden, wenn man ihm nur noch ein wenig Zeit gab. Es war falsch, ihn jetzt in einen neuen Konflikt mit seinem Vater zu stürzen. Man trieb kein Fohlen in einen Kampf und man nahm keinen Welpen zur Bärenjagd mit.

Während Heinrich zum Fenster ging, das sich weit und hell zum Vogelsberg auftat, wusste Gunther, dass sein Appell ohne Wirkung geblieben war.

»Mein Vater, der Kaiser, hat in Cividale nicht nur mich gedemütigt, er hat die deutsche Krone in den Schmutz getreten. Meine eigene Schmach könnte ich tragen, aber was er dem Reich angetan hat …« Heinrichs Wut war erloschen. Er sprach so vernünftig, dass Gunther fast in seiner eigenen Meinung schwankend wurde. »Das Reich ist mit einem schwachen König Fraß für die Wölfe. Der gierigste Wolf wird sich darauf stürzen und es verschlingen und wenn er allein nicht stark genug ist, werden sie im Rudel kommen. Der Kaiser war kurzsichtig, als er das nicht beachtet hat. Ich muss das Reich schützen und deshalb den Markgrafen und die Hohenloher besiegen.«

Gunther neigte den Kopf, als Heinrich ihn musterte, um zu sehen, wie weit seine Worte Eindruck gemacht hatten.

»Ich werde meine Gefolgsleute zusammenziehen. Werdet Ihr die Ritter überprüfen und im Kampf einweisen, damit ich ein schlagkräftiges Heer habe, Gunther?«

»Wie ich sagte: Ich folge Euch, wo immer Ihr hingeht.«

Gunther sah aus den Augenwinkeln, wie Anselm sich erleichtert durch die Haare fuhr. Hatte der alte Mann sich etwa eingebildet, er würde seinen König im Stich lassen? Beklommen hörte Gunther zu, wie Heinrich und seine Getreuen die Macht über ihre Feinde gewinnen wollten. Es war ein Kriegsspiel voller Raffinesse, das ihn gegen seinen Willen in seinen Bann zog. Er begann Einwände zu machen und neue Vorschläge zu unterbreiten, und als sie spät in der Nacht alles besprochen hatten, stand der Plan, mit dem Heinrich seine Fürsten brüskieren und seinen Vater vor den Kopf stoßen würde.

»Wartet«, bat Heinrich, als alle ihn verließen, und Gunther kam noch einmal zurück in der Annahme, dass ihm ein weiteres Detail eingefallen sei.

»Dieser Sänger, Mack, dieser junge Mann aus Thannhausen …«

»Ja, Herr?«

»Ihr wisst nicht zufällig, was aus ihm geworden ist?«

Überrascht und erfreut antwortete Gunther: »Ich kann es herausfinden, wenn Ihr den Wunsch habt, Euch wieder von ihm vorsingen zu lassen.«

Der König lachte, allerdings nicht besonders froh. »Nein, habe ich nicht. Was für Bedarf hätte ich wohl an Minneliedern? Ich dachte nur, Ihr wüsstet es. Vergesst, dass ich gefragt habe. Im Grunde ist es gut, dass er fort ist.«

Es wurde Sommer und die Schlachten wurden geschlagen. Der Angriff kam überraschend und in einer Wucht, dass den feindlichen Fürsten – oder vielmehr, ihren Vögten, denn sie selbst waren nicht im Land – keine Zeit blieb, Anhänger zu sammeln oder eine Abwehrstrategie zu entwickeln. Es war kein schöner Kampf, denn der Preis war zu hoch, als dass man viel auf Ehre hätte geben können. Doch Heinrich siegte und nahm die Söhne der Fürsten als Geisel mit sich. Er ließ ihre Burgen schleifen und gab damit das Signal, dass das Land wieder einen starken König hatte. Dann kehrte er nach Gelnhausen zurück und wartete dort bangen Herzens auf eine Reaktion aus Sizilien.

Sie kam umgehend. Ein Bote überbrachte Friedrichs Nachricht und die Wut sprang aus jedem einzelnen Buchstaben. Der Kaiser befahl, sämtliche Geiseln unverzüglich freizulassen und die zerstörten Burgen wieder aufzubauen, und zwar auf Kosten des Königs.

Seltsamerweise schien Heinrich fast erleichtert. Er ließ durch den Bischof von Hildesheim einen Antwortbrief aufsetzen, in dem er sich rechtfertigte und endlich einmal seine Meinung zu den eigenen Verdiensten und der ungerechten Behandlung durch seinen Vater kundtun konnte. Dann begann das Warten von Neuem.

Der Hof war durch die gemeinsam geschlagenen Schlachten auf das beinahe Zehnfache angewachsen und selbst Gelnhausen bot kaum genügend Platz für die Edelherren und ihre Dienerschaft. Die Küche überschlug sich im Versuch, den gewohnten Gaumenfreuden treu zu bleiben und das, was sonst nur für die Tafel des Königs bestimmt war, in Massen herzustellen. Die Schlachthäuser schwammen im Blut. Der König stellte zur Zerstreuung seiner Streitmannen Jagdgesellschaften zusammen und ließ Turniere veranstalten, aber Siegesstimmung wollte trotzdem nicht aufkommen. Es herrschte eine Atmosphäre ungesunder Hektik, als warte jedermann auf eine Katastrophe, genauer gesagt, auf den Blitz aus Sizilien.

Gunther nutzte die Zeit, um seine Knappen mit dem Nachwuchs anderer Fürsten zu vergleichen. Er vereinbarte kleinere Tjosts, die der Übung dienen sollten, und fand, er könne mit seinen Schülern zufrieden sein. Bis Gerüchte an sein Ohr drangen, die den jungen Prosper betrafen. Prosper war einer von denen gewesen, die auf Wunsch des Königs den Ritterschlag erhalten hatten. Gunther wusste, dass diese Ehre für Prosper zu früh gekommen war. Er gewann seine Kämpfe eher durch Tücke als durch Mut und Geschicklichkeit, aber da der Termin für die Schwertleite vom König festgesetzt worden war, konnte man ihm kaum einen Vorwurf machen.

Nun hieß es plötzlich, Prosper hätte sich nach der Eroberung von Burg Hohenloch in besonders barbarischer Weise am Niedermetzeln der gegnerischen Kämpfer und den anschließenden Leichenfleddereien beteiligt. Und etwas später erfuhr Heinrich, dass er den Toten nicht nur Rüstung und Waffen abgenommen, sondern sich auch noch an ihren Körpern vergangen hatte. Als Gunther nachhakte, erzählte ihm ein Knappe mit einem Borstenschnitt, dass jemand – niemand wusste genau, wer – Prosper dabei beobachtet hatte, wie er sich nach der Schlacht an einem nackten Toten oder Sterbenden zu schaffen gemacht hatte. »Rüstung ab, Hose runter und drauf«, grinste der Junge und zog den Kopf ein, als er sich eine gepfefferte Maulschelle einfing.

Fassungslos vor Wut suchte Gunther nach Prosper. Er fand ihn im Stall, wo er mit einigen Jungen ein Fohlen besichtigte. Gunther jagte die Freunde in den Hof und stellte Prosper zur Rede. Sein ehemaliger Knappe wurde blass, soweit ein von der Sonne krebsrot gebrannter Mensch blass werden kann. Er tat verwundert und empört und fing an zu stammeln, aber unter Gunthers Wut knickte er zusammen und seine weichen Lippen begannen zu zittern.

»Du verschwindest von hier!« Gunther hatte das Gefühl, mit den Zähnen zu fletschen. »Noch heute, noch in dieser Stunde und ohne ein Aufheben zu machen, das deinem König schaden könnte. Ich will dich nie wieder unter ehrenhaften Männern sehen.«

Er brauchte keine Drohung anzuknüpfen, was andernfalls geschehen würde. Prosper war froh, so glimpflich davongekommen zu sein, und flitzte ins Freie. Erledigt, dachte Gunther, aber im Grunde seines Herzens war er zutiefst erschüttert. Einer seiner Jungen. Ihm wurde schlecht, als er sich Prospers Verbrechen vorstellte, oder vielmehr, als er es aus seinem Kopf zu verbannen suchte. Mit geballten Fäusten kehrte er in den Palas zurück und niemand wagte ihn an diesem Abend mehr anzusprechen.

Der Sommer ging vorüber, Regengüsse brachten den ausgetrockneten Pflanzen Erholung und als sich die ersten Stürme ankündigten, kehrten Heinrichs Getreue auf ihre eigenen Burgen zurück.

Der König ging mit seinem Lieblingsfalken und den jungen Männer seines Hofes jagen oder brütete mit Anselm über Gesetze, die er beschließen wollte. Voller Abscheu beobachtete er die Zunahme der Ketzerprozesse im Land. Dors hatte den Hof des Königs schon vor der Fehde wieder verlassen, aber sein böser Geist wehte inzwischen durch das ganze Land. Jetzt war nicht mehr nur das niedere Volk betroffen. Der Marburger Mönch und seine beiden Helfer griffen sich ihre Opfer zunehmend auch aus dem Adel und Heinrich konnte nicht umhin, die Klagen seiner Standesgenossen zur Kenntnis zu nehmen.

Wieder wartete Gunther auf sein Einschreiten, aber es war, als hätten die Scheiterhaufen von Cividale dem König ein Gift eingeflößt, das ihn lähmte. Vielleicht war es auch Klugheit, die ihm riet, sich nicht gerade jetzt gegen die Inquisitoren zu stellen. Arbeiteten sie doch auf Geheiß und mit dem Beifall sowohl des Papstes als auch des Kaisers und beide hatte Heinrich genügend gereizt. Dennoch war Gunther enttäuscht. Er hatte selbst noch keinen der angeblichen Ketzer brennen sehen, aber er hörte von einem greisen Mann, einem ehemaligen Braunschweiger Nachbarn, der der Ketzerei für schuldig befunden und hingerichtet worden war.

Die Tage wurden kurz. In den Räumen stand der beißende Qualm der Kamine und viele Fenster der Gelnhausener Burg wurden vernagelt, um Schutz vor den Nachtfrösten zu bieten, die in diesem Jahr besonders früh kamen. Das Gesinde verbrachte die Abende in der warmen Küche und die meisten Ritter legten sich nachts in der Aula regia zum Schlafen, weil das einer der wenigen Orte war, die ständig geheizt wurden.

An einem dieser Tage kehrte Lilith zurück.

Sie betrat den Festsaal durch die hohe Mitteltür – eine winzige Person mit schwarzen Haaren unter einem Netz aus goldenen Bändern. Gunther tat das Herz weh, als er die Augen seines Königs aufleuchten sah. Das Mädchen strebte ohne Umschweife auf den Tisch mit dem Puffspiel zu, an dem der König mit Robert von Bolanden spielte.

Sie wollte niederknien, kam aber kaum bis auf die roten Fliesen, da Heinrich sie packte und aufrichtete und atemlos nach dem Grund ihres Besuchs fragte. Jedermann im Raum spitzte die Ohren. Auch die Diskreten, die taten, als wären sie mit sich selbst beschäftigt, schielten zum Pufftisch hinüber.

Liliths Anblick war bemerkenswert. Sie trug ein Kleid aus kleegrünem Samt, das eng anlag und ihren zarten Körper über die Brüste bis zu den Hüften nachformte. Fremdartig, begehrenswert, aufreizend – sie sah nach allem aus, was einen Mann ins Verderben stürzen konnte. Gunther wunderte sich, wie der König neben ihr Agnes überhaupt hatte wahrnehmen können.

Lilith lächelte mit ihren weißen Zähnchen, während sie zu berichten begann. Sie hatte vom Eintritt der schönen Agnes ins Kloster gehört und war natürlich sofort dorthin geeilt, um ihrer ehemaligen Herrin Trost zu spenden. Es ging der Prinzessin gut und sie ließ Grüße an ihren Gebieter ausrichten, ihre Segenswünsche und die Versicherung ihrer Treue. Bei Letzterem wurde Heinrich kreidebleich.

»Es geht ihr gut«, versicherte Lilith noch einmal, aber jeder sah, dass sie dem König zuliebe log. Ihre Haare waren unter den Goldbändern zu einer kunstvollen Frisur verschlungen, bei der Zöpfchen durch Locken rannen, und Gunther ertappte sich dabei, wie er das Gebilde anstarrte und grübelte, welche Macht es zusammenhielt.

»Habt Dank«, stammelte Heinrich und ließ sich auf seinen Stuhl zurückfallen.

Der Abend schritt voran. Ein Sänger – nicht mehr der Italiener, sondern ein neuer – spielte auf der Drehleier und ein Gaukler in bunten Kleidern verschluckte Eidechsen, die er unversehrt wieder ausspie. Aber Heinrich schien zutiefst betroffen und verließ so plötzlich den Raum, dass jedem klar war, was ihn bewegte.

Vielleicht hatte er gehofft, dass Lilith ihm folgen würde, doch das Mädchen unterhielt sich mit Robert und schien sein Weggehen gar nicht bemerkt zu haben. Gunther wusste nicht, ob ihn das freuen oder betrüben sollte. Er sagte sich, dass er sowieso nichts tun konnte, um seinen König zu trösten, und machte sich ebenfalls auf, um sich im Bergfried zur Ruhe zu begeben.

Der Turm war während des Sommers ein beliebter Platz zum Wohnen gewesen, denn seine meterdicken Mauern hatten die Hitze ferngehalten und oben auf der zinnenbewehrten Plattform wehte stets ein frischer Wind. Doch im Winter waren die Räume eiskalt und da es früh dunkel wurde und man die einzelnen Geschosse nur über Leitern erreichen konnte, war jeder Aufstieg mit dem flackernden Kienspan ein Balanceakt. Deshalb hatte man dort seine Ruhe. Nur der Wächter, der auf der Plattform Dienst tat, störte manchmal Gunthers Schlaf.

Er ließ sich in seinen Kleidern aufs Bett fallen und zog sich eine Decke über – zu wach, um schlafen zu können, und zu schlecht gelaunt, um Gesellschaft zu ertragen. Trübsinnig starrte er durch das trichterförmige Fenster auf das winzige Stück Himmel, das sich dahinter zeigte, und dachte an die Zukunft seines Königs, die ihm mehr Angst einjagte, als er sich eingestehen mochte. Heinrich hatte den Kaiser zum Narren gemacht und dieser würde sich rächen. Etwas anderes zu glauben hieß, sich Illusionen an den Himmel zu malen.

Plötzlich hörte Gunther das Knacken der Leiter.

Lilith schien ein Geschöpf der Nacht zu sein, denn sie brauchte kein Licht, um sich zurechtzufinden. Ihr schwarzer Schopf erhob sich aus der Deckenluke und mit der Geschicklichkeit eines Äffchens kletterte sie in das runde Zimmer. Der Bergfried hatte gewaltige Ausmaße. Nach der Sommerfehde, als die Pfalz überfüllt gewesen war, waren mehr als dreißig Mann in jedem einzelnen seiner Geschosse untergebracht worden. Das Mädchen verlor sich in dem hohen Raum. Suchend blickte sie sich um. Sie muss sich verlaufen haben, dachte Gunther, aber als sie ihn unter dem Kienspan auf seinem Bett entdeckte, ging ein Leuchten über ihr Gesicht. Sie begann zu lachen, wohl über die Grimasse, die er zog.

»Ich bin nicht willkommen. Das weiß ich, lieber Herr, und ich schwöre, dass ich Eure Ruhe nicht länger als nötig stören werde.«

Es gab weder einen Schemel noch sonst eine Sitzgelegenheit im Turm und so nahm die Orientalin auf der Kante des Spannbetts Platz, das Gunther zum Schlafen diente. Sie beugte sich über ihn – noch immer das Lachen in den Augen –, und strich ihm zu seinem Entsetzen die Haare aus der Stirn. Es war die Geste einer Mutter, die ihrem Kind eine gute Nacht wünscht, und sie stürzte Gunther in tiefste Verwirrung.

»Ihr seid so jung, ich wusste das nicht, mein lieber Herr, wie jung Ihr seid.« Lilith ließ ihre warme Hand über seinen Augen liegen, und Gunther wurde immer steifer. »*Der Waffenmeister scheucht seine Knappen erbarmungslos wie ein Sklaventreiber* – das hörte sich immer so … alt an. Versteht Ihr? Ich weiß, dass Mack Euch gemocht hat, deshalb habe ich den Mut gefunden hier hinaufzuklettern. Er hatte ein gutes Urteilsvermögen.« Endlich nahm sie die Hand von seiner Stirn, aber nur, um damit über sein Ohr in die Beuge zwischen Hals und Schulter zu gleiten, wo sie sie von Neuem ruhen ließ. »Wisst Ihr, was der arme Junge fertiggebracht hat?«

Geht!, wollte Gunther sagen, aber stattdessen horchte er auf. »Mack?«

Sie lachte wieder, ein Geräusch wie das Glöckchenklingeln während der Messe. Es setzte sich in Vibrationen bis in ihre Fingerspitzen fort, mit denen sie begann seine Schulter zu massieren. »Eure Muskeln sind hart wie Stein, Waffenmeister. Ja, sicher rede ich von Mack. Bleibt ruhig, ich helfe Eurem armen Nacken. Hat er Euch vor seinem überhasteten Abschied seine Pläne mitgeteilt?«

»Und wenn, würde es ihn sicher nicht freuen, wenn ich es weitererzählte.« Gunther schwitzte vor Verlegenheit. Vor … Ärger, Verwirrung und … ja, Verlangen, denn so nannte man ja wohl die Hitze, die ihm in die Lenden schoss. Er unterdrückte ein Stöhnen. Sein Verstand schien unter einer Flut von Gefühlen begraben zu werden.

»Ihr seid so löblich schweigsam und diskret. Ich bin eine Frau und deshalb geht mir diese Gabe ab. Ich war bei seinem Mädchen, bei Nell. Könnt Ihr wenigstens zugeben, von ihr zu wissen, oder muss ich umständlich erklären? Ach bitte, wir beide haben denselben Wunsch, nämlich Mack aus seinen Nöten zu helfen. Als ich mit Nell sprach, wusste ich allerdings nicht, ob ihm mein Mitleid oder mein Zorn gehören sollte. Er ist so ein ... Tolpatsch.«

»Ich möchte nicht ...« Gunther bewegte den Hals. Darauf zog Lilith die Hand aus seinem Kragen, gab ihm einen launigen Klaps und stützte sich mit der freien Hand auf seiner anderer Seite ab, sodass sie ihm nun dichter war als zuvor.

»Was wollt Ihr von Mack?«, versuchte Gunther sich zu konzentrieren. »Ich meine, warum habt Ihr so viel Mühe auf Euch genommen ...?«

Das herzförmige Gesicht sah plötzlich älter und gütiger aus. Wie alt war dieses Mädchen überhaupt? Gunther war nicht in der Lage das zu schätzen.

»Es geht mir hauptsächlich um Agnes. Meine arme Herrin ist einsam und unglücklich. Sie weigert sich sogar zu essen. Oh, sie isst schon, aber nicht ausreichend – bitte verschweigt es dem König. Sie welkt dahin wie eine Blume, die man von der Wurzel gebrochen hat. Und der einzige Trost, den zu geben mir einfiel, war, ihr den Sänger zu versprechen. Sie hat seine Lieder immer geliebt. Und wenn man den eigenen Kummer in hübschen Reimen hört, kann das schon ein Schritt zur Heilung sein, meint Ihr nicht auch?«

Gunther überlegte, ob er sich aufsetzen solle, aber damit wäre er ihrem Busen nahe gekommen und vielleicht war es genau das, was sie plante. »Habt Ihr ihn denn gefunden?«

»Nur die Scherben, die er hinter sich gelassen hat. Mack ist ein Tolpatsch – ich sagte es schon.«

»Was habt Ihr erfahren?«

»Dass er begnadet ist, Unheil anzurichten. Nur der König

hat es geschafft, sein Mädchen gründlicher ins Unglück zu stürzen. Mack war nämlich bei ihr. Bei Nell. Vor einem Jahr. Er hat ihr erklärt, was sie wissen wollte – dass er immer noch keine Möglichkeit hat, seine Burg zurückzuerobern und dass sich daran wahrscheinlich auch nichts ändert wird. Und da hat sie ihm gesagt …«

»Ist das Mädchen nun verheiratet oder nicht?«

»Heute ja. Damals …« Lilith schüttelte den Kopf. »Sie hat ihn angelogen, in der Hoffnung, dass er wieder abzieht, denn auf seiner Burg trieb sich eine ekelhafte Brut herum, die es darauf abgesehen hatte, Nell an einen Grobian ohne Manieren zu verschachern. Wäre Mack hinaufgegangen – und das war es wohl, was Nell befürchtete –, dann hätten sie ihn umgebracht. Wer hätte schon nach ihm gefragt? Deshalb wollte sie, dass er aus der Gegend verschwand, so schnell wie möglich, und hat ihm den besten Grund geliefert, der ihr einfiel.«

»Das war anständig von ihr.«

»Anständig, ja, natürlich.« Ein ärgerlichen Schatten zog über das Herzchengesicht. »Sie sind beide so anständig, dass man aus der Haut fahren könnte. Hätte Mack sich ein Herz genommen und sie gefragt, ob sie mit ihm kommen will – lass die Bäume unser Dach und die Blätter unser Lager sein –, Nell hätte eingewilligt.«

»Sie ist seine Cousine.«

»Und hätte sie ihm die Wahrheit gesagt – dass man sie an einen Mann verkuppeln will, der sein Kind auf dem blanken Boden schlafen lässt und dem Gesinde für jedes Luftholen den Rücken blutig peitscht –, dann hätte er sie genommen und gar nicht mehr gefragt. Cousine oder nicht. Was haben die beiden nun?«

Gunther seufzte aus tiefster Seele und Liliths Miene wurde wieder weicher.

»Unschuld und Dummheit. Die zwei wandern wie Zwillinge durch die Welt. Das ist eines der wenigen Dinge, die mich wahrhaft bekümmern. Wollt Ihr etwas über die Liebe lernen, Waffenmeister? Von jemandem, der alles darüber weiß?« Plötzlich war ihre Hand wieder auf seiner Haut, diesmal hatte sie sie in den Ausschnitt seines Rocks geschoben, dort, wo sich eigenartigerweise die Bänder gelöst hatten. »Die Liebe ist ein Spiel und es gibt nur eine Regel, um zu gewinnen. Man muss seine Figuren mit leichter Hand setzen. Kein Nachdenken über Gewinn oder Verlust. Kein Nachdenken überhaupt. Dann geht es ohne Herzensblut.«

»Nehmt bitte Eure Hand …«

»Psst. Kennt Ihr die Sage von Adams erstem Weib, mein tapferer Ritter?«

Er konnte kaum noch zuhören. Ihre Finger taten nicht viel, sie berührten seine Haut und zogen sie zusammen, um sie zu massieren. Aber Teile seines Körpers – der Teil, der ihm am schmutzigsten und undiszipliniertesten vorkam – begann sich zu regen. Sein Fleisch brannte, und er dankte den Göttern für den glücklichen Umstand, dass er vom Gürtel abwärts mit Decken beladen war.

»Als Adam dem Gebot folgen und sein Weib erkennen wollte«, erzählte Lilith weich, »verlangte er, auf ihr zu liegen. Das gefiel ihr aber nicht, denn sie war stolz und wollte niemanden über sich wissen. Also hat sie ihn verlassen und an ihrer Stelle bekam er Eva, die folgsamer war. Evas Schicksal ist bekannt – es hatte mit Dornengestrüpp, Tränen und Schmerzen zu tun. Adams erstes Weib aber, das stolzer und klüger war …«

»Stolz, ja!« Es war gut, dass sie von Frauen erzählte. Es brachte ihn wieder zur Besinnung. Jedenfalls so weit, dass er sich aufrichten konnte. Die Sehnsucht, die seinen Körper wie ein Waldbrand erfasst hatte, wurde plötzlich von Widerwillen fortgespült. Frauen! Er bekam einen regelrechten Hass auf sich selbst. Wie sein Vater gesagt hatte – berechnend, lüstern, unfähig zur Treue …

»Ich kenne die Geschichte doch.« Er schob Lilith gröber als nötig zur Seite und stand auf. Er war mehr als zwei Köpfe größer als sie. Es erleichterte ihn, dass er auf sie herabschauen konnte, und gleichzeitig suchte er Abstand von ihr. »Das verdammte Weib bedrängte ihn hundert Tage, ohne dass er ihr nachgab, und dann ging sie zu den Wüstendämonen und zeugte mit ihnen Bastarde, die die Erde verseuchten und jedes Unglück über sie brachten, das man sich vorstellen kann. Ich halte nicht viel von Frauen und es ist besser, wenn Ihr geht. Nein, sagt mir vorher, was aus Mack geworden ist.«

»Ich dachte, *Ihr* wüsstet es.« Liliths Lächeln war erkaltet. Er hatte sie gekränkt. Aber das hatte sie sich selbst zuzuschreiben.

»Ich weiß es *nicht*.«

»Ist der Junge danach nicht hierhergekommen? Oder hat er Euch nicht wenigstens eine Nachricht geschickt, was er vorhat oder wo er zu erreichen ist?«

Gunther schüttelte den Kopf.

»Das ist ein Jammer.« Nun stand auch Lilith auf. Sie machte keinen Versuch mehr, ihn zu berühren. Und dass er das bedauerte – wenn auch nur mit einem winzigen, verachtenswerten Teil seines Herzens –, war ein weiterer Beweis für die Macht, die die Frauen ausübten. Aufgewühlt sah er ihr nach, wie sie durch das Bodenloch verschwand.

Gleichzeitig mit den ersten fürchterlichen Winterstürmen kehrte Konrad Dors zurück. Es geschah am Abend eines ungemütlichen Wintertags. Mit Graupel vermischter Schnee trieb über den verlassenen Burghof. Der Wind ließ die Türen knarren und pfiff durch die wenigen nicht vernagelten Fenster, als der Inquisitor auf seinem knöchernen Rappen durch das Tor ritt – eine Bö wirbelnder Schneeflocken im Genick und das bleiche Gesicht vor Kälte blaugefroren.

Gunther wurde vom Stallmeister an die Tür gerufen. Er

hatte gerade mit ihm gemeinsam nach einer Stute gesehen, die unter Koliken litt, und schaute neugierig heraus. Dors hatte soeben das Tor hinter sich gelassen und um ein Haar wäre das seine letzte Tat gewesen, denn von dem vorkragenden Wächterzimmer über dem Torbogen löste sich ein Eiszapfen, der ihn fast erdolchte. Dem Inquisitor entschlüpfte ein heiserer Laut und Gunther sah, wie er den Kopf in den Nacken riss, um mit einem Ausdruck größten Erschreckens zum Himmel zu starren.

»Es hätte so viel erledigt«, brummte der Stallmeister bedauernd und zog sich in die Sicherheit seiner Boxen zurück.

Angeekelt blickte Gunther zu der Gestalt, die sich über den Pferdehals duckte. Er konnte dem Stallmeister nicht weiterhelfen und hatte eigentlich in den Palas zurückgewollt, aber jetzt zögerte er.

Ein Stück altes Sackzeug wurde vom Wind über den Hof gezwirbelt und einen Moment stiegen Schneewolken wie eine Gischt aus Schaum in die Höh. Er sah, wie Dors aus dem Sattel stieg und sich gegen die Böen stemmte. Seltsamerweise brachte der Mann sein Pferd nicht zum Stall, wie es vernünftig gewesen wäre, sondern verschwand mit ihm in einer mehrere Fuß breiten Flucht zwischen zwei Gebäuden, als wolle er nicht, dass jemand von seiner Ankunft erfuhr.

Gunther wartete eine Weile. Als nichts geschah und ihm aufging, dass sein Verhalten sich kaum von dem der Spitzel der Inquisitoren unterschied, streifte er die Kapuze über und stapfte zum Haus zurück.

Der Abend verstrich mit dem Auftritt eines reisenden Minnesängers, der das Rolandlied vortrug – jedoch nicht wie Mack, niemand konnte die Helden der alten Lieder wie Mack zum Leben erwecken –, und mit einigen Schachspielen, die Gunther allesamt verlor, weil er sich nicht konzentrieren konnte. Immer wieder sah er im Geist das Bild des Inquisitors, der sich wie ein Lump in den Ecken der Burg herumdrückte. Dors war nicht in der Halle erschienen, obwohl er inzwischen eine Person von beträchtlicher Bedeutung war. Schließlich hielt Gunther die Unruhe nicht mehr aus.

Das Pflaster des Hofs war mittlerweile unter einer weißen Decke mit etlichen Verwehungen verschwunden. Es hatte aufgehört zu schneien, aber unter einer dünnen Schicht aus pudrigem Schnee führten Hufspuren zum Tor. Dors hatte die Burg also schon wieder verlassen. Vorher musste er allerdings jemanden getroffen haben, denn Gunther sah die Fußabdrücke eines einzelnen Menschen, die die Treppe hinabführten, dann quer über den Hof zu der Kluft, die ihm als Versteck gedient hatte, und wieder zurück. Sehr zierliche Füße. Kinderfüße. Oder die einer besonders kleinen Frau.

Gunther suchte Lilith erst in der Kemenate der Frauen und dann in der Küche, wo sämtliche Schemel und Bänke besetzt waren, heißer, pfeffriger Wein ausgeschenkt und gewürfelt wurde. Er schaute in den Saal und anschließend durchkämmte er systematisch sämtliche Zimmer der Burg. Er fand sie am letzten Ort, an dem er sie vermutet hätte – in der Kapelle.

Sie kniete nicht und betete, wie man es von einem anständigen Weib erwartet hätte. Nein, sie kauerte wie ein Tier neben der Tür, den Kopf an der Brust, die Arme um den Körper geschlungen und um die Schultern den Stoff eines wallenden, roten Vorhangs, der den Raum während des Gottesdienstes vor Zugluft schützte. Sie kam ihm, wie sie da saß und erschreckt zu ihm hochstarrte, wie das einsamste Wesen der Welt vor und er verspürte einen Schlag Mitleid.

Lilith lachte spröde. »Der Waffenmeister, sieh da. Diesmal sucht *Ihr mich*, wie angenehm.« Ihr Lachen klang unecht, und als sie seine ernste Miene sah, verschwand es völlig.

»Ihr habt mit Dors gesprochen?«, fragte Gunther.

»Und Ihr macht ihm Konkurrenz im Spionieren?«

Gunther schüttelte den Kopf. »Was wollte er von Euch?«

»Dasselbe wie Ihr.« Der Sinn der Bemerkung – ihre Schamlosigkeit – ging Gunther erst auf, als Lilith wiederum in Gelächter ausbrach. »Schaut nicht so entrüstet. Was für ein seltsames Männlein Ihr doch seid. Wenn ich nicht so traurig wäre, könnte ich mich endlos über Euch amüsieren. Er wollte wissen, wo Mack steckt. Das war es. Dors sucht Mack.« Heiterkeit und Ernst, eins folgte dem anderen schneller, als man denken konnte. Lilith drehte das Gesicht zum Vorhang und sah so unglücklich aus wie in dem Moment, als er sie gefunden hatte.

»Was will er von ihm?«

»Was schon? Er ist Ketzerjäger.«

»Und was habt Ihr ihm geantwortet?«

»Ich konnte ihm doch nichts verraten, was ich selbst nicht weiß.«

Sie log. Gunther hätte sich nie für einen Kenner von Frauenlaunen ausgegeben, aber er wusste es. Und auch, dass ihre seltsame Traurigkeit echt war. Sie bedauerte Mack. In der Art, wie ein Spieler eine lästig gewordene Spielfigur bedauert?

»Wohin ist Dors jetzt?«

»Wohin sein Hass ihn treibt. Wisst Ihr, wie langweilig dieser Mensch ist? Er ist wie ein Musikant, der nur einen einzigen Ton kennt, aber den unaufhörlich spielen muss. Immer nur Hass. Hass. Gunther?« Lilith ließ den Vorhangstoff fahren. Das Licht war mehr als schlecht. Nur was die Kerze auf dem Altar hergab. Dennoch meinte Gunther auf ihren Wangen Tränen glitzern zu sehen. Sie streckte ihm die Arme entgegen. Als der Vorhang beiseite rutschte, sah er, dass sich ihre Haare gelöst hatten, die so lang waren, dass sie bis auf ihre Füße fielen. Sie trug keine Schuhe und der Saum ihres Kleides war hochgerutscht, so dass er ihre weißen, nackten Waden und einen Teil ihres Oberschenkels sah.

»Was?«

»Es ist kalt.« Ihre Stimme war spröde wie vorher ihr Lächeln. Sie hielt ihm bittend die Hände entgegen. »Seid Ihr nicht neugierig? Wollt Ihr nicht wissen, wonach sich Euer König verzehrt? Für welchen Preis Mack seinen König und seine Zukunft fahren lässt und bereit wäre sein Leben fortzuwerfen? Kommt …« Sie berührte mit den Fingerspitzen seine Leiste. »Es ist nichts Schlimmes daran. Das Heilmittel der Natur gegen Trauer und Zorn. Ich versichere Euch, in meinen Armen ruht es sich gut. Sie sind … überaus tröstlich.«

Auf der Wandmalerei hinter Liliths Schultern nahm Salome den Kopf des Johannes entgegen. An ihrer Seite ringelte sich die Schlange. Das eine Weib war wie das andere. Man konnte gehen oder sich verlieren. Aber wenn man sich verlor … Sie waren berechnend. Immer wollten sie etwas. Sie nahmen und betrogen.

Gunther versuchte seinen trockenen Rachen zu befeuchten. Die Hand wanderte auf die Innenseite seines Schenkels und es war nicht schwer zu erraten, mit welchem Ziel.

Was wollte Lilith?

Dors. Der Bluthund in der schwarzen Kutte hatte Macks Witterung aufgenommen. Genau das war es, was Lilith ihm gerade gestanden hatte. Und … sie wollte ihn aufhalten.

Er schlug ihre Hand so heftig beiseite, dass ihr ein Schmerzlaut entfuhr. Ohne weiter auf sie zu achten, stürzte er aus der Kapelle und durch die Flure in den Hof.

Es hatte aufgehört zu schneien. Der Allmächtige war auf seiner Seite. Dors' Spur führte deutlich sichtbar zum Torbogen. Und wenn es bis zum Morgen trocken blieb, würde er ihm folgen können.

17. Kapitel

Der Mann trug eine Stinkmorchel auf den Schultern. Sein Hals war weiß, fest und stämmig. Der Kopf darüber nur wenig breiter, kegelförmig, von dunkelbraunem, verlaustem Haar bedeckt und fleckig wie … eine Stinkmorchel. An seinen Stiefeln klebte Stallmist. Er kam durch die Tür der Gaststube, mit einem Schwert am Gürtel, das ihn als Ritter auswies, und Mack fällte mit einem flüchtigen Blick sein Urteil, nämlich dass er den Kerl nicht ausstehen konnte.

Der Mann sah nicht nur wie eine Stinkmorchel aus, er roch auch so. Obwohl er am anderen Ende des Raums Platz nahm, wo einige Männer um einen schmierigen, mit Kerben übersäten Tisch saßen und würfelten, waberte der Gestank zu Mack hinüber. Bald würde der Geruch den ganzen Raum verpesten und ihm den Magen nach außen drehen.

Schwerfällig wandte sich Mack wieder seinem Bier zu, das in einem irdenen Krug links von ihm auf der Bank stand. Die rechte Seite wurde von seiner Laute belegt. Beides gemeinsam – Laute und Bier – war seine Gewähr, dass er diesen Abend überstehen würde.

Sein Kopf war umnebelt, was allerdings nicht an der Stärke des sauren Gebräus liegen konnte, da es zum größten Teil aus Wasser und billigen Gewürzen bestand. Nein, Mack war sicher, dass der Wirt zu Pulver zerstampfte Schweinsbohnensamen hineingeschüttet hatte, sein probates Mittel, die Gäste schneller zu berauschen, um ihnen dann umso eifriger nachschenken zu können. Es war ihm recht. Berauscht zu sein war in der Skala seiner einander an Jämmerlichkeit überbietenden Zustände nicht der unangenehmste.

Der Mann mit dem Stinkmorchelkopf hatte einen guten Wurf getan. Er rammte die Faust auf den Tisch und lachte, ein Geräusch, als würden gerocknete Erbsen in einem Zinnbecher geschüttelt. Schweinsbohnensamen schärften das Gehör. Mit einer Grimasse führte Mack seinen Becher an die Lippen oder wollte es tun, aber plötzlich tauchte der Wirt vor ihm auf. Rulle lief die Spucke über die breite, nach außen gestülpte Lippe, ein Zeichen, dass er sich über etwas aufregte. Und es war nicht schwer sich zu denken, über was. Grob riss er Mack den Becher aus der Hand. Ein Tropfenregen schwappte über Macks Hose und er dachte bedauernd, dass er die nächsten Tage stinken würde wie ein Säufer. »Du nichtsnutziger ...«

Und rappelzappel, dachte Mack und zog die Schultern hoch, weil er das Gebrüll des Wirts so dicht an seinem Ohr kaum ertragen konnte.

»Du wärmst deinen Hintern an meinem Holz, schläfst in meinem Stroh ... säufst mein Bier ... und noch keinen Pfennig bezahlt.« Die Vorwürfe kamen wie Hammerschläge und enthielten die reine Wahrheit. Als Rulle streng zur Laute wies, nickte Mack und griff sich das Instrument.

Rulle grunzte so zufrieden, wie wenn die Gäste seiner hübschen Frau auf den Hintern klatschten oder jemand einen Beutel Brakteaten auf dem Tisch ausschüttete. Schön, dachte Mack, das Leben ist im Gleichgewicht. Wir geben beide, was wir haben.

Es ärgerte ihn, dass er im selben Moment an Nell denken musste, die vor ihm ausspucken würde, wenn sie ihn so bekleckert und schmutzig vor sich sähe. Es war dumm, an sie zu denken. Nell hatte sich verheiratet. Und sie hatte klug daran getan, denn wer würde es ertragen, mit einem Affen zusammenzuleben, der für das fette Ende einer Rübe Purzelbäume schlug und für einen Krug Met auf den Händen lief? Sie war ein vernünftiges Mädchen. Gut gemacht, Nell. Man konnte nur hoffen, dass ihr Gatte wusste, wie man einer Frau ein angenehmes Heim bereitete.

Lustlos schlug Mack einige Töne an. Die Laute war verstimmt, aber niemand im Raum merkte es. Sie würden es auch nicht merken, wenn er sang, weil sie von Schönheit nicht mehr verstanden als die Säue, die ihre Rüssel über die Brettertür steckten, mit denen ihr Verschlag von der Gaststube abgetrennt war.

Der Stinkmorchelmann war wieder dran mit Würfeln. Der Lederbecher knallte auf den Tisch und nachdem er die Augen gezählt hatte, drehte er sich zu Mack um. Er brüllte etwas, das Macks Kopf beinahe zum Platzen brachte. Das Lied von der Müllerin im Sack. Die Müllerin im Sack, klar? Aber laut und schmissig! Nur war die Müllerin im Sack kein Lied, sondern eine besonders scheußliche, gesungene Version der Schenkelklopferei dieses Mannes. Es war so ordinär, dass Nell ihm die Ohren langgezogen hätte, wenn er es in ihrer Gegenwart gesungen hätte. Und den Mann, der sich so ungeniert die Hämorrhoiden kratzte, hätte sie ebenfalls verabscheut.

Mack drehte an den Lautenwirbeln. Selbst mit Schweinsbohnensamen im Blut konnte er keine verstimmten Töne ertagen. Rulle warf ihm seinen Na-nu-endlich-los-Blick zu und nachdem Mack pedantisch den letzten Wirbel gerichtet hatte, begann er zu singen. Er war nicht mehr die Laute, die Nell ihm geschenkt hatte, denn die war bei einer Schlägerei in Augsburg zu Bruch gegangen. Aber die neue Laute war ebenfalls mit Rosen bemalt, die ihn gnadenlos an Nell erinnerten.

Das oder die Schweinsbohnensamen oder der Rauch in der Schenke oder alles zusammen ließ Mack seidenweich ins Reich der Sehnsüchte abgleiten. Nicht sofort. Brav spielte er die seelenlosen Weisen um Heldentum und Rittertod. Aber seine Konzentration ließ schnell nach. Singen und Schweinsbohnensamen – das waren die Begleiter, die ihn unterhakten und in die Hölle führten, nach der er sich mit jeder Faser seines Herzens sehnte.

Nellienellienell, dachte Mack, während die Töne über seine Lippen flossen. Er wollte, dass sie glücklich war. Nichts sonst war ihm wichtig. Nur ihr Glück. Mit einem Ehemann, in dessen Armen sie geborgen war. Der ihre Speisekammer füllte, der ihr Wolle und Gewürze schenkte und sie im Bett … Mack schluckte und die nächsten Tönen klangen wie Ziegenmusik. Nells Gatte sollte ihr Sträuße getrockneten Lavendels mitbringen, wenn er nach Nürnberg ritt, oder rotgefärbte Stoffe, Reifen für ihre schlanken braunen Arme, aber er sollte nicht … oder vielmehr doch …

Mack zuckte zusammen. Er konnte kein Gebrüll ertragen. Jedes laute Geräusch fühlte sich in seinem Kopf wie ein Stich an. Der Stinkmorchelmann hatte geworfen und Pech gehabt. Jetzt drehte er sich um und fluchte. Das Lied passte ihm nicht. Kein Wunder. Wahrscheinlich hatte er niemals in einer Frau etwas anderes gesehen als ein Gefäß für sein ohne Zweifel monumentales …

»… das von der Müllerin, du Idiot!«

Mack spielte und tat, als höre er nicht.

»… Dreck in den Ohren? Ja? Dreck? Oder was?«

Nicht alle waren mit den Wünschen der Stinkmorchel einig, aber die Sanftmütigen und Unglücklichen, die das Lied gern weitergehört hätten, konnten sich zu keinem Protest aufraffen.

»Rotzekerl …«

Der Morchelmann sprang auf. Seine hölzerne Schwertscheide war an einer Seite aufgeplatzt, und Mack sah, dass die Waffe darin schartig und voller Rostflecken war. Das hieß allerdings nicht, dass man damit keine Wunden schlagen konnte. Nur, dass sie schlechter heilen würden. Macks Finger glitten immer noch über die Saiten, aber er hörte auf zu singen. Er stellte sich vor, welche Wunden diese Kerben, die aussahen wie das Gebiss eines Haifischs, in seinen Arm reißen könnten. Oder schlimmer noch, in seinem Bauch. Vor seinen Augen quollen Eingeweide auf den Dielenboden, in den Schmutz, der sich festgetreten hatte, und auf die Kakerlaken, die dort krabbelten. Mack bewegte unruhig die Lippen. Die Gedanken eines Verlierers, hätte Gunther gesagt und ihm eins hinter die Ohren gegeben.

Mack legte die Hand über das Griffbrett. Er dehnte seine Finger, zog das Plektron aus der Tasche, senkte den Kopf über die Rosen und begann ein neues Lied. Diesmal eine harte, bissige Tonfolge, bei der das Knochendreieck die Saiten knallen ließ. Der Text war bedeutungslos – eine sinnlose Aneinanderreihung von Silben. Ihn interessierte nur die Melodie. Wut, Zorn, Frustration ... Großartig, ja. Und prächtig, wie der Schweinsbohnensame die Töne hallen ließ und verstärkte. Es klang wie in einem Dom.

»... Geplärre ... verwünschtes ...!« Der Stinkmorchelmann sprang auf. Ja, Zorn und Wut – damit kannte er sich aus. Dieses Lied ging ihm ins Blut wie reiner Schnaps. Mack lächelte dünn, als er sah, wie der Mann seinen Stuhl beiseite trat. Das Schwert verhedderte sich zwischen seinen Knien. Er schäumte.

»Ruhe da!«

Rulle war ein gemütlicher Mann, aber nicht, wenn er sah, dass sein Mobiliar in Gefahr geriet. Er stürzte herbei und griff nach der Laute, und bevor Mack erkannte, was er vorhatte, brach er sie über seinem Knie entzwei.

Bestürzt starrte Mack ihn an. Das Rauschbier hatte ihn stärker mitgenommen, als er gedacht hatte. Als er aufstand, schwankte die Schenke wie ein Schiff im Sturm. Das Morchelgesicht grinste.

Und nun?

Mack wischte sich über das Kinn. So gerade, wie es auf stampfenden Schiffsdielen möglich war, ging er auf den Stinkmorchelmann zu. Er ballte die Fäuste und kniff die

Augen zusammen und ... ja, das tat gut. Das war genau das Richtige.

»Nicht hier drinnen!« Rulle hatte keine Lust, sich von zwei Idioten den Gastraum zertrümmern zu lassen. Er drängte sie in den Hof, und hinter ihnen strömten die Gäste in das mit grauem Schneematsch bedeckte Areal zwischen den Zäunen. Sie johlten, dass ihm fast der Kopf platzte.

»Nicht das Schwert!« Irgendjemand mit Sinn für Gerechtigkeit forderte von der Stinkmorchel die Waffe. Macks Gegner nahm den Kerl, gegen den er antreten sollten ins Visier, und entschied, dass er ohne Risiko auf sein Prunkstück verzichten konnte.

Er legte den Gürtel ab, hauchte auf seine Fäuste, setzte sein bestes Feiertagsgrinsen auf und legte los. Mack tänzelte erschreckt zurück. Schon der erste Hieb, der an seinem Kinn abglitt, hatte ihn ernüchtert. Schlagartig begriff er, in welchen Schlamassel er geraten war. Er schielte nach Rulle, was ihm nur mit einem weiteren Treffer, diesmal auf die Nase, belohnt wurde. Hilflos riss er die Hände hoch. Einen Schlag konnte er abfangen, die nächsten trafen und dann prasselte es nur noch auf ihn nieder. Zuviel Schweinsbohnensamen, keine Kraft, keine Reaktion. Er klappte zusammen und war dankbar, dass das Dunkel der Bewusstlosigkeit schnell über ihn hereinbrach.

Als Mack wieder zu sich kam, hing die Sonne in der Hecke. Es musste also Abend sein oder Weltuntergang. Das Blut an seinem Kinn war getrocknet und ihm war eiskalt. Es dauerte eine Weile, bis er die Kraft fand sich aufzurappeln. Mit zusammengebissenen Zähnen stolperte er in den hinteren Teil des Hofs, kurbelte den Brunneneimer hoch – was zum Glück nicht viel Arbeit erforderte, da das Wasser bis knapp unter den Rand stand – und schaufelte sich das angefrorene Wasser ins Gesicht. Tausend Wunden brannten und als er eine Grimasse zog, gebärdete sich seine Nase wie ein Feuerball.

Sein Schlafplatz befand sich in einem Bretterverschlag, der an das Haus angebaut war und wo der Gastwirt den Wintervorrat an Holz und einige Arbeitsgeräte aufbewahrte. Kein Palast, aber windgeschützt. Und in jedem Fall besser, als im Wald zu übernachten. Und das, dachte Mack, während er schauderte und mit den Zähnen klapperte, konnte die Option auf die nächste Zukunft darstellen, falls Rulle sich nicht überzeugen ließ, dass die Schlägerei ein Ausrutscher war.

Mack hauchte in die Hände. Sein Körper war bis in die Eingeweide durchfroren, und er musste ins Warme, wenn er nicht erfrieren wollte. Auch auf die Gefahr hin, die nächste Abreibung zu provozieren.

Die Gaststube war in stickigen Qualm gehüllt, aber Mack sah, dass das Stinkmorchelgesicht bereits gegangen war. Es saßen nur noch eingefleischte Stammgäste um den großen Tisch in der Mitte und Rulle ruhte sich auf seinem Schemel vor dem Kochfeuer aus, wobei er die Füße gemütlich gegen den Rost stemmte. Mack nahm sich einen zweiten Schemel und setzte sich neben ihn. Die Wärme war wunderbar und seine Dankbarkeit dafür, dass der Wirt ihn nicht umgehend hinauswarf, größer als sein Groll wegen der Laute. Eine Weile schwiegen sie.

Dann langte Rulle hinter sich, holte einen Krug, bot Mack daraus an und nahm, als der ablehnte, selbst einen kräftigen Schluck.

»Du bist kein schlechter Kerl«, eröffnete er mit einem wohligen Seufzer, »aber einer, der sich ständig in den Mist reitet.« Geruhsam schob er mit dem Schuh einen Scheit zurecht, der aus dem Feuer gefallen war. »Keine Ahnung, warum du das machst – diese gräßlichen Lieder. Hatte dich gern um mich, hast eine hübsche Stimme. Wenn du dich zusammenreißen würdest, könntest du in die Burgen gehen, wo die Leute mit dem richtigen Geld sitzen, und ein berühmter Mann werden. Nur müsstest du vernünftig singen.«

»Du wirfst mich raus?«, fragte Mack entmutigt.

Wieder schwiegen sie, während die Funken sprangen und der Rauch in den hölzernen Rauchfang stieg, in dem in akkuraten Reihen Würste und Speckseiten baumelten.

»Es war einer da«, sagte Rulle.

»Was?«

»Ein Kerl. Vorhin war ein Kerl da.« Er nickte bedächtig und bediente sich wieder aus seinem Krug. »Er wollte wissen, ob hier in der Gegend ein Sänger aufgetaucht ist.«

»Was?«

»Was? Was? Du hast überhaupt keinen Verstand mehr im Kopf. Ein Sänger mit einer besonders schönen Stimme. Jung, braunes Lockenhaar, wahrscheinlich lang, und eigenartige grüne Augen.«

Mack streckte seine immer noch eiskalten Hände über die Flammen, um sie zu wärmen. »Und?«

»Tja.« Rulle seufzte. »Einer von der miesen Sorte. Ich hab mit so was Erfahrung. Ich seh einem auf den ersten Blick an, was für ein Bruder er ist. Wenn ich das nicht könnte, hätte ich heute meine Schenke nicht mehr.«

»Klar«, meinte Mack schwach.

»Trug eine Kutte. Aber war kein Mönch. Oder wenn, dann hat er sich die Tonsur nachwachsen lassen. Und ne Menge Fragen hatte er.«

»Eine Kutte? Schwarz?«

»Jedenfalls hab ich ihm gesagt, ich weiß von nichts, und er soll sich woanders umsehen. Und das wollte er dann auch.«

Eine Last bröckelte von Macks Schultern. Er antwortete nichts, aber seine Erleichterung musste greifbar im Raum stehen, denn der Wirt warnte: »Weggeschickt heißt nicht, dass er wirklich fort ist. Er kann im Dorf fragen oder in der nächsten Schenke, und irgendwo wird er Antwort kriegen.«

»Gut. Dann muss ich wirklich gehen. Danke. Aber …«

Mack hob hilflos die Arme. »Ich gehe morgen früh. Bevor die anderen aufstehen. In Ordnung?«

Rulle schielte zum Tisch, wo seine letzten Gäste saßen, und nickte zögernd. »Dann solltest du dich aber beeilen. Auch wegen der Leute hier. Vorhin haben sie das Maul gehalten, aber wenn ihnen jemand genügend einheizt oder ihnen sogar einen Kupferpfennig zuschiebt …«

Mack erhob sich. Es kostete ihn Überwindung, die Feuerstelle zu verlassen, aber seine Furcht war größer. Ein Mann in einer Kutte. Dors? Wer sonst? Konrad Dors, dem das Jagen zur Passion geworden war. Er hatte zur Tür gewollt, aber plötzlich fiel sein Blick auf den Schweinekoben. Zögernd schielte er zum Tisch. Die Männer dort waren so berauscht, dass sie mit den Köpfen auf den Tischen lagen oder zu sich selbst sprachen. Rulle war nach hinten in die Küche gegangen, wo er mit seiner Frau schäkerte.

Behutsam hob Mack den Riegel des Kobens an. In dem schwarzen Loch war es still. Die Schweine schliefen. Er bückte sich und wurde von einem bestialischen Gestank empfangen. Doch Platz war genügend vorhanden, denn der Wirt hatte bereits zwei seiner kostbaren Sauen geschlachtet. Mack kroch auf Knien in den Verschlag, zog die Brettertür hinter sich zu, rollte sich zusammen und sank – eine schnüffelnde Nase am Hals und eine andere in den Kniekehlen – in unruhigen Schlaf.

Er musste fort, und zwar so schnell und so weit wie möglich. Dieser Gedanke quälte sich in Macks Bewusstsein, als er morgens mit verspannten Muskeln erwachte und nach und nach begriff, wo er sich befand. Eine Sau lag quer über seinen Oberschenkeln und wehrte sich grunzend, als er sich unter ihr hervorgrub. Aber seine Angst beflügelte ihn und brachte ihn schneller aus dem Schweinkoben, als der Gestank und der Ekel es geschafft hätten.

Die Gastleute und ihr glatzköpfiger Knecht lagen vor dem Feuer und rührten sich nicht. Gut. Der Hof war ebenfalls leer. Mack säuberte sich ein zweites Mal am Brunnen – diesmal, indem er sich den Kopf mit Wasser übergoss – und wurde schlagartig wach. Es war noch früh. Die Felder und das Nachbardorf lagen unter Morgennebeln verborgen. Fröstelnd machte Mack sich auf den Weg zum Schuppen. Er besaß nicht viele Habseligkeiten, die er hätte mitnehmen wollen, aber ein Rock zum Wechseln war dabei, den ihm eine mitleidige Frau für ein Lied über das Sterben geschenkt hatte, und wenigstens den brauchte er. Was er am Körper trug, stank so penetrant nach Gülle, dass er sich selbst kaum riechen konnte.

Die Schuppentür klemmte. Mack wollte sie wie üblich mit einem Fußtritt öffnen, als er plötzlich innehielt. Bildete er es sich ein oder drang ein Schnarchen durch die Astlöcher der Bretter? Die Kälte ließ ihn erschauern und zusammenschrumpfen. Was nun? Davonlaufen?

Hosenscheißer, hörte er Gunthers verächtliche Stimme. Ohne den zweiten Rock würden sie ihn in kein Haus lassen. Er hatte gar keine Wahl. Unendlich vorsichtig hob Mack die Tür an und ließ sie in ihren Scharnieren schweben, während er sie ins Innere des Schuppens drückte.

Vor dem Brennholzstapel lag Prosper.

Irritiert starrte Mack auf den Knappen, der vor Übermüdung eingeschlafen sein musste, denn er befand sich in einer halb sitzenden Stellung, den Kopf abgeknickt, die schlaffen Hände im Schoß, wo auch sein Schwert lag. Vorsichtig nahm Mack ihm das Schwert ab, schob es zwischen den Holzhaufen und die Wand und wechselte dann genauso lautlos seine Kleider. Bis auf ein Messer besaß er keine Waffe. Als er sich umgezogen hatte, wog er es prüfend in der Hand.

Der Feigling in ihm riet zu verschwinden. Prosper war ein verschlagener Kerl und der Himmel mochte wissen, was ihm alles einfiel. Doch ihn plagte auch die Neugierde und eine nervöse Unruhe. Während er noch mit sich rang, gab Prosper einen besonders lauten Schnarcher, der dem Sauengrunzen im Koben ähnelte, von sich. Er verzog das Gesicht, als erwache er gleich, und das gab den Ausschlag.

Mack kniete vor ihm nieder und drückte ihm die kalte Klinge gegen den Adamsapfel. Er spürte sein Erschrecken, sah das Flackern des Erkennens in den verschlafenen Augen und gleich darauf, wie die weichen Lippen zu zittern begannen. Ein Kinderzittern, so grenzenlos entsetzt, dass er sich einen Moment lang schämte. Bis ihm einfiel, dass Prosper inzwischen zu Dors gehörte – auf welche Weise auch immer. Und genau danach fragte er ihn.

»Nicht, Dors, nein.« Prospers Stimme klang, als hätte er ihm mit dem Messer den Adamsapfel eingedrückt.

»Oh, also bist du rein zufällig …«

»Nein.« Prosper wich vor Macks Sarkasmus zurück. Er schielte zur Waffe und wollte den Kopf schütteln, aber er hatte Angst sich zu verletzen. Also hob er den Blick und versuchte seinem Gesicht einen ehrlichen Ausdruck zu geben. »Lilith …«, flüsterte er, ohne den Kiefer zu bewegen.

Mack packte ihn mit der Linken am Kragen seines Mantels – eine Geste, die ungeheuerlich bedrohlich wirken musste, denn Prosper starb fast vor Angst. »Lilith, wirklich, Ehrenwort«, wiederholte er.

»Was – Lilith?«

»Dors sucht dich, aber Lilith wollte, dass ich dich vor ihm finde. Ich komm von Lilith und soll dich warnen.«

Das war eine Lüge. Prosper würde niemals etwas Gutes für ihn tun. »Und weiter?«

»Sie war bei diesem Mädchen, Nell.«

Mack fühlte sich, als würde man ihm eine Eisbinde um den Hals legen und sie langsam zusammenziehen. Nell. Sie hatten Nell in ihre Pläne einbezogen.

»Ich soll dir sagen …«

»Von Lilith?«

»Ja, von Lilith. Ich soll dir sagen …« Prosper machte eine Bewegung – vielleicht atmete er auch nur tiefer – und die Klinge ritzte seine Haut. Mack hatte das nicht beabsichtigt. Betroffen starrte er auf das Blut, sah das Grauen in den Augen seines ehemaligen Kameraden und lockerte seinen Griff. »Was ist mit Nell?«

»Sie ist gar nicht verheiratet. Lilith sagt das. Das Mädchen wollte nur, dass du …«

Macks Hand zitterte und die Klinge verletzte Prospers Adamsapfel ein zweites Mal. Diesmal jaulte der bleiche Junge entsetzt auf.

»Was soll das heißen – nicht verheiratet?«, fragte Mack, während er sich bemühte ruhig zu bleiben.

Prosper stotterte eilig weiter. »Sie hatte Angst um dich. Deshalb … hat sie gelog … deshalb …«

Nein, Nell sagte niemals die Unwahrheit. Jemand wie Prosper tat das, der sich vor dem Sterben fürchtete und alles Mögliche erfand, um den Moment hinauszuschieben. »Mehr weiß ich nicht«, piepste er mit viel zu hoher Stimme. »Ich sollte dir nur …«

»Mir sagen, dass Nell nicht verheiratet ist«, beendete Mack den Satz. Wenn Prosper jetzt den Mut aufgebracht hätte, ihn von sich zu stoßen, dann hätte er ihn mit Sicherheit überwältigt. Doch der schleimige Kerl hielt still wie das Kaninchen vor der Schlange. Der Schreck war ihm so gründlich in die Glieder gefahren, dass er sich nicht einmal wehrte, als Mack ihm mit seinem eigenen Gürtel die Handgelenke zusammenband.

Mack verließ den Schuppen und verrammelte die Tür, indem er ein Faß voller verrostetem Eisen davorrollte. Bis nach Thannhausen waren es etwa drei Tagesreisen. Allerdings nur dann, wenn man ein Pferd besaß. Er selbst hatte keins und konnte auch Prospers nicht entdecken. Also würde er die zwei- oder dreifache Zeit ansetzen müssen.

Ich tue, was er will, ich bin ein Idiot, sagte sich Mack, als er aus der Umzäunung auf den Feldweg stapfte. Der Wind blies in seine Kapuze, der Himmel war diesig und versprach neuen Schneefall. Wider Vernunft und besseres Wissen machte Mack sich auf den Weg und war so glücklich wie ein Schmetterling im Frühling.

Er schaffte es in sechseinhalb Tagen, weil er zweimal auf einem Fuhrwerk mitgenommen wurde und weil er eine Abkürzung durch einen Wald nahm, der voll von Wölfen war und deshalb von den Menschen gemieden wurde.

Die Wölfe ließen ihn in Ruhe, aber eine kleine, feige Stimme flüsterte ihm zu, dass sie ihn nur deshalb nicht angriffen, weil sich das Schicksal für ihn eine köstlichere Überraschung ausgedacht hatte. Prosper gehörte zu Dors. Sie hatten dieselbe Freude an Gemeinheiten. Prosper wollte ihn für Dors in eine Falle locken. Und wenn sie ihn erwischten, dann würden die Fänge der Wölfe eine sehnsuchtsvolle Erinnerung sein. Mack wusste all das, und dennoch platzte er fast vor Glück, als er endlich am Rand des Waldes stand, hinter dem – abgetrennt durch etliche Felder und das verschneite Dorf – die Burg lag.

Er kauerte sich hinter einen Wacholderbusch und überlegte, wo er an Dors' Stelle den Hinterhalt gelegt hätte. Er glaubte nicht, dass der Kuttenmann mit vielen Leuten unterwegs war. Seine Pläne waren zwielichtig und vertrugen keine Öffentlichkeit. Wenn er aber nur Prosper dabeihatte, dann konnte er nicht sämtliche Wege zur Burg zu bewachen. Er musste also dicht am Tor lauern, dort, wo die verschiedenen Pfade zu einem einzigen zusammenliefen. Mack erinnerte sich, dass es einen vertrockneten Brunnen gab, der in seiner Kindheit die Bewohner der umliegenden Gehöfte mit Wasser versorgt hatte. Der Brunnen war von einer schützenden Hütte umbaut gewesen, von der noch ein oder zwei Mauern standen. Dies war die Stelle, die Mack für einen Hinterhalt gewählt hätte, und er beschloss sie zu meiden.

Dann musste er allerdings einen weit gefährlicheren Weg wählen, nämlich über die Steinhänge an der Südseite der Burg – den Fluchtweg seiner Kindheit, wann immer es Ärger gegeben hatte. Dort, wo die Steinklippe endete und die Burgmauern anfingen, wuchs ein Baum, dessen Wurzeln sich in die Mauerspalten gegraben hatten und dessen Stamm sich so eng an die Buckelquader der Burg schmiegte, als wäre er mit ihnen verschmolzen.

Mack blickte auf seine verfrorenen, rissigen Hände und versuchte seine Chancen auszurechnen. Wenn er den Steilhang hinaufkam und wenn es den Baum noch gab, konnte er durch das Fenster des Aborterkers in die Burg gelangen, genau wie er es als Kind getan hatte. Und dann … sich blitzschnell umschauen, die Wahrheit über Nellie herausfinden – und verschwinden wie eines der Wesen aus der anderen Welt. Wenn sie allerdings wirklich geschwindelt hatte und nicht verheiratet war … Er verbot sich diesen Gedanken und machte sich auf den Weg.

Der Aborterker war sein Verderben. Das Fenster war geschrumpft, oder Mack gewachsen. Er hing in der nackten Baumkrone auf einem nicht allzu stabilen Ast und starrte auf das Loch, das zu winzig schien, auch nur ein Kind hindurchzulassen. Für ein Kind musste es möglich sein, denn er hatte diesen Weg ja früher benutzt. Aber nicht für einen Mann.

Mack stellte sich vor, wie er im Mauerloch hängen blieb und steif gefroren vom ersten Besucher des unwirtlichen Orts begrüßt wurde – womöglich erst am nächsten Morgen und schon tot. Entmutigt blickte er den Abgrund hinab. Seine Hände waren geschwollen, beim Aufstieg an den Steinen blutig gerissen und nahezu gefühllos. Er würde den Rückweg auf keinen Fall mehr schaffen. Genau genommen hatte er nur die Wahl zwischen dem Fenster und einem Sturz, bei dem er sich mit Sicherheit den Hals brechen würde.

Gut gemacht, mein Junge – nicht nur keinen Mumm in den Knochen, sondern auch keinen Grips im Hirn, würde Gunther sagen. Mack blies in seine kalten Hände. Mit jedem Augenblick würde er nur noch steifer und unbeholfener werden. Also warf er sich mit Armen und Kopf voran in das dunkle Fensterloch. Er bekam die hölzerne Abdeckung mit den beiden Sitzlöchern zu fassen und klammerte sich daran fest, während sein Gewicht ihn in die Dunkelheit zog.

Glücklicherweise war die Mauer an dieser exponierten Stelle weniger dick, denn er musste sich Zoll um Zoll durch die Fensterleibung quetschen. Es dauerte Ewigkeiten, bis er endlich die Hüften durch die Öffnung gezwängt hatte. Verschwitzt und mit zerrissener Kleidung rollte er über das Brett auf den Boden des heimlichen Gemachs. Es stank wie im Saustall, er selbst stank. Seine Hände rochen, als hätten er damit einen Saudarm ausgekratzt, und zum ersten Mal seit er sich auf den Weg gemacht hatte, hoffte er, Nell *nicht* zu begegnen. Er tastete nach dem Schemel, auf dem früher immer eine Schüssel Wasser gestanden hatte, fand sie zu seiner Erleichterung und reinigte sich notdürftig.

Nach einer Verschnaufpause raffte er sich wieder auf. Die Zimmer und Gänge der Burg waren ihm vertraut. Trotzdem kam er wegen der Dunkelheit nur mühsam vorwärts und irrte sich zweimal im Weg. Unter dem Dach gab es eine Kammer, in der während des Winters die Bienenstöcke aufbewahrt wurden. Von dort konnte man ins Dachgebälk der Burg kriechen, das den großen Saal überwölbte. Zwischen dem Gebälk und dem Saal befand sich eine Decke aus Balken und daraufgenagelten Brettern und wenn man das Lehmstroh, das die Löcher zwischen den Brettern verstopfte, mit dem Finger hinauszupfte, hatte man einen exzellenten Blick auf den Ritterraum. Dorthin wollte er, und dann – so hoffte er – würde er wissen, wie es um Nell stand.

Die Tür zur Bienenkammer quietschte, als er sie öffnete. Mack fühlte mit den Händen das Stroh der Bienenkörbe, die unter der Schrägen abgestellt worden waren. Die Dielen knarrten. Es roch noch immer nach Staub und Vogelkot und plötzlich kam es ihm vor, als wäre die Zeit stehen geblieben. Er war wieder ein kleiner Junge und der muffige Geruch erinnerte ihn an die Furcht vor Entdeckung und Schlägen. Soweit er zurückdenken konnte, war er ständig bei irgendetwas ertappt und dafür verdroschen worden. Auch beim Spionieren? Er konnte sich nicht mehr erinnern, aber das marode Schindeldach, durch dessen Löcher das Mondlicht fiel, kam ihm wie ein Zufluchtsort vor und so nahm er an, dass er dort immer sicher gewesen war.

Er ließ sich auf die Knie nieder und tastete sich in das Gebälk, wobei er sorgsam darauf achtete, immer auf den dicken Balken zu bleiben. Die Bretter, die die eigentliche Decke bildeten, waren so morsch, dass er damit rechnen musste, in den Saal hinunterzustürzen, wenn er eines zu stark belastete. Er hörte Stimmen unter sich und sein Herz klopfte schneller. Ein gewisses Maß an Knarren und Schaben würde man zweifellos den Ratten anlasten, aber sein schwerfälliger Körper verursachte andere Geräusche, als die flinken Beinchen dieser Tiere. Nur hatte zum Glück kaum jemand so ein scharfes Gehör wie er selbst.

Mack hielte inne, atmete tief durch und legte sich dann langsam auf den Bauch. Er brauchte kein frisches Loch in die Decke zu bohren. Niemand hatte in den letzten Jahren die Saaldecke ausgebessert. Ein Dutzend seiner Löcher aus Kindertagen stand ihm zur Auswahl. Er beugte sich über das nächstliegende …

Zu dieser Zeit schlief niemand in den eisigen Kammern. Die Menschen suchten die Wärme des Kamins und entsprechend lebhaft ging es im Saal zu. Ralph, Eberhard, Burgmannen, von denen er einige kannte und einige nicht kannte, Mägde, Hunde, alle wuselten sie wie Mäuse herum. Er suchte nach Nell, konnte sie aber nicht entdecken und seine Stimmung sank. Er drückte das Auge näher an das Loch und erkannte einen Teil des breiten Tischs, der so alt wie die Burg selbst war. Dort saßen die Männer. Es gab keine Tischtücher wie beim König, aber auf der Tafel standen die Reste eines Essen, das in mehreren Schüsseln aufgetragen worden war – man hungerte also nicht. Er sah Ralph, der mit seinen Spinnenarmen nach gebratenen Hühnerschenkeln langte, wobei das Fett eine Tropfspur auf der Tischplatte hinterließ. Er hörte ein Weib lachen und krümmte sich innerlich, weil nur Mathilde ein so gräßliches Geräusch von sich gab. Die Kindheit kroch auf ihn zu und umfing ihn mit ihren Armen.

Dann trat plötzlich Nell in das Oval seines Lochs.

Sein Herz tat einen Sprung. Er konnte ihr Gesicht nicht erkennen, da sie eine Haube trug und außerdem den Kopf über eine Platte gesenkt hielt. Doch ihre kerzengerade Haltung mit den knochigen Schultern verriet sie so eindeutig, dass kein Zweifel bestand. Mack verkrampfte seine Hand um den Balken, auf dem er lag, und presste das Auge noch dichter ans Loch. Nell war also immer noch hier. Aber sie trug nicht Ralph zuerst auf, sondern einem Mann, von dem er nur einen grünen Oberschenkel sehen konnte. Ein Gast?

Der Fremde sagte etwas. Mack lauschte konzentriert mit geschlossenen Augen, aber jemand hatte einen Knochen zwischen die Hunde geworfen und ihr Bellen übertönte die Worte.

Er versuchte eine bequemere Stellung einzunehmen. Seine Hand schabte über die Splitter in den Balken und begann von Neuem zu bluten. Eine endlose Weile lang er völlig still da. Der Fremde war wortkarg. Die anderen Leute unterhielten sich, vorwiegend über eine Seuche, die in den Gehöften umging und das Rindvieh befiel. Es herrschte eine gedrückte Stimmung. Jemand ärgerte sich über die Wilderei der Bauern. Ein anderer fand, man müsse ihnen zugestehen, ihre Felder durch Zäune zu schützen, weil man sonst bald gar nichts mehr ernten würden, ein Luchs krallte sich die Dorfhühner. Dann ließ sich wiederum der Fremde vernehmen. Nell hatte eine Fleischplatte hineingetragen und ihm war das Essen nicht warm genug. Er machte ihr Vorwürfe. Nells Antwort war zu leise, um sie zu verstehen. Dafür schnauzte Ralph vom Tischende:

»Ein Weib erzieht man sich mit dem Knüppel, Arnulf. Und wenn du zu zimperlich bist, ihr eins in die Fresse zu geben …«

Eberhard sagte etwas, das sich wie ein Protest anhörte. Das Nuscheln des Fremden war nicht zu verstehen.

»… in die Fresse!«, schnaufte Ralph und hieb sein Messer in ein Stück Fleisch.

Mack legte die Stirn auf den Balken. Ihm war schwindlig und seine Gedanken flatterten umher wie die Hühner, die der Luchs jagte. Nell hatte ihn also *nicht* angelogen. Sie hatte geheiratet, den Kerl mit den grünen Schenkeln, und er sagte *kein Wort* zu ihrer Verteidigung.

Unter den Brettern ging das Gespräch weiter, aber Mack achtete nicht mehr darauf. War Nell glücklich? Das konnte man nicht wissen. Ihr Mann hatte zu den Prügeln, von denen Ralph geschwärmt hatte, geschwiegen, aber das hieß nicht, dass er sie schlecht behandelte. Nells Mann. Er war ihr Mann. Mack musste sich das vorsagen, um es endlich zu begreifen. Er musste es sich selbst in den Kopf hämmern.

Sie aßen noch immer, als Mack auf Knien zur Bienenkammer zurückrutschte. Was dort unten geschah ging ihn nichts mehr an. Nell hatte entschieden. Er selbst würde bei den Körben übernachten und im Morgengrauen verschwinden. Nell hatte deutlich genug gesagt, was sie von ihm erwartete. Sie hatte sich ihren Mann gesucht, und dass er sie nicht verteidigte, bedeutete gar nichts. Wer regte sich schon wegen einer Frau auf?

Mack musste rückwärts durch das Türchen kriechen, das in die Kammer führte. Er richtete sich einen Moment zu früh auf und stieß sich den Kopf. Im selben Augenblick trat er mit dem Fuß gegen etwas Weiches.

Der Raum erbebte von einem durchdringenden Schrei.

Mack donnerte ein zweites Mal gegen den Holzbalken, aber diesmal achtete er nicht darauf. Das Geschrei kam von einem Kind, so viel begriff er. Es musste irgendwo am Boden hocken. Er ließ sich wieder auf die Knie fallen und tastete nach der Quelle des Lärms. Es war stockdunkel, die Luft wie mit schwarzer Farbe bemalt. Das Gebrüll leitete ihn jedoch. Er erwischte einen kleinen Mund und preßte die Hand darauf. Das Kind wurde stocksteif. Hatten sie den Schrei im Palas gehört? Ganz sicher. Die Burg hatte bis ins Fundament gezittert. Wer würde kommen? Eine Magd?

»Pssst … ich tu dir nichts.« Er kroch neben das Kind und versuchte es mit der freien Hand zu streicheln, um es zu beruhigen. Die Tatsache, dass es sich in dasselbe Versteck wie er in seiner Kindheit verkrochen hatte, verband sie. »Du brauchst nicht zu schreien. Ich gehe schon wieder. Ich hab mich nur verlaufen …«

Versuchshalber entfernte er seine Hand ein Stück vom Mund – und das Geschrei setzte mit unveränderter Intensität wieder ein. Er war dumm gewesen, überhaupt seine Zeit hier zu vertrödeln. Mack stürzte aus der Kammer. Im Flur gab es ein Fenster, so dass er etwas besser sehen konnte. Wohin nun? Krampfhaft versuchte er sich an ein Versteck zu erinnern, aber hier oben hatte es keins gegeben, wenn man einmal von dem Dach absah. Er lehnte sich mit dem Rücken gegen die Wand und presste die Fingerspitzen auf die Beule an seinem Kopf. Das Kind brüllte, ohne Luft zu holen. Vorsichtig blickte er durch das Fenster hinaus. Wo befand er sich? Jedenfalls auf der Nordseite. In der Ferne schimmerte Schnee auf einer Hügelkuppe und der Mond beschien einen alten, nackten Baum mit U-förmiger Krone. Unter ihm musste sich der Teil des Geländes befinden, der durch einen Burggraben gesichert war.

Rufe wurden laut. Sie kamen. Nicht nur eine Magd – eine ganze Meute. Sicher auch Ralph, der sich freuen würde, ihm in aller Diskretion den Hals umdrehen zu können. Nell hatte ihn nicht umsonst gewarnt.

Das Kind hörte auf zu brüllen. Ohne Übergang war es plötzlich still geworden, und Mack vernahm in dem Schweigen deutlich das Trampeln von Schuhen auf der Holztreppe und bruchstückhafte Worte. Er beugte sich aus dem Fenster. Unter ihm lag ein Meer aus Dunkelheit, aber er konnte ein Stück der Grabenmauer erkennen. Seine Orientierung stimmte also. Und nun? Hinunter? Und wenn das Wasser nicht tief genug war, um seinen Fall zu mildern?

Eine der Stimmen, die sich jetzt deutlich von den anderen unterschied, gehörte Ralph. Sie klang nicht zornig, sondern begeistert wie die eines Jägers, der die Fährte des Wilds entdeckt hat. Das gab den Ausschlag. Mack schob sich mit den Knien auf das Sims, stieß sich ab und breitete die Arme aus. Noch während ihm der Magen in den Hals schoss, fiel ihm ein, dass der Burggraben von einer Eisschicht bedeckt sein musste.

Ein Klatschen. Und noch ein Klatschen. Dann Weinen.

Mack lauschte. Das Klatschen hatte mit ihm zu tun, denn es war mit einem jedes Mal stärker werdenden Schmerz verbunden. Das Weinen kam von einer Frau. Es mischte sich mit einem Stöhnen, welches deutlich mit dem Klatschen in Verbindung stand, und irgendwann begriff er, dass er derjenige war, der stöhnte, und dass ihm jemand ohne Unterlass die flache Hand ins Gesicht schlug.

»Hör auf! Er ist da.«

Es kostete Mack ungeheure Mühe, die Lider zu heben. Sein Bewusstsein glich einer Welle, die an den Strand spült und sich wieder ins Meer zurückzieht. Das Meer war die Erlösung, aber es stieß ihn zunehmend zurück, und nach und nach kristallisierte sich ein Gesicht in den schäumenden Wogen.

Samtene rosa Lippen. Helles Haar.

»Prosper …«

Prosper missverstand die Grimasse, die Mack schnitt. Er hielt sie wohl für ein Lächeln, das ihn provozieren sollte, und klatschte seine Hand erneut in Macks Gesicht. Mack schloss die Augen, aber die Zeit der gnädigen Bewusstlosigkeit war endgültig vorbei. Er spürte, wie er angestarrt wurde, wie man etwas von ihm erwartete, und irgendwann hielt er es nicht mehr aus.

Dors kniete an seiner Seite. Ihre Blicke trafen sich, und diesmal lächelte Mack tatsächlich, allerdings voller Verzweiflung, eine Regung, die Dors seinerseits mit einem wohlwollenden Grinsen quittierte. Mack versuchte sich umzusehen. Eberhard stand am Tisch, schockiert, mitfühlend, hilflos, so wie er sein Lebtag hilflos gewesen war. Etwas von ihm entfernt Ralph. Daneben der Mann mit den grünen Hosen. Er hatte einen stupiden Ausdruck in den kleinen Augen, die von viel zu buschigen Brauen fast zugewachsen waren. Als ihre Blicke sich trafen, leckte er sich die Lippen wie ein Feinschmecker, dem gerade ein Leckerbissen serviert wird. Kein gütiger Gatte, Herr im Himmel. Er hielt Nell, die neben ihm stand, am Ellbogen fest und schüttelte sie so heftig, dass ihr die Haube über das Ohr rutschte.

Nellie. Mack konnte sie kaum ansehen. Sie hatte niemals geweint. Weder über Ralphs Grobheiten noch wenn das Essen knapp geworden oder sie sich gestoßen oder etwas verstaucht hatte. Dass sie niemals weinte, war eine der Sicherheiten seiner Kindheit gewesen, aus denen er Kraft geschöpft hatte. Nun ihr nasses Gesicht zu sehen, über das unablässig die Tränen liefen, war unerträglich. Er hatte sie ins Unglück gerissen, indem er gekommen war. Und früher, als er ihr noch hätte helfen können, war er nicht gekommen. Er hatte sie mit seiner Leichtgläubigkeit ins Unglück gestürzt, und mit der Begriffsstutzigkeit, die ihn in Selbstmitleid hatte schwelgen lassen, anstatt ... Nun brachte er sie schon wieder in Schwierigkeiten. Jedem fiel auf, wie er sie anstarrte. Auch ihrem Mann.

»Hat was verdammt Wildes in den Augen«, knurrte er und schürzte abschätzig die Lippen. »Der Kerl muss ins Feuer. Dann entlarvt sich seine Natur.«

Dors legte seine knochige Hand an Macks Wange. Er drehte seinen Kopf, bis sie einander anschauten. »Ins Feuer, Mack? Ja? Sollen wir es so enden lassen?« Cividale. Die Scheiterhaufen. Denk daran, mahnten seine staubigen Augen.

»Mm ... Mack ist kkein Wechselbalg.« Der mutige Einwurf kam von Eberhard, fand aber keine Beachtung.

Dors nahm Macks Hand, die schlaff neben seinem Körper lag. Als er sie anhob setzte etwas Grausames ein. Nur Nells Anwesenheit hinderte Mack daran zu schreien. Schmerzen, plötzlich waren überall Schmerzen. Nicht nur der Arm, sein ganzer Körper fühlte sich an, als hätte man ihn zwischen zwei Mahlsteinen hindurchgedreht. Er biß sich auf die Zunge, schmeckte das Blut, das ihm zwischen die Zähne lief, und verdrehte den Hals.

»Es behagt ihm nicht.«

Mack begriff nicht, was Dors wollte. Auch dann nicht, als der Inquisitor seinen Arm weiter anhob und nach hinten über die Schulter bog. Erst als ein Schwall Hitze gegen seine Hand schlug, die sofort zu einem grausamen Brennen wurde, verstand er. Cividale. Kein Aufschub, kein Geplänkel. Er begann sich zu winden und um sich zu schlagen, soweit man sein

Gezappel mit so großartigen Ausdrücken belegen konnte, denn Prosper warf sich sofort auf ihn und sorgte dafür, dass Dors sich seinem Handwerk widmen konnte.

Ein Schrei, der fasst die Halle sprengte, entließ ihn aus der Folter. Dors sprang auf.

»Verdammtes Luder!«

Nein, das hatte nicht der Inquisitor gerufen, sondern Nells Mann. »Sie hat mich gebissen. Das Miststück. Ich blute …«

Mack konnte den Kerl nicht sehen, Prosper, der noch immer auf ihm saß, versperrte ihm die Sicht, aber er hörte eine Tür gehen und gleich darauf eine wütende Stimme. »Na warte, du Drecksstück. Ich krieg dich noch. Freu dich. Das zahl ich dir auf den nackten Hintern …« Nells Mann unterbrach sich mit einem Geräusch, als würde er seine Wunde auslutschen.

Atemlos vor Schmerz presste Mack seine verbrannte Hand gegen die kalten Steine der Kaminumrandung. Lauf weg, Nellie, sei klug und lauf, dachte er mit einer Inbrunst, als könne er damit ihre Gedanken erreichen.

»Er ist ein Wechselbalg. Und um es zu beweisen, muss er ganz ins Feuer. Oder auf den Rost über dem Feuer.« Diesmal sprach eine Frau.

Prosper drehte sich um, weil er sehen wollte, wer es war, und stieß dabei an Macks Fuß. Mack verschluckte irgendwie mit dem Blut in seinem Mund einen Schrei, aber er konnte nicht verhindern, dass sich seine sämtlichen Muskeln zusammenzogen. Interessiert merkte Prosper auf. Er drehte an Macks Knöchel, als wäre es ein neues Spielzeug. »Gebrochen«, verkündete er.

»Der Beweis ist das Feuer. Wenn er ein Wechselbalg ist – und ich schwöre bei der Seele meiner armen Herrin, es ist die Wahrheit –, dann könnt Ihr zusehen, wie er lacht und zum Schornstein hinausfährt.«

Mathildes geifernder Jammerton.

»Sein Gejaule – was er als Singen bezeichnet – ist unchristlich. Ich konnts nie ausstehen.« Ralph unterstützte die alte Frau. »Außerdem hat er sich sein Lebtag an Orten rumgetrieben, vor denen sich jeder anständige Mensch fürchtet. In den Wäldern, bei den Waldtümpeln und so. Und jetzt. Seht ihn Euch doch an. Vom Dach direkt aufs Eis im Graben. Und nichts als einen Fuß gebrochen und das Gesicht verkratzt. So kommt nur eine Katze davon und wer wie eine Katze teuflisches Leben in sich hat.«

Mathilde ergänzte die akkurat zusammengetragene Liste seiner Sünden. »Ich hab das Kind der Herrin gesehen. Es war goldlockig und schön. Ich geh aus dem Zimmer – und als ich wiederkomme, liegt dies Balg in der Wiege. Mit Augen wie Wasserlinsen. Es war nicht dasselbe.«

Dors betrachtete die alte Frau nachdenklich. Als er sich wieder Mack zuwandte, war sein Gesicht beinahe gütig. »Hast du das gehört, Junge? Schwerwiegende Beweise. Für einen einzigen davon werden Scheiterhaufen entzündet. Jeder einzelne reichte aus. Lohnt das denn? Willst du wirklich so sterben?«

Oder mir doch den Stein geben? Sags schon.

»Nein, will er nicht und er wirds auch nicht.« Die kühlen Worte kamen von der Tür. »Und Ihr, Dors, nehmt Eure dreckigen Hände von ihm. Und Ihr …«, die Stimme hob sich und wurde schneidend, »… nehmt besser Eure Hand vom Schwert, Mann, bevor Ihr Euren Arm verliert. Ich bin der Waffenmeister des Königs. Und Ihr seid dabei, Euch an einem seiner Männer zu vergreifen, den er genügend liebte, um ihn mit eigener Hand zum Ritter zu weihen.«

Erleichterung war ein zu schwaches Wort. Mack drehte das Gesicht zu Prospers Knie, weil er nicht wollte, dass jemand seine Mundwinkel zucken sah. Dass die Gefahr vorüber sein könnte, saugte ihm den letzten Rest Kraft aus.

»Und *Ihr* tut gut daran«, erklärte Dors, dessen Stimme vor

Wut tonlos wurde, »… zu bedenken, ob Ihr das Recht habt, einen Ketzer zu schützen.«

»War er nicht eben noch ein Wechselbalg?«

»Ein Fraß fürs Feuer in jedem Fall.«

Zum ersten Mal nahm Mack die Burgmannen wahr, die im Zimmer verstreut standen. Sie machten ratlose Gesichter. Der Waffenmeister des Königs war kein unbekannter Mann, zumindest nicht für Leute, für die ein guter Schwertkampf das Leben bedeutete. Wahrscheinlich kannten einige ihn vom Sehen. Gunther kam näher. Er hielt seine Waffe kampfbereit und bewegte sich trotz des Gewichts mit einer Anmut, die nur jemand besaß, der das Schwert wie einen Teil seines Körpers beherrschte. Als er Mack erreichte und erst auf sein Gesicht und dann auf seine Hand sah, verengten sich seine Pupillen.

Dors stand auf. Er war kein imposanter Mann, sein Talent lag im Ränkeschmieden. Und sein Versuch, Stärke zu demonstrieren, ließ ihn eher weiter schrumpfen. »Ihr stellt Euch einem Sendling des Papstes und des Kaisers in den Weg. Ich habe Vollmacht. Vom obersten Inquisitor des Heiligen Stuhls habe ich die Konzession bekommen …«

Gunther riss seinen Blick von der Hand und fuhr herum. »*Mein* König … und *Euer* König … und der König von *jedermann* in diesem Raum … mag einige Belange seiner Herrschaft übertragen haben, um sich zu entlasten. Aber sicher nicht das Blutgericht über seine eigenen Ritter.«

»Der König …« Dors entblößte die Zähne. Sie waren gelb und ungewöhnlich spitz, als hätte man sie gefeilt. »*Dein* König ist weit.«

Prosper, Dors' williger Hund und Sklave, konnte den Ausdruck in Gunthers Gesicht besser deuten. Er verkroch sich rasch in die Ecke neben dem Kamin, als Gunther das Schwert hob und die Spitze direkt an Dors' faltige Kehle setzte. »Der König, du widerliche Wanze, du Abschaum … ist niemals weit!«

Die Drohung, die keiner begriff, stand im Raum. Einige der Burgmannen schielten zur Tür, als erwarteten sie, jeden Moment Heinrich selbst hereinstürzen zu sehen. Aber dort stand nur Nell. Hatte sie den Waffenmeister geholt? Doch durch welche Zauberei war er überhaupt gerade jetzt in die Burg gekommen? Waren sie einer Intrige aufgesessen? Ralph kratzte sich den dreckigen Hals. Niemand sagte etwas, aber die meisten seiner Ritter verschränkten plötzlich gewollt müßig die Arme. Die Stimmung schlug um.

»Dann soll er also vor den König«, zischte Dors. »Gut, wenn es das ist, was Ihr verlangt. Aber glaubt nicht, dass ihn das retten wird.« Gunther nickte und Dors setzte noch eins drauf. »Der Bursche ist gefährlich, deshalb muss er gefesselt und von einem Mann meines Vertrauens bewacht werden, bis ihn der Kerker des Königs aufnimmt.«

»Jawoll!«, brüllte Nells Mann. Er schneuzte sich in die Hand, wischte sie am Oberschenkel ab und flüsterte Ralph etwas zu, das wie Bedauern klang.

»Jemand – du da …«, Gunther nickte einer der Frauen zu, »… besorgst Wasser, Tücher und trockene Kleider und versetzt den Jungen in einen manierlichen Zustand.«

Sie handelten die Einzelheiten aus. Prosper trat, als er von Ralph ein Bündel Ketten entgegennahm, wie aus Versehen gegen Macks Knöchel, aber das war nur noch eine Läpperei. Vom Feuer ging keine Gefahr mehr aus und Mack schloss entkräftet die Augen.

Sein Erwachen wurde vom Klang einer weichen Frauenstimme begleitet. Durst, dachte Mack. Seine Blicke irrten über grob behauenes Gestein und eine Decke aus gelb gestrichenen Bohlen. Überall hingen Spinnweben und Staubflusen. Von einem Kohlebecken, das auf drei eisernen Beinen stand, stieg Rauch auf. Es war warm. Nicht heiß und nicht kalt, sondern gerade, wie es sein sollte. Nicht wie in der letzten Zeit, an die er sich nur verschwommen erinnerte. Er war auf einem Schiff gewesen und dann auf etwas, das rumpelte wie ein Karren und mit jedem Ruck einen Hammer auf seinen Knöchel niedersausen ließ. Doch jetzt war ihm warm und er spürte Wolle auf der Haut.

»Trink, mein Lieber.« Kein Bier, sondern etwas, das angenehm nach Kräutern und Honig schmeckte, wurde an seine Lippen geschoben. Mack schluckte und entspannte sich, als die Wärme ihn auch von innen füllte. Sein Körper schien leichter zu werden, und die Schmerzen, die ihn wie eine trostlose Musik bis in die Träume begleitet hatten, wurden schwächer. Er dachte an Schweinsbohnen und ihn packte das sonderbare Verlangen zu lachen.

»Besser?«

»Ja.« Er konnte nicht sprechen, dafür aber wie ein Rabe krächzen, was seine gute Laune weiter anhob.

»Ich bins, Lilith.« Lilith trug den Becher, aus dem sie ihn hatte trinken lassen, zum Tischchen. Ihr Haar rauschte auf ihrem Rücken. Als sie wiederkam, legte sie ihm die Hände um die Wangen und obwohl sie zierlich waren, schien sein Kopf völlig darin zu verschwinden – ein weiteres Kuriosum, über das er lachen musste. »Es tut dir gut, ja?« Sie streichelte seinen Hals und liebkoste seine Brust. Ihre zarten, warmen Hände waren unendlich tröstend.

Plötzlich hörte Mack auf zu lachen. Er sehnte sich nach Nell zurück und fasste zutiefst verwirrt nach Lilith. »Nellie …«

Die Orientalin lachte. »Mit einem Fuß noch im Grab, mit dem anderen auf dem Weg ins Feuer«, flüsterte sie, »und sein einziges Wort – *Nell*.«

»Wo ist sie?« Mack hustete und Schleim verstopfte ihm die Lunge. Er musste sich aufrichten, um nicht zu ersticken, und Lilith half ihm, bis er wieder Luft bekam. Seine gute Laune war verflogen, sein Fuß schmerzte und alles, alles war plötzlich wieder da. »Weißt du, wo sie …«

»Ich denke, Gunther wird sie in Sicherheit gebracht haben. Er ist ein umsichtiger Mann.«

»Oh.« Zutiefst erleichtert legte Mack sich zurück. Liliths Gesicht schwebte mütterlich über seinem Bett und eine Welle von Zuneigung erfasste ihn. »Und wo ist er selbst? Und was … wo … ist das hier?«

»So viele Fragen. Es tut dir nicht gut, wenn du dich aufregst.« Sie ging und holte den Becher zurück.

»Ein … es sieht aus wie ein …«

»Trink, Mack. Das hilft dir, auf die Beine zu kommen.«

»Es sieht aus …«

»… wie ein Kerker?«

Mack nickte. »Und … Dors?«

»Ja, das ist der Punkt, der dich beschäftigen sollte, mein armer Junge«, lobte Lilith. »Hörst du seine Schritte? Er läuft in dem Zimmer über uns hin und her und wartet darauf, dass du zur Besinnung kommst.«

»Oh«, entfuhr es Mack. Nein, er hatte wirklich nichts mehr zu lachen. »Wo bin ich?«

Lilith verstand seine Frage, ohne dass er sie vollständig aussprach. »Gelnhausen. Du hast eine lange Reise hinter dir und bist jetzt in der Pfalz des Königs. Im Moment ist sie allerdings verwaist, Heinrich ist in Gerichtssachen unterwegs.«

»Wie kommst du … hat Dors … hast du …?« Macks Gedanken verwirrten sich. Er begriff gar nichts mehr oder vielleicht begriff er doch etwas …

Liliths Rosenlippen bebten leicht, als sie das Misstrauen in seinen Augen las. »Dors will, dass ich dir zurede. Er … hat Sorge, dass du seine Art der Befragung nicht überleben könntest. Und ich teile sie. Er ist ein Grobian.«

»Und was willst *du?*« Hatte er das laut gefragt? Offenbar.

»Dir helfen, das solltest du wissen, Mack. Ich war immer deine Freundin.« Sie sagte die Wahrheit. Ihre Schönheit verblasste hinter ihrer Zärtlichkeit und die Fürsorge, mit der sie die Decken um ihn feststeckte, war echt. »Dors will wissen, wo der Stein ist.«

Mack nickte. Er starrte zu dem Becher, den sie auf den Boden gestellt hatte, und nach einem Moment des Zögerns nahm Lilith ihn auf. »Du solltest lieber etwas essen. Das wäre vernünftiger.« Trotzdem setzte sie ihn an seine Lippen. Er versuchte ihn selbst zu halten, aber die Berührung tat zu weh. Als der Becher vollständig geleert war, nahm Lilith sich seine Hand vor. Sie wickelte den Verband ab und schauderte vor dem rohen Fleisch.

»Dors?«

Mack grinste unbeholfen, hörte aber sofort damit auf, als sie ein Holzfläschchen aus einem Beutel holte und ihm eine durchsichtige Flüssigkeit über die Wunde goss. Taktvoll sah sie darüber hinweg, dass ihm die Tränen in die Augen schossen. Als sie fertig war, stopfte sie den Kork in den Flaschenhals zurück.

»Dors will den Stein, Mack. Und ich glaube, du solltest ihn hergeben.«

»Welchen Stein?«

Sie nahm seine zaghafte Ausrede gar nicht zur Kenntnis. »Wenn er das verdammte Ding hat, könnte es sein, dass er dich laufen lässt. Ich glaube, das könnte ich durchsetzen. Aber wenn nicht …« Lilith brütete über trostlosen Aussichten und er fand es nett von ihr, dass sie sich sein Schicksal so zu Herzen nahm. Krampfhaft versuchte er klar zu denken.

»Den Stein aus Cividale?«

Lilith blickte auf. »Den Stein aus … Davids Krone, ja. Hast du bemerkt, dass es derselbe Stein ist wie der in Jerusalem?«

Es war bestürzend, diese Vermutung, die er schon als Hirngespinst abgetan hatte, plötzlich aus fremdem Mund zu vernehmen.

»Hast *du* ihn oder ist er beim König?«

Mack schüttelte den Kopf.

»Du möchtest ihn behalten?«

»Ich ... nein. Ich möchte nicht einmal in seine Nähe kommen«, platzte er heraus.

Lilith schüttelte den Kopf. Ihre Stimme wurde wieder weich. »Mein Lieber, Mack, du bist ein ... Tänzer unter den Sternen. Du willst ihn gar nicht? Ich liebe dich. So viel Weisheit. Es ist wirklich ein grässliches Stück.«

»Was will ...«, Mack spürte seine trockene Lippe platzen und leckte das Blut ab, »... Dors damit?«

»Ich glaube, das weiß er selbst nicht. Er hat sich seine Wunschträume mit Luft aufgeblasen und nun kommen sie ihm unendlich bedeutend vor. Er rennt einer Fata Morgana hinterher. Wenn du nicht hier liegen würdest, mein Armer, und in diesem Zustand, ich könnte mich ausschütten vor Lachen.«

»Was will er damit?«, wiederholte Mack.

»Er ... fürchtet sich vor einem Stern. Ein weißer Stern, der dreimal im Jahr – manchmal auch weniger, ich habe vergessen, wie er es berechnet – ... jedenfalls taucht er am Himmel auf und Dors glaubt, dass er ihm unter die schmutzige Kapuze schaut. Er macht einen riesigen Aufstand darum. Dann fällt ihm sein schrumpliges Herz in die Hose, er verschenkt sein Geld und putzt kleinen Kindern die Nase, um vorzutäuschen, dass er ein Anderer ist. Man könnte ...«

»Und der Stein?«

»Oh, der hat seine eigene Geschichte. Eine hübsche, die sich sicher wunderbar in Reime fassen ließe. Vielleicht läge *darin* ein Gewinn für dich. Nach der Sage stammt der Stein aus der Krone Luzifers. Als die Engel ihn und seine Dämonen aus dem Himmel warfen – nach seinem Aufstand gegen den Ewigen – verlor er den Stein. Und die Hoffnung, die Dors' kaltes Herz erwärmt, ist, dass er mit ihm einen Teil der alten Macht in die Hände bekommt. Vielleicht genügend, um dem Stern zu trotzen.«

Mack schüttelte den Kopf. Nein, er war nicht bereit so etwas zu glauben. Nicht einmal mit diesem Zeug im Magen, das seine Glieder so leicht und seine Gedanken so verwirrt machte.

»Ich habe ihn einmal in den Händen gehalten«, meinte Lilith nachdenklich. »Und ich fand ihn … heiß. Verlockend. Verführerisch. Aber er erfüllt seine Versprechen nicht. Ich habe versucht es Dors zu erklären, obwohl es mich amüsiert, ihn seinen Träumen nachjagen zu sehen. Darüber könnte ich lachen ohne Ende. Aber ich habs deinetwegen versucht. Der Stein erfüllt keine Versprechen, habe ich ihm gesagt. Und außerdem … Macht? Selbst wenn der Stein sie böte – was will er damit? Ist nicht in Wahrheit alles, was Bedeutung hat – Gefühl? Siehst du, Mack …« Sie beugte sich über ihn und ihre Lippen berührten seine Stirn.

»*Du* fühlst«, sagte sie leise. »Dors ist ein Klotz, der sich manchmal fürchtet und oft hasst. Das ist … langweilig. Aber du … rufst nach Nell, während du auf einen schmerzlichen Tod wartest. Du bist lebendig wie der junge Adler, wenn er in den Himmel steigt. Ich bin … so tief bewegt.« Der Kuss, den sie ihm nun gab, landete auf seinen Lippen und trug den Duft von Maiglöckchen in sein Herz. »Lass ihm seinen Stein, Mack. Ich glaube, das Spiel darum wird ewig weitergehen. Es wird nie Sieger oder Besiegte geben. Fühlen! Nichts sonst ist wichtig.«

Sie kam ihm noch näher und Mack holte tief Luft. »Ich habe ihn nicht.«

»Dann … Heinrich? Ich werde Dors davon überzeugen.«

»Nein, er hat ihn auch …«

Ein kalter Luftzug wehte aus der Decke zu ihnen herab. Lilith zuckte zusammen und wandte den Kopf zur Treppe. Konrad Dors stieg die Stufen herab.

18. Kapitel

Gunther hämmerte zum fünften Mal gegen die schwarze Tür mit der Delle hinter dem Klopfring und er hätte sie eingetreten, wenn nicht im letzten Moment der Riegel aus der eisernen Verankerung geschoben worden wäre. Es schneite wieder, sein Mantel war von Schneetropfen benetzt, vom Haar lief ihm Tauwasser in den Kragen und auf seinem Rücken breitete sich allmählich ein eiskalter Fleck aus. Das Haus, in das er wollte – ein hässlicher grauer Kasten mit wenigen Fenstern unterm Dach und ohne irgendeine Art Schmuck wie Säulen oder Vorsprünge – lag an der Schutzmauer der Gelnhausener Vorburg. Es bot keinerlei Komfort und der Grund, warum Dors sich gerade dieses Haus zur Wohnung ausgesucht hatte, lag in der Tatsache, dass es einen Keller besaß. Seine Gewähr, dachte Gunther angewidert, dass kein Geräusch nach außen drang, mit dem er möglicherweise Fragen provozierte. Das Gewölbe war in den Fels geschlagen worden. Der Boden bestand ebenfalls aus Fels und war ständig feucht, weil aus den Ritzen Grundwasser eindrang. Dors hatte ein Kohlebecken hineingestellt und Mack mit warmen Decken versorgt, aber das änderte nichts daran, dass der Junge am Rand des Sterbens dahinvegetierte.

Ein Mann mit hageren, spitzen Zügen und einem ungepflegten Bart lugte durch den Spalt. »Habt Ihr eine …«

Er wollte sein gesamtes Taramtam mit Erlaubnis und so weiter loswerden, aber dazu fehlte Gunther die Geduld. Er drängte den Kerl zur Seite und trat ins Trockene. Das Zimmer musste früher als Wohnraum gedient haben, jetzt wurde es als Wachstube genutzt. Drei bewaffnete Männer saßen vor einem Kamin, über dessen Flammen sie aufgespießte Fleischstücke hielten. Rußflöckchen und fetter Qualm stiegen auf und gaben einen unappetitlichen würzigen Geruch von sich. Sie schienen zu überlegen, ob sie aufspringen sollten, aber entweder tat es ihnen ums Essen leid, oder sie hatten den Waffenmeister erkannt und wollten keinen Ärger. Gunther wäre an ihnen vorbeigestürmt, wenn ihm nicht plötzlich die eine Gestalt, die beharrlich weiter in die Glut starrte, bekannt vorgekommen wäre.

»Noah?«

Langsam drehte der Angesprochene sich um. Noah. Er maß ihn mit einem verächtlichen Blick vom Scheitel bis zur Sohle. »Du hast keine Erlaubnis, hier einfach hereinzuplatz …«

»Dreckskerl!«, fiel Gunther ihm ins Wort. Es erschütterte ihn, zum zweiten Mal einen der Jungen, die er ausgebildet hatte, unter Dors' Leuten zu finden. Er hätte sich gern darüber ausgelassen, aber im Moment war nur Mack wichtig.

Er schob die drei – *drei!* – Riegel beiseite, die den provisorischen Kerker versperrten, ohne von Noah oder seinen Kumpanen aufgehalten zu werden. Unten war es muffig und stockdunkel. Das Kohlebecken musste fort oder ausgebrannt sein. Gunther nahm eine Fackel aus einem Wandhalter und stieg die Wendeltreppe hinab. Sein Licht beleuchtete Mauern, auf denen Schimmel wuchs, und dann eine Pritsche. Erleichtert seufzte Gunther auf, als er sah, dass der Mann, der darauf lag, sich den Arm vor die Augen schob und den Kopf bewegte.

»Mack?« Sein Grinsen musste bis zu den Ohren reichen. »Es geht dir besser? Junge, du … hast mir verdammte Sorgen gemacht.« Er suchte einen Halter für die Fackel, fand keinen und lehnte sie in eine Ecke. »Lass dich ansehen.«

Er war achtzehn Tage fortgewesen. Achtzehn frustrierende Tage, in denen er versucht hatte den König zu sprechen, und jeder war ihm wie eine Ewigkeit vorgekommen, wenn er daran dachte, dass Mack Dors' Gemeinheiten hilflos wie ein Säugling ausgesetzt war. Er forschte in seinen Zügen. Die Beleuchtung gab nicht viel her, aber er sah, wie kantig Macks Kinn und wie eingefallen seine Wangen waren. Der Stoppelbart ließ ihn verwahrlost aussehen. Er roch wie jemand, der sich seit Wochen nicht gewaschen hatte, und es war nicht auszumachen, ob er wirklich lächelte oder nur gegen das Licht anblinzelte, das seinen Augen weh tat.

»Wie gehts deiner Hand?«

»Besser. Sie heilt. Ich kann schon die Finger bewegen.«

Er sprach. In vernünftigen Sätzen. Noch ein Steinchen, das Gunther vom Herzen fiel.

»Lass sehen.«

Mack trug keinen Verband mehr. Gunther hielt die Hand in Richtung des Lichts und untersuchte die Haut, die sich über dem Fleisch bildete.

»Lilith hat etwas draufgetan, was geholfen hat.«

»Ah ja? Sei vorsichtig mit ihr. Ich finde sie … merkwürdig.« Doch Gunther war nicht gekommen, um über Lilith zu sprechen. »Geben sie dir genügend zu essen?«

»Sie mästen mich.«

»… weshalb du so vollgefressen aussiehst.« Gunther gab ihm einen scherzhaften Stups gegen die Schulter und dachte: Mistdreck. Er hätte jemanden beauftragen müssen, der in seiner Abwesenheit nach Mack sah. Er war viel zu überstürzt aufgebrochen. »Ich habe versucht den König zu sprechen.«

»Aber?«

»Aber nichts. Er hat nur …«

»… keine Lust sich Probleme aufzuhalsen?«

»Nein, er ist …«

»… sehr beschäftigt.«

»Zur Zeit sehr beschäftigt, ja. Aber er hat mir eine Unterredung versprochen. Vielleicht schon morgen.«

Macks Augen hatten sich inzwischen an das Licht gewöhnt. Er nahm den Arm von den Augen und schob ihn unter die Decke. Sein Zustand mochte erbärmlich sein, aber er fand immer noch genug Kraft, sich über Gunther lustig zu machen. Seine Mundwinkel zuckten.

»Sie werden dir vorwerfen, ein Wechselbalg zu sein«, sagte Gunther.

»Ich weiß.«

»Aber das ist lächerlich …«

»Ja, ich weiß.«

Der angespannte Tonfall missfiel Gunther. Er legte sich einen väterlichen Ton zu. »Sie saugen sich diesen Mist aus den Fingern, Junge, weil sie nichts Vernünftiges haben, das sie dir vorwerfen könnten.« Komm, dachte er. Kämpfe. Sei rebellisch. Von dir wird es abhängen, wie weit man ihnen Glauben schenkt.

»Hörst du den Felsen?«, fragte Mack.

»Was?«

»Seinen Gesang? Den Gesang des Felsens, auf dem der Keller hier steht? Hörst dus nicht? Gerade jetzt?« Er fuhr sich mit dem Finger über den Augenwinkel und sprach harmlos weiter. »Also, ich finde, es kann einem ganz schön auf die Nerven gehen. Von morgens bis abends das Gejaule … die Sonne ist weg und so …«

Nicht der Keller, die Tür machte Geräusche. Gunther sprang auf. »Verschwindet!«, fluchte er zur Treppe.

»Du bist hier, weil ichs erlaube«, entgegnete Noah, aber er traute sich nicht weiter hinunter, sondern zog wieder ab. Oder hatte der verschlagene Kerl die Tür einen Spalt offen gelassen, um zu lauschen? Gunther stieg die ersten Stufen der Treppe hinauf. Nein, die Tür war zu. Als er zum Bett zurückkehrte, nahm er Macks eiskalte Hand und hielt sie zwischen seinen eigenen.

»Es war schwierig, ja? Ich weiß das. Die Dunkelheit, die

Einsamkeit und so. Du hast dich tapfer geschlagen, Mack, du lebst. Aber ...«

»Hast du da gerade etwas Gutes über mich gesagt?«

Gunther lächelte flüchtig. »Nur das mit dem Felsen ... Solchen Kram solltest du für dich behalten. Wenn jemand böswillig wäre, könnte er es auslegen, als ...«

»Ich höre die Wiesen flüstern, Gunther. Sie prahlen mit ihrem Flausch und ihren satten Farben, als hätten sie sich am achten Tage selbst geschaffen.«

Gunther legte ihm die Hand auf den Mund und schaute zur Tür, die zum Glück noch immer geschlossen war. »Mack ...« Er verfluchte sich selbst und die Umstände, die ihn dazu gezwungen hatten, den Jungen so lange in Dors' Händen zu lassen. Das Kohlebecken war fort. Es war nicht nur lausig kalt im Keller, sondern auch vollständig dunkel. Das machte jeden Menschen verrückt. »Du hast eine schlimme Zeit hinter dir, Mack«, sagte er so sanft wie möglich. »Aber das ist vorbei, du musst jetzt versuchen dich zusammenzureißen.«

»Ich kann nicht«, erwiderte Mack ernst. »Ich höre das Gras, die Mauern, die Blumen. Ich höre den Gesang der Flüsse. Alles singt und spricht zu mir.«

»Du hörst sie also. Gut.« Gunther überlegte. War das Dors' Werk? Hatte der Inquisitor sein Gift in den geschwächten Geist träufeln lassen? War das seine Strategie? Den Delinquenten ohne sichtbare Spuren von Folter obskure Dinge gestehen zu lassen, die unweigerlich auf den Scheiterhaufen führen mussten? Aber was war dann das Gegengift? Mut zusprechen? Trösten? Gunther wusste, dass er beides nicht besonders gut konnte. Er räusperte sich.

»Hör mir zu.« Er rieb Macks kalte Hand, als könne er gleichzeitig mit der Wärme Zuversicht in seinen Körper strömen lassen. »Tust du das? Gut. Du erinnerst dich an Alwin? Den Pferdemeister? Hast du mal gesehen, wie er vorgeht, wenn eines der Tiere krank ist?«

Mack schwieg.

»Alwin legt sein Ohr an ihren Hals und horcht. Er tut, als lausche er auf ihre Atemzüge. Aber in Wahrheit – das hat er mir selbst erzählt – in Wahrheit sprechen die Tiere mit ihm. Er behauptet, dass sie ihm ihre Wehwehchen beschreiben. Kapiert? Und der Mann, der den Sakerfalken … nein, das war vor deiner Zeit. Aber der Küchenmeister. Hast du ihn mal an seinen Gewürzen riechen sehen? Er küsst seine Knoblauchknollen. Ohne Spaß. Ich habe ihn dabei erwischt.«

»Den Knoblauch?«

»Ja, lach darüber. Gut so. Und ich selbst höre mein Schwert singen.« Knarrte die Tür schon wieder? Gunther drehte den Kopf. Es war nur seine eigene Nervosität.

»Wenn es in der Schlaufe an der Wand hängt? Oder nur im Kampf?«, fragte Mack.

»Unsere Königin hat die Nachmittage in den Gärten verbracht, wo sie den Blumen lauschte. Franz von Assisi, der sich mit den Vögeln unterhielt, wurde dafür sogar heilig gesprochen. Du hast Recht. Ich höre mein Schwert nur, wenn ich damit kämpfe, dann singt es prachtvoll, sonst nicht. Aber mit dir ist es anders. Du bist ein … Sänger.« Er bemühte sich, es wie etwas Besonderes klingen zu lassen, nicht wie Wirrkopf oder so. »Dein Kopf quillt über vor Phantasie. Das ist dein Handwerk. Natürlich hörst du die Wiesen und Blumen reden und all das. Aber nicht *in Wirklichkeit*. Dieser Unterschied muss dir klar sein. Lass dir nichts einreden. Nicht von Dors und nicht von diesem verdammten, geifernden Drachen …«

»Mathilde. Dors sagt, sie wird gegen mich aussagen.«

»Natürlich. Sie kann dich nicht ausstehen und wird versuchen dir das Leben schwer zu machen. Aber du darfst dieses Geschwätz nicht aufsaugen. Was immer sie dir einreden wollen …«

»Dors ist fort.«

»Wohin?«, fragte Gunther, nachdem er die Neuigkeit verdaut hatte.

»Zu einem Wirt, bei dem ich eine Weile gewohnt habe.«

»Warum?«

»Er sucht etwas, von dem er glaubt, dass ich es dort versteckt habe. Aber er wird nichts finden. Und wenn er wiederkommt, wird er ...« Mack biss sich nervös auf den Fingerknöchel, ließ die Hand aber gleich wieder sinken. »Er wird ziemlich wütend sein.«

Gunther seufzte. Er stützte sich mit durchgedrückten Armen auf die Bettkante, weil ihn der gekrümmte Rücken schmerzte. »Dann gibts also noch etwas. Schön. Sprechen wir darüber.« Er gab Mack einen aufmunternden Knuff in die Seite.

Mack gab keine Antwort, aber das war nicht alles. Gunther sah, wie er sich auf die Lippe biss und seine Hände zu Fäusten ballte.

Er atmete mehrere Male tief ein. Dann stand er auf, holte einen Eimer aus der Ecke, der für die körperlichen Bedürfnisse des Gefangenen bestimmt war, und stellte die Fackel hinein. Er zog dem Jungen die Decken zurück. Sie hatten ihn in ein loses Gewand aus ungefärbter Wolle gesteckt, das vom Hals bis zum Bauchnabel aufgeschlitzt war und durch Bänder zusammengehalten wurde. Gunther öffnete die Schleifen und zog den Stoff auseinander.

Er brauchte nicht lange zu suchen. Der abgemagerte Körper war mit Blutergüssen in den unterschiedlichsten Stadien der Heilung übersät. Einige frisch und leuchtend rot, einige aufgeplatzt, mit einer dünnen Schicht Schorf, einige blau, andere bräunlich gelb und schon fast am Verheilen. Mack wollte nach der Decke greifen, aber Gunther hielt seine Hand fest.

Er zitterte. Noah. Ihm die Finger um den feisten Hals legen und zudrücken, bis er sich nicht mehr rührte. Ihm selbst die

Fäuste in die Schnauze schlagen. Ihm für jede einzelne Wunde ...

»Mir ist das peinlich«, sagte Mack. »Ich bin nicht eins von deinen Pferden.«

Gunther ließ ihn los und sah zu, wie er die Säume seines Hemdes übereinanderraffte und sich die Decke bis zum Hals zog. »Haben sie dir wenigtens die Möglichkeit gelassen, dich zu wehren? Nein, das konntest du nicht. Wahrscheinlich nicht mal allein auf den Füßen stehen ...« Er stopfte einen losen Deckenzipfel unter Macks Körper fest und zitterte dabei immer noch.

Mehr konnte er nicht tun. Nicht hier unten.

Der König saß auf der Bank im Fenster und einen Moment hielt Gunther vor der Einsamkeit inne, die ihn umgab wie eine unsichtbare Haube. Sein Eintritt war stürmisch gewesen, der König hatte ihn nicht überhören können, aber es dauerte eine ganze Weile, ehe Heinrich sich zu ihm umdrehte.

»Die Wachen konnten Euch nicht aufhalten?«

»Einer hat es versucht, mein König, aber es ist ihm nicht bekommen.« Gunther verlagerte das Gewicht vom rechten Fuß auf den linken. Sein Zorn flaute ab, eine plötzliche Scheu packte ihn und er wagte es nicht sich dem Fenster weiter zu nähern.

»Und die anderen?«

»Werden sicher gleich hier sein, um dem Versäumnis Rechnung zu tragen.«

Seine Prophezeiung erfüllte sich noch während er sprach. Die Tür knallte an die Wand und nur Gunthers säulenhafte Haltung und die Ruhe des Königs hinderten die Männer daran, sich auf ihn zu werfen. Auf den Kerl, der es gewagt hatte, sich mit Gewalt Zutritt zu den Räumen des Königs zu verschaffen. Erst jetzt erkannten sie, um wen es sich handelte, und wurden noch verwirrter. Als Heinrich keinen Befehl gab und auch sonst nichts Bedrohliches erkennbar wurde, verließen sie leise den Raum.

»Ist er tot?«, fragte Heinrich.

»Nein, aber er könnte es sein. Sie haben ihn misshandelt.«

»Und nun wollt Ihr Euch beschweren.«

Gunther krampfte sich das Herz zusammen. Ihm fiel auf, dass er vor seinem König stand wie vor seinesgleichen. Aber er konnte nicht knien. Sein innerer Zwist zerriss ihn. »Ich bin gekommen, weil Ihr mein König seid«, sagte er steif.

Wieder verstrich Zeit.

Es zog in der Kammer, die so spartanisch eingerichtet war, dass niemand sie für die eines Königs gehalten hätte. Heinrich schien die Freude an luxuriösen Stoffen, Lampen und Kerzen verloren zu haben. Keine Teppiche. Ein Bett nur mit den nötigsten Kissen. Nicht einmal sein Lieblingsfalke saß irgendwo auf einer Stange.

»Und was denkt Ihr, was Euer König tun soll?«

Hilflos schüttelte Gunther den Kopf. »Es wird einen Prozess geben. Konrad Dors wird Ankläger, Beweisführer und Richter sein. Das Urteil steht bereits fest und am Ende wird ein Unschuldiger unter Euren Fenstern verbrennen.«

»Und was soll ich tun?«

»Gerechtigkeit walten lassen.«

Der König stand auf, aber er schien geschrumpft zu sein, nur noch ein Schatten dessen, was er einmal gewesen war. Er stand vor der Mauer und verschmolz fast mit den schwarzen Steinen. »Die Inquisitoren werden von Rom und Sizilien aus gelenkt. Friedrich selbst hat sie hierher geschickt. Ihr wisst, was es bedeutet, wenn ich ihnen das Recht abspreche, ihren Aufgaben nachzugehen?«

Gunther fiel keine Antwort ein. Er konnte es sich natürlich denken. Cividale war eine Wunde, die man jedem Einzelnen von ihnen geschlagen hatte und an der sie alle litten. Gunther konnte noch immer nicht an den beschämenden Reichstag zurückdenken, ohne dass ihm die Röte ins Gesicht stieg. Heinrich hatte die Günstlinge seines Vaters angegriffen und sich damit erneut seinen Zorn zugezogen. Die Sache war bisher ohne Folgen geblieben, aber wenn er jetzt die Inquisitoren verprellte, die Friedrichs Ketzergesetze durchsetzen sollten …

»Und wenn er doch einer ist?«

»Was meint Ihr, Herr?«

Heinrich kam näher. Er trug schwarze Kleider, aber sie machten ihn nicht älter, sondern jünger. Gunther sah sein verzweifeltes Gesicht, als der König den Streifen Licht erreichte, der durch das Fenster fiel. »Wenn er ein Dämon ist, wie Dors behauptet? Oder das Kind eines Dämons und eines Menschen? Oder eines Menschen und eines Elementargeistes, oder wie immer sie es nennen? Was, wenn er doch einer ist?«

»Ihr glaubt das, Herr?«

»War sein Gesang nicht … zu betörend … um von dieser Welt zu sein?«

Wieder konnte Gunther nichts als den Kopf schütteln.

»Also soll ich ihn freigeben?«

»Keine Gnade, Herr. Gerechtigkeit. Ein Prozess vor dem König. Das ist es, was ein Ritter des Königs mit Recht und Billigkeit …«

»… was er verlangen kann.«

»Ja.«

Heinrich kehrte nicht in die Dunkelheit zurück. Er begab sich zum Fenster, wo hinter der Schildmauer die Nacht einbrach. Er rang mit sich, es war ein quälender Kampf. Gunther wagte kaum zu atmen.

Dann sah er, wie sich die eckigen Schultern im Zwielicht strafften. Er sah den König nicken und ein Gefühl von Zärtlichkeit und Stolz überkam ihn.

Er begriff nicht, wie der Kaiser einen solchen Sohn nicht lieben konnte.

19. Kapitel

Das Lied war so leicht und harmlos wie ein Schwarm Schmetterlinge auf einer Blumenwiese. Nichts Bedrohliches. Nichts, was ihn fortreißen konnte.

Mack saß aufrecht auf seiner Pritsche. Er hatte die Knie angezogen und sich vorgebeugt, so dass die Töne in seiner Brust gequetscht wurden, bevor sie seine Lippen passierten. Er nahm sich in Acht. Er hütete sich davor, etwas Gefährliches zu tun, aber er konnte die Stille, Angst und Einsamkeit einfach nicht länger ertragen. Er brauchte zumindest den Trost seiner eigenen Stimme.

Ich höre wasser rinnen, ich sehe fische darinnen, ich schau, was in der welt, in gras und schilf und feld, läuft, hüpft und in die höhe fliegt … Nichts von Frauen, nichts von seinem Zorn oder seiner Frustration – das hatte er sich geschworen.

Vor allem nichts von Frauen. In seinen scheußlichsten Träumen sah er sich sabbernd auf dem Boden seines Kerkers liegen, zu einem Tier verkommen, das unnatürliche Laute ausstößt und sich vor Sehnsucht zerreißt. Das nicht. Niemals. Nell würde es erfahren. Dors würde es über das ganze Land schreien. Nichts von Frauen.

Er hatte sich kurzzeitig überlegt, ob er seinem *Zorn* Raum geben sollte. Wenn Noah kam, wurde dieser Wunsch manchmal übermächtig. Den ganzen Schmerz, den erlittenen und den, der ihm bevorstand, mitsamt seiner Wut in einem einzigen, zerstörerischen Lied hinausbrüllen. Noah hatte sein Talent zum Quälen in der letzten Zeit vervollkommnet. Am Anfang hatte er wie ein Idiot auf ihn eingedroschen. Es hatte ihm Spaß gemacht sein Opfer aufzustellen und wie einen Sandsack wieder zu Boden zu schicken. Doch die Freude war kurz und daher hatte er begonnen, seine Kräfte zu dosieren. Gerade so viel Prügel, dass er wieder auf die Beine kam. Ein Sonderpunkt, wenn man ihn dazu bringen konnte, sich zu wehren. Er fütterte ihn und ließ ihn manche Tage ganz in Ruhe, um nachher umso mehr Vergnügen zu haben.

Etwas singen, was Noah in Schrecken versetzte …

Ich höre wasser rinnen … Mack begann zum dritten Mal die erste Strophe, aber das Lied lenkte ihn nicht länger ab. Noah hockte in seinem Kopf wie ein wabbelndes Monstrum und füllte ihn bis ins hinterste Eck. Einmal singen wie ein Donnerbeben. So lange, bis die eigene Wut Noah um den Verstand brachte und er flüchtete – oder ihn erschlug. Erschlagen. Das Wort hatte einen verführerischen Klang. Aber was dann? War damit nicht der Beweis erbracht? Würde Nell sich nicht ewig für ihn schämen müssen?

Nicht der Gedanke an Noah, ein tatsächliches Geräusch ließ Mack zusammenschrecken. Er hob den Kopf und während er versuchte aus den Lauten klug zu werden, verkrampften sich seine Muskeln. Der Schweiß brach ihm aus und rann aus seinen Achselhöhlen Seine Ohren waren in den Tagen der Dunkelheit schärfer geworden als die eines Wolfs. Er hatte sich nicht getäuscht – jemand war auf die Bohle oben vor der ersten Treppenstufe getreten. Die Stufe lag jenseits der Tür und er musste sich anstrengen etwas zu hören. Nachdem er lang genug gewartet hatte, schoben sich die Riegel durch die Eisen. Eins … zwei … drei …

Mack ballte die Fäuste zusammen und brachte sich nur mit unendlicher Überwindung dazu, sie wieder zu lockern. Der Ankömmling – Noah? – trug eine Fackel. Mack presste sich die Hände vor die Augen. Unglaublich, wie schmerzhaft Helligkeit sein konnte. Nein, es war nicht Noah. Die Schritte, die die Treppe herabkamen, bewegten sich grazil wie Katzenpfoten. Dors.

Mack hörte ihn nicht nur – er roch ihn auch. Er fühlte seine Anwesenheit wie etwas Schmieriges auf der Haut. Entkommen konnte er ihm nicht und so ließ er die Hände sinken und hoffte, der Inquisitor würde die jämmerliche Geste allein auf seine lichtentwöhnten Augen zurückführen.

Dors stand auf der untersten Treppenstufe. Er wartete auf Prosper, der ihm nachgeeilt kam und ihm die Fackel abnahm, um sie mit einer Lampe zu vertauschen. Der Knappe – nein, er war ja inzwischen ein Ritter – schob enttäuscht die Unterlippe vor, als Dors ihn mit einer Handbewegung fortscheuchte. Also nur zu zweit?

Dors hatte es nicht eilig. Er wartete, bis die Tür oben mit einem deutlichen Klappen geschlossen worden war. Dann nahm er die letzte Stufe und ging auf die Pritsche zu. Er trug ein weißes Päckchen in den Händen, ein Leinentuch, in das etwas Formloses eingeschlagen worden war. Wortlos kippte er es auf Macks Schoß.

Das Licht war eine Funzel. Dors merkte selbst, dass sein Gefangener mit dem schwärzlichen Klumpen, der aus dem Tuch rollte, nichts anfangen konnte, und er war so zuvorkommend, die Eisenlampe direkt darüber zu halten. Schweigend starrten sie auf das sonderbare »Geschenk«. Es war ein Stück verkohltes Fleisch, eine verkrampfte, mit Ruß bedeckte Kralle, an der deutlich die fünf Finger zu erkennen waren.

»Der Wirt«, erläuterte Dors geduldig, als Mack sich nicht rührte. »Er war bereitwillig – aber um einige Wochen zu spät. Ich hätte dir gern mehr von ihm gebracht, aber der lange Ritt, die Unbequemlichkeit …«

Mack fasste die Decke und schüttelte das grausige Objekt von seinen Beinen. Er versuchte zu schlucken, aber sein Mund war trocken wie eine Wüste.

Dors sah zu, wie die verkohlte Hand gegen ein Bein der Pritsche rollte. »Mack …?« Er seufzte zufrieden. Sein Gefangener war so schockiert, wie er es sich vorgestellt hatte. Er gab der Hand, die ihren Dienst getan hatte, einen Stups mit dem Fuß, so dass sie in die Mitte des Raum rollte, und setzte sich auf die Pritschenkante.

»Ich habe nichts gefunden – aber das wird dich kaum überraschen.«

Schweigen war ebenso gut oder so schlecht wie alles andere. Dors stellte die Lampe zu Macks Füßen ab und es war sicher kein Zufall, dass er dabei ungeschickt mehrere Klackse brennenden Öls vergoss, die auf Macks Handrücken landeten.

»Und? Wo ist er nun?« Das Öl hinterließ leuchtend rote Flecken, die zweifellos binnen kurzem zu Blasen werden würden. Dors legte seine Hand auf die am schlimmsten verbrannte Stelle. Die Geste hatte etwas Väterliches. »Für dich ist der Stein nutzlos. Du bist – tot, Mack. Bevor morgen die Sonne untergegangen ist, wirst du deine Seele ans Reich der Finsternis verloren haben und nichts wird mehr für dich von Bedeutung sein. Allerdings ... wir wissen beide, wie variationsreich man sterben kann, wie leicht oder wie ... phantasievoll. Ich glaube, du solltest doch noch einmal dein Gedächtnis bemühen.«

Mack konnte seinen Drang, die schmerzende Stelle an einem der feuchten Quader zu kühlen, kaum noch beherrschen. Er wusste nicht, ob seine Faust unter Dors' knochigen Fingern zuckte, aber er nahm es an. Plötzlich sehnte er sich nach Noah, der einfach losschlug und gut.

»Du hast ihn gar nicht.« Dors zog den Daumen an und bohrte seinen Fingernagel in die versengte Stelle. »Du schindest Zeit. Ist es das? Der König hat den Stein?«

Mack schüttelte den Kopf. Für diesen Mut, sich selbst den lockenden Ausweg zu versperren, dachte er, müsste Gunther ihm einen ehrenden Gedanken bewahren. Er vermied den Blick zur Lampe, indem er den Kopf schief hielt. Dennoch ließ es sich nicht vermeiden, aus den Augenwinkeln immer noch die Flamme züngeln zu sehen. Seine Muskeln waren angespannt wie die einer Raubkatze vor dem Sprung.

Doch als Dors handelte, reagierte er zu spät. Der Inquisitor ließ ihn los, ergriff die Lampe und hatte ihn sofort wieder im Griff. Alle Plänkeleien waren vorüber. Dors besaß ungeheuerliche Kräfte. Er hielt nicht nur Macks Hand, er drückte sein Opfer mit dem Ellbogen auf das Bett zurück und erstickes es fast, indem er sich auf seinen Kopf legte. Mack wusste, was Dors vorhatte. Und dass er es wusste, machte es besonders schrecklich. Die Flamme leckte an seiner Haut.

»Nein … nicht schön? Überhaupt nicht schön?«, ächzte Dors. »Die Hexe hat Recht – egal welchen Mist sie sonst … redet. Auf dem Rost …«, er zitterte vor Anstrengung, Mack zu halten, »… auf dem Rost wird sich erweisen, aus welchem Loch … du gekrochen …«

Mack brüllte.

»… wo du wirklich … hergekrochen …«

Schreien half nichts. Es hatte noch nie geholfen, nicht in der Kinderzeit, nie. Trotzdem konnte Mack nicht aufhören. Es war mehr als der Schmerz. Es war … das Feuer. Er drehte sich wie ein Fisch, erreichte damit aber nur, dass Dors die Lampe aus der Hand flog. Das Öl lief aus und im Nu schossen Flammen in jede Richtung über das Bett.

Panisch versuchte Mack die Decke abzuschütteln. Er spürte kaum, wie sein gebrochener Fuß knirschte, als er mit seinem ganzen Gewicht darauf sprang, um vom Bett fortzukommen. Irgendwo schrie Dors, aber das hatte keine Bedeutung mehr. An jedem Stück seines Körpers zitternd verkroch Mack sich unter der Treppe, leckte an seiner Brandwunde und versuchte sich gleichzeitig die Ohren zuzuhalten.

Er hockte dort Ewigkeiten, in denen er kaum mitbekam, was geschah. Das Feuer musste gelöscht worden oder von selbst erloschen sein, denn er war nicht verbrannt. Qualm schlug sich auf dem Boden und den Wänden nieder. Alles stank. Dors war fort. Einmal ging die Tür. Jemand sprach. Dann knallte sie wieder ins Schloss. Und die Bohle quietschte.

Mack merkte erst auf, als jemand ihn bei den Schultern fasste und schüttelte.

»Es ist vorbei, Junge, komm da raus.« Gunther zischte ihn an. »Komm. Komm, setz dich. Hier an den Tisch. Benimm dich nicht wie ein Tier. Was ist?«

Mack knickte ein, als er den linken Fuß belastete – ein willkommener Vorwand, sich an Gunther festzuklammern. Das Feuer war gelöscht, Dors fort, aber die Furcht steckte so tief in seinen Knochen, als würde immer noch alles in hellen Flammen stehen. Die qualmende Decke war lebendig – ein Ungeheuer, das darauf wartete zuzuschnappen. Die Flamme von Gunthers Leuchte beobachtete ihn. Die andere, die Dors in die Ecke geschleudert hatte, lag da wie der Leichnam eines Feindes.

»Nun stell dich nicht an. Du sollst dich setzen. Setz dich! Hierhin.«

Mack gehorchte.

»Er ist raus. Hörst du?« Gunther schüttelte ihn erneut. »Er ist weg! Einer der Kerle da oben konnte das Maul nicht halten und hat sich verplappert. Der König ist eingeschritten. Dors darf nicht wieder hier rein. Hast du das verstanden? Zeig mal. Was ist das? Hast du dich noch woanders verbrannt? Du hast Glück gehabt. Das mit dem Rauch ist schlimmer. Huste nur. Raus mit dem Dreck.« Er setzte die Lampe in der Mitte des Tischs ab und Mack stellte fest, dass die Flamme ihn fast verrückt machte.

»Der Mistkerl«, bemerkte eine fremde, gemütliche Stimme. »Ich hab ihn gestern noch am Tor gesehen. Tat wie die ausgeschissene Barmherzigkeit. Hat sich einen Krüppel gegriffen und ihn über die Brücke geführt, als wäre er die heilige Balbina. Ich hab noch gedacht«, schwatzte der Fremde weiter,

»so schlimm scheint er doch nicht zu sein. Ich meine, einen Pfennig gibt jeder mal, um der Reputation willen. Aber einen von diesen verlausten Bettlern zu berühren … ihn regelrecht in den Arm zu nehmen …«

»Dors ist niemals freundlich«, sagte Mack.

Der Fremde, ein Ritter – und zwar kein armer, denn auf seinen Halsausschnitt waren Perlen genäht – begutachtete ihn im Licht seiner Fackel und nickte zufrieden. »Er wird ja schon wieder lebendig.«

»Nimm deine Fackel von ihm weg, Richard.« Gunther setzte sich in Ermangelung eines zweiten Schemels auf die Tischkante. »Der König wird dein Richter sein«, sagte er. »Das war alles, was ich erreichen konnte – aber es ist viel. Du wirst einen gerechten Prozess bekommen.«

»Was hat er getan?«

»Der König?«

»Dors.«

Gunther starrte ihn verständnislos an und Mack wandte sich an seinen Freund, Richard. »Er hat einen Bettler umarmt?«

»Für meine Augen wars sogar ein Aussätziger, auch wenn ich nichts behaupten will, was einen armen Teufel ins Unglück reiten könnte. Aber sein Gesicht … hier an den Brauen und so …«

»Dors hat einem Aussätzigen geholfen?«

»Wie der Heiland selbst.«

»Und dir hat er die Haare versengt. Und deshalb ist er trotzdem ein Schwein.« Gunther fasste in Macks Schopf und rümpfte die Nase. »Lass das schneiden, bevor du morgen vor dem König erscheinst. Und du wäschst dich. Ich sorge für Wasser. Es ist unglaublich, wie du stinkst. Bis auf die kleine Stelle bist du unversehrt. Das stimmt doch? Oder?«

»War es schon dunkel, als er dem Mann auf der Brücke geholfen hat?«, fragte Mack.

Richard wurde das Thema allmählich langweilig. Er hob die Achseln und Gunther packte Mack bei den Schultern.

»Noch eine Nacht«, flüsterte er. »Und ich schwörs dir, du wirst deine Ruhe haben. Niemand kommt hier mehr rein. Mein Wort drauf.«

»Ich muss vor die Tür.« Mack rutschte mit seinem Stuhl zurück, um von der Lampe fortzukommen. Er wäre gern aufgestanden, aber sein Fuß warnte eindringlich davor, das ohne Hilfe zu versuchen. »Nur einen Moment. Bitte, Gunther. Ich will nur … einen Blick zum Himmel werfen.«

20. Kapitel

»Ist es Tag oder Nacht?«, fragte Mack, als Gunther die Treppe herabkam.

Richard, der die letzten Stunden bei ihm gewacht hatte, warf dem Waffenmeister einen Blick zu und hob die Schultern, was wohl heißen sollte: Man darf es ihm nicht übel nehmen. Ein nettes Bürschchen, aber er taugt eben nicht für einen Kerl.

»Ist es schon Nachmittag?«

»Früher Mittag.« Gunther war müde. Er hatte die ganze Nacht über in dem verqualmten Kerker gewacht, bis Richard ihn abgelöst hatte. Und was er seither getrieben hatte, hatte ihn offenbar auch nicht gerade erfrischt. Er ging vor Mack, der auf der Kante der Pritsche saß, in die Hocke.

»Zeig mir deine Hand. Nein, die andere, die mit den Narben. Bieg die Finger.«

Mack gehorchte. Die Finger zu krümmen und zu spreizen war seine einzige Abwechslung gewesen, während er in der Dunkelheit vor sich hin gedämmert hatte. Die Brandwunden waren geschlossen und die Finger rot und vernarbt, aber nicht steif. »Warum ist das wichtig?«, fragte er.

»Ist es nicht. Ich wollte es nur sehen. Nell ist hier.« Er hielt Mack, der aufspringen wollte, an den Armen fest. »Sie wird für dich sprechen und hoffentlich widerlegen, was dieses Weib, Mathilde, behauptet. Es ist gut, dass sie da ist.«

»Du hättest … Gunther! Dors wird sie hassen. Ich kann nicht … Ich will das nicht …«

»Für dich hätte ich sie auch nicht geholt.«

Mack starrte ihn an und Gunther lächelte trüb. »Du weißt ja

nicht, was los ist. Dort oben wimmelt es von Leuten. Seit gestern, seit bekannt wurde, dass der Prozess stattfinden wird, sind fast zweihundert Leute zusammengeströmt. Dreimal so viele warten in der Stadt. Der Erzbischof von Mainz ist im Palas. Aber nicht deinetwegen.«

Mack hatte das Gefühl, sich für sein langsames Begreifen selbst treten zu müssen, aber er verstand noch immer nicht.

»Es ist der König, der vor Gericht steht.«

»Unter … welcher Anklage?«

»Gleich unter zweien. Von seinem Volk wird er angeklagt, weil er zulässt, dass die Gerechtigkeit mit Füßen getreten wird, und von seinem Vater, weil er seine Ketzergesetze herabwürdigt. Er ist in jedem Fall verurteilt. Heute soll er Recht sprechen, und ich vertraue darauf, dass er das tut. Er ist ein guter König. Ich denke, es steht nicht schlecht für dich.« Gunther zögerte. Die nächsten Worte fielen ihm so schwer, dass er sie kaum über die Lippen brachte. »Es kann allerdings sein …«

Was?, dachte Mack und begann es langsam zu begreifen. »Dass ihm bei der Erinnerung an Cividale das Herz in die Hose rutscht?«

Gunther senkte den Kopf. Er hockte immer noch vor Mack und die Haare fielen auf dessen Knie. »Der König ist jung. Und Cividale hätte auch einen erfahreneren Mann erschüttert.«

Ich bin auch jung, dachte Mack, und ein Scheiterhaufen ist kein Tanz auf dem Dorfplatz.

»Die Leute dort draußen verfluchen die Ketzerjäger. Sie wollen, dass du freigesprochen wirst. Es herrscht eine gereizte Stimmung. Wenn der König sich gegen dich entscheidet, wenn er dich schuldig spricht …« Gunther seufzte. Er hob den Kopf und seine klaren grauen Augen waren von Zweifel getrübt. »Ich habe Nell geholt, damit er deutlich sieht, auf welcher Seite das Recht ist und wo seine Pflicht liegt.

Denn ich fürchte, dass es ihm das Herz vergiften würde, wenn seine Furcht größer wäre als die Kraft, zu tun, was er für richtig hält. Aber Cividale ...«

Mack brach in Gelächter aus.

Gunther erhob sich und trat einen Schritt von ihm zurück. Spröde meinte er: »Es wird wichtig sein, was du tust, wenn das Urteil gegen dich ausfallen sollte. Die Leute werden dich ansehen. Sie werden in *deinem* Gesicht lesen, wie sie mit des Königs Urteil umgehen sollen. Wenn du dich dem Urteil beugst, wenn du großherzig genug wärst – hör auf zu lachen.« Wütend stierte er ihn an. »Du bist sein Ritter und hast deine Hände in seine gelegt. Du hast eine Pflicht. Wenn sie sich empören, könnte es Heinrich vom Thron fegen. Und damit wäre alles zunichte gemacht ...«

»Sorge dafür, dass Nell in Sicherheit kommt.«

Gunther blinzelte.

»Dein König ist mir egal.« Mack stand jetzt auch auf, wobei er sein ganzes Gewicht auf dem gesunden Fuß und mit Hilfe des Betts tragen musste, an dem er sich abstützte. »Ich habe Angst vor dem Brennen. Damit du es verstehst. Ich mach mir in die Hose, wenn ich daran denke. Ich könnte fliegen lernen, wenn ich Feuer sehe. Aber für Nell ...« Er unterbrach sich und setzte noch einmal zu sprechen an. »Für Nell würde ich seine Füße küssen und den Stab, den er über mich bricht. Ich würds tun. Nur schwöre mir, dass du sie in Sicherheit bringst.«

Draußen schneite es, aber es war kein heller, freundlicher Flockentaumel. Der Himmel spie harte, halb gefrorene Kristalle aus, die von einem rauhen Wind zwischen die Häuser gedrückt wurden. Die Sonne war hinter einer Festung aus dunklen Wolken verschwunden. Die Uhrzeit ließ sich nicht einmal schätzen.

Mack hielt sich an Gunther fest und ließ sich von ihm

durch die drängelnde Menschenmasse führen. Es blieb ihm nichts anderes übrig. Er wäre lieber frei gegangen, aber sein Fuß knickte bei jeder Belastung mit einem höllischen Schmerz ein. Die Leute machten ihm Platz und viele blickten ihn mitleidig an, wie Gunther vorausgesagt hatte. Dors hätte Noah wahrscheinlich einen Tritt in den Hintern verpasst, wenn er die Reaktion der Leute auf Macks geschundene Gestalt gesehen hätte. Das Wort Wechselbalg ging um, aber die Menschen schauten dem Mann, dem es galt, in die Augen und einige klopften ihm aufmunternd die Schulter. Mack fiel auf, dass er Gunther gar nicht gefragt hatte, mit welcher Aussage Nell ihn zu entlasten hoffte.

Als sie unter dem zweischiffigen Gewölbe des Tors in den Burghof humpelten, verstummten die Gespräche. Mack blieb stehen. Er kannte die Burganlage nicht und sah auch nicht viel davon, da der Hof von Neugierigen verstopft war. Nur den kreisrunden, halbfertigen massigen Bergfried mit seinen Baugerüsten, und davor, wie ein Schatten oder ein kleinerer Bruder des Turms, einen aufgeschichteten Holzhaufen mit einem Pfahl aus frischem, hellem Holz in der Mitte.

Gunther wollte ihn weiterziehen, aber Mack machte sich los. Der Scheiterhaufen war hoch genug, um auch dem Hinterstem an der Mauer einen bequemen Ausblick auf das Schauspiel bieten zu können. An einem abgebrochenen Aststück oben am Pfahl hingen eiserne Hand- und Fußschellen.

»Er verhöhnt den König«, sagte Richard, der Mack in die Hacken getreten und dann ebenfalls stehen geblieben war. Ja, es war tatsächlich ein starkes Stück, den Scheiterhaufen im Angesicht, praktisch in der Wohnstube des Königs zu errichten, der mit seiner Entscheidung, den Prozess selbst zu leiten, gerade erst die Fähigkeiten des päpstlichen Inquisitors in Frage gestellt hatte. Es war ein Schlag in sein Gesicht, der die väterliche Handschrift trug. Eine deutliche Drohung.

Das Holz des Scheiterhaufens war mit mehreren Lederplanen abgedeckt, damit es nicht durchnässte. Nicht der Pfahl oder die Ketten – die Lederplanen war das Detail, das Mack den Atem nahm und dem Wort Hinrichtung eine schauerliche Wirklichkeit verlieh.

Gunther drängte ihn weiter, aber Mack zwang ihn stehen zu bleiben. »Du bringst sie weg, ja? Sobald das Urteil gesprochen ist. Du wartest nicht … Hör auf, mich zu drängeln, verdammt! Du lässt nicht zu, dass sie sieht …«

Ein Hauch von Maiglöckchen stieg Mack in die Nase. Er drehte den Hals, versuchte etwas zu erkennen und glaubte schwarzes Haar mit goldenen Bändern hinter einem fetten Kerl mit einer blauen, angefrorenen Nase verschwinden zu sehen.

»Ist Lilith hier?«

Gunther grinste trübe auf ihn herab. »Wenn man dein Leben besingen wird, wird es heißen, seine letzte Gedanken galten den Weibern.« Auf ihren Gesichtern schmolzen Hagelkörner, der Sturm holte Atem und peitsche ihnen einen eisige Bö ins Gesicht. Sie beeilten sich, über die Treppe auf den Wandelgang vor dem Palas zu kommen. Eine weitere Treppe brachte sie in das Obergeschoss, in dem der Festsaal lag

Während draußen der Himmel von schwarzen Wolken verhüllt war, spannte sich hier eine Kasettendecke aus leuchtendem, mit Schweineblut gefärbtem Holz. Auch die Wände mit ihrem Ornamentschmuck waren in Rot gehalten. Auf der breiten Seite des Königssaals, der Tür gegenüber, stand ein Kamin mit wuchtigen Trägern und aufwändig gemeißelten Säulen, in dem ein Feuer bis in den Rauchfang schlug. Es war heiß und der König, dessen Tisch vor dem Feuer stand, hatte einen roten Kopf.

Gunther ließ Mack los. Er beugte das Knie und verneigte sich. Mack wollte zumindest eine Verneigung andeuten, aber mit einem Mal begann er am ganzen Körper zu zittern. Es war nicht nur die Anstrengung des Treppensteigens, die plötzliche Wärme oder die Angst – er hatte Wochen auf seiner Pritsche zugebracht, an seinem Körper war kein Fleck, der nicht von Prellungen und Blutergüssen entstellt wurde, er hatte zu wenig gegessen und die letzten Nächte so gut wie gar nicht geschlafen. Als Gunthers verlässliche Schulter fort war, schlug daher die Schwäche über ihm zusammen und er brachte es gerade noch fertig sich auf den Beinen zu halten.

Der König wartete. Sein Blick war auf die blanke Tischplatte gerichtet. Er hätte den notwendigen Respekt einfordern oder sich auf die Vernunft besinnen und einen Stuhl herantragen lassen können, aber er tat keins von beidem. Er wartete und strich mit dem Zeigefinger über den dünnen, elastischen Richterstab. Mack atmete aus und versuchte sich zu entspannen. Auf die Schnauze fallen, dachte er, ist kein Teil meines Versprechens. Er hielt sein Gewicht mit dem gesunden Bein und konzentrierte sich auf die anderen Männer, die rechts und links vom König ebenfalls an Tischen saßen.

Einer von ihnen musste der Erzbischof von Mainz sein. Er trug eine Seidenrobe, violette Samtstrümpfe und einen fetten Ring über dem dünnen goldgelben Handschuh. Zwei oder drei andere Gesichter kamen Mack vertraut vor. Anselm war da, ebenso Robert von Bolanden, der an einem bei der Rasur vergessenen Barthaar zupfte und ihn mit einem Gemisch aus Verdruss und Anteilnahme betrachtete. Die anderen Männer kannte er nicht.

Seitlich, an einem separaten Tisch, saß Konrad Dors. Man sah ihm an, dass ihm der Beginn der Verhandlung gefiel. Der König ließ die Zeit verstreichen wie ein Kind, das nicht den Mumm besitzt Entscheidungen zu treffen. Hatte er damit nicht bereits gesiegt? Er warf einen unruhigen Blick zur Tür.

Hinter Dors stand ein hagerer Mann in einem roten Samtrock und mit einer Trompete in der Hand. Der Spielmann, der zur Hinrichtung aufspielen sollte? Er hatte unergründliche Augen und eine spöttische Neigung im Mundwinkel.

Ein gut aussehender Mann – wenn seine Augenbrauen nicht völlig gerade wie Striche über seinen Augen gestanden hätten. Das verlieh ihnen einen hinterhältigen Zug.

»Die Anklagepunkte.«

Heinrichs trockene Stimme drang kaum bis zur Mitte des Raums. Endlich hob er das Kinn, aber auch jetzt sah er Mack nicht in die Augen, sondern blickte um jenen Zoll an ihm vorbei, der es ihm erlaubte, stattdessen das Muster der Wand wahrzunehmen.

Du feiger Hund, dachte Mack. Gunther hatte sich zurückgezogen und Dors bleckte die Lippen. Es war ein einsamer Platz in der Mitte des großen Saals. Er spürte, wie ihm der Schweiß am Hals zusammenlief und die Wärme seine Gedanken lähmte.

»Dem Angeklagten, der hier vor uns steht, Markward von Thannhausen, wird vorgeworfen …« Dors hatte den geschäftigen Amtston eines Schreibers angenommen. Er zählte auf, was er von Ralph wusste. Der Delinquent besaß eine abnorme Gelenkigkeit der Glieder, die ihn bei Stürzen vor Knochenbrüchen bewahrte, verbunden mit der Fähigkeit, wie aus dem Nichts aufzutauchen, in einer Art, die keinesfalls als natürlich angesehen werden konnte. Er hatte eine Vorliebe für einsam gelegene Plätze, die in dem Ruf standen Erdgeistern und Elementarwesen als Ort für ihre Tänze und Zaubereien zu dienen. Und das Wichtigste, der Kernpunkt der Anklage: Er war unter Umständen in die Familie der Thannhäuser gekommen, die man nur als suspekt bezeichnen konnte. Dors schaute erneut zur Tür. Er schien nervös und als Mack seinem Blick folgte, sah er dort Noah stehen. Noah, ohne Begleitung seines Busenfreundes Prosper.

Dors begann seine Ausführungen noch einmal ausschweifend von vorn und wollte schon ein drittes Mal ansetzen, als er endlich vom König unterbrochen wurde.

»Unter seltsamen Umständen geboren.« Zum ersten Mal

schaute Heinrich den Mann, über den er richten sollte, direkt an. Seine linke Braue zuckte nervös, als er sein Gesicht sah. »Der Inquisitor wirft dir vor …«

»Gewiss, mein König. Ich bin aus einem dunklen Schlund ans Licht geschlüpft, mit einem Klaps auf den Hintern. Ehrlos oder ehrenhaft. Unter Geistergeschrei oder Hebammengeplapper. In einem Bett oder in den Tiefen eines Sees unter grünen Feenschleiern. Wie soll ich wissen, was geschah? Vergebt, aber ich war damals noch sehr jung.«

Der König ließ den Richterstab sinken. »Du bist von einem Dach gesprungen, fünfundvierzig Fuß in die Tiefe …«

Ja, und auch von einer Ruinenmauer, nicht ganz so hoch, aber dafür völlig ohne Blessuren. Sieh mich an und sag, dass du es nicht gesehen hast, dachte Mack.

»Und du treibst dich herum …«

»… in den einsamen Ecken des Waldes. Ich singe meine Lieder vor den Höhlen der Einsiedler und streune an den Ufern verzauberter Flüsse. Und nicht nur das – was ich singe, reizt die Menschen zum Weinen oder Lachen, als fühlten sie zum ersten Mal das Herz in ihrer Brust …« Mack hielt inne. Es war schäbig, dem König zu drohen oder ihm Vorwürfe zu machen. Und auch nicht besonders klug. Die Hagelkörner prasselten gegen die hölzernen Fensterläden und draußen legten sie eine weiße Schicht auf die Planen des Scheiterhaufens. Er senkte den Kopf, ahnte, wie verwirrt er aussehen musste, und hob ihn gleich wieder. »Ich weiß nichts von mir, was Ihr nicht auch wisst, vergebt, Herr.«

»Nein! O nein!« Dors richtete sich hinter seinem Tisch auf und wollte Donnergestalt annehmen, was jedoch völlig misslang. Die Viper besaß Giftzähne, aber keine Bärentatzen. Mack sah den Spielmann grinsen. »Das Weib, das der Herrin von Thannhausen am Tag der Geburt dieses … Missgeschöpfs beigestanden hat … Es gibt eine Zeugin. Ich habe sie holen lassen, damit Ihr selbst ihrer Anklage lauschen könnt.

Ich erinnere Euch an die Sorgfalt, mit der Euer hochlöblicher Vater diese Dinge untersuchte. Bevor etwas gesagt oder entschieden wird ...«

»Wo ist sie?«

»Sie kommt, mein König. Sofort. Jemand ist unterwegs, um sie aus der Kammer, in der sie untergebracht ...« Er hielt inne. Der Satz erstarb auf seinen Lippen.

Prosper stand in der Tür. Die Kleider zerzaust und das bleiche Gesicht noch weißer als gewöhnlich, so als hätte man es mit Mehl gepudert. Er versuchte etwas zu sagen, brachte aber kein Wort heraus. Ein Bediensteter von bescheidenem Aussehen – vielleicht ein Knecht, der für die Feuerung sorgte, denn seine Kleider waren voller Rußflecken – ergriff für ihn das Wort. »Tot, Herr.«

»Wie – tot?«

Mit Verspätung entsann sich der Knecht, wo und vor wem er stand. Er kannte keine Etikette und sackte erschrocken zu Boden, wo er liegen blieb, und wiederholte: »Tot. Sie hat gelacht und wir ham versucht reinzukommen, aber die Tür war zu.« Er versuchte sich in seiner gekrümmten Stellung zu bekreuzigen, was misslang. »Ein schauderhaftes Kreischen, Herr. Lachen und Kreischen. Wir ham geklopft und an die Tür rangehämmert – hat nix geholfen. Dann ham wir den Glutschürer geholt und die Tür aufgestemmt. Tot.«

Nicht der König, nicht Dors – der Erzbischof stellte die nächste, zwangsläufige Frage. »Ich vermute, du sprichst von dem Weib, das hier die Untaten des Delinquenten bezeugen sollte. Woran ist sie gestorben?«

Prosper entsann sich seiner Wichtigkeit. »Sie war ohne Wunden, Herr – soweit wir es sehen konnten. Die Hände waren um die Kissen verkrallt, sie lag nämlich auf dem Bett. Das war auffällig. Aber sonst ... kein Blut ... Nur ihr Gesicht war schauerlich verzerrt. Als hätte sie ... Grausames gesehen.« Er sprach nicht mit Kalkül. Die Erinnerung nahm ihn sichtlich mit.

»Eine Hexe.«

Mack hatte keine Ahnung, wer das Stichwort gegeben hatte, aber es wurde aufgenommen und weitergemurmelt. Der Erzbischof wollte wissen, ob es für einen eventuellen Mörder eine Fluchtmöglichkeit gegeben habe. Prosper antwortete, aber der König hörte ihm nicht zu. Er sah Mack an und in seinem Blick stand Angst.

Betäubt schüttelte Mack den Kopf. Was glaubte Heinrich wohl? Dass sein Angeklagter eine Verschwörung des unsichtbaren Volks inszeniert hatte, die bis in seine Mauern drang? Glaubte er ... Er wusste nicht, was er glauben sollte. Heinrich wusste, dass er fast in einem Fluss ertrunken wäre, der ihn in einen Schlund ziehen wollte, welcher normalen Menschen verborgen blieb – und Thannhäuser war unter demselben Bann gewesen. Er kannte die unheimliche Macht seiner eigenen Lieder und wusste, dass ihre Töne aus demselben Reservoir flossen wie die seines Sängers. Er litt.

»Das Weib wurde also ermordet und der Mörder floh – was das offene Fenster beweist, denn niemand würde es bei diesem Wetter ohne Grund unverschlossen lassen. Aber das wird dem Wechselbalg nicht helfen«, kreischte Dors. »Denn ich habe persönlich das Weib vernommen. Ich weiß jedes Wort und ich werde den erforderlichen Eid ablegen ...«

»Dazu kommen wir noch«, erklärte Anselm gereizt, da der König sich nicht rührte.

»Dass sie tot ist, ist nur ein weiterer Beweis. Denn was sie sagte ...«

»Sie hat gelogen.«

Mack fuhr zusammen. Er hatte gewusst, dass Nell in der Burg war und dass er ihr gegenüberstehen würde. Doch jetzt, als er ihre Stimme hörte und sah, wie Dors sie in Augenschein nahm, als wäre sie ein vorwitziger Jäger und er der Eber, den sie mit der Lanze piekt, wurde ihm so elend, dass er einige Schritt zur Seite humpeln und nach einer der Säulen greifen musste.

Nell stand ganz in Gunthers Nähe. Vielleicht hatte er sie zwischendurch hereingeholt oder Richard hatte sie gebracht. Sie trug ein Kleid aus blassgrünem Samt, das dünn geworden und an etlichen Stellen geflickt war. Ihr Haar steckte unter einem Schleier. Sie war nicht schön, im üblichen Sinn, dennoch machte Macks Herz einen Satz und flatterte im nächsten Moment vor Angst, als er an Dors' gallige Fratze dachte.

Der König sprach noch immer nicht.

»Ihr habt etwas beizutragen?«, wollte Anselm wissen.

Gunther gab Nell einen Stoß, worauf sie einen Schritt aus der Sicherheit der Zuschauermenge in das Prangerlicht des Gerichts tat. Die Scheite, die in den Eisenschalen neben den Tischen loderten, beschienen ihr Gesicht. »Wenn Ihr erlaubt, Herr – ich war bei der Geburt dieses Mannes zugegen.«

»Ihr wart … dabei?« Zum ersten Mal, seit Prosper den Saal betreten hatte, kam Leben in den König. Er hob ungeduldig die Hand, als Nell sich verspätet zum Knicksen anschickte. »Wie war es? Erzählt.«

»Ich hatte mich in einer Ecke der Schlafkammer meiner Tante versteckt. Ich war damals noch sehr jung, drei oder vier Jahre alt.«

Dors besorgtes Gesicht entspannte sich. Frauen galten nicht viel als Zeugen und ein Kind von drei Jahren …

»Ich war dort eingeschlafen und als ich aufwachte, wollte ich nicht bemerkt werden, weil meine Tante eine … harte Hand hatte. Ich blieb also in meiner Ecke und merkte, dass ein Kind in der Wiege lag, die neben dem Bett meiner Tante stand. Dann kam die Dienerin meiner Tante, die gleichzeitig ihre Freundin und Vertraute war, und trug ein anderes Kind im Arm.«

»Den Wechselbalg!« Dors konnte den Ausruf nicht unterdrücken.

»Einen Jungen. Meine Tante nahm das Kind aus der Wiege, ein schönes Kind, das sie mein Mädchen nannte …«

Mack stützte sich nicht mehr an der Säule, sondern lehnte sich mit dem Rücken dagegen und fühlte, wie seine Knie durchknicken wollten.

»Sie drückte ihrer Tochter ein Kissen auf das Gesicht und Mathilde – ihre Dienerin, das Weib, das hier aussagen wollte – legte stattdessen den Jungen in die Wiege. Meine Herrin fragte, woher das Kind käme.«

»Lüge«, brüllte Dors vorschnell.

»Sie sagte …« Nell sprach jetzt nicht mehr zum König. Sie sah Mack an und in ihren herben Mundwinkeln steckte unendlich viel Mitleid. »Sie sagte, sie hätte es einer Leibeigenen abgekauft, die es zwei Tage zuvor zur Welt gebracht hatte, weil der Herr sich einen Sohn wünschte. Die Herrin hat es mir selbst gestanden, kurz vor ihrem Tod.« Nells Augen waren weit geöffnet und so sanft und ruhig wie der tiefste Grund eines Sees.

»Wo wart Ihr …«, der König hüstelte und Nell besann sich ihrer Umgebung, »… als das Weib, das hier sprechen sollte, ums Leben kam?«

»Gerade neben mir, mein König.« Gunther antwortete für Nell. »Sie steht neben mir, seit ich im Raum bin, und sie war schon eine ganze Zeit lang vorher hier.« Zustimmendes Gemurmel unterstützte seine Aussage.

Heinrich richtete den Blick auf Mack. »Komm her.«

Mack gehorchte. Er humpelte und jedes Mal, wenn er den gebrochenen Fuß belastete, knirschte es bis in seinen Hinterkopf. Als er am Tisch des Königs angelangt war, klebte seine Wäsche klatschnass am Körper. Er stützte sich auf den Tisch und murmelte: »Vergebung, Herr. Einem meiner Füße ist die abnorme Gelenkigkeit der Glieder abhanden gekommen.«

Heinrich legte den Richterstab beiseite und wich Macks Blick nun nicht mehr aus. Er war auch nicht mehr zornig, ängstlich oder gehetzt. Er hatte einen Entschluss gefasst.

»Ich bin dein König, Mack.« Obwohl er flüsterte, drang jedes seiner Worte bis zur anderen Seite des Saals, in dem es mucksmäuschenstill war. Man hörte sogar sein Seufzen. »Ein junger König mit vielen Fehlern, aber doch dein König. Mein Schwert hat dich zum Ritter gemacht. Ich habe viel von dir verlangt und einige Male mehr, als du geben wolltest. Ich stehe in deiner Schuld. Und doch muss ich heute von dir wissen …« – er hielt inne, streckte die Arme aus und legte seine Hände auf die von Mack, die eiskalt waren. Er umschloss sie mit den Fingern – »… ob du jemals etwas getan hast, was als Zauberei, als Verhöhnung des Allmächtigen oder als Verbrüderung mit bösen Mächten gelten muss. Ich als dein König muss das wissen.«

Und wenn es so wäre, dachte Mack und verfluchte sich selbst und das Zittern seiner Beine, das sich auf den ganzen Körper übertrug, dann würde er mich brennen lassen. Sohn einer Leibeigenen. Hatte Nell gelogen? Ihr engelsgleicher Blick beunruhigte ihn mehr, als dass er ihm Frieden schenkte.

Der König wartete und mit ihm der ganze Saal. Es gab keine Bedenkzeit, aber unter den Händen des Königs schienen auch billige Ausflüchte nicht möglich.

»Ich habe viel gesündigt. Ich …« Mack räusperte sich. Er blinzelte eine Träne weg, die ihm unpassenderweise ins Auge trat, und presste die Schenkel gegen den Tisch, um seinen Beinen wenigstens etwas Halt zu geben. »Ich habe gesündigt. Ich habe in der Kirche zu Jerusalem im heiligen Antlitz der Madonna mein Mädchen gesucht und von ihren Armen und Lippen geträumt, während jedes andere Knie sich vor dem Herrn beugte. Ich habe aus Stolz und Eigendünkel die Liebe ebenjenes Mädchens in den Schmutz gezogen. Ich … habe mich über meinen König lustig gemacht und Spottverse auf seinen Namen gereimt …«

Des Königs Finger blieben ruhig.

»All das bereue ich«, fuhr Mack fort. »Aber ich habe niemals …« – er brach ab und benetzte seine trockenen Lippen – »… niemals das Kreuz verraten, das ich trage.«

Der König war nicht klüger als zuvor. Er studierte das Gesicht seines Angeklagten wie ein Seefahrer die Karte eines unbekannten Gewässers. Welchen Gemütsausdruck trug die Miene eines Wechselbalgs, wenn er log? Mack fühlte seinen eigenen Schweiß wie eine fette, abkühlende Masse am Körper und fragte sich, ob etwas derart Nasses überhaupt noch brennen konnte.

»Gut … gut.« Heinrich ließ ihn los und lehnte sich zurück. Der Richterstab lag wieder in seinen Händen, aber Dors existierte nicht mehr. Heinrich brauchte weder Anselms Rat noch den des Mainzers Erzbischofs, dessen Hüsteln auf den Lippen erstickte. Er war wieder der König – und er lächelte.

»Markward Thannhäuser. Ich glaube, dass die Madonna und dein Mädchen dir vergeben werden, denn sie haben die weichen Herzen guter Frauen. Dein König wird dir ebenfalls vergeben. Er ist die Zielscheibe von jedermanns Spott, und …«, das Lächeln wurde etwas dünner, »ob er nicht unter den Narren seines Hofs der größte ist, wird sich noch erweisen müssen. Die Thannhäuser Burg gehört dir nicht mehr, da du nach dem Zeugnis des Augenscheins von einer Unfreien geboren wurdest. Aber in Knechtschaft sollst du trotzdem nicht leben, weil der deutsche König aus dir einen Ritter gemacht hat. Die Anklage, ein Wechselbalg zu sein, gilt als unbewiesen und du gehst von hier fort als unbescholtener Mann. An meinem Hof … will ich dich allerdings nicht mehr sehen.« Er verzog die Lippen und senkte die Stimme. »Und nun geh, Mack. Geh in Frieden.«

Nun geh war leichter gesagt als getan. Mack hielt sich am Tisch fest. Er senkte den Kopf und wartete auf den Einspruch von Konrad Dors, der den König vielleicht nicht umstimmen, aber ihm zumindest die Freude an seinem Urteil vergällen konnte. Auf den Fingerzeig, der auf das erzürnte Zwillingsgestirn weisen würde: Den Heiligen Vater und den Kaiser. Doch der Einwurf blieb aus.

Als Mack zum Anklagetisch blickte, sah er, dass Dors aufgesprungen war. Seine Kapuze war zurückgefallen, und sein kahler Kopf wirkte ohne den Schutz so obszön wie ein nackter Hintern. Die mutigsten der Umstehenden begann zu lachen und abfällige, spöttische Bemerkungen zu machen. Die Spannung fiel von ihnen ab. Sie bewunderten ihren König und amüsierten sich über das Ungeheuer, das vor der Macht des deutschen Regenten den Schwanz eingezogen hatte. Selbst der Spielmann, dem der Lohn für seinen Dienst entgehen würde, schien amüsiert.

Konrad Dors bemerkte von all dem nichts. Einer der Ritter hatte die Fensterläden vor dem größten Fenster zurückgewuchtet, um das Urteil in die wartende Menge zu brüllen. Der Königssaal hatte eindrucksvolle Dimensionen und dieses eine Fenster reichte bis fast unter die Decke. Es gab den Blick auf das Dach und die Türme einer Kirche frei. Das Schneegestöber hatte aufgehört. Über der Kirche war der Himmel aufgebrochen. Der Mond war nicht zu sehen. Aber zwischen den Kirchtürmen schwebte ein strahlend heller Stern.

21. Kapitel

»Du bringst sie fort!« Mack fluchte, weil ihm seine Knie so sehr zitterten, dass er nicht vom Schemel hochkam. Er konnte nur betteln und drohen und nicht einmal das ungestört, denn um sie drängten sich Dutzende von Leuten, die ihm gratulieren und ihren Kommentar zu der Gerichtsversammlung und Dors' jämmerlichem Abgang geben wollten. Gunther beugte sich über Mack, den Mund dicht an seinem Ohr, und bemühte sich ihn zu beruhigen. Nell war irgendwohin verschwunden, aber er würde sie finden.

»Du hättest sie *sofort* wegbringen müssen«, fauchte Mack ihn an. »Ich habe sie dir *anvertraut.*« Er versuchte ein weiteres Mal hochzukommen, aber Gunther drückte ihn auf den Schemel zurück.

»Ich sorge für sie. Richard ist dabei, sie zu suchen, und hat sie gewiss bald gefunden. Wir werden deinen Fuß anschauen, dir warme Kleider und Proviant besorgen und in ein paar Stunden … Du machst dich umsonst verrückt, und mich auch. Man braucht sich nicht zu überschlagen.«

Man braucht sich nicht zu überschlagen. Mack hätte schreien können. Nicht nur Nell, auch Dors war verschwunden. Er steckte irgendwo in der Burg, und wenn es die Zauberkristalle aus den Heldenliedern wirklich gäbe, würde man ihn vor Zorn rasen sehen können. Die misstrauische Mathilde hatte sich in ihrem Zimmer eingeschlossen und war dennoch umgebracht worden. Nell stand wahrscheinlich aufgelöst und völlig schutzlos in einem Winkel herum, sicher dem einsamsten, den sie hatte auftreiben können, oder sie war in den Gassen der Vorburg unterwegs, vielleicht auch unten in der Stadt oder gar vor der Stadt. Mack fasste Gunther am Ärmel. »Nicht Richard, *du* sollst sie suchen. Setz sie auf ein Pferd und bring sie in Sicherheit. Du hast es *versprochen*!«

Er entspannte sich erst wieder, als er den Rücken des Waffenmeisters durch die Tür entschwinden sah. Die Leute freuten sich, dass sie Mack nun endlich für sich hatten. Jemand drückte ihm einen Krug mit völlig verwürztem Wein an die Lippen und ein wenig einfühlsamer Mensch drosch ihm die Pranke auf die Schulter. Dors, der Hund, hatte seinen Meister gefunden. Der König hatte ihn vom Platz gefegt und der nette junge Mann war dazu Anlass gewesen. Mack lächelte, konnte sich jedoch nicht einmal darauf konzentrieren, wer gerade mit ihm sprach. Er war heilfroh, als die Leute ihn – seiner Langeweile überdrüssig – endlich in Ruhe ließen und ihre Spekulationen untereinander austauschten.

Der Stallmeister tauchte auf und brachte zwei hölzerne Heugabeln, deren Stiele er gekürzt und deren Spieße er herausgebrochen und abgeschmirgelt hatte, so dass daraus zwei passable Krücken entstanden waren. Er musste die Arbeit bereits vor dem Prozess begonnen haben und Mack nahm sie ihm dankbar ab.

Er stand auf und humpelte in den Wandelgang vor dem Palas. Es hatte aufgehört zu schneien. Dunkle Wolken ballten sich zusammen, aber der weiße Stern hatte sein Plätzchen zwischen ihnen erobert und ließ sich nicht vertreiben – ein tapferer Krieger, der zwischen feindlichen Scharen ausharrte. Hatte der Anblick des Sterns Dors zum Aufgeben bewegt? Konnte das wirklich sein? Es war kein prunkvoller Stern, sein Licht war mild wie das einer Flamme hinter einer Scheibe aus weißem Glas und Mack sah überhaupt nichts Bedrohliches darin, nur dass er etwas größer war und einen Schweif hatte, wenn man genau hinsah.

Egal, weg jetzt, solange der Bastard sich vor dem Stern versteckt, dachte Mack. Etwas Warmes zum Anziehen, vielleicht ein Pferd, das er zurückschicken konnte … Nein, er schüttelte den Kopf, während die Kälte in seine Kleider zog. Dors hatte ihn im Holzschuppen einer verlausten Schenke auf dem Land aufgetrieben – und dabei hatte er gewusst, dass der Inquisitor ihm auf der Spur war, und sich in Acht genommen. Aber Nell …

Dors würde sich rächen wollen, für Leute wie ihn war das wichtig. Und am härtesten würde er Mack über Nell treffen. Fortzulaufen würde ihm daher nur den zweifelhaften Vorteil der Überraschung verschaffen.

Mack erkundigte sich nach den Räumlichkeiten des Inquisitors. Er durchstreifte Zimmer um Zimmer und kam dabei an einem vorbei, in dem sich das Gesinde und einige Ritter drängten, weil es dort etwas zu gaffen gab. Der Raum war winzig, mehr als vier, fünf Leute hatten keinen Platz vor dem Bett, das ihn fast ausfüllte. Auf dem Flur lag eine geborstene Tür, die man sorgsam an die Wand gelehnt hatte. Als sie Mack erkannten, traten sie zur Seite. Er humpelte vor das rohe Brettermöbel mit den stickigen Kissen und sah Mathilde. Niemand konnte ihr Leichengesicht ruhig oder gar fröhlich nennen. Sie lag rücklings auf der Decke, der oft geflickte Rock mit dem Saum aus Pailletten war über ihre Knie gerutscht, so dass ihre löchrigen Wollstrümpfe und ihre silbrige, faltige Haut zu sehen waren.

Schweigend schauten die Leute zu, als Mack ihr den Rock über die Knie zog. Mathilde hatte einen eigenen Geruch, der auch von der Leiche aufstieg. Er war Mack aus seinen frühen Kindertagen vertraut und eine Welle von Ekel und Abneigung packte ihn. In diesen Geruch war er eingetaucht, wenn sie ihn in ihre Röcke gedrückt und verdroschen hatte. Oft war ihr das nicht gelungen, denn er war schnell so flink geworden, dass sie ihn nicht mehr erwischte, aber die Erinnerung war in seinem Kopf haften geblieben.

Mack wandte sich ab. Lag noch ein zweiter Duft in der

Luft? Nach Maiglöckchen? Das Fenster stand sperrangelweit offen. Wenn es ihn gegeben hatte, dann musste er längst verflogen sein. Er erkundigte sich bei einem Mann, der mit seinem imposanten Schlüsselbund am Gürtel wie ein Verwalter aussah, nach Dors' Unterkunft. Der unheimliche Mann wohnte nicht im Haupttrakt, obwohl ihm als Inquisitor des Papstes und des Kaisers ein anständiger Raum gebührt hätte. Er hatte es vorgezogen, sich in einem Zimmerchen einzuquartieren, das nur über eine kleine Wendeltreppe zu erreichen war und normalerweise als Strafstube für unbotmäßige Wächter benutzt wurde.

Mack machte sich nach dieser Beschreibung auf den Weg und kam in einen Winkel der Burg, der so einsam lag, dass sogar die obligatorischen Kienspäne an den Wänden fehlten. Er ließ eine Krücke am Fuß der Treppe zurück und stemmte sich mit Hilfe des eisernen Handlaufs und der zweiten Krücke die Stufen hinauf. Wieder wurde er in Schweiß gebadet, aber der Lohn für seine Mühe blieb aus. Er fand nichts als einen leeren Raum, dessen Fenster durch Holzläden verschlossen waren. Er *musste* leer sein, denn Mack hörte keinen Atemzug, obwohl er eine ganze Weile in der Tür stand und lauschte.

Dors war also fort. Auf der Suche nach Nell? Sein Herz klopfte stürmisch. Panik stieg in ihm auf, die er mühsam niederkämpfte. Nell war misstrauisch. Sie hatte Dors' Gemeinheiten erlebt und würde auf sich Acht geben. Und Gunther würde sie beschützen. Er meisterte jede Aufgabe. Wahrscheinlich waren die beiden schon weit hinter Gelnhausen auf irgendeiner Landstraße. Es musste so sein.

Müde machte Mack sich an den Abstieg. Er kam fast bis zur letzten Stufe.

Dann verdunkelte sich die Finsternis um eine weitere Nuance und plötzlich warf sich ein Gewicht gegen ihn, als würde ihn ein riesiger Hund anspringen. Es ging so schnell, dass er nicht einmal aufschrie. Er rutschte ab und knallte mit dem

Kopf gegen die eisernen Geländerstreben, während seine Wirbelsäule unter einer Last, die ihn gegen die Treppenstufen drückte, fast brach.

»Er ist es? Sicher?« Prospers Stimme, hohl, ängstlich, gierig.

Mack fühlte rauhe Wurstfinger, die von seiner Stirn über die Nase zum Mund tasteten. »Klar … Verflucht, er beißt!« Das war Noah. Der Riese hatte keine Freude mehr an Spielchen. Er packte Macks Schopf und donnerte seinen Kopf gegen eine Stufe. Ein Ruck und ein Knirschen in den Knochen. Mack japste nach Luft, während sich vor seinen Augen ein buntes Kaleidoskop von Sternen auftat. Er hörte Prosper warnen: »Bring ihn nicht um, pass doch auf. Was ist? Mack? Du bist doch nicht tot?«

Beunruhigt rutschte er neben ihn und kauerte sich auf die Stufe, auf deren Kante Macks Genick lagerte. Die Treppe war Teil vom Verteidigungswerk der Pfalz. In bequemer Höhe entlang der Stufen waren Schießscharten angebracht. Durch eine davon fiel etwas Licht und Mack sah Prospers glückliches Lächeln. Der Junge drängte sich noch dichter heran. Er war unverschämt genug, sich unter Noahs Augen an ihn zu schmiegen. Biegsam drängte er sich gegen den eingeklemmten Körper, und als er Macks Hand nahm und sie zwischen seine Beine führte, bestand kein Zweifel mehr, welches Glück ihm ihre Begegnung bescherte. Mack fühlte seinen eigenen Ekel wie einen Eisschauer, der durch seinen ganzen Körper rieselte.

»Wie willst du sterben, eh?« Prosper kicherte töricht. »Sollen wir deine Haare anzünden, Wechselbalg? Und sehen, wie sich das Feuer runterfrisst? Wie bei einer Kerze? Du bist doch berühmt für deinen Funken sprühenden Witz …«

Mack spuckte ihn an und Prosper revanchierte sich mit einem Faustschlag auf seine Lippen, wofür er zumindest seine Hand loslassen musste, in einem Augenblick, der ihm sicher nicht passte. »Es geht aber auch anders«, erklärte er deutlich kühler. »Weißt du, dass Noah ein Messer dabei hat? Hast du mal gesehen, wie das geht, wenn einer aufgeschlitzt wird, damit man ihm die Gedärme rausziehen kann? Ich hab gelernt, wo man den Schnitt ansetzen muss, nämlich …« Er tastete nach Macks Bauchnabel. »Ruck, zuck geht das. Das Aufschneiden, meine ich, nicht das Sterben …«

»Lass den Dreck. Der Alte wartet.« Noah zog Mack hoch und an seine Brust. Der gebrochene Fuß klemmte zwischen Mauer und Treppe und war in relativer Sicherheit, aber das war auch das Einzige, was Anlass zur Zufriedenheit gab. Macks Kopf dröhnte und er biss so fest es ging die Zähne zusammen, um das Wimmern zurückzuhalten. Und welcher Spaß kam nun?

Plötzlich hielt Noah etwas in der Hand. Es war ein Röhrchen, daumendick und aus Holz, aus dem er einen Korken zog. »Maul auf!« Als Mack zurückzuckte, drückte er ihm mit Daumen und Mittelfinger den Kehlkopf zusammen und wartete geduldig, bis sein Opfer den Mund öffnete.

Wie hatten sie die Burg verlassen können, ohne beobachtet und aufgehalten zu werden?

Während Mack über Noahs Schulter schlenkerte, grübelte er über diese Frage, als hätte sie eine Bedeutung. Jedesmal wenn Noah stolperte oder in dem Matsch aus Schnee und Graupel ausrutschte, jagte ein Schmerz durch seinen Leib. Er ignorierte ihn, nicht aus Tapferkeit, sondern weil er von dem Zeug, das Noah ihm eingeflößt hatte, benommen war. Nachtschatten? Tollkirsche?

Noah würde ihn zu Dors bringen, das war klar. Und der Wunsch zu fliehen, sich irgendwo zu verkriechen und unsichtbar zu machen war die Ausgeburt eines übermüdeten, mit unbekömmlichen Kräutern zugeblasenen Gehirns.

Dors wollte … Rache? Nein. Macks Gedanken trieben wie Herbstblätter auf einem Teich und der Versuch einen davon festzuhalten glich dem Greifen nach Seifenblasen. Aber keine Rache, nein. Der Stein. Und dann? Er könnte sein Versteck preisgeben. Für Nell. Es wäre ein Geschäft, die vernünftige Art das, was aus den Fugen geraten war, wieder in Ordnung zu bringen.

Noah blieb stehen. Er murrte und packte Macks Hüften, um sein Gewicht zu verlagern, was eine Summe kleinerer und größerer Beschwerden wieder zum Leben erweckte. Prosper zog Macks Kopf am Stirnhaar hoch. »Er ist wieder bei sich«, konstatierte er zufrieden.

Daraufhin ließ Noah sein lebendes Gepäck zu Boden rutschen und wischte sich erleichtert die Stirn. Sie mussten sich in der Nähe eines Gewässers befinden, eines Flusses, denn Mack hörte seinen Gesang, während er mit der Wange im Schneematsch lag. Er wurde gedämpft durch eine Decke aus dünnem Eis. Der Fluss war am Einschlafen. Winterruhe. Mack dämmerte selbst ein, aber das war nicht nach Noahs Geschmack. Ein unwirscher Tritt riss ihn in die Gegenwart zurück.

Schilfbüschel. Kraftlose, gelbe Stengel. Noah und Prosper fassten ihn unter, versuchten ihn auf die Füße zu stellen und ließen ihn wieder in den kalten Grieß sacken. Er kann nicht gehen. Oder doch? Oder nein? Die beiden stritten und zerrten Mack schließlich zwischen sich weiter, während seine Füße durch den Eisbrei schleiften.

Der Weg endete vor einer Brücke, oder vielmehr neben einer Brücke. Erst hatte es so ausgesehen, als wollten sie den Fluss überqueren, aber nun hielten sie an und besprachen sich leise, während sie zum Eis schielten. Nein, dachte Mack. Sie konnten ihn nicht einfach die Böschung hinabstürzen, er wollte das Versteck des Steins doch preisgeben. Statt eines Protests kam jedoch nur ein Lallen aus seinem Mund, für das Prosper ihn amüsiert knuffte.

Sie wollten ihn nicht umbringen. Noah stellte ihn nur zurecht, um ihn besser von hinten unterfassen zu können. Dann ging es die Böschung hinunter.

Die Brücke, die den Fluss überspannte, war klein, eben groß genug, dass ein Wagen mit Zehntgetreide sie überqueren konnte. Sie warf einen schwarzen, konvexen Schatten über das schneegepuderte Eis des Flusses. Dort, wo der Schatten das Ufer berührte, saß Dors.

Noah schien fett und bequem geworden zu sein. Er schnaufte und prustete, als er sein Opfer neben seinem Herrn zu Boden warf.

»Geh.«

»Was?«, fragte Noah.

»Du und Prosper. Ihr sollt gehen.« Dors drehte nicht einmal den Kopf, aber die Macht seiner Worte reichte aus, Noah schrumpfen und demütig nicken zu lassen. Mack hörte, wie er sich den Hang hinaufkämpfte, mehrmals ausrutschte und schließlich Prosper unter einem Schwall von Flüchen etwas erklärte. Dann waren sie fort.

Die Brücke und die Böschung boten Schutz vor dem kalten Wind, aber das war auch die einzige Art der Geborgenheit, die von ihnen ausging. Mack gelang es, die Füße anzuziehen, was eine enorme Konzentration erforderte und nur wenig Wärme brachte. Seine Kleider wurden am Gesäß vom Schnee durchtränkt. Hoffnungslosigkeit ergriff ihn.

»*ER* behauptet sich«, sagte Dors. Der Inquisitor hatte den Blick gen Himmel gerichtet und Mack tat es ihm nach. Der weiße Stern war von Wolken umzingelt, die an seinen Strahlen zupften, als wäre er ein Reiter in der Schlacht, den sie zu Boden zerren wollten. Aber er hielt stand.

Mack versuchte zu antworten, doch urplötzlich überkam ihn eine Welle von Übelkeit. Sein Magen verkrampfte sich, sein Darm zog sich zusammen, über seinen Rücken zog eine Gänsehaut, alles in einem einzigen Moment, und ein heilloser Schmerz durchschüttelte ihn. Er würgte ununterbrochen, aber er bekam nichts als ein wenig Galle in seinen Mund.

»Das Gift«, stellte der Inquisitor nüchtern fest.

Mack presste die Hände gegen den Magen und legte den Kopf zwischen die Knie.

»Das war nicht beabsichtigt. Im Gegenteil, ich wollte in Ruhe mit dir sprechen.« Dors klang nicht, als ob ihn seine Fehleinschätzung besonders schmerzte. »Du wirst nicht daran sterben«, beruhigte er ihn.

Die Welle verebbte und ließ eine flaue Schwäche zurück. Mack konnte kaum glauben, dass es schon vorbei sein sollte. Er schlang die Arme um sich und klapperte mit den Zähnen, während seine Hintern in der Kälte erfror. »Ihr wollt den Stein«, gelang es ihm herauszubringen.

Dors hätte aufspringen, ihn schütteln, zumindest nicken sollen, aber er blieb unbewegt, während er weiter den Himmel erforschte. »Ich schaue *IHN* an, siehst du? Ich verberge mich nicht. Das habe ich seit unendlichen Zeiten getan. Alle einhundertvierundvierzig Tage meines Daseins habe ich mich hinter jämmerlichen Betteldiensten versteckt, immer in Angst, dass *ER* mich entdecken könnte. Aber nun schaue ich *IHN* an und … nichts.« Dors zog sich den Kragen seines Mantels, der sehr viel wärmer war als alles, was Mack trug, über die Schulter und steckte umständlich die Säume übereinander.

»Weißt du, wann ich *IHN* das erste Mal gesehen habe?« Er wartete nicht auf eine Antwort. »Meine Mutter. Ich stand in einer Pfütze aus meiner eigenen schwächlichen Blase, da hat sie *IHN* mir gezeigt. Das Auge des Ewigen. Sie war eine fröhliche Frau. Ich bin sicher, es hat ihr Spaß gemacht mir etwas so Ungeheuerliches vorzuführen. Ein Auge, das alles erforscht und alles bestraft. Selbst die peinlichen Schwächen eines Kindes. Graut dir nicht?«

Mack hielt die Luft an. Sein Magen begann wieder zu kollern. »Er ist schön«, brachte er heraus.

Seine Antwort verärgerte den Inquisitor. Er wandte Mack seine Aufmerksamkeit zu und schob die Lippe vor. »Du hast die ganze Zeit gewusst, dass du deinen König belügst, Mack Thannhäuser. Eine fabelhafte Vorstellung, trotzdem. Goldene Farbe über die Fäulnis, ein wenig Flitter, ein bisschen Spaß. Mack, der Geschichtenerzähler. Aber langweile mich nicht, indem du versuchst, *mich* zu täuschen.«

Der Krampf kehrte zurück. »Ich habe …« Mack gab es auf zu sprechen. Den Magen zu entleeren wäre eine Erlösung gewesen. Aber er hatte zu wenig gegessen. Nichts als Säure, die seinen Mund verätzte. Geduldig wartete Dors, während Mack sich krümmte. Er legte ihm die Hand auf die Schulter und erst, als er spürte, dass seine Muskeln sich entspannten, sprach er wieder. Vorsichtig hob er Macks Finger an, die sich während des Krampfs in den Boden gebohrt hatten, und hielt sie gegen das Zwielicht. »Du siehst nicht viel, aber … spürst du den Dreck?«

Mack spürte alles. Angeekelt wollte er die Hand an seinem Rock sauberwischen, aber Dors ließ es nicht zu. »Du glaubst, du kannst das loswerden? Dann bist du dümmer, als ich dachte. Fühle.« Mit diesem seltsamen Befehl umklammerte er Macks Hand, an der der Schmutz in der Kälte zu einer Kruste erstarrte. »Fühle«, drängte er. »Sei ehrlich. Ist das etwas von außen? Nein, unter uns Kameraden braucht es doch keine Verstellung. Das hier, der Dreck … der Dreck … bist … du!« Er betonte die letzten Worte und lachte leise. »Du bist nicht des Königs witziger Spaßmacher, Mack. Nicht der Junge, der die Herzen der Mädchen Kapriolen schlagen lässt. Nicht der Freund und nicht der Bastard einer Leibeigenen, nicht einmal das. Dein Mädchen hat gelogen, du weißt das. Und warum? Weil sie sich zu dir hingezogen fühlt? Dann hätte sie besser lügen und dich zumindest zum Bastard eines anderen Adligen machen können. Nein, sie hatte Mitleid – mit dem *Dreck* unter ihren Füßen. Der König hat dich freigesprochen, weil er mich hasst. Aber im selben Atemzug hat er *dich* verstoßen. Keiner will etwas zu tun haben mit *Dreck*. Mit einem Stück schmierigen Drecks, das aus einem verdorbenen Leib gekrochen ist. In hübschem Drumherum, zugegeben, der Böse mag wissen, wie es dazu kam, denn eigentlich solltest du hässlich sein, wie deinesgleichen alle hässlich sind. Doch wenn das Äußere abgewaschen ist …«

»Du kannst den Stein haben.« Mack fand endlich die Kraft seine Hand an sich zu ziehen, vielleicht ließ Dors ihn auch einfach los. »Lass Nell in Ruhe. Mehr will ich nicht …«

Dors begann zu lachen. Ein Laut, der von der Kälte wie auf segelnden Eisstückchen davongetragen wurde. »Du willst mir den Stein geben?«

Mack nickte.

»Für die Unruhe zwischen deinen Beinen? Für deine schmutzigen Phantasien, die dir vorgaukeln, das Paradies läge zwischen den Schenkeln eines Mädchens? Ich sagte es – Dreck. Keine Treue zum König, der sich den Stein so sehnlich wünscht. Keine Visionen von eigener Macht und Ruhm. Keine Ehre, denn du hast den Stein lange vor mir versteckt und weißt, warum. Nichts als ein Tier, das seinen Trieben hinterherjapst. Sieh den Stern an, Mack!«

Dors fürchtete das Himmelslicht nicht mehr. Er deutete darauf und schien sich sogar daran zu erfreuen. Doch Mack sah, dass sich der Stern verändert hatte. Sein Licht war kälter geworden. Und wenn er *doch* Augen besaß, was Lilith lachend verleugnet hatte – oder hatte sie es nicht verleugnet? – was sahen diese Augen dann?

Der Schmutz auf Macks Hand und unter seinen Fingernägeln begann zu jucken.

»Besinnst du dich auf den Richterstab des Königs?«, fragte Dors in umgänglicher Stimmung. »Du kannst ihn dir wie ein Gleichnis vorstellen. An einem Ende ist der Stern – erhaben, makellos, streng – und am anderen Ende … Dreck. Beides kann nicht zueinander kommen, denn dazwischen ist der Stab, das verdammende Urteil. Ein hübsches Bild. Es gefällt mir, weil es dein Dilemma so genau beschreibt. Die einzige Berührung kann es in dem Moment geben, in dem der Stab zerbrochen und die Verurteilung ausgesprochen wird. Übrigens würde ich dein Angebot natürlich annehmen, wenn ich nicht wüsste, dass du lügst.«

Dreck war ein einprägsames Wort. Sein knapper Klang setzte sich fest. Dreck war, was Mathilde zwischen ihre Knie drückte, um die Frechheit herauszuprügeln, und was die … die Herrin von Thannhausen mit einem beiläufigen Fußtritt aus dem Weg befördert hatte. Schlimmer. Dreck war, was sich auf dem Waldboden in den eigenen begehrlichen Klängen suhlte und die angebliche Liebe verriet. Ein schlecht riechendes, braunes Häuflein, das irgendwann breitgetreten wurde.

»Du könntest es nicht über dich bringen, ihn mir zu geben. Niemand kann den Stein loslassen.«

Mack wusste nicht, ob es das Gift oder seine eigene Erbärmlichkeit war, die ihn von Neuem würgen ließ. Er presste die Stirn so fest gegen die Knie, dass Blitze vor seinen Augen tanzten. Wenn alles Dreck war, hatte es keinen Zweck, jenen geringen Teil davon, der sich in seinem Magen wälzte, von sich geben zu wollen.

»Ich habe ihn nur einmal gesehen«, erklärte Dors träumerisch. »Gerade so lange, wie ein Mann Zeit hat, um an einem Heiligtum vorüberzugehen, das eine Schlange hinter ihm auch noch bewundern möchte. Und doch … dieser kurze Moment zu Jerusalem … Der Stein ist begehrenswerter als alles. Kristallisierte Macht. Kein Mensch würde ihn hergeben, ohne dass Furcht oder Schmerz – entsetzlicher Schmerz, mein Junge, ich spreche nicht von deinem Magenweh – ihn jeden Wunsches beraubte. Ich kenne den Regenbogen der Schmerzen. Ich hätte mir zugetraut dich willig zu machen. Und es kränkt mich, dass man mir diese Möglichkeit raubte und ich deinen Freund, der wie ein Stock das Rad meiner Pläne hemmte, nicht vom Platz fegen konnte.«

»Was willst du?«

»Ich höre dich kaum.« Dors beugte sich über Mack. Er strich ihm die Haare fort, um ihn besser sehen zu können, und an der Wärme seiner Hand merkte Mack, wie kalt er selbst geworden sein musste.

»Du fragst dich, warum ich dich habe holen lassen? Ob es vielleicht doch noch nicht zu Ende ist?« Er schien nachzudenken. »Du fühlst, was zu deinen Füßen so hübsch gurgelt? Ja? Dann hast du die Antwort. Du bist Teil der Natur. Ich könnte deinen Kopf nehmen und dich bis zum Hals ins Wasser tauchen, raus, rein – ein spaßiges Spiel, das wenig Umstände erfordert. Ich bin sicher, binnen kurzem würdest du mich anflehen, mir jedes einzelne deiner kleinen Geheimnisse anvertrauen zu dürfen. Aber du könntest dabei Schaden nehmen. Und ... vielleicht war ich blind, vielleicht unterschätzte ich ... wie heißt sie noch ... Nell?«

Die Erkenntnis, dass er wie ein Einfaltspinsel der Katastrophe selbst die Tür geöffnet, ja, sie zu sich hereingezerrt hatte, überkam Mack wie ein Schock. Er hatte es für selbstverständlich gehalten, dass Dors seiner Liebe zu Nell das rechte Gewicht beimaß. Und nun grinste der Mann ihn an, als hätte er soeben den Stein der Weisen entdeckt.

»Ich sage doch, ich gebe dir ...«

»Du plapperst es so oft, wie ein Vogeljunges nach dem Wurm piepst.«

»Ich kenne die Stelle, wo er verborgen ist. Ich könnte dich ...« Der nächste Krampf kam wie ein Überfall aus heiterem Himmel. Diesmal war Dors nicht mehr freundlich. Er schüttelte Mack so heftig, dass sie beinahe das Gleichgewicht verloren hätten und über den Rand der Böschung ins Wasser gerollt wären.

»Wo?«, zischte er, während er Mack auf den Rücken zerrte und ihm das Knie in den Magen bohrte.

»Bei … der Kaiser hat ihn.«

Warum die Lüge? Mack wusste es selbst nicht. Er hatte über Dors' Schulter einen ausgezeichneten Blick auf den Stern. Vielleicht war das milchige Gebilde tatsächlich dabei ihn zu verdammen. Dors schlug ihm die Faust gegen das Kinn und Macks Vorstellungen, was das warme, tröstende Licht bedeuten könnte, verschwammen im Brei seiner Schmerzen. Und wenn es stimmte? Wenn der Stein tatsächlich die Macht besaß den Stern verlöschen zu lassen?

Der vernünftige Teil seiner selbst empörte sich über diese Absurdität. Giftphantasien. Er war einem Verrückten ausgeliefert und die Krankheit war offenbar ansteckend.

»Der Kaiser!« Aus Dors brach die Wut heraus wie ein Rudel verhungerter Wölfe. »Das hilft mir nicht. Und es ist eine Lüge!« Jedes einzelne Wort ein Schlag gegen die Lippe, gegen das Stirnbein, gegen die Nase.

Und wofür die Lüge? Warum ausharren, während Blut das Gesicht wärmte und in die Augenwinkel strömte? Um einen *Stern* vor einem *Stein* zu schützen?

»… Lüge …« Dors zerrte an Macks Kleidern, als wolle er ihm sein Geheimnis stückchenweise herausreißen. »Die Wahrheit, du sagst mir die Wahrheit!« Ihm schien aufzugehen, dass die Prügelei ihn nicht weiterbrachte. Stattdessen nahm er Macks Arm und zog ihn, bis dessen Hand die kräuselnde Wasseroberfläche berührte. Das Wasser war schwarz und kalt.

Der weiße Stern verschwand. Er erlosch so vollkommen, als hätte er beschlossen, dass zwei ineinander verknäulte Haufen Dreck keiner Beachtung Wert seien. Hinter Dors' Schulter stand eine schwarze Wand.

»Wo?«, hauchte Dors.

Kalt, dachte Mack. Die einzige Wärme, der einzige Trost, das Licht am Himmel – war verschwunden. Der Verlust war grausam, aber folgerichtig. Dors' fletschendes Gesicht kam ihm näher und Mack holte Luft. Es gab einen einfachen Weg, Nell *und* den Stern zu schützen, er hatte allerdings nicht viel Zeit. Das Gift in seinem Magen rollte zum nächsten Angriff. Er stützte sein Bein ab und gab sich und dem Mann, der sich an ihn klammerte, einen Stoß, der sie beide ins Wasser stürzte. Im Rollen und Aufplatschen, während die dünne Eisschicht unter ihm barst, erkannte er, dass der Stern nicht wirklich verschwunden gewesen war. Nur verdeckt von einer riesigen Gestalt ...

Geister tanzten über das Dachgebälk. Wilde, nackte Gestalten mit spitzen Ohren, die wie zusammengerollte Blätter aussahen. Sie hangelten sich über das Feuer, das in der Lehmkuhle flackerte, flitzten durchs Rauchloch ins Freie und wischten durch die Ritzen zwischen Dach und Ständerwerk wieder herein.

Natürlich gab es sie nicht wirklich. Wenn man die Augen zukniff und ordentlich hinsah, schaukelten nur schwarze Schinken von der Decke.

»Du übergibst dich seit Stunden«, sagte Gunther. Er hatte sich die nassen Kleider ausgezogen und rieb sich mit einem Leinentuch ab. Sein Körper war mager, aber muskulös mit kräftigen Schultern und Prosper wäre vor Wonne wahrscheinlich außer sich gewesen.

»Ich kann nicht anders«, erwiderte Mack. Trotz des Feuers war das Zimmer, das ihnen ein Bauer gegen ein kräftiges Entgelt überlassen hatte, kalt. Doch er lag unter mehreren Decken aus zusammengenähten Kuhhäuten, und wenn er zitterte, dann nur vor Schwäche.

Im Haus nebenan wurde gesungen. Wahrscheinlich feierte der Bauer mit seinen Nachbarn, bei denen er untergeschlüpft war, den unerwarteten Reichtum.

»Du musst Eimer voll Wasser geschluckt haben. Warum bist du nicht geschwommen?« Gunther hüllte sich in eine

Decke, die er mit einer Hand zusammenhielt. Mit der anderen hängte er ihre Kleider über eine Bank, die er neben die Feuerstelle gerückt hatte. Dann kam er zu Macks Lager. Es war floh- und wanzenverseucht und bestand aus nicht mehr als einem Haufen Stroh, aber es war besser als durch die Kälte zu reiten, und gewiss ein größerer Luxus, als ein Häuflein Dreck erwarten durfte.

»Warum bist du nicht geschwommen? He, ich frag dich was!«

»Weil ich nicht konnte.«

»Hat Dors dich festgehalten?«

»Nein, ich … konnte einfach nicht.«

Gunther fasste mit zwei Fingern an Macks Auge und schob die Lider auseinander. »Sie haben dir was eingegeben, ja? Deine Pupillen sind trüb. Kannst du die Beine bewegen?« Er fror. Er war in den Fluss gesprungen und nach Mack getaucht, er hatte ihn über die glitschige Böschung auf den Weg gezogen. Anschließend war er in seinen nassen Kleidern über mehrere Felder und durch einen Wald, der kein Ende zu nehmen schien, zu dem kleinen Dorf geritten, in dem sie sich nun befanden. Er trug nichts als die dünne Decke. Jeder an seiner Stelle hätte gezittert. Doch Gunthers Hände waren ruhig. »Kannst du?«

»Was? Ja.« Mack schob ihn beiseite und beugte sich erneut über den Eimer, ohne Hoffnung, noch irgendetwas in sich zu haben, was er darein entleeren könnte.

»Es wird wieder«, sagte Gunther. Er kramte in der Ecke, in der die Bäuerin kochte, fand einen Topf und ging hinaus in die Kälte, um ihn mit Brunnenwasser zu füllen. Augenblicke später kam er, von Schneeflocken verfolgt, ins Haus zurück.

»Trink das. Es wird dir helfen.«

Mack schluckte gehorsam.

»Oder soll ich es anwärmen? Ich sollte es lieber wärmen. Gib her …«

»War sie mir böse?«

»Wer?«

»Nell.«

»Ganz sicher nicht. Sie ist mir beinahe ins Gesicht gesprungen, als ich ihr erzählt habe, dass ich dich allein in der Halle zurückgelassen habe.«

»Du hättest sie …«

»Richard konnte sie ebenso gut fortbringen wie ich. Ich habe nur versprochen, für ihre Sicherheit zu sorgen. Fall mir nicht wieder auf die Nerven.«

»Und sie ist …«

»Völlig sicher. Sie ist dort, wo ich sie schon vorher versteckt hatte, und Dors, der Bastard, ist tot. Sonst hätten wir ihn am Ufer gefunden. Wahrscheinlich konnte er nicht schwimmen, er …«

»Ich weiß, dass er tot ist.« Und ich wundere mich, dachte Mack müde, warum *ich* lebe. Der Sog unter der Brücke war schrecklich gewesen. Er hatte die Kraft eines Zyklons gehabt und Mack war nahe daran gewesen, sich ihm zu ergeben. »Kann Nell dort bleiben, wo du sie hingebracht hast?«

»Hör zu.« Gunther setzte den Topf ab und kniete sich auf den Boden, auf seinen nackten Schultern lag eine Gänsehaut. »Sie ist bei einer freundlichen Frau …«

»Du hast keine Ahnung von Frauen. Wie willst du wissen, ob sie freundlich ist?«

»Bei einer *sehr* freundlichen Frau, der sie im Haushalt und im Stall helfen wird. Sie kann nicht nach Hause zurück …«

»Wegen mir.«

»Wegen dir, du Winseler, aber vor allem, weil sie sich entschieden hat zu tun, was sie getan hat. Und wenn du sie wirklich gern hast, wirst du sie jetzt erst einmal zu Atem kommen lassen, damit sie herausfinden kann, was sie will.«

Mack nickte.

»Später kannst du immer noch …«

»Ich lass sie in Ruhe, ja.«

»Nur fürs Erste.«

»Ja.«

Gunther beäugte ihn misstrauisch. »Du selbst kannst leider auch nicht an den Hof des Königs zurück.«

»Ich weiß.«

»Ich fürchte, er wird seine Meinung nicht ändern, nachdem er sie vor so vielen Leuten …«

»Ja. Ich gehe fort.«

Gunther nickte. Er trat ans Feuer, hängte den Topf an den Haken und rieb sich die Hände über den Flammen. »Du hast noch gar nicht gefragt, wie ich dich gefunden habe.«

»Durch Prosper?«, fragte Mack. Es interessierte ihn nicht. Das Wasser hatte das Gift in seinem Mageninhalt verdünnt und das Nachlassen des Schmerzes erschöpfte ihn beinahe ebenso wie der Schmerz selbst.

»Von Lilith. Ich habe … oder eher – sie hat mich im Hof gefunden und auf die Seite gezogen. Sie schien besorgt um dich.«

»Tatsächlich?«

»Sie schien … völlig außer sich. Das hätte ich ihr kaum zugetraut. Mir kam sie immer so berechnend vor.«

»Weiß sie, wo Nell ist?«

»Nein, sie hat nicht danach gefragt und ich …«

»Gut. Dann ist es gut.« Mack wusste, dass er sich nicht anständig gegenüber Lilith verhielt. Sie hatte ihm geholfen. Es gab keinen Grund, ihr zu misstrauen. Aber er war doch froh, dass sie nicht wusste, wo Nell sich befand. Mack kniff die Augen zusammen, als er etwas vorbeihuschen sah. Es gab keine Erdgeister. Über den Querbalken des Dachs lief eine Ratte. Als sie kurz innehielt, baumelte ihr Schwanz über das verrußte Holz.

»Gunther …«

Der Waffenmeister drehte sich um. Er war zu Tode erschöpft, aber er ließ unverzüglich die Arme sinken, die über dem Feuer sowieso nicht warm wurden, und kam herangetrottet. Wasser? Etwas zu essen? Eine zusätzliche Decke? Er wuchs über sich hinaus, um einem Häuflein Dreck das Leben erfreulicher zu gestalten.

»Denkst du …« Nein, es hatte keinen Sinn zu fragen. Gunther wusste noch weniger als Dors und im besten Fall wussten beide gar nichts.

»Denke ich *was?*«

»Dass der König mich zu Recht freigesprochen hat?«

Gunther ging auf die Knie, stützte die Hände auf das Brett, das das Strohlager vom Zimmer abgrenzte, und dachte nach – ein Wunder an Geduld. »Nun, Mack, *hast* du fragwürdigen Mächten gedient?«

»Ich … nein. Ich weiß nicht. Ich weiß es … einfach …«

»Es ist nicht kompliziert. Hast du dich mit Wesen aus der anderen Welt eingelassen? An ihren Vergnügungen teilgenommen? Warst du in ihren Hügeln und unterirdischen Schlüpfen, hast mit ihnen getanzt oder dich sonst mit ihnen gemein gemacht?«

»Ich … nein …«

Gunther legte ihm die Hand auf die Augen und schloss Macks Lider. »Dann schlaf, du Idiot«, sagte er herzlich, »und hör auf, dir das Leben schwer zu machen.« Anschließend streckte er sich selbst gleich neben dem Strohlager aus und gab seiner Erschöpfung nach.

Nach Italien, dachte Mack, während er den Flaum der blonden Scheitelhaare betrachtete. Er war todmüde, das Denken fiel ihm schwer. Aber es ging ihm doch gut genug, um Wichtiges von Unwichtigem zu unterscheiden. Der Alptraum mit Dors hatte ein Ende. Die Sache war vorüber. Und dennoch …

Er dachte an den Stern und stellte fest, dass die Erinnerung ihm die Tränen in die Augen trieb und ihm gleichzeitig das Herz wärmte.

Er würde nach Cividale gehen. Es spielte sowieso keine

Rolle mehr, wohin er sich wandte, nachdem Heinrich ihn verbannt hatte. Nell durfte von einem Häuflein Dreck nicht belästigt werden, also hielt ihn nichts mehr in Deutschland. Cividale war eine Reise von höchstens einem Jahr. Ich gehe hin, dachte Mack. Ich nehme den verdammten Stein und werfe ihn …

In den Ozean? In einen der Vulkane, die es dort geben sollte? Nicht, weil er glaubte, dass etwas an Dors' Geschwätz dran sei. Nur zur Vorsicht, dachte Mack, während er die Erdgeister tanzen sah.